MISS KOPP'S MIDNIGHT CONFESSIONS
by Amy Stewart

MISS KOPP'S MIDNIGHT CONFESSIONS

미스 콥 한밤중에 자백을 듣다

에이미 스튜어트 장편소설
엄일녀 옮김

문학동네

일러두기

1. 주석은 모두 옮긴이주이다.
2. 본문 중 고딕체는 원서에서 이탤릭체나 대문자로 강조한 부분이다.

메이지 코크런에게

"그렇다면, 재소자들에게 도움이 되려 노력하십니까?"

"물론입니다. 대체로 약간의 도움만 있으면 그들은 바른길로 돌아와 정직하게 살 수 있습니다. 타인과의 싸움에 도움이 필요할 때도 있지만, 보통은 자신과의 싸움인 경우가 많습니다. 재소자들은 흔히 자정쯤 제 방으로 찾아옵니다, 제가 잠자리에 든 후에요. 한밤중에 여자들은 자신의 처지에 공감하며 귀를 기울여주는 사람만 있으면 대체로 다 털어놔요."

—미스 콥, 수사관에게 필요한 여섯 가지 자질을 말하다

1916년 3월 5일 〈뉴욕 이브닝 텔레그램〉

1

체포 당일 아침, 에드나 휴스티스는 새벽같이 일어나 방을 정리했다. 에드나는 미시즈 턴불의 가구 딸린 단칸방들 중 가장 작은 방에 살았다. 처마 밑 벽감이나 다름없는 그 공간은 침대 하나와 세면대 하나로 꽉 찼다. 벽에 한 줄로 박힌 고리쇠에 옷가지 전부가 걸려 있었다. 작업복 두 벌, 외출용 드레스 한 벌, 겨울 코트 한 벌. 장식품이라곤 하숙집 주인이 걸어놓은 돛단배 그림 하나뿐이었고, 읽을거리는 집주인이 내어준 이탈리아 호수에 관한 역사서, 이집트 미술에 대한 안내서, 서부 평원에서의 군생활에 대해 어떤 장군의 아내가 쓴 에세이가 있었다. 이것들은 기름 램프와 나란히 선반 위에 두었다. 하지만 에드나는 독서용 전등이 유일하게 제공되는 응접실에서 책을 읽는 편을 선호했다.

에드나의 소지품 중에는 가족사진도, 집이 생각날 만한 기념품도 없었다. 너무 급하게 나오느라 뭔가 가져올 생각을 못했다. 에드나는 몇 주에 걸쳐 공장마다 일자리가 있는지 묻고 다녔고, 폼프턴레이크스에 위치한 듀폰 화약공장의 여직공 관리반장이 일을 주겠다고 하자 쏜살같이 집으로 달려가 혼자 나를 수 있는 물건들만 챙긴 후 어머니가 부엌에서 바쁘게 일하는 동안 뒷문으로 살짝 빠져나왔다.

에드나는 조용하고 의젓한 여자라고 할 수 있었지만, 남자 형제들 사이에서 자라 모험심이 살아 있었다. 유럽에서 일어난 전쟁이 비등점에 달하자 미국 남자애들은 하나같이 전장에 나가 싸우고 싶어 안달이었다. 전쟁에서 이기기 위해 해야 할 일이 있다면 여자들도 그 일을 할 수 있어야 했고, 에드나는 어서 일을 하고 싶어 조바심이 났다. 집을 떠나던 날 에드나는 아주 간략한 쪽지 한 장을 남겼다. "프랑스를 위해 일하러 폼프턴레이크스로 갑니다. 좋은 집에 거처를 마련했으니 걱정 마세요."

좋은 집이라는 건 사실이었다. 미시즈 턴불은 화약공장에서 일하는 여자들에게만 세를 주었고, 통금시간과 일요일 예배 참석에 대해 엄격한 정책을 고수했다. 미시즈 턴불은 여러모로 에드나의 어머니보다 더 가차없는 감독관이었지만, 에드나는 개의치 않았다. 하숙집의 엄격히 통제된 생활이 군대와 비슷하다고 생각했고, 방을 정리정돈하는 일과(시트를 매트리스 아래 꼭꼭 여며넣고, 침대보를 잘 펴놓고, 잠옷과 슬리퍼를 집어넣고, 세면대 옆에 칫솔과 빗을 가지런히 정렬한다)가 오빠들이 그렇게나 해보고 싶어하는 군영생활의 질서정연함과 어느 정도 닮은 구석이 있을 거라고 상상하길 즐겼다.

그러나 그날 아침 작업복으로 갈아입고 세면대에서 세수를 한 후 아침을 먹으러 계단을 뛰어내려갈 때 프랑스는 너무나 먼 곳 같았다. 미시즈 턴불은 식당으로 사용하는 비좁은 식기실에 오트밀과 사과조림을 내왔다. 에드나는 여느 아침처럼, 같이 하숙하는 다섯 명의 여자애들 사이에 말없이 차분하게 앉았다. 딜리아, 위니프리드, 어마, 패니, 펄. 여자애들의 대화는 익숙한 사설로 흘러갔다.

딜리아가 제일 먼저 말문을 열었다. "스타킹 올이 완전히 나갔어. 차라리 맨발로 다니는 게 낫겠다."

패니가 뒤이어 말했다. "새 스타킹은 앨버트가 잘 사주는데."

그 말을 어마가 받았다. "그러게 딜리아가 앨버트를 차고 해군 애들이랑 어울린 게 아쉽게 됐네, 걔들은 같이 댄스홀에 갈 게 아니라면 여자한테 스타킹을 바칠 줄도 모른다니까."

그때 펄이 말했다. "딜리아, 설마 걔들 전부하고 데이트한 건 아니겠지?"

그러자 딜리아가 쏘아붙였다. "어떻게 한 명만 고르니!"

처음 이런 얘기를 들었을 때 에드나는 낯뜨거워 어쩔 줄 몰랐다. 집에 있을 때 오빠의 친구 듀이 반스가 살짝 관심을 보이길래 받아준 적은 있지만, 둔감하고 늘 한결같은 듀이가 자신에게 스타킹을 사준다든가 시끄럽고 사람 많은 댄스홀에 함께 갔다가 비틀거리는 자신을 집에 데려다준다든가 하는 일은 도무지 상상이 되지 않았다. 하숙집 여자애들처럼 술과 담배에 취한 채 입술 주위가 멍들고 부풀어 돌아오는 일 같은 건. 그애들은 멍자국이 가실 때까지 그걸 훈장처럼 뽐내고 다녔다.

에드나가 그애들의 아가씨다운 허영이나 막 나가는 생활을 못마땅하게 여긴 건 아니었다. 그저 그애들처럼 사는 법을 모를 뿐이었다. 에드나는 자신을 꾸밀 줄도, 남들 앞에 내보일 줄도 몰랐다. 춤은 외국어나 다름없었다. 캥거루 홉이나 피보디 댄스를 연습할 때는 바보가 된 기분이었고, 달리아처럼 턴할 때 발뒤꿈치를 높이 차올려 치마를 펄럭이게 하는 요령은 죽었다 깨나도 배울 수 없었다. 애들이 하도 우겨대서 같이 연습을 하긴 했지만, 딴 애들이 과장된 춤 동작을 연습하는 동안 대개는 남자 역을 맡아 뻣뻣하게 걸어다녔다.

딱 한 번 못 이기는 척 여자애들 손에 끌려 댄스홀에 가봤는데, 자신은 도저히 상대가 못 된다는 것을 깨달았다. 웃음과 음악이 요란하게 회오리치는 와중에 딴 애들은 시야에 들어온 아무 남자하고나 즐겁게 대화를 나눴다. 그애들은 의미 없는 가벼운 대화에 능했고, 그러다 앞에 나가서 춤도 한 번 같이 추고, 남자가 호주머니에 감춰둔 술을 한 모금 홀짝이고, 담배도 얻어 피우고, 문 앞에서 키스도 하고, 입이 무겁고 어둑한 밤하늘 아래로 숨어들기도 했다.

그러나 에드나는 어디서부터 시작해야 할지 종잡을 수 없었고, 정말 하고 싶은지도 알 수 없었다. 댄스 스텝 하나하나, 미소 하나하나, 남자와 주고받는 재미있는 말 하나하나가 자기만 다룰 줄 모르는 기계의 일부 같았다. 대신 에드나는 친구들의 가방을 맡아줬고, 자정에는 방 열쇠를 몽땅 받아서 집으로 돌아와 문손잡이마다 열쇠를 넣고 흔들어 하숙집 주인이 여자애들 여섯이 모두 함께 귀가한 줄 알게끔 소리를 냈다.

그후로 다른 여자애들은 에드나가 댄스홀에 안 가고 집에 있어도 상관하지 않았고, 에드나도 딴 애들이 사는 방식에 익숙해졌다.

그날 아침에도 에드나는 여자애들 사이에 얌전히 앉아서, 애들이 자신에 대해 늘 그렇듯 반쯤 포기하고 있다는 사실에 내심 안도하며 재미삼아 귀를 기울이고 있었다.

"너네 프랭크 알지? 기차역에서 봤던." 딜리아가 속삭이듯 말했다.

펄이 몸을 기울이며 말했다. "지팡이 속에 위스키 채워서 다니는 애?"

"맞아, 걔." 딜리아가 신나서 말했다. "걔가 나더러 주말에 애틀랜틱시티에 같이 가재. 어떻게 빠져나가지? 언니들 생일은 다 써먹었는데."

"오늘내일하시는 늙은 이모는 어때?" 패니가 아이디어를 냈다.

"나도 좀 끼워주면 안 돼?" 어마가 투덜거렸다.

"아, 그럼 프랭크도 좋아할 텐데, 우린 부부 행세를 하기로 했거든. 넌 누구라고 해야 할까?"

"생일을 맞은 언니라고 할게! 아님 늙은 이모라도! 일단 끼워만 줘."

그 말에 다들 폭소를 터뜨렸다. 그때 포치에서 육중한 발소리가 쿵쿵 울리더니 누군가가 식탁 위 그릇이 흔들릴 정도로 놋쇠 문고리를 쾅쾅 두들겼다. 여자애들은 다들 화들짝 놀라서 누가 엿듣고 있다가 잡으러 오기라도 한 것처럼, 설마 그럴 리가, 양심에 찔려 얼굴이 빨개졌다. 지하의 자기 방에 있던 미시즈 턴불이 막 올라와서 허겁지겁 여자애들 옆을 지나가며 얼른 먹고 설거지하라고 재촉했다.

그러나 대문이 활짝 열리고 경찰이 퉁명스러운 목소리로 미스 에드나 휴스티스를 품행불량 죄목으로 체포하여 지체 없이 해컨색 교도소로 이송한다고 무뚝뚝하게 말하는 동안, 누구 하나 움직이거나 숟가락을 드는 사람이 없었다.

2

그날 해컨색 교도소의 여성 인구 구성은 다음과 같았다. 여러 다채로운 가명 중에서도 마담 피츠제럴드로 불러달라는 모략꾼 점쟁이, 노부모에게 과다 투약을 한 혐의로 유죄판결을 받은 간호조무사 로티 윌라우, 회사 기밀을 경쟁사에 팔아넘기고 너무 티나게 펑펑 돈을 써대는 바람에 금방 들통난 속기사 에타 매클레인. 이 사람들은 가필드 소모사공장에서 폭동 혐의로 체포된 조지핀 노블로크와 나란히 수감됐다(조지핀은 벌금 육 달러만 내면 풀려날 수 있지만 파업 노동자들은 벌금을 거부하기로 뜻을 모았다). 독방동을 오롯이 독차지한 이탈리아인 노파 프로비덴차 모나포는 살인죄로 만족스럽게 복역하는 중이었다. 노파는 남편을 쏴 죽이려다가 실수로 세입자를 쏴 죽였고, 남편이 보복할 수 없도록 당분간 교도소 담장의 보호를 받으며 사는 게 확실히 이익이라고 생각했다.

여성 수감동을 맡고 있는 보안관보 콘스턴스 콥은 보통 여덟 명에서 열 명 정도를 관리하지만, 크리스마스 이후 춥고 어두운 날이 이어지면서 여자들은—범죄 성향이 강한 여자들도—도대체 밖에 나와 돌아다니질 않았고, 따라서 눈에 띄어 잡혀올 일도 별로 없었다. 그건 남자 쪽도 마찬가지였다. 말을 훔치거나 술집에서 같이 한잔하던 사람을 칼로 찌르는 수고를 하기에 1월과 2월은 도무지 날씨가 받쳐주질 않았고, 그래서 항상 수감 인원수가 뚝 떨어졌다.

그러므로 신참을 받는 일은 하나의 사건이었다. 히스 보안관은 여성 수감동 입구에 서서 이렇게 알렸다. "아래층에 한 명이 들어왔습니다. 경찰이 패터슨에서 데려왔어요. 자꾸 나한테 얘기를 하려고 해서……"

"경찰은 다들 그러죠." 콘스턴스가 끼어들었다.

"여자 담당 보안관보가 따로 있다고 말해놨으니 당신한테 얘기할 겁니다." 보안관이 말했다.

"아주 늙은이는 아니었으면 좋겠네." 콘스턴스가 몸을 돌려 나가자 에타가 큰 소리로 말했다. "세탁실에 일손 하나 더 쓸 수 있게." 재소자들은 모두 허드렛일을 하게 되어 있는데 콘스턴스는 나이든 여자들—지금 같은 경우는 마담 피츠제럴드와 프로비덴차 모나포—에게 쉬운 일을 맡기는 편이었고, 그래서 젊은 재소자들이 빨래 짜는 일과 증기 다리미질을 도맡았다.

"난 같이 브리지를 할 네번째 선수가 들어왔음 좋겠다." 로티가 말했다. "마담 피츠제럴드는 속임수를 쓰거든."

"파업 노동자도 이제 그만 사양이야." 에타가 덧붙였다. "사람이 쓸데없이 진지해."

조지핀의 반응을 보려고 한 말인지는 몰라도 당사자는 별말이 없었다. 콘스턴스도 내심 파업 노동자들은 외골수 경향이 강해 어울리기에 딱히 좋은 상대가 아니라는 데 동의했다.

콘스턴스는 문을 잠그고 보안관을 따라 계단을 내려갔다. 둘만 있게 되자 보안관이 말했다. "이 사람은 품행이 내 왼쪽 구두 한 짝만큼도 불량하지 않은 것 같은데, 판단은 당신에게 맡기지요."

"내 맘대로만 된다면야, 뭐." 교도소에 올 게 아닌 여자를 아주 잠깐이라도 유치장에 넣는 일이 생기면 콘스턴스는 정말 부아가 치밀었다.

이런 대화는 전에도 숱하게 오간 터라, 히스 보안관은 알았다는 뜻으로 손을 흔들고 콘스턴스가 경찰과 옥신각신하게 두고는 사무실로 쏙 들어가버렸다.

콘스턴스와 보안관은 그동안 나름의 독심술을 개발해와서 종종 콘스턴스가 머릿속 생각을 입 밖으로 꺼내기도 전에 보안관이 알아차리는 듯했고, 그 점에서는 적잖이 마음이 놓였다. 콘스턴스는 제대로 된 직업을 가진 게 이번이 처음이었고, 보안관은 고사하고 애초에 누구한테 지시를 듣는다는 것 자체가 익숙지 않았다. 만약 보안관이 성미가 고약하거나 자기 지붕 밑에 사는 범죄자들에게 적대감을 품고 있는 사람이었다면, 또는 재소자들—그리고 보안관보들—의 복지에 눈곱만큼도 관심이 없는 사람이었다면 어쩔 뻔했을까? 확실히 이 나라 곳곳의 교도소에서는 그런 일들이 비일비재했다.

그러나 히스 보안관은 침착하고 공명정대한 사람으로 오로지 올바른 동기에서 공직에 나선 듯했다. 그는 재소자들의 처우 개선을 위해 캠페인을 벌였고, 가난한 이들을 도와주고 교육하면 범죄를 근절할 수 있다고 믿었다. 보안관 사무실 일만 해도 어마어마한 부담이었을 텐데—수감자들이 그의 품안에서 죽었고, 살인자들이 방면됐으며, 상상할 수 있는 갖은 인간적 고난의 현장에 제일 먼저 도착할 때도 많았다—그는 용케 품격을 유지했다.

게다가 보안관은 다른 누구도 보지 못한 그녀 안의 무언가를 꿰뚫어보았다. 이것은 콘스턴스도 기꺼이 인정하고 감탄하는 바였다. 그는 콘스턴스의 강인한 의지력, 정의에 대한 명민한 감각과 날카로운 감식안에 더해, 그녀가 자신의 몸집을 유리하게 이용할 줄 안다는 사실까지 간파했다. 물리적 힘이 부족하다는 것이 여성 경찰을 고용하는 데 대한 오랜 반론이었지만, 콘스턴스는 힘이라면 넉넉했고 힘 쓰기를 꺼리지도 않았다. 히스 보안관은 콘스턴스가 우수한 보안관보가 될 수 있는 이러한 자질들을 갖추고 있음을 알아보았고, 성별과 상관없이 자질과 역량에 기반하여 그녀에게 일자리를 제안했다. 이것만큼은 콘스턴스가 보안관에게 평생 가는 빚을 진 셈이었다.

콘스턴스는 보안국에서 일을 하면 남자 보안관보들이 다루는 사건과 똑같은 종류의 여성판 사건을 맡게 될 줄 알았다. 절도와 소매치기, 주취 난동, 폭행 그리고 가끔은 살인과 방화도. 남성 범죄자를 추적하는 일에서도 콘스턴스는 거칠 것이 없었고, 필요할 때마다 서슴지 않고 달려갔다. 콘스턴스는 지금까지 맞붙은 웬만한 남자들보다 더 컸고, 더 무거울 때도 있었다. 게다가 물리적으로 맞서야 할 때 콘스턴스가 몸을 사리지 않는 무모함을 보인다는 것도 득이 되면 됐지 해가 되진 않았다. 콘스턴스는 딱딱한 길바닥이 인정사정없이 때릴 거라는 걸 알면서도 거리에서 거리낌없이 몸을 날려 도주중인 용의자를 덮친 것으로 잘 알려져 있었다. 그런 습성 때문에 갈비뼈가 나가고 멍들고 접질린 곳이 한두 군데가 아니었지만, 덕분에 히스 보안관의 존경을 얻어냈고, 그것은 콘스턴스에게 피투성이 무릎 이상을 뜻했다.

그러나 최근 들어 난투극은 점점 줄어들고 훈계와 설교가 늘어나는 추세였다. 길을 잘못 든 여자들에게 교도소가 최적의 장소인 경우는 극히 드물었으므로 콘스턴스는 영 입맛이 썼다. 반윤리 관련 사건들이 꾸준히 조금씩 증가한다는 것은 보안관보 겸 교도관인 콘스턴스의 위치상 상당히 곤혹스러운 일이었다. 지난 몇 달 동안 품행불량 또는 선도불능의 죄목으로 젊은 여자들이 줄줄이 끌려들어왔다. 로사 조지오는 늦은 시각까지 남자들과 어울렸다고 친아버지가 신고했다. 메이블 메릿은 약국에서 모르는 남자를 따라나가다 붙잡혔다. 데이지 새들러는 팰리세이즈공원에서 노출이 심한 옷을 입었다고 체포됐다.

이런 여자들은 대개 재판에 대한 준비도, 적절한 방어책도 없이 몇 주 동안 구치소에 수감된 채 하릴없이 공판일을 기다렸다. 고소인이 친부모인 경우도 적지 않았다. 딸에게 불리한 증언을 하는 어머니, 법정에서 판사에게 말 안 듣는 딸을 잡아가달라고 호소하는 아버지를 보는 일이 비일비재했다. 부모들로서는 딸이 너무 고집 세고 되바라지게 자라서 다루기 힘들 때 법원에 맡기면 아주 편했다.

이곳 해컨색 교도소에서 복역하는 사람들도 있고, 주립 교도소로 이감되는 사람들도 있지만, 아무리 기억을 더듬어봐도 무죄 석방된 사람은 단 한 명도 떠오르지 않았다. 부모 허락 없이 집을 나왔다거나 점잖지 못한 남자와 어울린 것 따위에 지나지 않는 범죄로 젊은 여자들이 몇 달 혹은 몇 년씩 감옥에 갇히게 되는 것이다.

그런 점잖지 못한 남자들이 체포되는 일은 결코 없다는 사실을 콘스턴스는 모를려야 모를 수가 없었다.

그런 마당에 지금 여기, 교도소 1층의 창문 없는 휑뎅그렁한 취조실 한구석에 에드나 휴스티스가 옹송그리고 있었다. 에드나는 계절에 맞지 않는 헐렁한 퀼트 코트를 둘렀고(경찰이 에드나를 하숙집 현관으로 우악스럽게 끌어낼 때 여자애들 중 하나가 급히 던져준 것이었다), 모자도 쓰지 않았다. 검은 곱슬머리가 파리한 하트형 얼굴을 감쌌고, 일견 무기력한 듯하지만 눈빛은 날카로웠고 뾰족한 턱에서는 단호함이 엿보였다. 콥 집안의 세 자매 중 막내인 플러렛과 또래로 보였지만, 플러렛 같은 허영기는 전혀 찾아볼 수 없었다. 에드나의 냉정하고 침착한 모습은 고된 노동에 익숙하다는 인상을 주는 반면, 플러렛이 고된 노동과 전혀 인연이 없다는 것은 콘스턴스도 순순히 시인할 수밖에 없었다.

패터슨 경찰서의 랜돌프 경관은 취조실 안의 유일한 의자에 퍼질러 앉아 기록부가 놓인 작은 테이블 위에 두툼한 팔뚝을 얹고 있었다. 그 의자는 보안관보들이 재소자가 새로 들어올 때마다 기록부에 인적사항을 기재하기 위해 앉는 자리였다.

"거기는 담당 보안관보 자리입니다." 의자에서 일어나지 않는 경관을 보고 콘스턴스는 사무적으로 말했다. 그 말에 에드나는 보일 듯 말 듯 미소 지었고, 경관은 투덜거리며 끙하고 힘겹게 일어나 기사도라도 발휘하는 양 과장된 몸짓으로 의자를 내밀었다.

"폼프턴레이크스의 하숙집에서 이 여자를 체포했습니다." 콘스턴스가 자리에 앉자 경관이 말했다. 그는 에드나 휴스티스가 보지 못하게 고개를 돌리고 한쪽 눈썹을 치켜올려 그런 장소에서 발견되는 젊은 여자들이 얼마나 골칫거리인지 강조했다. 경관의 눈 밑과 턱밑에 여러 겹으로 늘어진 피부는 추격의 즐거움을 여태 잊지 못하는 늙은 사냥개를 연상시켰다.

콘스턴스는 여자가 가구 딸린 방을 얻었다고 해서 곧장 의심해야 할 이유는 없다고 말하고 싶어 입이 근질거렸지만, 그 말을 꺼냈다간 랜돌프 경관이 사건 설명을 끝내지도 않고 나가버릴 공산이 컸고, 그러면 콘스턴스는 해결하기 훨씬 더 어려워진 사건의 재소자를 떠안게 될 것이었다. 혀끝까지 차오른 말을 도로 삼키는 건 콘스턴스의 성미에 맞지 않는 종류의 요령이었다.

"무슨 혐의로 체포됐습니까?" 콘스턴스는 결국 이렇게 묻는 것으로 정리했다. 콘스턴스의 손이 이 특정한 사안의 내력이 기록될 장부의 빈칸 위에서 잠시 맴돌았다.

"크리스마스 직후에 이 여자의 어머니가 경찰서에 와서 품행불량으로 신고했습니다. 오늘 마침 폼프턴레이크스에 갈 일이 생겨서, 이 여자가 아직 거기 있다면 잡아오자고 생각했죠."

에드나는 품행불량이라는 말에 입술을 꾹 다물며 찡그렸다. 아니, 어머니라는 말에 그랬을지도 모르겠다. 콘스턴스는 저 특유의 반항적 몸짓을 잘 알고 있었다. 자신도 에드나보다 어렸을 때부터 저런 표정을 연습했다. 그래도 에드나에게는 애써 엄격한 말투로 물었다. "하숙집에서 혼자 뭘 하고 있었지?"

에드나는 어깨를 펴고 콘스턴스를 똑바로 쳐다봤고, 학생이 선생님에게 얘기하듯 두 손을 공손히 앞으로 모아 맞잡았다. "일을 하고 있었습니다. 저는 혼자 힘으로 듀폰 화약공장에서 일자리를 구했습니다."

뭐, 당연히 그랬겠지, 콘스턴스는 속으로 생각했지만 입 밖에 내지는 않았다. 랜돌프 경관은 에드나가 거기서 뭘 하고 있었을 거라 생각했을까?

"지금 몇 살이지? 사실대로 말해, 거짓말해봤자 금방 들통날 테니까."

"크리스마스 직전에 만 열여덟 살이 됐습니다."

"열여덟 살 먹은 여자가 혼자 힘으로 일자리와 살 곳을 찾는 것을 금하는 법조항은 없지." 콘스턴스는 허리를 쭉 펴서 의자 등받이에 기대고 히스 보안관이 법률문제에 관해 발언할 때 하는 식으로 가슴 앞에서 팔짱을 꼈다. "네 어머니가 왜 너를 품행불량으로 신고했을까?"

랜돌프 경관은 여기서 좀더 오래 서 있으려면 몇 가지 조치를 취해야 한다는 듯 꿈지럭거리며 한숨을 내쉬고 허리띠를 세게 잡아당겼다. "그건 판사가 알아서 할 문제 아닙니까?" 경관이 끼어들었다. "아니면 보안관이나?" 경관은 문을 열고 어렴풋한 희망을 품고서 복도를 내다봤지만 보안관은 왼쪽에도 오른쪽에도 없었다.

콘스턴스의 자제심이 그녀를 저버렸다. 콘스턴스는 펜을 닦아내고 말했다. "랜돌프 경관, 당신은 내가 아는 한 그 어떤 범죄도 저지른 적 없고 버건 카운티와 그 어떤 연관성도 없는 사람을 교도소로 데려왔습니다. 이 사람은 퍼세이크 카운티에 살고 거기서 일합니다. 어쨌든 아직도 거기서 일하는 상태면 좋겠군요. 에드나, 공장 사람들 중에 지금 네가 어디 있는지 아는 사람이 있을까?"

미스 휴스티스는 코웃음을 쳤다. 과시용에 가까웠겠지만, 이미 에드나는 콘스턴스에게서 공모자의 낌새를 눈치챘고, 자신에게 배역이 주어졌음을 알아차렸다. "관리반장님에게 드릴 편지를 쓰게 해달라고 부탁했지만, 저 경관님이 그건 허용되지 않는다고 말씀하셨어요."

랜돌프 경관이 반박하려 했지만 콘스턴스가 말을 잘랐다. "괜찮아. 그건 내가 알아서 하지. 네 어머니가 이곳 버건 카운티에 살기 때문에 네가 여기 교도소로 온 거겠지?"

에드나는 고개를 끄덕였다. "에지워터에 사세요."

마침내 콘스턴스는 준법정신이 투철한 젊은 여성이 본인 의사에 반하여 버건 카운티 보안관 사무실로 오게 된 경위에 대해 아주 가느다란 실마리를 발견했다. 콘스턴스는 기록부에 적은 에드나의 이름과 생일과 죄목 옆에 그 사실도 써넣었다.

품행불량 혐의, 라고 쓴 콘스턴스는 두번째 단어에 밑줄을 그었다. 누구나 체포되면 처음에는 범죄 혐의자일 뿐이지만, 강조할 필요성을 느꼈다.

인적사항 기록을 마친 콘스턴스는 일어나서 에드나의 팔을 잡았다. "고맙습니다, 경관님. 어서 패터슨으로 복귀하고 싶으실 테죠."

"나는…… 네, 그래요, 감사합니다." 경관은 나가기 전에 교도소 주방 쪽을 힐긋 쳐다봤다. 오늘처럼 칙칙하고 우울한 날이면 경찰관들은 다시 순찰을 돌기 전에 보안관보가 권하는 커피를 한 잔 받아들고 담소를 나누며 교도소에서 어슬렁거리고 싶어했다. 그러나 콘스턴스는 그들 서로 상대방에 대해 참을 만큼 참았다고 생각했고, 그래서 곧장 그를 보냈다.

"이거 영 모양새가 마음에 안 드네." 경관이 가고 난 후 콘스턴스가 말했다. "랜돌프 경관이 너를 데리고 나오기 전에 하숙집 주인에게 너에 대해 물어봤니?"

"아니요."

"그럼 네 고용주한테는? 경관이 먼저 화약공장에 들러 너에 대해 뭔가 물어본 것 같아?"

"안 그런 것 같은데요. 그분은 제가 어디서 일하는지 몰랐습니다."

콘스턴스는 한 걸음 물러나 에드나를 내려다보았다. "얘기 좀 들어보자. 네 어머니의 고소 내용이 사실이야? 댄스홀이나 영화관에서 늦게까지 놀았다든가, 매일 밤 남자를 바꿔가며 싸돌아다녔어? 판사가 너에게 품행불량이라는 판결을 내릴 만한 짓을 하나라도 했어?"

에드나는 딜리아와 다른 애들이 떠올라서 당황스러운 미소를 살짝 지으며 고개를 흔들었다. "아니요. 미시즈 턴불이 말씀해주실 겁니다. 하숙집의 다른 여자애들도요. 저는 그 집에서 제일 따분한 사람이에요."

"넌 따분하지 않아. 넌 일을 하고 싶었을 뿐이고, 남에게 기대지 않고 살고 싶었을 뿐이야. 그렇지?"

에드나는 고개를 끄덕였다. 콘스턴스가 보기에 에드나는 댄스홀에서 뭘 어떻게 해야 할지 모르는 수수하고 진지한 젊은이였다.

"저희 어머니는 제가 혼자 나가 사는 것을 용납하지 않으세요." 에드나가 말했다. "하지만 그걸로 경찰에 가셨을 줄은 생각지도 못했어요."

"네 삶을 결정할 사람은 네 어머니가 아니지." 콘스턴스는 맞장구를 쳤다. 콘스턴스 자신의 어머니도 딸이 일을 하지 못하게 방해했는데, 그래도 그건 여성 보안관보는 말할 것도 없고 여성 전화 교환원이나 여성 기자도 존재하기 전이었다. 지금은 시대가 달라졌다. 부모들로서는 딸들이 하고 싶은 대로 하는 것을 막을 명분이 확연히 줄어들었다.

콘스턴스가 에드나에게 들려주고 싶지 않은 말은 이것이었다. 판사가 결정할 거야. 그리고 판사에게 사건의 진상을 제시하는 사람은 아무도 없겠지, 아무도 번거롭게 나서서 실질적 증거를 수집해오지 않을 테니까.

정확히 그게 문제였다. 검찰은 범죄가 일어났음을 입증하고 체포가 합당한 것임을 증명할 책임이 있다. 그들은 에드나의 어머니를 증인으로 내세울 것이고, 그녀는 딸들에 대해 불만을 토로하고 싶을 때 어머니들이 하는 말을 아무 말이나 줄줄 늘어놓을 것이다.

하지만 에드나 변호는 누가 하지? 에드나는 변호사를 고용할 돈이 없다. 그리고 검찰은 굳이 무혐의 처분을 하지 않을 것이다. 사실 검찰은 이런 사건을 점점 더 반기는 눈치였고, 언론에 나는 걸 좋아하는 듯했다. 검찰이 부도덕함과 죄악에 대해 뭔가 하고 있다는 걸 보여주니까.

기소할 만한 건이 아니라는 사실은 누구에게도 중요하지 않았다, 기소된 본인을 제외하면.

그래서 콘스턴스는 그럴 권한도 뾰족한 방책도 없으면서 다소 무모한 약속을 한 것이다. "에드나, 내가 직접 가서 하숙집 주인과 공장의 관리반장하고 얘기해보도록 할게. 판사님은 내가 하는 말을 귀담아들을 거야."

콘스턴스는 백 퍼센트 확신이 없을지라도 아주 단호하고 명쾌하게, 자명한 사실처럼 얘기하는 경향이 있었다. 그녀의 직업은 그런 유의 허세를 요구했다. 피의자 앞에서 머뭇거리는 모습을 보이면 안 된다. 그녀가 아는 한, 보안관보는 형사 고발에 개입하거나 피의자 편에서 발언할 권한이 없다. 그러나 이 여자애를 위해 뭔가 조치를 취해야 했고, 성미 급한 콘스턴스는 직접 발 벗고 나섰다.

"나한테 맡기고," 콘스턴스는 에드나에게 말했다. "너무 걱정하지 마."

"걱정 안 해요." 실제로 에드나는 걱정하지 않았다. 콥 보안관보의 재량권 안으로 들어오자 에드나는 엄청난 행운을 잡은 느낌이었다. 이렇게 강해 보이는 여성은 난생처음 봤고, 이런 흔치 않은 일을 하는 여자라면 누구든 자신의 처지에 공감할 거라고 확신했다.

사실 에드나는 콥 보안관보가 군역을 고려해본 적이 있을지 궁금했고, 그것에 대해 물어보고 싶었다. 리볼버를 진주 목걸이 차듯 쉽게 차고 다니고 명령을 외칠 수 있는 힘찬 목소리와 그에 어울리는 기질을 가진 여자가 여기 있다. 콥이라는 성을 보면 독일인일 수도 있겠지만, 그녀의 충성심은 독일 황제가 아니라 뉴저지에 속할 거라고 에드나는 생각했다.

그런 얘기를 몽땅 털어놓으려는 찰나, 콘스턴스가 말했다. "자 그럼 에드나, 이제 너를 조용하고 깨끗한 감방에 넣고 점심으로 뭔가 따뜻한 걸 갖다줄게. 난 오늘 오후에 폼프턴레이크스에 갈 거야. 이 모든 소동은 내가 내일 널 집에 데려다주면 네 친구들에게 들려줄 만한 좋은 얘깃거리가 되겠지."

"내일이라고요! 제가 감옥에서 하룻밤을 보내야 한다는 뜻은 아니죠?" 에드나의 목소리에 공포가 스며들었다. 에드나는 그 자리에 버티고 서서 누구한테 끌려나가기 전까지 한 발짝도 움직이지 않으려 했다. 끌어낼 수도 있었지만 콘스턴스는 그러지 않았다.

에드나는 경찰에 체포되기는커녕 경찰과 얘기해본 적도 없었다. 어제까지는 카운티 교도소를 본 적조차 없다고 확실히 말할 수 있었다. 그런데 어떻게 철창 안에서 부랑자와 술주정꾼과 범죄자 들에 둘러싸인 채 하룻밤을 살아남겠는가?

콘스턴스는 어정쩡하게 허리를 굽히고 에드나의 두 눈을 똑바로 쳐다보았다. 에드나의 입술이 떨리기 시작했고 울음을 터뜨릴 것처럼 보였다.

"내 말 잘 들어. 여기서 나는 네 편이야. 난 네 문제를 해결할 거고, 그러고 나서 곧바로 너를 석방하는 작업에 착수할 거야. 네가 혼자 힘으로 살면서 취직하는 것을 금지하는 법은 세상에 없어."

"아까 그 경관님은 그 사실을 모르는 것 같던데요." 두려움과 수치심이 와락 몰아치면서 눈물이 났다.

"하지만 판사님은 아실 거야. 내가 그렇게 만들게. 지금 당장 보안관한테 얘기할 거고, 그럼 보안관도 네 편이 될 거야. 우리 두 사람이 네 편인데, 네가 질 리가 없지, 안 그래?"

에드나는 보안관에 대해 아무것도 몰랐지만, 달리 선택의 여지가 있겠는가? "그렇겠죠."

그렇게 해서 에드나는 안심하고 감방으로 갔고, 콘스턴스는 버건 카운티에서 형사 정의가 실현되는 방식에 몇 가지 개선할 점이 있다고 지금 막 결정했음을 알리기 위해 히스 보안관을 찾아갔다.

3

한밤중에 기차 사고나 농가주택 절도나 여타 재난으로 침대에서 불려나오는 일은 히스 보안관에게 드문 일이 아니었다. 하룻밤의 숙면은 거의 즐길 수 없는 사치였고, 그것을 증명하는 가지색 그림자를 눈 밑에 달고 다녔다. 그는 우편물을 읽고 업무를 보며 자신의 사무실에서 오전 시간을 보냈고, 콘스턴스는 에드나를 감방에 데려다준 뒤 사무실에 있는 보안관을 찾아갔다.

보안관 사무실은 벽에 화재보험사 달력 외엔 아무런 장식도 없는 간소한 방이었다. 유리문이 달린 서가와 보안관 본인의 책상, 재소자 기록과 서신과 사건 파일이 늘 쌓여 있는 오크 테이블이 있었다. 책상 맞은편에는 낡고 닳아빠진 방문객용 의자 두 개가 놓여 있었다. 건너편에는 파란색 타일로 된 작은 벽난로가 있고, 겨울이면 보안관이 내내 불을 피워놓아 이곳은 교도소에서 가장 따뜻하고 우호적인 장소였다.

콘스턴스는 사무실로 들어가 난롯불 앞에 서서 곧바로 에드나 휴스티스의 미래를 화두로 올릴 생각이었는데, 신문기사 때문에 얘기가 딴 데로 샜다.

"미스 하트의 최신 기사를 방금 봤는데," 보안관이 콘스턴스 쪽으로 신문을 바스락거리며 말했다. "해컨색의 여자 보안관을 대단히 인상적으로 그렸더군요."

"원래 그걸 노린 거 아니었나요?"

캐리 하트는 뉴욕시의 신문기자로, 작년에 콘스턴스가 어떤 사건을 다룰 때 도움을 주었다. 캐리는 사교 오찬 모임에 관한 기사를 쓰는 데 진력이 나서, 뉴저지 최초의 여성 보안관보에 관한 소개가 독자들의 흥미를 끌 수 있을 거라고 데스크를 설득했다.

히스 보안관은 교도소에 들어온 불운한 여자들의 사정과 여자 보안관보가 이들에게 해줄 수 있는 여러 조언에 관한 기사가 나오면 교정과 개선에 대한 자신의 아이디어에 힘이 실릴 거라 생각해 기사화를 허락했다. 보안관을 헐뜯는 사람들은 감옥은 암울하고 비참한 경험을 하는 곳이어야 한다고, 그래서 범죄자들이 감옥에 들어갈 만한 짓을 그만두게 해야 한다고 생각했다. 보안관은 재소자들에게 적절한 위생과 건강에 좋은 음식, 간단한 의료 처치를 도입하기 위해 싸워야 했다. 그는 재소자들에게 유익한 책을 제공하고 일요일 예배를 볼 수 있게 했다는 이유로 비난을 받기도 했다. 시민들을 설득하기 위해 그는 기꺼이 기자를 교도소 안으로 들였다.

콘스턴스는 언론이 자신에 관해 말하는 방식이 싫었지만, 그래도 인터뷰에 응하기로 했다. 이 나라의 모든 신문은 웃기고 드라마틱한 연성 기사로 여성 페이지를 채웠고, 그 말은 곧, 치마 입은 경찰에 관한 기사가 몇 달에 걸쳐 전국을 떠돌아다니며 매번 진취적인 교열 담당자의 기발한 수정을 거쳐 콘스턴스 본인도 헤드라인에 나온 자신을 알아볼 수 없게 될 거란 얘기였다.

브루클린의 지하철역 계단에서 탈주범과 몸싸움을 벌인 지난 사건에 관한 요란한 기사들 덕분에 콘스턴스는 독거남들과 모험심 넘치는 기업가들에게서 편지 세례를 받았다. 쿠바에 사는 의사에게 청혼을 받았고, 시카고의 공장 감독이 일자리를 제안했고, 서부로 와서 교도소를 운영할 의사가 있다면 엘파소에 있는 교도소 열쇠 꾸러미를 주겠다는 사람도 있었다.

콘스턴스의 동생 노마는 그런 편지들에 답장하는 데 대단한 자부심을 가지고 있었다. 노마는 편지를 큰 소리로 읽고 신랄한 회신을 작성하며 몇 시간을 보냈다. 노마의 펜 끝에서 무례한 제안들에 대한 거절이 예술적 형태로 승화했다.

콘스턴스는 이번 기사가 편지만 더 불러들일 거라는 예감이 들었다. 보안관은 헤드라인이 잘 보이게끔 신문을 들고 목청을 가다듬더니 소리 내어 기사를 읽었다.

현실 속 르코크 탐정*, 여성 보안관

참신한 방법으로 범죄를 탐지

"여자들도 능력만 있다면 자신이 원하는 일은 무엇이든 할 수 있

* 19세기 프랑스 소설가 에밀 가보리오가 창조한 인물. 추리소설의 선구적 캐릭터 중 한 명으로 셜록 홈스의 탄생에 영향을 미쳤다.

는 권리가 있어야 합니다."

뉴저지주 버건 카운티의 보안관보 미스 콘스턴스 A. 콥은 해컨색에 위치한 카운티 교도소의 여성 수감동 안으로 기자를 안내했다. 미스 콥은 신중하게 문을 잠근 후 통풍이 잘되는 밝고 환한 감방 중 한 곳에 들어가 이야기를 시작했다. 그리고 업무를 봤다. 기자가 약속 시간에 도착했을 때 미스 콥은 한참 바쁜 와중이었다. 보안관보가 인터뷰할 시간을 낸 건 그로부터 한 시간 후였다.

"집에서 살림하는 것을 좋아하는 여자들도 있지요." 미스 콥은 말을 이었다. "하게 놔둬요. 그런 유의 일을 좋아하고 그런 일을 할 사람들은 충분히 많습니다. 하지만 밖에 나가 사건과 사람들 틈에서 부대끼는 일을 바라는 여자들도 있습니다. 나는 아주 어릴 때부터 그런 일이 하고 싶었어요."

히스 보안관은 신문을 내려놓았다. "이 기사가 여성의 일자리에 대한 얘기가 될 예정이었습니까, 아니면 우리 재소자들에 관한 얘기가 될 예정이었습니까?"

"당연히 재소자들 얘기죠." 콘스턴스가 말했다. "하지만 하트 기자는 독자들을 위해 밑그림을 그려야 했어요. 그 부분은 미리 내게 양해를 구했습니다."

"나한테 양해를 구한 사람은 아무도 없었는데요." 보안관은 계속 기사를 읽으며 말했다. "당신은 하트 기자를 여기저기 데리고 돌아다니면서 재소자들에게 소개했고…… 아, 이제 그 얘기가 나오는군."

"재소자들은 언제든 자유롭게 나를 만나러 올 수 있습니다." 미스 콥이 말했다. "히스 보안관에게 내려온 임무와 관련된 외부 활동을 하는 것 외에도, 나는 이 교도소의 교도관입니다. 나는 항상 여성 재소자들과 친하게 지내요. 그게 그들의 신뢰를 얻는 비결이죠. 결국 그들은 내게 진실을 털어놓습니다. 그래야만 내가 자신들을 도와줄 수 있다는 걸 알게 됐으니까요."

"그렇다면, 재소자들에게 도움이 되려 노력하십니까?"

"물론입니다. 대체로 약간의 도움만 있으면 그들은 바른길로 돌아와 정직하게 살 수 있습니다. 타인과의 싸움에 도움이 필요할 때도 있지만, 보통은 자신과의 싸움인 경우가 많습니다. 재소자들은 흔히 자정쯤 제 방으로 찾아옵니다, 제가 잠자리에 든 후에요. 한밤중에 여자들은 자신의 처지에 공감하며 귀를 기울여주는 사람만 있으면 대체로 다 털어놔요."

"바로 그런 이유로 보안관님이 여성 교도관을 고용한 거니까, 거기에 대해선 불평하지 마시죠." 콘스턴스가 끼어들었다.

"아, 여기 이런 게 더 있네. 이 그림들은 못 봤나보군요."

"그림이요? 알다시피 난 사진 촬영에 동의하지 않았……"

보안관은 신문을 콘스턴스에게 내밀었다. 삽화가가 더 날씬하고 더 세련된 버전의 콘스턴스를 두 장면 속에 그려놨다. 울고 있는 여자애를 달래는 콘스턴스. 도주범과 몸싸움을 벌이는 콘스턴스.

"난 삽화가를 보지도 못했고, 이 사람도 나를 본 적이 없는 게 확실하네요."

보안관은 기사를 몇 줄 더 읽어내려가며 말했다. "여기 기사에,

보안관 사무실에서 이뤄진 기자회견 이후 쏟아진 청혼에도 불구하고 미스 콥은 결혼을 위해 일을 포기할 생각이 없다, 이렇게 나왔네요. 미스 콥은 활동적인 삶을 원한다.”

“그걸로 청혼들 좀 그만둬준다면야.”

“당신이 기자들에게 말하는 걸 거부하면 그만들 할 겁니다.” 보안관이 말했다.

“그 인터뷰는 당신이 하랬잖아요!”

“나는 우리가 잘한 일에 대한 기사를 바랐습니다.”

“기사는 그게 다예요?”

“하트 기자가 당신의 매력적인 외모에 대해 쓴 부분은 읽지 않았습니다.”

콘스턴스는 낮게 탄성을 질렀다. “마저 읽으시죠.”

보안관은 목청을 가다듬고 나서 기사를 읽었다. “‘미스 콥은 기운 넘치는 젊은 여성이다. 몸집은 크지만……’” 보안관은 말꼬리를 흐렸고 콘스턴스를 쳐다보지 못했다. 콘스턴스는 신문을 낚아채 읽고 극도의 당혹감에 휩싸였다.

> ……몸집은 크지만 균형이 잘 잡혀 있고 위풍당당하게 덩치를 휘두르고 다닌다, 라고 소설가들은 쓸 법하다. 눈은 같은 색조의 머리칼과 잘 어울리는 보드라운 갈색이고, 그 또한 소설가들에게 묘사로 한 페이지는 족히 채울 만한 소재를 제공한다.

콘스턴스는 신문을 보안관에게 던졌다. “캐리가 이렇게 썼다니 믿기지 않아.”

보안관은 다시 신문을 집어들었다. "'범죄 탐지에 관한 미스 콥의 아이디어' 목록을 안 봤군요. 집필 계획이 있습니까? 이건 책의 목차처럼 보이는데요."

"내 아이디어가 어쨌다고요?"

보안관은 신문을 내려다보며 말했다. "'치안 업무에 종사하고자 하는 여성들에게 필요한 자질은 투지, 대담함, 인내력, 공감력, 일에 대한 사랑, 죄수들의 삶과 감정에 대한 몰입력이다.'"

"그건 당신도 훌륭한 목록이라고 인정해야죠."

보안관은 세번째 페이지로 넘어가 고무장갑 광고에 밀려 하단 구석에 처박힌 마지막 몇 문단을 훑었다. "이야, 여기 교도소 개선에 관한 부분이 있군요, 맨 끝에, 다들 안 읽고 넘겨버릴 곳에."

> 지난 몇 년 동안 교도소를 개선하고 징벌보다 교정을 위한 기관으로 만들자는 논의는 많았으나, 그중 어느 것도 미스 콥이 고안하여 실천한 것보다 종합적인 계획안을 도출해내지 못했다. 다행스럽게도 미스 콥은 진보적인 보안관 로버트 N. 히스의 지원을 받고 있다. 히스 보안관은 오 년 전 보안관보로 임명됐을 때부터 현대적 교도소 운영에 지대한 관심을 보였고, 외부의 반대에도 굴하지 않고 그러한 계획을 실행하는 데 힘을 보태왔다.

이제는 보안관이 극도의 절망에 휩싸여 콘스턴스를 쳐다봤다. "내가 당신의 교도소 개선 프로그램을 도와주는 사람인 줄은 몰랐습니다."

"내가 그런 말은 한마디도 하지 않았다는 거 알잖아요."

보안관은 한숨을 내쉬고 한 손으로 이마를 쓸었다. "우리가 아예 이런 기삿거리를 주지 않는 게 최선이겠지요. 기자들은 자기 좋을 대로 아무렇게나 기사를 쓰고, 우린 그에 반박할 기회가 전혀 없습니다."

"그러죠, 난 좋아요." 콘스턴스가 말했다. "나도 결코 이런 식으로 튀길 바라지 않았어요. 이러면 다른 보안관보들도 받아들이기 힘들어요. 범인을 잡을 때마다 신문에 삽화가 실리는 보안관보는 없죠. 내가 받는 것과 같은 종류의 서신에 답장해야 하는 보안관보도 없고요."

"마음에 안 들면 답장을 쓰지 말아요." 보안관이 말했다.

"아, 덕분에 노마가 바쁘거든요."

"당신 급여에 대한 얘기도 여기 잠깐 언급됐어요."

최근 콘스턴스의 급여 문제가 자유보유권자위원회 회의에 안건으로 올랐다. 보안관의 지출에 혹독한 질책이 쏟아지는 건 특이한 일이 아니었지만, 위원들이 여성 고용 비용을 면밀히 조사하겠다고 나선 건 이번이 처음이었다. 콘스턴스는 일 년에 천 달러를 받았고, 여느 보안관보들과 같은 연봉이었다. 콘스턴스는 회의에 출석하지 않았지만, 그 이후 급여에 관한 얘기를 귀가 닳도록 들었다. 갑자기 온 동네 사람들이 콘스턴스의 급여에 대해 한마디씩 했다.

"계속하시죠." 콘스턴스는 침울하게 말했다.

"내가 한 얘기가 인용됐습니다. 적어도 이건 실제로 내가 한 말과 비슷하네요."

"보안관 사무실은 업무를 하는 곳이고, 업무 규칙에 따라 운영됩니다. 여성 재소자를 관리하고, 정신이상자를 모리스 플레인스로 이송하는 것, 그리고 그 외 여러 직무를 위해 우리는 여자 교도관이 필요했습니다. 남자가 못할 때 여자가 범인을 함정에 빠뜨리는 데 성공한 사례도 많이 있습니다. 따라서 여성 보안관보를 두는 것은 보안관 사무실의 업무 효율 제고의 일환이며, 미스 콥에게 그 직위를 제안한 것은 미스 콥이 이쪽 업계에서 거둔 눈부신 성취 때문입니다."

"나의 눈부신 성취를 자유보유권자들이 납득할 것 같지 않은데요." 콘스턴스가 말했다.

"무엇도 납득할 리 없으니, 괜히 신경쓰지 말아요. 나는 매일 카운티의 여성들 문제로 더 많은 항의를 듣습니다. 여성 보안관보가 없으면 그에 대해 아무것도 못해요."

콘스턴스는 드디어 기회를 잡았다. "바로 그런 이유로 오늘 아침에 들어온 사람에 관해 얘기 좀 해야겠어요. 보안관님 말이 맞았어요. 그 여자는 감옥에 있을 사람이 아니에요. 하지만 내가 뭘 어떻게 해야 할까요?"

콘스턴스는 뭘 어떻게 해야 하는지 정확히 알고 있었지만, 보안관에게 먼저 방안을 제시할 기회를 주는 게 좋겠다고 생각했다.

"저런 일선 순경들 대부분이 자원봉사자들입니다. 법에 대한 교육이 거의 안 되어 있죠." 히스 보안관이 말했다. "비단 여자들뿐만이 아닙니다. 영어를 못하고 수상해 보인다는 이유만으로 남자들도 체포해요."

"그럴 땐 어떻게 하세요?"

"아, 그냥 풀어줍니다. 나는 어떤 사람이 폴란드인이라는 이유만으로 그를 감방에 넣지 않아요."

그냥 풀어준다고? 콘스턴스는 그렇게 말하는 보안관의 거리낌 없는 태도에 충격을 받았다. 경찰이 교도소로 끌고 온 사람을 그냥 밖에 데려가 놔줘도 된다는 생각은 꿈에도 해본 적이 없었다. 실제로 콘스턴스 자신이 그렇게 할 수 없음은 아주 명백했다. 분명히 그건 보안관만이 가지는 특권이었다.

"그럼 내가 맡은 여자들은 어떻게 하죠? 단지 여자이고 수상해 보인다는 이유만으로 체포된 사람들도 있어요."

히스 보안관은 의자 등받이에 등을 기대고 철학 문제를 숙고하는 교수의 자세로 팔짱을 꼈다. "체포할 명분이 없다고 어떻게 장담할 수 있습니까?"

수상쩍어 보이는 폴란드인이 뭘 하고 있었는지 역시 확실히 알 방법이 없지 않느냐고 굳이 따져 묻지 않았다. 다만 콘스턴스는 이렇게 말했다. "보안관님이 경찰들과 사이가 껄끄러워지는 걸 좋아하지 않는다는 건 아는데, 기소할 만한 건인지 어떤지 내가 돌아다니면서 조사를 좀 해보면 어떨까요? 이런 건은 대체로 재판까지 갈 것도 없이 무혐의 처리돼야 하지만, 그렇게 말할 수 있는 사람이 아무도 없네요. 그런 여자들 중 일부나마 내 감독하에 그냥 석방할 수 있다면 엄청난 시간과 노력이 절약되지 않을까요?"

방 귀퉁이에서 스팀 파이프가 바르르 떨렸고, 보안관은 허리를 숙여 파이프를 두들겼다. 하나 마나 한 짓이었지만 그래도 주도권을 쥐고 뭔가 조치를 취했다는 기분은 들었다. "캘리포니아에서 그 비슷한 걸 하고 있지요. 여성 범죄 전담 법원."

"그렇게까지 정식으로 할 필요는 없고요." 법원이 새로 생기는

데 몇 년이 걸릴지 모를 일이었으므로 콘스턴스는 얼른 말했다. "판사 앞에 서기 전에 혐의를 조사할 기회만 있으면 돼요. 그들도 주립 시설에 여자 한 명 가두는 데 드는 비용을 아끼고 싶어하지 않겠어요? 그게 다 세금인데."

"그럴 수도 있죠. 하지만 검찰에서는 도덕성과 관련한 사건에 누가 끼어드는 걸 좋아하지 않을 겁니다."

"검찰은 내가 뭘 하든 다 싫어하잖아요. 그쪽에서 무고한 여자들을 계속 철창에 가두자고 우기면 나도 안면 있는 기자를 부를 수밖에 없어요." 검찰과 콘스턴스의 불화는 일 년 남짓 거슬러올라가, 존 코터 수사관이 그녀의 가족을 괴롭히던 남자에 대해 무대응으로 일관했을 때부터 시작됐다. 당시 콘스턴스는 언론에 대고 공개적으로 코터에게 망신을 주었다. 그때 이후로 양측은 앙숙이 됐다.

"언론과는 일이 주 정도 거리를 둬봅시다." 히스 보안관이 말했다. "폼프턴레이크스로 가서 그 사건을 어떻게 처리할 수 있을지 알아봐요. 모리스가 태워다줄 겁니다."

4

자동차 운전을 할 줄 모른다는 게 콘스턴스에게 불편한 일이긴 했지만, 느릿느릿 움직이는 마차와 말이 끄는 수레의 시대에 나고 자란 콘스턴스는 자신이 자동차에 어울리는 사람이라는 생각이 들지 않았다. 기계의 필요에 맞게 잘 정비된 길은 극히 드물었고, 길 여기저기에 크고 작은 구덩이가 잘 패는 탓에 결국 여름에는 빗물이 고이고 겨울에는 눈이 쌓여 평범한 샛길이 개울과 도랑으로 변했다. 자동차 운전자들은 허구한 날 진흙탕에 빠진 기계를 파내기 위해 힘센 남자들과 말을 찾아 모아야 했다. 그리고 자동차란 것들은 끊임없는 보살핌을 요구했다. 히스 보안관도 차를 세우고 풀리와 크랭크축 등 기타 고장난 금속과 고무를 손보는 일이 비일비재했다.

콘스턴스는 말 안 듣는 기계한테 우롱당하는 건 사양이라서 운전은 다른 보안관보들에게 양보하고 노면 전차나 기차 또는 딴사람이 모는 보안관의 차로 대충 만족하고 살았고, 그날 오후에도 모리스 보안관보가 운전대를 잡았다.

그 당시 모리스는 해컨색에서 가장 연차가 오래된 보안관보였다. 그는 히스 보안관이 선출되기 훨씬 전부터 보안관보로 근무했고, 여러 해 동안 두 정당의 쟁쟁한 보안관들을 보좌했다. 모리스는 부유한 공장주가 콥 자매를 괴롭혔을 때 자매들의 집을 지키도록 배치된 보안관보들 중 한 명이었다. 그는 콥 집안의 친구가 됐을 뿐 아니라 믿음직스러운 동료이기도 했다.

"화약공장이 문을 열기 전까진 도시라고 할 수도 없는 동네였는데." 모리스는 폼프턴레이크스의 작은 기차역 앞을 지나며 말했다. "이젠 하숙집도 생겼고 새 학교와 여름 축제도 생겼지. 여자들이 많이 일해요, 여기서."

아닌 게 아니라 허름했던 마을이 이제는 말쑥하게 멋을 낸 모습을 하고 있었다. 흙길이 쇄석도로로 바뀌었고, 중앙로를 따라 전기 조명선이 달렸고, 약국 겸 잡화점에서는 고급 비누와 욕실용품을 광고했다.

"화약을 제조하려고 그렇게 많은 여자들을 고용할 리는 없을 것 같은데요." 콘스턴스가 말했다.

"여자들은 도화선 라인에 들어갑니다. 사실 직물 작업이지. 방직공장이나 다를 바 없어요."

두 사람은 먼저 에드나 휴스티스의 하숙집에 들렀다. 새로 페인트칠한 깔끔한 건물에는 빈방 없음을 알리는 손글씨 표지판이 붙어 있었다. 초인종에 대답한 하숙집 여주인은 정확히 콘스턴스가 예상했던 모습 그대로였다. 줄무늬 실내용 드레스를 입은 잿빛 머리의 다부진 여인은 한 손에 걸레를 든 채로 문을 열었다.

"이번엔 누구를 찾아온 거죠?" 보안관보 제복을 본 여인은 지친 말투로 물었다.

콘스턴스가 무슨 일로 왔는지 설명하기 시작하자 하숙집 주인이 말허리를 잘랐다. "에드나 휴스티스는 잘하고 있어. 방세도 제때 잘 내고, 말썽도 일으키지 않고. 나는 통금시간을 정해놨고, 한 번이라도 늦게 들어오면 바로 내보내요. 그 꼴을 어떻게 봐. 하지만 에드나는 절대 저녁에 나가는 법이 없어요. 우리집 거실에 전기스탠드가 하나 있는데 에드나는 거의 매일 밤 옛날 책을 들고 거기 앉아 있지. 가서 은행강도나 잡으라고, 내가 그 순경한테 그랬다니까. 우리집 애들은 문제없어요."

콘스턴스가 보기에 이 여주인은 전에도 똑같은 설교를 한 적이 있는 것 같았다. "감사합니다, 미시즈……"

"들어와서 걸레질이나 거들든가, 여기 하루종일 있을 거면. 미시즈 턴불이오."

"하루종일 있을 생각은 아닙니다, 미시즈 턴불." 콘스턴스는 재빨리 말했다. "미스 휴스티스의 방을 잠깐 보여주시면 제가 보고서를 올리고 곧장 집으로 돌려보내겠습니다."

미시즈 턴불은 한숨을 내쉬고 모리스 보안관보를 향해 걸레를 내저었다. "저 사람은 못 들어와. 남자 출입금지. 그게 우리집 규칙이야."

"네, 알겠습니다." 모리스는 완연히 안도한 기색으로 포치에 놓인 목제 벤치에 털썩 앉았다. 폼프턴레이크스는 해컨색보다 추웠지만, 미시즈 턴불의 잔소리를 또 듣느니 춥더라도 바깥이 더 나은 눈치였다.

하숙집 주인은 콘스턴스에게 마스터키를 주고 카펫이 깔린 계단 위로 올려보냈다. 에드나의 방은 2층에 있는 방 네 개 중 하나였다. 콘스턴스는 모든 걸 꼼꼼히 뜯어봤지만, 잘 관리된 평범한 하숙집 세간밖에 보이지 않았다. 욕실 문 앞에 손글씨로 써붙인 목욕 일정표(에드나는 월요일과 수요일, 토요일 저녁에 썼다), 타원형 거울이 달린 코트걸이, 복도 끝 열린 창문 밖으로 걸어놓고 말리는 중인 대걸레.

에드나는 처마 끝 아래 아주 작은 방을 썼다. 단정히 청소된 방엔 뭐 하나 눈에 띄는 게 없었다. 베개 밑도 살피고, 못에 걸려 있는 원피스 주머니에도 손을 넣어보고, 선반 위 책들도 넘겨봤다. 수상쩍은 성질의 것은 전혀 보이지 않았다. 콘스턴스는 아래층으로 내려가 미시즈 턴불에게 감사를 표했다.

"이번 주말까진 방을 그대로 놔둘 거예요." 하숙집 주인이 말했다.

"부디 그렇게 해주십시오."

모리스 보안관보는 턱을 목깃에 파묻고 있었다. 콘스턴스가 문을 좀 세게 닫고 나오자 모리스가 펄쩍 뛰었다.

"이런 체포는 말도 안 돼요. 공장에 들렀다 가시죠, 에드나 휴스티스는 집으로 갈 거예요." 콘스턴스가 말했다.

"나도 집에 갈 수 있겠군." 모리스가 말했다. "보안관님이 사흘 연속으로 나한테 교도소 경비 업무를 맡겼거든. 3층에 질질 짜는 놈이 있어서 다들 잠을 못 잤어요."

"좀 그러다 잠잠해지겠죠." 오로지 남자들만 온 교도소에 다 들리게 큰 소리로 흐느껴 운다는 건 보안관보들 모두 잘 아는 사실이었다. 여성 재소자들은 조용히 혼자 울다 잠드는 기술이 생활화된 편이었다. 그러나 남자들은 감방에 갇힌 첫날, 수치심과 회한에 휩싸여 꼭 다들 잠을 못 자게 만들고야 말았다.

두 사람은 오후 근무조가 한창 일할 때 화약제조공장에 도착했다. 공장은 기다란 벽돌 건물 몇 채가 둘러선 형태였고, 몇 번에 걸쳐 더 크고 더 신식인 건물로 증축됐다. 바로 그 순간에도 새로 건물을 짓고 있는 중이었고, 사람들이 외바퀴 손수레 가득 시멘트와 목재를 싣고 왔다갔다 뛰어다녔다. 굴뚝에서는 검은 연기가 하늘 위로 뭉게뭉게 피어올랐다. 어느 건물에서나 딸칵거리고 철커덕거리는 기계 소리가 났다. 브로드 소재의 작업복을 입고 일하는 사람들이 수백 명쯤 있었고, 이 건물에서 다음 건물로 이동로를 따라 수레를 밀며 달렸다. 전쟁에 쓰일 탄약을 제조하는 데 모든 것을 바친 미니어처 도시 같았다.

콘스턴스는 직원 식당 맞은편의 낮은 사무용 건물 안에서 여직공 관리반장인 미시즈 섀퍼를 찾아냈다. 미시즈 섀퍼는 키가 크고 말랐지만 강단 있어 보이는 오십대 여자로, 매부리코에 입술은 얇고 입매가 자연스럽게 아래로 처졌다. 관리반장은 콘스턴스를 보고 사무적으로 고개를 끄덕였고, 보안관보가 찾아온 목적을 짐작한 듯했다. "에드나 휴스티스요? 좋은 직원이죠. 경찰이 자꾸 우리 직원을 끌고 가면 곤란합니다."

"알고 계시는지 모르겠습니다만, 미스 휴스티스는 메모를 전할 수 있게 해달라고 경찰에게 부탁했는데, 시간이 없었습니다."

"아, 알아요. 도화선 담당 여직공들이 온종일 그 얘기를 떠들어대니까. 에드나가 무슨 짓을 했어요?"

"제가 알기로는 아무 짓도 안 했습니다. 에드나의 어머니와 관련해 단순 착오가 있었던 것 같습니다. 경찰이 관여하지 말아야 할 사안이었어요. 제가 직접 판사님께 말씀드릴 생각입니다. 에드나의 자리를 없애지 말아주십시오. 제가 보기엔 사람 좋고 성실한 일꾼 같더군요."

"맞아요." 미시즈 섀퍼가 말했다. "하지만 기계는 저 혼자 돌아가지 않고, 에드나 자리는 비어 있는 상태죠."

"돌아올 겁니다." 그렇게 약속하며 콘스턴스는 자기 말이 맞기를 간절히 바랐다.

5

'예쁘고 쾌활하고 다재다능하다! 메이 워드와 여덟 명의 드레스덴 인형들'이라고 쓰인 벽보가 온 패터슨에 나붙었다. '아름다운 의상과 특수한 무대로 보드빌*에서 가장 심혈을 기울인 공연을 선보이는 여성 극단. 2월 15일 공개 오디션에 시민 여러분을 초대합니다.'

플러렛은 전단지 한 부를 현관문 앞에 떡 붙여놓고 콘스턴스가 집에 들어올 때 안 보려야 안 볼 수 없게 만들었다. 특별하다는 느낌을 주면 더 힘을 받을 거라 생각한 플러렛은, 독창적인 세일러 칼라가 달린 새파란 항해용 드레스를 골라 입고 콘스턴스가 여행의 이미지를 떠올리길 바랐다. 그 여행에는 큰언니 콘스턴스도, 작

---

* 여러 곳을 순회하며 노래와 춤, 곡예와 마술 등 온갖 쇼를 한자리에서 보여주는 종합 공연. 20세기 초 미국과 캐나다에서 번성했다.

은언니 노마도 초대받지 못할 것이다.

메이 워드 급의 배우가 오디션을 열기 위해 몸소 패터슨을 방문하다니, 꿈꾸던 바로 그 일이 이루어지자 플러렛도 처음엔 그게 실제 상황이라는 것을 믿을 수 없었다. 그 소식은 지난주 수요일 플러렛의 댄스 수업시간에 메이 워드의 남편이자 공연 매니저인 프리먼 번스타인이 직접 나타나 발표했다.

"학생 여러분, 나는 여러분이 늘 무대에 오르길 원했음을 믿어 의심치 않습니다!" 번스타인은 큰 소리로 외치고 성큼성큼 댄스 연습실을 가로지르면서 손뼉을 탁 쳤다. "여러분의 어머니도 동의하시나요? 만약 열여덟 살 미만이라면 어머니의 허락을 받아야 합니다. 미시즈 워드는 여러분을 한 사람 한 사람 빠짐없이 아주 깊고 세심하게 살펴볼 생각이고, 다음주에 바로 딸과 작별인사를 할 준비가 되지 않은 어머니를 둔 분들께는 괜한 수고를 들이고 싶지 않군요."

다음주에 바로 떠난다니! 플러렛은 갑자기 자신의 나이—몇 달 전에 열여덟번째 생일이 지났다—가 혼자만의 달뜬 상상 속에서만 살아봤던 영역으로 들어갈 수 있는 허락을 따낼 황금 티켓으로 여겨졌다. 무대를 중심으로 돌아가는 세상, 카펫 깔린 호텔방, 천장이 높은 레스토랑, 부릉거리는 검은색 자동차, 고급 잡화점, 그 모든 것이 뉴저지 시골 촌구석과는 아주 멀어서 젖소 울음소리와 닭장의 악취 따위는 두 번 다시 자신을 찾아오지 않을 것이다.

만약 허락이 필요했다면 플러렛은 서명을 위조해 요행을 바라는 수밖에 없었을 테고, 그 계획은 이미 학원 아이들 절반 이상이 실행에 옮기고 있었다. 애초에 미시즈 핸슨의 아카데미에 다니는 것만 해도 온갖 감언이설과 애원으로 (고리타분하고 케케묵은) 언니들을 설득해야 했고, 그로부터 몇 달 후 스스로 번 돈으로 학원비를 내고 각종 리본과 실크를 살 수 있도록 학원 직속 재봉사로 일할 자유를 얻기 위해 또 한번의 까다로운 협상을 거쳐야 했다. 언니들이 그것까지는 감내할 수 있었다. 그러나 집을 떠나 보드빌 극단에 합류하는 것은, 노마의 말소리가 들리는 듯한데, 콥 집안의 프로그램에 들어 있지 않았다.

그러므로 언니들의 허락이 필요하지 않아 다행이었다. 플러렛에게 필요한 건 언니들의 돈뿐이었고, 그건 훨씬 간단히 구할 수 있었다. 돈을 버는 사람은 콘스턴스였고, 큰언니는 플러렛이 타당한 주장을 펼치면 순순히 주머니에 돈을 꽂아주는 편이었다. 오디션에 응모하려면 소정의 참가비가 들었고, 참가가 확정되면 의상비와 무대 장식비를 추가로 내야 했다. 플러렛은 그걸 한꺼번에 다 달라고 할 정도로 미련하지 않았다. 오늘 플러렛의 야망은, 드물게도 소박하게, 참가비에만 맞춰져 있었다.

그리하여 전단지가 문 앞에 붙었고, 예쁜 파란색 드레스가 동원됐고, 콘스턴스가 집에 들어오자마자 때맞춰 오븐에서 애플쿠키가 구워져 나왔다. 계획은 완벽하게 진행됐다. 큰언니가 현관문을 열고서 다녀왔다고 외칠 때 플러렛은 부엌에서 조리대에 시나몬 슈가파우더를 흩날리고 있었다.

콘스턴스는 전단지를 읽느라 아직 문간에 서 있었고, 플러렛이 잽싸게 거실을 가로질러 나가 코트 벗는 것을 거들었다.

"나를 드레스덴 인형으로 봐주면 안 돼?" 하며 플러렛은 콘스턴스의 허리에 한 팔을 둘렀고, 마음을 끌 수 있으리라 싶은 표정을 한껏 지으며 큰언니를 올려다봤다.

"보통은 그렇게 안 봐주려고 한다." 콘스턴스는 아주 정직하게 말했다. "브로드웨이 대배우가 오디션을 열기 위해 패터슨까지 그 먼길을 온다는 소리는 처음 들어. 뉴욕에는 가수와 댄서가 다 떨어졌다니?"

그때까지 가계부(콘스턴스가 한참 방치하던 것을 최근에야 노마가 장악했다)를 들여다보는 척하며 콘스턴스의 귀가에 대비하는 플러렛을 무시하던 노마가 뒤에서 나타나 플러렛이 뭐라 말하기 전에 답변을 제공했다.

"정식 오디션이 아냐. 사기치는 건데 플러렛이 제대로 낚인 거지. 메이 워드는 여자애들이 자기가 보는 앞에서 무대에 올라 노래를 한 곡씩 부르게 해주고, 그 특전에 대한 대가로 두당 오 달러씩 매기는 거야. 그럼 대신 뭘 주느냐, 합격자는 아무도 없을 테고, 걔들이 집에 가져가는 건 인쇄비 오십 센트도 안 드는 사진과 사인이 고작일 거야. 전단지에는 아무나 오디션을 방청해도 된다고 하지만 방청권을 사야 해, 이 말은 쏙 빼놨더군. 극단이 공연도 안 하고 사실상 아무것도 안 하면서 돈을 버는 방법이야. 난롯불 꺼지기 전에 현관문 닫아."

제법 차가운 북동풍이 현관 안으로 들이쳤고, 헛간 위로 늘어진 풍나무에서 가시 돋친 껍질 몇 개가 휩쓸려들어왔다. 콘스턴스는 바람의 맹공격에 맞서 문을 닫고 모자핀을 뺐다. 플러렛이 모자를 뺏으려 하며 말했다. "너무 낡았잖아, 내가 손봐줄게. 딴 건 몰라도 모양을 단단히 잡고 리본을 새로 다는 건 할 수 있어."

"놔둬." 콘스턴스는 지금 그대로의 모자가 마음에 들었고, 모자를 꾸미려고 노력하는 플러렛에게 매번 저항했다. 콘스턴스는 플러렛의 손이 닿지 않는 모자걸이 꼭대기에 모자를 걸었다. "오디션을 보는 데 참가비를 내야 한다는 얘긴 난생처음 듣는다. 미시즈 핸슨도 알고 계셔?"

"당연히 알지." 플러렛이 말했다. "메이 워드의 남편이 직접 우리 학원에 와서 초대했는걸. 남편이 매니저래."

"그 배후에 남편이 있다는 걸 알았어야 했는데." 노마가 말했다.

"남편 이름은 프리먼 번스타인이야." 플러렛의 발음이 너무 현대적으로 들렸다. "번스타인 씨랑 미시즈 워드는 여기 버건 카운티에 살아, 영화사하고 가까운 리어니아에."

"프리먼 번스타인." 노마는 테스트하듯 이름을 굴렸다. "브로드웨이 공연 강매꾼 같은데. 마누라를 데리고 이런 계략을 꾸미지 않을 때는 그랜드센트럴역에서 외지 사람들한테 센트럴파크에 가는 표를 팔고 있을 거야. 미시즈 핸슨은 그 사람을 문안에 들이지 말았어야 했어. 내가 편지를 써서 얘기해야겠다."

"선생님은 언니 편지 안 읽어." 플러렛이 말했다.

아까부터 이 얘기에 질려버린 콘스턴스는 삐거덕거리는 낡은 소파에 털썩 앉았다. 소파 속 충전재는 오래전에 그녀의 몸 형태에 맞춰 재편됐다. 노마는 가죽 팔걸이의자를 차지했다. 세월은 그 의자에게 소파한테만큼 친절하지 않았다. 플러렛은 부엌으로 달려가 애플쿠키와 스토브에 올려 따뜻하게 데워놓은 찻주전자를 들고 돌아왔다.

콘스턴스는 지금 벌어놓은 매를 맞는 중이었고, 본인도 그 사실을 알았다. 그들이 비밀에 부친, 절대 입에 올리지 않는 사실은 플러렛이 예쁘고 버르장머리 없는 여동생이 아니라 예쁘고 버르장머리 없는 딸이라는, 그 옛날 어느 영업사원과의 사이에서 태어난 콘스턴스의 딸이라는 것이었다. 가족이 만장일치로 내린 결정이었으므로 플러렛이 그 얘기를 듣는 일은 결코 없을 것이다. 다들 알기로는, 지금까지 플러렛이 의심을 품은 적은 단 한 번도 없었다. 세 자매는 나이 차에도 불구하고 여느 자매들처럼 잘 어울려 살았다. 그런 가정이 흔히 그렇듯 콘스턴스와 노마는 때로 서툴렀지만 어쨌든 엄마와 이모가 아닌 언니들 역할에 적응했고, 점차 각자의 역할에 익숙해졌다.

"오늘 누구 체포한 사람 있어?" 플러렛이 차를 따르며 사근사근하게 물었다.

"아니, 한 사람을 풀어주려 애썼지." 콘스턴스가 말했다. "그 여자애가 바란 건 일을 하는 것뿐이었는데, 그애 어머니가 품행불량으로 신고해서 경찰이 교도소에 데려왔더라고. 상상이 되니?"

플러렛은 고개를 흔들었다. 풀어내린 다갈색 곱슬머리가 플러렛의 움직임에 맞춰 물결치듯 따라다녔다. "어머니가 살아 계셨으면, 내가 일을 한다고 경찰에 신고했을까?"

콘스턴스는 손을 뻗어 플러렛의 이마 위로 흘러내린 머리카락을 쓸어넘기며 말했다. "아닐걸, 다른 이유가 아니라 어머니가 경찰을 무서워해서. 하지만 일을 못하게 막으려고 무슨 수든 찾아냈겠지. 항상 그랬어."

"이젠 언니가 경찰이니까, 딸들에게 일할 권리가 있다고 어머니들에게 말해주는 거야." 플러렛은 신나서 말했다. 그런 얘기를 큰 소리로 천명하고 동의하면 오디션에 관한 자신의 주장에 특별히 힘이 실릴 거라는 심보였다.

"그것 말고도 어머니가 용인하지 않으셨을 게 뭔지 내가 잘 알지." 노마가 오디션 얘기로 돌아가서 말했다.

"참가비에 대해서는 번스타인 씨가 양해를 구했어." 플러렛이 말했다. 콘스턴스는 플러렛이 한껏 매력적으로 차려입었고, 돌아가신 어머니의 조그만 카메오 목걸이를 사랑스럽게 착용하고 있다는 걸 모를 수 없었다. "자기도 한푼도 안 받았으면 좋겠는데, 극장을 대관하고 조명과 반주를 세팅하는 데 비용이 너무 많이 든대. 그리고 우리가 얼마나 준비됐는지 확인하려면 객석이 만원인 상태에서 공연해야 해. 번스타인 씨는 아주 친절하게 설명해줬어, 거만하지도 않았고."

"그러니까 숙련된 배우이기도 하네." 노마가 끼어들었다.

"헬렌네 아버지는 신경 안 쓰는 것 같던걸." 플러렛은 콘스턴스가 만만한 표적이라는 것을 알기에 콘스턴스 쪽을 똑바로 보고 얘기하는 중이었다. 플러렛은 악보 모음집을 집어들고 콘스턴스 옆으로 파고들어가 앉아 메이 워드가 히트시킨 노래들을 휘리릭 넘겨보았다. 〈나의 작은 빨간 카네이션〉과 〈넬리의 모자 위에 앉은 새〉는 콥 집안에 너무 잘 알려진 노래였다. 플러렛이 쉴새없이 불러댔으니까.

악보는 표지마다 메이 워드의 사진으로 장식되어 있었다. 콘스턴스는 워드가 틀림없이 잉글랜드나 아일랜드 사람일 거라고 생각했다. 칙칙한 색깔의 곱슬곱슬한 머리를 어깨 주위로 늘어뜨린 스타일이 영 안 어울리는 것 같았지만 콘스턴스가 무대나 헤어스타일에 관해 알아봤자 얼마나 알겠는가?

플러렛의 바느질방 벽에는 다른 여러 스타들의 사진과 함께 메이 워드의 또다른 사진이 붙어 있었다. 메이 워드는 플러렛이 여러 해 동안 흠모해온 우상이었다. 메이 워드와 그녀의 극단은 전국을 순회하며 '고상한 보드빌'이라 불리는 공연을 무대에 올렸고, 그 말은 곧 점잖은 사람들이 무안해질 염려 없이 와서 볼 수 있는 가벼운 코미디극이라는 뜻이었다. 플러렛이 메이 워드 앞에서 노래를 부르는 게 설마 무슨 문제가 될까, 콘스턴스는 판단했다.

그때 당시에는, 노마도 콘스턴스도 플러렛이 정말로 보드빌 극단 단원으로 뽑힐 가능성에 대해서는 전혀 염려하지 않았다. 두 언니는 오디션이 사기라는 점에 대해서는 암묵적으로 완벽히 의견이 일치했다. 유일한 차이라면 노마는 그 일에 일절 관련되지 않기를 바라고 특히 오 달러 부분을 내키지 않아했고, 콘스턴스는 플러렛이 정열을 쏟고 있는 일을 허락하지 않을 이유를 찾지 못했다는 것 정도였다.

"헬렌도 가는 거 확실해?" 콘스턴스가 물었다.

노마가 콘스턴스의 발을 걷어차려 했지만 안타깝게도 닿지 않는 거리였다. 그래서 대신 이렇게 말했다. "제발 그렇게 속 좀 빤히 읽히지 마라."

"당연히 헬렌도 오디션을 보지." 플러렛은 얼른 대답했다. "우리 반 다른 여자애들도 다 보는걸."

그렇지! 콘스턴스는 그것을 이 오디션이라는 것의 무해함을 입증하는 추가 증거로 받아들였다. 어느 어머니도 반대하지 않았다면, 우리가 반대해야 할 이유가 어디 있는가?

플러렛은 계속 밀고 나갔다. "우리 반에서 아직 참가비를 안 낸 사람은 나 하나뿐이야."

"돈 없는 애가 너 하나뿐이겠지." 노마가 말했다.

플러렛은 애원하는 그 예쁜 눈을 콘스턴스 쪽으로 굴렸을 뿐 아무 말도 하지 않았다. 할 필요가 없었다.

6

그날 밤 에드나 휴스티스는 자신이 콥 보안관보 대신 야간 경비의 감독하에 있다는 것을 알게 됐다. 경비는 감독이라는 측면에서는 전연 하는 일이 없었고, 다만 여성 재소자들이 혹시나 오만방자하게 굴까봐 열쇠 꾸러미를 짤랑거리는 것으로 자신의 존재를 과시하며 새벽이 될 때까지 에드나의 감방 앞을 네 번 지나갔다. 맨 처음 지나가면서 경비는 두 시간마다 한 번씩 올 거라고 말했다. 그 말에 에드나는 얼마간 마음이 놓였는데, 시간이 얼마나 흘렀는지 파악하는 데 도움이 됐기 때문이다. 에드나는 잠들지 않았지만 경비가 지날 때는 자는 척했다. 경비는 침상 위에 있는 그녀의 형체만 잠깐 확인하고 바로 지나갔다.

에드나가 들어간 감방은 미시즈 턴불의 하숙방보다 작고 바닥은 콘크리트였으며 하얀 쇠창살 밖으로는 반대편 벽밖에 보이지 않았다. 침상이라고 통용되는 물건은 프레임에 캔버스천을 펼쳐 걸어놓은 것에 불과했고, 한쪽 귀퉁이에 놓인 변기는 무언가로 덮여 있지도 않고 사생활을 위한 커튼 쪼가리 하나 없었다. 콥 보안관보가 자기 방에서 낡은 플란넬 퀼트 이불, 자수 베개, 잡지, 빗 등 몇 가지 물건을 빌려줬는데, 일반 재소자들에게는 지급되지 않는 물품을 특별히 에드나에게만 준 것 같았다.

"이런 데서 어떻게 밤을 보내요?" 에드나는 보안관보가 폼프턴레이크스로 출발하기 전에 물었다.

"난 아무렇지도 않은데." 콘스턴스는 지독히 솔직하고 태연한 말투였다. "내가 시골에 살아서 매일 출퇴근하기가 너무 멀거든. 그리고 재소자들이 자기들이나 나나 다를 바 없다는 걸, 나를 믿어도 된다는 걸 알아줬으면 좋겠어."

"하지만…… 재소자들과…… 보안관보님이 똑같을 수는 없잖아요." 에드나는 소곤거리다시피 목소리를 낮췄다. "저중에는 도둑이나 살인범도 있지 않아요?"

콘스턴스는 그 말에 싱긋 웃었다. "있지. 하지만 저들이 자기가 처한 상황 때문에 어쩔 수 없이 이곳에 오게 됐다고 생각해. 우리 재소자 중에는 남편한테 총을 겨눈 사람도 있는데, 남편 쪽에서 먼저 여자가 생명의 위협을 느낄 만한 원인을 제공했지. 그게 변명이 된다고 말하지는 않겠지만, 여자가 자기 집보다 여기서 더 안전함을 느낀다는 게 뭔가 시사하는 바가 있지 않아? 여자는 자신을 변호하려는 시도조차 안 했어."

여성 살인범을 한 번도 본 적 없는 에드나는 이런 대화가 굉장히 재미있었고, 그 여자를 만나볼 수도 있을까 궁금했다. 에드나는 감옥에서의 하룻밤을 자신의 역량을 강화하는 일종의 사회 실험으로 생각하려 노력했다. 그러나 콥 보안관보가 떠난 뒤에는 야간 경비 말고 아무도 보지 못했고, 벗삼을 것이라고는 교도소의 소음뿐이었다. 누군지 모를 말소리, 기침소리, 투덜거림, 쇠창살이 열리고 닫히면서 철컹대는 소리, 바닥을 스치는 발소리, 증기 파이프의 덜컥거리는 소리.

어둠이 깊어지자 에드나의 용기는 저멀리 떠나갔고, 에드나는 감방이 그 안에 사는 사람들에게 서서히 주입하도록 고안된 바로 그 절망감 속으로 빠져들었다. 자유를 빼앗기기 전까지는 자유에 무슨 의미가 있는지 몰랐다. 한밤중에 휘적휘적 부엌에 갈 수도 있고, 창문을 열 수도 있고, 담요 하나를 더 꺼내려고 벽장을 뒤질 수도 있고⋯⋯ 그런 보잘것없는 특권이라도 막상 뺏기고 나면 그 상실감이 어마어마했다. 감방의 제한과 구속이 에드나를 짓눌렀고, 숨이 막힐까봐 겁이 났다. 어쩔 수 없이 일어나 앉아 억지로 숨을 들이쉬고 내쉬었다. 그때 묘한 위안이 에드나에게 찾아들었다. 전선에서는 더 심할 거야.

에드나는 공장의 도화선 작업이 너무 답답하다 싶을 때면 늘 그런 생각에 매달렸다. 기계들이 계속 웅웅거리고 덜컥거리고 머리 위 선반에서는 실꾸리들이 빙빙 돌아가는데 옆자리 여자애들과 팔꿈치가 맞닿은 채로 그 긴 시간 동안 딱딱한 마룻바닥에 서 있는 건 지루한 일이었다. 이리저리 날리는 섬유 때문에 먼지투성이 작업이었지만 잠시 멈추고 눈이나 코를 문지를 새가 없었다. 실 한 오라기만 떨어져도 기계가 삐끗할 수 있었고, 그러면 엉킨 것을 풀고 재가동해야 했다. 눈물이든 콧물이든 흐르는 대로 두는 수밖에 없었다. 이따금 맞은편의 여자애를 쳐다보면 자신도 그 아이도 이유 없이 울고 있었는데 그저 두 손이 다 바빠 손수건을 꺼내 닦을 여력이 없어서 그러고 있는 것이었다. 그 꼴에 둘은 동시에 웃음이 터졌고 그러면 눈물이 더 줄줄 나와 곤란해지기만 했다.

화약공장에서 일한 첫날, 에드나는 옆자리 여자애에게 화장실에 가려면 기계를 어떻게 멈추는지 물었다. 당시엔 몰랐지만, 그 질문을 함으로써 에드나는 모든 신입들이 겪는 통과의례를 시작한 것이었다.

"아, 미시즈 섀퍼에게 물어봐." 옆자리 여자애는 자기 작업대에서 고개도 들지 않고 말했다.

에드나는 관리반장이 옆을 지나갈 때까지 기다렸다가 질문을 하려고 잠깐 몸을 돌렸다. 에드나가 시선을 뗀 순간 페달을 밟은 발이 느려졌고, 막 짜고 있던 가느다란 도화선이 엉망으로 뒤엉켰다.

다른 여자애들은 관리반장의 감시의 눈길 아래서 웃음을 터뜨릴 만큼 미련하지 않았다. 에드나는 질문을 했고, 근엄한 검지가 옥외 변소를 가리켰다. 요의는 순식간에 사라졌지만, 빨개진 얼굴로 달려나갈 수밖에 없었다. 자신이 뭔가 암묵적 규칙을 깨버렸다는 자각에 일자리를 잃을까봐 겁이 났고, 고작 하루 일하고 잘려서 할 수 없이 그날 저녁 집으로 돌아가야 하나 싶었다.

여자 변소를 두 눈으로 봤을 때 에드나는 사람들이 자신에게 장난을 쳤음을 깨달았다. 화장실이래봤자 널빤지에 구멍을 뚫어 도랑 위에 걸쳐놓은 것에 불과했고, 벽체는 날림으로 지은 오두막이라 파리들이 자유롭게 들락날락했다. 휴지도 없었고—각자 알아서 갖고 가야 했지만, 그때 그걸 어떻게 알았겠는가?—안에는 관절염에 걸린 늙은 여자 두 명밖에 없었다. 나중에 알게 됐지만, 그들은 쑤시는 발을 쉬게 해주려고 하루에도 몇 번씩 화장실로 숨어들어가 널빤지 끝에 쭈그리고 앉아 있었다.

연세 많은 어르신들은 근무중에 화장실에서 쉬어도 양해가 되는지 몰라도, 에드나는 두 번 다시 그러지 못할 것이다. 여자애들은 가급적 공장 화장실을 사용하지 않으려 했다. 여섯시 정각에 공장 문을 나서는 뜀박질이, 깨끗한 화장실을 사용하려고 급히 집으로 달려가는 것임을 에드나도 곧 알게 되었다. 그 사실을 아는 남자들은 팔짱을 끼고 어슬렁거리며 정문 주위로 몰려들어 여자들이 집으로 가는 길을 방해하며 즐거워했다. (남자들은 딱 보기에도 남자용 시설에 아무런 불만이 없었고, 어느새 욕구가 시키는 대로 길이 들었다.)

그날 저녁 에드나가 하숙집으로 돌아올 무렵엔 다른 애들도 그 일을 다 알고 있었고, 저녁을 먹으며 에드나에게 위로의 말을 건넸다.

"자기가 두 눈으로 직접 봐야 했어, 안 그럼 아무리 말해도 안 믿었을걸." 딜리아가 말했다.

"미시즈 섀퍼한테 잘하면 사무실 건물에 있는 화장실로 데려가 줄 거야. 그것도 아플 때뿐이지만." 펄이 덧붙였다.

"그래도 옥외 변소가 도랑은 아니잖아." 패니가 말했다.

"도랑? 아니 왜, 거기도 밑은 도랑이었어! 내가 봤어." 에드나가 말했다.

딜리아가 깔깔 웃었다. "그게 아니라, 바보야, 패니는 프랑스에 있는 전쟁용 도랑을 말한 거야. 군인들이 사는 참호 말이야. 군인들 숙소는 땅속의 진흙투성이 대피호일 뿐이잖아. 도화선 작업을 마칠 때 이렇게 생각해봐. 이 도화선은 프랑스에 있는 청년한테 보낼 거고, 그 청년은 우리 공장 변소처럼 근사한 건 몇 달 동안 구경도 못했을 거라고."

그것은 확실히 에드나에게 유용한 생각이었고, 용기를 주었다. 자신이 어떤 불편을 겪든 아르곤 숲의 참호에서 겪는 고초에는 비할 바가 아니었다. 지루한 공장 일, 긴 시간 서 있는 다리, 붉게 부어오른 손가락, 빙빙 도는 실타래를 온종일 노려보느라 눈 안쪽에서 느껴지는 무지근한 통증에 점점 익숙해지는 동안 그 생각은 에드나에게서 떨어지지 않았다. 오빠들과 남동생은 해외로 나가 훨씬 나쁜 상황을 견디고 싶어했다. 아무렴, 그들을 위해 에드나는 이깟 것쯤 참을 수 있었다.

카운티 교도소에서 지내는 하룻밤에 애국적 요소는 없었지만, 프랑스에 있는 남자들을 생각하면 이깟 건 참을 수 있었다. 아무리 그래도, 한 번이라도 눈을 감으면 그 생각도 위안이 되지 않았다. 에드나는 밤새 철창 너머를 응시했다. 아침이 될 때까지 콥 보안관보의 빗을 손에 꽉 쥐고서.

7

"재판에서 젊은 여성들을 보는 일에는 도무지 익숙해지지가 않는군." 이튿날 콘스턴스가 에드나를 법정으로 데려오자 수퍼트 판사가 말했다. "이건 온당치 않아."

판사는 푸르스름하게 솟은 정맥이 이마를 가로지르고 책상 위 서류를 들출 때면 두 손이 부들부들 떨리는 고령의 남자였다. 그는 줄무늬 맞춤 양복을 입고 빳빳한 나비넥타이를 한 채 허리를 꼿꼿이 세우고 높은 단상 위에 앉아서 상냥하게 에드나를 내려다보았다.

"나한테는 충분히 점잖은 분으로 보입니다만." 판사는 눈을 가늘게 뜨고 안경테 너머로 에드나를 쳐다보며 의견을 표명했다.

콘스턴스는 이것을 대단히 희망적으로 받아들였다. 수퍼트 판사는 보안관 사무실에 호의적인 편이었고, 곤궁한 처지의 여자를 보면 마음 아파했다.

검찰에서는 과거에 히스 보안관 및 콘스턴스와 반목한 전력이 있는 존 코터 수사관에게 또 이번 사건을 맡겼다. 코터는 작고 뚱뚱한 사내로, 머리는 모자를 벗을 경우 가장 닮았다고 할 만한 것이 오리알이었고, 뒤집힌 V자형 콧수염 탓에 영구히 찡그린 인상이었다. 그는 턱을 내리는 것이 극심한 부도덕으로 향하는 첫걸음이기라도 한 듯 항상 턱을 치켜들고 있었다. 그에게는 콘스턴스의 신경을 건드리는 독선주의가 있었고, 특히 이런 도덕 관련 사건에서 독선적이 됐다.

코터 수사관 옆자리에는 에드나의 어머니 미시즈 몬빌라 휴스티스가 앉아 있었다. 콘스턴스는 미시즈 휴스티스가 일으킨 말썽에 대해 무척이나 화를 내고 싶었지만, 울상인 입매에 머리는 옅은 갈색에서 회색으로 세어가고 피로해 보이는 쉰 언저리의 여인을 보자 분노가 사그라들었다. 미시즈 휴스티스는 최근에 소맷단을 수선한 모직 코트를 입었고, 눈밭을 걷기에는 부적절한 굽 높은 가죽 구두를 신고 있었다.

여기 가진 게 별로 없는 여인이 있다, 하고 콘스턴스는 생각했다. 그리고 이제 그 여인에게는 딸도 없다. 미시즈 휴스티스의 풀죽은 모습은 콘스턴스의 가슴을 찔렀다. 안달이 나서 딸에게 집착하고 어떻게든 세상을 밀어내고 딸의 교육과 직업, 심지어 친구들까지 부정함으로써 딸을 숨막히게 곁에만 묶어두려 했던 자신의 어머니가 떠올랐다. 미시즈 휴스티스도 거의 똑같은 짓을 해왔다. 다만 그녀는 경찰을 끌어들였고, 친딸에게 굴욕감을 주고 범죄 전과를 남길 수도 있다는 점이 달랐다.

콘스턴스와 에드나가 자리에 앉을 때 미시즈 휴스티스는 냉정하게 자리에 앉아 수퍼트 판사를 주시할 뿐 딸에게 인사도 하지 않았다. 판사는 대단히 고무되어 모녀를 바라봤으나, 미시즈 휴스티스의 엄숙한 시선이 자신에게 고정된 것을 보고 작게 한숨을 내쉬었다.

"좋습니다. 검찰측에서 할 얘기가 있을 것으로 생각되는데요."

코터 수사관이 의자에서 일어나며 한 손을 조끼 주머니에 넣었다. "미시즈 휴스티스는 1916년 1월 4일 수사 당국에 품행불량을 신고했습니다. 저는 다섯 개 카운티의 경찰서에 신고 내용을 알렸고, 에드나 휴스티스는 어제 가구 딸린 방에서 사는 것이 발각되어 체포됐습니다. 검찰은 에드나가 스물한 살이 될 때까지 감화원에 구금될 것을 요청하며, 스물한 살 때 모친의 관리하에 석방되기를 요구합니다."

에드나는 벌떡 일어날 기세였고, 콘스턴스가 손을 뻗어 에드나의 팔을 잡았다.

수퍼트 판사는 미시즈 휴스티스를 내려다보았다. "어머니 되시는 분께 직접 듣고 싶군요. 부인, 무슨 일로 경찰서에 가셨습니까?"

미시즈 휴스티스가 자리에서 일어났고, 대중 앞에서 말하는 것이 익숙지 않은 떨리는 목소리로 대답했다.

"딸아이는 저나 제 아버지의 허락도 받지 않고 말도 없이 나가버렸습니다. 애가 타락할 거라는 건 안 봐도 뻔했지요. 어딘가의 가구 딸린 방에 살고 있는 애를 찾게 될까봐 두려웠는데, 정말 그렇게 됐네요." 미시즈 휴스티스는 손수건으로 코를 닦고 자리에 앉았다.

"미스 휴스티스는 이에 대해 할말이 있습니까?"

"존경하는 재판장님, 제 생각엔 그럴……" 코터 수사관이 끼어들었지만 판사가 손을 들어 그의 말을 막았다.

콘스턴스는 에드나에게 반드시 다림질을 한 깨끗한 드레스를 입고 나오라고 했고, 거울을 보고 머리를 빗고 매만질 시간도 주었다. 에드나는 지금까지 판사 앞에 선 그 어느 여자보다 단정하고 성실해 보였다. 에드나는 짧게 숨을 들이마시고 말했다. "저는 화약공장에서 안정적인 일자리를 구하고 선한 기독교인의 집에 방을 얻었을 뿐입니다. 콥 보안관보님은 저에게 그럴 권리가 있고, 어머니가 저를 집에 두고 싶어한다는 이유만으로 제가 집에 있어야 하는 건 아니라고 말했습니다."

에드나의 말에 수퍼트 판사는 한쪽 눈썹을 치켜올렸다. "콥 보안관보가 자기 나름대로 수사를 진행했다는 얘기로 들리는군."

코터 수사관이 서류 뭉치로 책상을 탁 때렸다. "존경하는 재판장님, 보안관 사무실 직원이 경찰 사건을 수사하는 것은 정상이 아닙니다. 보안관이 원한다면 여자 교도관을 고용할 수도 있겠지만, 저 여자는 간수라는 것 이외에 이 사건과 아무런 관련이 없습니다. 저 여자는 법에 대한 교육도 받지 않았고 수사를 할 권한도 없습니다, 그런 걸 수사라고 부를 수 있다면 말이지만."

"나는 미스 휴스티스를 체포한 경찰보다 미스 휴스티스에 대해 더 잘 압니다." 콘스턴스가 맞받아쳤다. 수사관은 코웃음쳤다.

수퍼트 판사는 한숨을 내쉬고 말했다. "보안관이 교도관을…… 실례했소, 여성 보안관보를 고용한 이유가 정확히 우리에게 들어오는 이런 사건들, 어떻게 해야 할지 아무도 모르는 이런 사건들 때문이라고 생각하오만. 흠잡을 데 없이 반듯한 젊은이들을 세금을 들여 몇 년씩 가둬놓는 것이 검찰이 바라는 바입니까?"

"아닙니다. 하지만 이번 사건은 저 여자의 모친이……"

"그래, 그럼 모친의 주장에 문제가 있는지 없는지는 누가 조사하지?"

코터 수사관은 닭뼈를 삼킨 듯한 표정이었다. 그는 헛기침을 하고 말했다. "검찰에 기소된 사람은 누구나 자신을 변호하기 위해 변호사를 고용할 수 있습니다."

"변호사? 미스 휴스티스, 화약공장에서 얼마나 법니까?"

에드나는 너무 놀라 말을 제대로 하지 못했다. "주당 칠 달러입니다, 재판장님." 에드나는 쉰 목소리로 말했다.

"칠 달러라. 그럼 그 가구 딸린 방에는 세를 얼마나 내지?"

"주당 오 달러입니다, 재판장님."

수퍼트 판사는 에드나의 대답에 충격을 받은 것 같았다. "오 달러! 식사 포함인가?"

"네, 재판장님."

판사는 높은 등나무 의자의 등받이에 등을 대고 편히 앉았다. "흠. 내가 법원 서기였을 땐 식사 포함 방세가 주당 육십 센트였는데. 그냥 하는 말이니 신경쓰지 말아요. 수사관, 이 여성분이 어떻게 변호사를 고용할 거라 기대하시오? 아니, 대답할 거 없소. 콥 보안관보한테 듣지."

이쯤 되자 콘스턴스는 코터에 대한 전방위적 분노에 휩싸였고, 흔들림 없는 목소리로 말했다. "존경하는 재판장님, 저는 어제 화약공장을 방문했고, 제가 알기로 코터 수사관은 방문하지 않았습니다. 공장 사람들은 미스 휴스티스가 훌륭한 일꾼이며 하루빨리 돌아오길 바란다고 말했습니다. 하숙집은, 이곳 역시 코터 수사관은 찾아가지 않았습니다만, 깨끗하고 관리가 잘되는 곳이었습니다. 집주인은 추천장이 있는 듀폰 화약공장 여직공들에게만 세를 줍니다."

판사는 고개를 주억거렸다. "잘 알겠소이다……"

그러나 콘스턴스는 거기서 그치지 않았다. "저는 백 퍼센트 확신합니다," 콘스턴스는 내내 무릎만 내려다보고 있는 미시즈 휴스티스더러 들으라는 듯 말을 이었다. "미스 휴스티스는 인격이 훌륭하고 고결한 여성이며, 그녀가 집을 떠나고자 했던 유일한 이유는 직장에 다니며 스스로 생계를 영위하고자 함이었습니다. 코터 수사관이 한 여성의 미래를 내치기 전에 수고롭더라도 직접 폼프턴레이크스를 찾아가 확인만 했다면 저와 의견이 같았을 것입니다."

수사관이 벌떡 일어났다. "저 여자가 날 가르치려 드는 걸 도저히 듣고 있을……"

"됐네, 존." 판사가 말했다.

콘스턴스는 계속 밀고 나갔다. "게다가, 딸이 돌아오길 바라는 건 어머니의 이기심입니다. 미스 휴스티스는 폼프턴레이크스에서 좋은 평판을 얻고 있습니다. 미스 휴스티스가 품행불량이라는 점에 대해 말씀드리자면, 저는 그게 사실이라고 믿을 수 없습니다."

"이기심이 아니었어!" 미시즈 휴스티스가 외쳤다. "얘가 제멋대로 나가버려서 애아빠가 일하러 나간 동안 난 하루종일 혼자야. 빨래도 요리도 도와줄 사람이 없고, 말벗이라곤 늙은 개밖에 없다고. 나더러 어떻게 하라고?"

수퍼트 판사는 한 손으로 턱을 괴었지만, 그러기 전에 콘스턴스가 꾸민 계획의 의도를 잘 알겠다는 뜻으로 콘스턴스에게 힐긋 눈길을 보내는 것을 잊지 않았다. 콘스턴스는 코터 수사관이 무고한 여자들을 감옥에 넣고 있다는 사실을 스스로 잘 생각해보길 바랐다. 그러나 그보다 더 중요하게는, 어머니가 정말로 딸이 도덕적으로 타락했다고 믿어서가 아니라 곁을 떠난 딸이 아쉬워서 그랬다는 사실을 모두의 앞에서 에드나가 듣기를 바랐다. 콘스턴스는 어떤 딸이라도 단지 집을 떠났다는 이유만으로 어머니가 느끼는 아쉬움에 부담을 느껴서는 안 된다고 생각했다.

"미시즈 휴스티스," 판사가 말했다. "가정주부가 외로울 때, 혹은 살림에 넌더리가 났을 때 경찰을 불러야 한다는 게 당신 생각입니까?"

"아닙니다, 판사님." 미시즈 휴스티스는 눈을 내리깔았다.

"그리고 당신이 십수 년을 키운 딸인데, 저 젊은이의 인성 수준이 그렇게 낮아서 집을 떠나자마자 말썽을 일으킬 거라고 진심으로 믿는 겁니까?"

미시즈 휴스티스는 딸을 잠깐 쳐다보고 고개를 저었다.

"그렇다면 미시즈 휴스티스, 우리가 미스 휴스티스를 제 위치로 돌려보내고 우리도 우리 일로 돌아가도 괜찮겠습니까? 세상에는 아직 체포해서 법정에 세워야 할 범죄자들이 있고, 콥 보안관보와 나는 그 일을 계속 진행하고 싶군요. 검찰이 다음에 뭘 들고 올지 모르겠지만, 곧 알게 되겠지."

미시즈 휴스티스는 묵묵히 고개를 끄덕였고 판사는 공소를 기각했다. 물론 그전에 콘스턴스에게 에드나가 문제를 일으키지 않는지 두세 번 들여다보고 확인할 것을 요구했다.

코터 수사관은 분한 마음을 속에 담아두지 못했다. "저 여자가 보호관찰관 일을 수행할 거라는 얘기로 이해하면 됩니까?"

수퍼트 판사는 한숨을 내쉬고 법정에서 온갖 종류의 아랫사람을 보아온 사람답게 피곤에 지친 미소를 수사관에게 보냈다. "그래. 그 비슷한 얘기가 되겠군. 그 정도면 됐나?"

코터는 거들먹거리며 책상 위의 서류들을 톡톡 두드리고 말했다. "검찰은 매주 콥 교도관에게 보고서 사본을 요구하겠습니다."

판사는 일어나서 손을 내저으며 사람들을 전부 물렸다. "검찰청으로 돌아가게, 존. 콥 보안관보가 보고서를 쓰면 받아볼 수 있을 걸세. 보안관보, 저 젊은이가 일자리를 잃기 전에 폼프턴레이크스로 얼른 데려가시오."

콘스턴스는 판사에게 감사를 표하고 코터 수사관이 뭐라고 더 하기 전에 서둘러 에드나와 그녀의 어머니를 데리고 법정을 나왔다. 건물 밖으로 나와 계단을 내려가니 기자들 일개 소대가 달려들었다. 기자들은 법원 계단에서 담배를 피우거나 수첩으로 다리를 툭툭 치는 등 느긋하게 어슬렁거리며 체포의 기미나 죄상인부절차 또는 조간신문에 늦지 않게 송고할 만한 소소한 추문이라도 없을까 해서 법원과 그 이웃한 교도소 양편을 한가롭게 지켜보는 중이었다.

세 사람이 나오자 기자들은 누구라 할 것 없이 즉각 관심을 보였다. 기자들은 헤드라인에 콘스턴스의 이름을 올리는 것을 제일 좋아했고, 특히나 말썽에 휘말린 여자와 관련된 건에서는 더욱 그랬다. 내일 지면을 채울 건수는 딴 데서 알아봐야 할 거라고 공표하는 일은 콘스턴스에게 엄청난 즐거움을 주었다.

"어머니가 딸의 새 주소를 잘못 알았던 것뿐입니다." 콘스턴스는 에드나의 팔꿈치를 힘주어 꾹 잡으며 기자들에게 말했다. "한 단락짜리 기삿감도 안 돼요." 그 말이면 기자들을 흩트리기에 충분했다.

콘스턴스는 에드나를 이곳으로 데려온 패터슨 경찰서의 경관이 다시 자동차로 폼프턴레이크스까지 데려다줘야 한다는 의견이었고 실제로 그렇게 말했지만, 에드나는 기차를 타겠다고 고집했다. "그 경관님 눈에는 다시 띄지 않는 편이 나아요." 에드나가 말했다.

콘스턴스는 가끔씩 일요일에 어머니를 찾아뵙겠다는 약속을 받아낸 다음 에드나를 풀어주었다. 에드나는 어색하게나마 잠깐 어머니의 포옹을 받은 후 곧장 기차역으로 뛰어갔다. 코트 자락이 등 뒤로 휘날렸고, 힘없는 겨울 햇빛이 에드나의 머리칼에 옅은 주황빛을 드리웠다. 콘스턴스는 그 모습에서 대단히 결연하고 단호한 어떤 것을 보았고, 에드나를 풀어주게 되어 기뻤다.

에드나의 어머니도 딸이 가는 모습을 지켜보고 있었다. 얼굴에는 단단한 체념이 깊이 주름졌다.

"미시즈 휴스티스," 에드나가 모퉁이를 돌아 시야에서 사라진 뒤 콘스턴스가 말했다. "누가 법을 어겼다는 생각이 들 때 우리에게 알려야 하는 건 맞습니다. 하지만 따님은 어떤 잘못도 저지르지 않았습니다. 남편분도 당신이 딸을 신고한 것을 아십니까?"

미시즈 휴스티스는 고개를 젓고 시선을 피했다. "그 사람은 애를 부추겼어요. 딸이라곤 쟤 하나밖에 없는데, 남편은 딸아이한테 아들들처럼 밖에 나가 일자리를 찾으라고 하더군."

"거기에 잘못된 건 없잖아요." 콘스턴스가 말했다.

"애들이 모두 전쟁을 위해 뭐든 하고 싶어해요."

그제야 콘스턴스는 어머니의 속내에 가닿았다. 아들들이 다 프랑스의 전장에 가고 싶어 안달인데, 이제 딸까지 없어지려고 하는 것이다. 뭔가 대답을 하려는 찰나, 교도소 옆문에서 히스 보안관이 나오더니 소리쳐 콘스턴스를 불렀다.

"우리 모두 제 역할을 하고 싶어하죠." 콘스턴스는 급히 말했다. "하지만 따님은 그렇게 멀리 가지 않았습니다. 딸을 보러 올라오실 수도 있고요, 그렇잖아요. 집에서 조그만 거라도 갖다주시면 좋죠."

미시즈 휴스티스는 그 말에 만족한 것 같지는 않았지만 고개를 끄덕이고 기차역으로 몸을 돌렸다. 그녀가 떠나자 콘스턴스는 너무 야박하게 대했나 싶은 생각이 드는 것을 어쩔 수 없었다. 딸이 어머니를 두고 떠난다. 그것은 콘스턴스에게도 언젠가 일어날 일이었다. 그러나 자신은 좀더 품위 있게 떠나보낼 것이다.

과연 그게 될까?

8

얼어붙은 잔디밭을 성큼성큼 걸어서 콘스턴스 쪽으로 오는 히스 보안관의 모습이 어쩐지 좀 들뜬 것 같았다. 하지만 콘스턴스는 짐작 가는 이유가 없었다. 법원 계단에서 주시하고 있는 기자들을 보고 보안관은 발걸음을 늦췄다. 콘스턴스와 만난 그는 몬빌라 휴스티스가 떠나는 뒷모습을 고갯짓으로 가리키며 말했다.

"흠, 보안관보? 오늘 아침 일은 생각대로 잘 풀렸습니까?"

"당연히 잘 풀렸죠. 딸이 혼자 알아서 생각하기를 바라지 않는 어머니에 관한 일이었을 뿐입니다."

"법적 문제는 아니군요."

"수퍼트 판사님도 같은 의견이셨고, 그래서 어머니와 딸 둘 다 각자 집으로 돌려보냈습니다." 콘스턴스는 자신의 계획이 이렇게나 잘 먹히다니 어리둥절했다. 에드나를 풀어주는 건 쉬워도 너무 쉬웠다. 정말 이렇게만 해도 되는 거였어?

"흠, 보안관 조수의 오전 일거리로 안성맞춤이네." 보안관이 말했다. "교도소에 있을 이유가 없는 젊은 여성을 가둬두는 것보다야 낫지요. 검찰에서 별로 좋은 소리 안 했을 것 같은데."

"안 했죠. 하지만 내 덕분에 온갖 쓸데없는 일에서 해방됐잖아요. 이건 메달감이라고요."

히스 보안관은 그 자리에 가만히 서서 콘스턴스를 묘한 눈으로 쳐다봤다.

"왜요?"

그는 코트 주머니를 뒤지더니 갈색 봉투로 싼 것을 꺼냈다. "이게 당신한테 왔습니다."

포장에는 아무 표시가 없었다. 콘스턴스는 봉투를 받아 뒤집어 보았다. "나한테 온 거라니, 그게 무슨 말이에요? 이게 뭔데요?" 그동안 받은 온갖 수상한 편지들 이후로 콘스턴스는 봉투라면 일단 의심부터 들었다.

보안관은 어깨를 으쓱하고 눈을 들어 법원의 둥근 지붕 위 첨탑을 쳐다봤다. "싫으면 열지 말든가."

그때 종이 속에서 뾰족한 금속의 끝부분이 만져졌다.

"설마." 콘스턴스는 봉투를 열어 내용물을 손바닥에 떨어뜨렸다.

그렇다. 마침내 배지를 손에 넣은 것이다.

보안관은 독수리나 별에는 관심이 없었다. 보안관 조수들은 모두 평범한 방패 문양에 위쪽에는 '버건 카운티'라고 새겨지고 아래쪽에는 '보안관보'라고 새겨진 배지를 달고 있었다. 중앙에는 카운티 문장이 있는데, 아주 작아 알아보기 불가능하지만 활공하는 독수리의 발톱 아래에서 선주민과 정착민이 악수하는 장면이었다.

생각했던 것보다 무거웠고, 묘하게 따스했는데 보안관의 주머니 속에 있었기 때문인 듯했다.

콘스턴스의 배지는 다른 보안관보들 것처럼 은이 아니었다. "이거 금 아니죠?" 콘스턴스는 배지를 건네받은 후 처음으로 보안관과 눈을 맞추며 말했다. 문득 보안관이 보석상에서 곧장 이리로 왔을 거라는 생각이 들었다. 금속은 어느 누구의 손도 타지 않은 듯 말끔하게 반짝였다.

보안관은 그 호사스러움에 겸연쩍은 것 같았다. "그냥 도금입니다. 당신이 첫 몸싸움을 벌이는 순간 칠이 벗겨질 거예요."

"금배지를 단 내 모습을 보면 노마가 뭐라고 할까?" 콘스턴스는 배지를 어디에 달까 내려다보았다.

보안관이 서툰 손놀림으로 장갑을 벗은 다음 콘스턴스에게서 배지를 받아들었다. 남자가 여자의 코트에 뭔가를 꽂아주는 동안 가만있는 것만큼 어색한 일이 또 없었지만, 그래도 상황이 그것을 필요로 할 때가 있고, 그래서 콘스턴스는 양손을 옆으로 내리고 가만있었다. 보안관이 핀을 밀어 잠근 후 고개를 들었고, 두 사람은 서로를 똑바로 마주보았다.

"자 그럼, 콥 보안관보," 보안관이 목청을 가다듬고 말했다. "아마……"

그러나 기자들 눈에 띈 순간 보안관은 말을 끝맺지 못할 운명이었다.

"미스 콥!" 호리호리한 젊은 기자가 뒤에서 냉큼 따라붙으며 외쳤다. "그거 배지예요, 브로치예요?"

"이 일에 대해 자유보유권자들의 지원이 있었습니까, 밥?" 다른 기자가 물었지만, 기자는 분명 답을 알고 있었다. 히스 보안관은 그 어떤 일에 대해서도 자유보유권자위원회의 지원을 받은 적이 없었다.

"여성 보안관보의 직무가 정확히 뭡니까?" 또다른 기자가 물었고, 이 사람은 시가를 입에 문 채 다른 두 명을 따라잡느라 숨을 헐떡였다. "체포 권한이 있습니까? 순찰은 혼자 도나요, 아니면 호위를 붙입니까? 수갑과 권총도 지급했습니까?"

보안관은 모자를 고쳐 쓰고 두 사람 주위로 반원을 그리며 몰려든 남자들을 마주했다. "로저, 콥 보안관보가 경찰용 권총과 수갑을 갖고 다니며, 그걸로 고작 두어 달 전에 위험한 탈주범을 체포했다는 사실은 자네도 알지." 보안관은 침착하게 말했다. "콥 보안관보는 그동안 자네 신문에 실컷 등장했어. 그러니 나한테서 새로운 코멘트 하나 따내려고 전혀 모르는 것처럼 굴지 말게. 금속 재료 공급이 부족해서 배지 제작이 좀 지연됐지만, 이젠 다 됐어. 직무에 대해 말하자면, 콥 보안관보는 우리 교도소의 여성 수감자들을 관리하고, 지금까지처럼 내 지휘하의 다른 조수들과 똑같이 배치될 거요."

바로 그때 콘스턴스는 캐리 하트 기자가 전차에서 내리는 것을 봤다. 캐리는 세련된 초록색 코트로 몸을 감싸고 코트와 잘 어울리는 구두를 신었다. 모자챙에 검은색 타조 깃털이 하나 꽂혀 있어서, 바람이 불면 풍향계처럼 흔들렸다. 캐리는 산뜻한 걸음걸이로 다가와 보안관이 막 기자들을 물리칠 때 사람들 뒤에 와 섰다.

"자, 그만들 가보시게." 보안관이 말했고, 기자들은 시무룩하게 흩어졌다. "안녕하십니까, 미스 하트."

"보안관님. 보안관보님." 캐리는 웃음을 터뜨렸다. 입술에는 제라늄처럼 새빨간 립스틱을 칠했다.

"이렇게 멀리 해컨색까지 나오다니 무슨 수를 쓴 거야?" 콘스턴스가 물었다.

캐리는 한쪽 눈썹을 치켜올리고 법원 계단의 원래 자리로 돌아간 기자들을 뒤돌아보았다. "편집장한테 오찬 모임은 이제 그만 쫓아다니고 싶다고 했지. 해컨색의 여자 보안관보에 대한 기사를 세 꼭지 쓰고 나니까 도시 범죄 기사도 쓸 수 있겠다는 생각이 들더라고. 편집장은 뉴욕시만 아니면 써도 된다고 했고, 선택지는 해컨색이나 트렌턴 둘 중 하나였어."

"그래서 우릴 골랐고."

"당연하지! 어서 날 저 교도소 꼭대기 층으로 데려가서 위험천만한 여성분들께 소개해줘. 한 명쯤은 신문에 자기 얘길 하고 싶어하는 사람이 있겠지."

"아, 얘기하고 싶어하겠지만 내가 허락하지 않겠어." 콘스턴스가 말했다. "지난번 당신 기사 때문에 내가 어떤 편지를 받았는지 알아?"

"그 여자들은 잘생긴 낯선 남자한테서 오는 편지를 좋아할지도 모르잖아." 캐리가 말했다.

"소설가들한테 묘사할 거리를 한 페이지 넘게 선사하는 보드라운 내 갈색 눈은 어떻고?"

캐리는 어깨를 으쓱하고 짐짓 얼굴을 찡그렸다. "그건 편집장이 직접 넣은 거야. 남자 기자라면 절대 여자 보안관보의 예쁜 용모를 놓치지 않았을 거라면서."

캐리는 보안관을 흘긋 넘겨다보았고, 보안관은 입담 사나운 두 여자 사이에 끼지 않는 편이 낫다는 것을 아는 남자답게 아무것도 모른다는 표정으로 옆에 서 있었다. 캐리는 콘스턴스의 코트로 눈길을 돌렸다. "이야, 그 귀여운 배지를 단 소감이 어때?"

"이건 평범한 배지야." 콘스턴스가 말했다. "다른 보안관보들하고 다를 거 없……"

캐리가 몸을 기울이고 바싹 다가와 배지를 자세히 살폈다. "와, 이게 어디가 평범해! 무슨 일이 있어도 난 그 배지에 관해 쓸 거야, 아무도 못 말려! 어쨌든 자긴 그걸 공공연히 달고 다닐 거잖아."

"배지를 가진 남자들 누구나 그러고 다녀." 콘스턴스가 말했다. "그런 게 신문에 난 적은 한 번도 없고."

"지금까진 여성 보안관보가 없었으니까." 캐리는 경쾌하게 말했다. "그걸로 짧은 기사 한 꼭지는 충분히 쓸 수 있어. 말하자면, 후속 기사인 셈이지."

"설마 또 신문에 날 팔아먹겠다는 건 아니겠지." 콘스턴스가 말했다. "청혼 편지는 더이상 감당하지 못할 것 같아."

콘스턴스와 히스 보안관은 법원 계단 위 기자들 무리에 합류하러 뛰어가는 캐리를 바라보았다. 이제 막 나무 그루터기 사이에 내려앉은 밝은 색상의 이국적인 새 같았다.

"배지에는 기자들이 따라붙기 마련이죠." 보안관은 체념조로 말했다. "싫으면 도로 내놔도 됩니다."

콘스턴스는 도로 내놓을 생각이 전혀 없었다.

9

“와, 너 진짜 잘생긴 청년이 다 됐어.” 헬렌 스튜어트의 어깨에 남색 줄무늬 서지천을 길게 둘러주며 플러렛이 말했다. “머리카락을 모자 속으로 다 넣어봐.”

헬렌은 깔깔 웃으며 플러렛이 하라는 대로, 하나로 묶은 빨강 머리를 닳아 해진 낡은 중산모 속에 쑤셔넣었다.

플러렛은 한 발 물러나 노래하듯 감탄을 터뜨렸다. “난 오늘밤 너랑 결혼할 거야!”

헬렌은 고개를 흔들어 모자를 벗었다. “넌 퇴짜놓기로 되어 있어.”

“아냐, 네가 퇴짜놓기로 되어 있는 거지.”

“아, 그럴 거야, 처음엔.”

두 사람은 플러렛의 바느질방에 꽁꽁 숨어 오디션 준비를 하고 있었다. 그들 주위는 사치품 천국이었다. 최신 패턴 책, 실크 리본타래, 단추와 후크 단지, 진주핀과 실크 꽃핀과 모슬린 꽃핀과 반짝이 버클과 모자핀 등 온갖 핀을 망라한 핀에 대한 총서 전권, 망사, 깃털, 장식용 수술과 가장자리 장식, 끝을 알 수 없는 길이의 레이스. 한쪽 벽면에 거의 천장까지 빼곡히 쌓인 돌돌 말아놓은 원단들은 지금껏 플러렛이 매혹되었던 각종 변덕을 대변했다. 불꽃나무와 수련의 동양풍 패턴, 나폴레옹 가문의 황금벌이 수놓인 자줏빛 실크 원단, 조그맣게 정신없이 프린트된 미니어처 장미, 완전한 에메랄드색 시폰, 물방울무늬 새틴, 조젯크레이프와 크레이프드신, 몇 야드나 되는 온갖 색조의 벨벳과 실크는 콘스턴스가 플러렛 앞으로 열어둔 스쿤메이커은행 계좌의 청구 한도껏 사들인 것들이었다.

이제 살림 가계부가 노마 소관이 됐으니, 주급에서 소액을 빼돌려 플러렛이 온 동네 이런저런 상점들에 진 외상값을 갚는 것은 콘스턴스의 의무가 되어버렸다. 원단가게와 옷가게뿐 아니라 플러렛의 이름을 외운 리본가게도 있고, 구슬 장식 슬리퍼를 플러렛한테 맞는 사이즈만 갖다놓은 신발가게도 있었다. 여성용 모자를 파는 가게는 후원자에게 경의를 표하여 창문에 플러렛의 초상화를 걸어놓을 법도 했다. 한꺼번에 다 갚는 건 무리였지만, 콘스턴스는 가게마다 돌아가며 어찌어찌 조금씩 갚았고, 돈이 필요할 때 노마가 지급을 거절할까봐 서랍장 속 깡통(플러렛이 모를 거라고 생각했지만 오산이었다)에 여분의 잔돈이나 지폐를 모았다. 그런 가외 비용이 재정에 부담을 줬지만, 콘스턴스는 플러렛과 비밀을 공유하며 즐거워했고, 플러렛은 그 쾌락을 자제할 이유를 단 하나도 생각해낼 수 없었다.

각종 화려한 옷과 장신구에 둘러싸여 의상을 가봉하는 일은 플러렛과 헬렌에게 그저 설레는 모험일 뿐이었다. 두 사람은 딴사람들이 들을까봐 집에서는 노래 연습할 엄두도 내지 못했다. 응접실에서 좀 떨어진 바느질방은 구식 농가주택에서 흔히 볼 수 있는 창문 없는 옹색한 방으로, 원래는 기절한 여성을 눕혀놓거나 시신을 잠시 안치하는, 시대에 뒤떨어진 용도의 공간이었다. 그래서 두 사람은 노래하거나 안무를 짜려면 풀이 베이고 눈이 덮인 목초지로 한참을 달려나가야 했다.

하지만 그날은 야외에서 연습하기엔 너무 스산하고 우울한 날씨였다. 실내가 훨씬 만족스러웠고, 두 사람은 어느새 메이 워드의 드레스덴 인형이 된 자신들을 상상하며 온갖 종류의 장래 계획을 세웠다.

"항상 딱 여덟 명만 있었을까?" 헬렌이 물었다.

"내가 아는 한은 그래. 하지만 메이 워드가 우릴 보면 인형이 더 있으면 좋겠다고 생각할 거야. 난 아홉번째가 될 거고 넌 열번째 하면 돼." 플러렛이 말했다.

"하지만 기존 여덟 명은 이미 자기 파트가 있잖아. 코러스 말고 두 명이 더 필요한 일은 없을 거야."

"우리가 부를 새 파트를 만들어주겠지." 플러렛은 일어나서 치마 안쪽에 주름 장식을 하나 더 대보며 치맛단을 무릎까지 들어올렸다. 여기에 임시로 끈 같은 걸 달면, 상점 창문의 캔버스 블라인드처럼, 집을 나설 때 치마를 짧게 올렸다가 돌아올 때 다시 내리는 게 가능할까 부질없는 궁리를 했다.

헬렌은 등받이 없는 조그만 자수 장식 의자에 앉아 플러렛을 물끄러미 쳐다봤다. "네가 어떻게 언니들을 설득해서 입단 허락을 받아냈는지 모르겠어. 우리 아버진 절대 찬성하지 않을 거야. 난 아버지한테 네가 듀엣을 하고 싶어해서 오디션하는 흉내만 내는 거라고 약속해야 했어."

플러렛은 거울 앞에서 시야를 방해하는 마네킹을 옆으로 치웠다. 거울을 약간 비스듬히 세우자 키가 더 커 보이는 효과가 났다.

"아, 정확히 말해 설득한 건 아니었지." 플러렛은 자신의 뒤태를 감상하기 위해 돌아섰다. "너 때문에 오디션에 참가하는 것뿐이라고 했거든."

플러렛의 몽상은 진입로에서 들리는 자동차 엔진소리에 중단됐다. 플러렛은 치맛자락을 매만지고 헬렌 쪽으로 빙 돌아섰다. "저 재킷 줘봐." 플러렛은 친구가 앉은 스툴 뒤에 있는 회색 모직물 더미를 가리켰다. "입혀보는 것 좀 도와줘." 헬렌이 옷을 집어들었고 두 사람은 부리나케 방을 빠져나와 현관으로 달려갔다. 현관에서는 콘스턴스가 이제 막 코트를 벗어 거는 참이었다.

"누가 집에 데려다줬어?" 플러렛이 물었다.

"모리스 보안관보."

"이런, 벌써 가버렸어?" 플러렛은 창가로 뛰어가 밖을 내다봤다. 모리스 보안관보 부부는 패터슨의 핸슨 아카데미 근처에 살았고, 헬렌과 플러렛에게는 양조부모와 같은 노릇을 했다. 수업이 끝난 뒤 두 사람이 미시즈 모리스의 식탁 앞에 앉아 있거나 그 집 재봉틀 앞에서 마지막으로 의상을 변경하는 모습을 심심찮게 볼 수 있었다.

콘스턴스를 향해 돌아선 플러렛이 배지를 발견했다.

"축하파티 안 할 거야?" 플러렛이 외치며 콘스턴스의 코트에서 배지를 떼어내 높이 들고 조명에 비춰 봤다. "다 같이 법원에 가서 언니가 선서하는 걸 지켜볼 줄 알았는데."

"그러기엔 좀 늦었지." 콘스턴스가 말했다. "난 칠월부터 어느 정도 공식적으로 이 일을 하고 있었어. 배지는 마지막 형식상의 절차일 뿐이야."

"하지만 난 격식을 차리는 게 좋아. 우리집에선 그럴 일이 한 번도 없었잖아."

콘스턴스가 대답할 틈도 주지 않고 플러렛은 헬렌이 들고 있던 재킷을 낚아채 한껏 과장된 몸짓으로 펼쳐 보였다.

"이거 봐, 언니한테 맞춰 우리가 준비한 거야! 어깨 견장은 헬렌이 도와줬어."

콘스턴스는 조심스럽게 옷을 받아들어 이리저리 돌려보았다. 새로 만든 세련된 노포크 재킷은 남성복 스타일이지만 주름이 필요한 부위에는 다트를 알맞게 넉넉히 넣었다. 앞에는 깊은 주머니가 있고 넓은 벨트를 달았으며, 양쪽 어깨에 멋들어진 견장을 붙였고 두툼한 비단으로 안감을 댔다.

보안관 사무실은 여성용 제복을 지급하지 않았다. 작년에 급하게 옷을 빌려 대충 입고 찍은 사진이 신문에 실린 후, 플러렛은 콘스턴스가 적절한 제복을 갖춰 입어야 한다고 고집했다. 재킷은 그 마지막 구성품이었다.

콘스턴스는 재킷을 입자마자 권위가 확 사는 느낌이 들었다. 플러렛은 재봉틀을 다룰 수 있는 나이가 된 후로 쭉 콘스턴스의 옷을 만들어왔다. 옷가게나 카탈로그에서는 콘스턴스한테 맞는 사이즈의 옷을 찾기가 거의 불가능했다. 플러렛은 몇 년 전부터 치수를 재지 않고도 어디에 단추를 달고 다트를 넣어야 하는지 본능적으로 아는 것 같았다. 솔기 하나 당기지 않았고 목깃이 죄는 법도 없었고 소매가 짧은 적도 없었다. 플러렛이 만든 옷은 견고했고 기막히게 잘 맞았다.

"항상 재킷을 걸치고 다녀야겠는걸요." 헬렌이 콘스턴스 주위를 한 바퀴 돌며 소매를 당겨 펴주면서 말했다. "아주 우아해 보여요."

"정말로 더 우아해진 기분이야. 키도 15센티미터쯤 커진 것 같아." 콘스턴스가 말했다.

플러렛은 콘스턴스의 목깃에서 실오라기 하나를 털어냈다. "흠. 키가 더 클 것까진 없고. 리볼버랑 수갑을 넣을 안주머니도 하나씩 있어."

콘스턴스가 안에 손을 넣어보니 자연스럽게 손이 닿는 곳 안감에 정확히 주머니가 박음질되어 있었다. "이거 완벽하다."

"스쿤메이커은행 계좌에 청구서가 쌓였지만." 플러렛은 단추와 쥠쇠를 확인하며 슬쩍 흘렸다.

"그건 걱정하지 마." 콘스턴스가 말했다. 그리고 몇 마디 덧붙이려는 찰나 노마가 비둘기장에서 돌아오는 바람에 내입금에 대한 모든 대화가 끊겼다.

노마는 여기저기 잿빛 깃털과 흰색 깃털로 장식된 지저분한 헛간용 코트를 입고, 양옆에 귀덮개가 달리고 앞에만 챙이 있는 가죽 모자를 쓰고, 결코 헛간보다 더 멀리는 입고 나가지 않겠다는 조건으로 플러렛이 낡은 트위드 정장을 재활용해 만들어준 치마바지를 입고 있었다.

세 사람은 노마를 멀뚱멀뚱 바라보며 서 있었다. 플러렛은 웃지 않으려고 무던히 노력했다. 그 낡은 옷을 입은 노마는 부랑자처럼 보였지만, 오래된 농가주택에 요구되는 바깥일은 그에 어울리는 튼튼한 옷을 입고 해야 한다는 점은 인정할 필요가 있었다. 콘스턴스도 플러렛도 손이 한참 가는 집안일은 하려 들지 않았으므로, 노마가 입고 싶은 대로 입는 건 지당한 일이었다.

"편지가 또 왔어." 노마가 볼썽사나운 코트를 벗으며 말했다.

"그 사람들이 우리집 주소를 몰랐으면 좋겠는데." 콘스턴스가 말했다.

"모르지. 겉봉에 '해컨색, 여자 보안관 앞'이라고만 써서 보내는데 우리한테 오는 거야."

"정말 그 사람들이 청혼하고 그래요?" 헬렌이 물었다.

"맨날 그래." 플러렛이 말했다. "결혼하는 것 말고는 언니하고 뭘 어떻게 해야 할지 모르는 사람들이야." 플러렛은 자기 언니—발 크기는 뗏목만하고 덩치는 공중전화 부스만한 여자—가 알지도 못하는 남자들의 로맨틱한 관심을 독차지한다는 게 짜증이 났다. 콘스턴스 앞에 심장을 바친 남자들은 노마의 퉁명스러운 답장밖에 받지 못했는데, 플러렛이 보기엔 언니가 기회를 헛되이 날리는 셈이었다.

바로 그 때문에 플러렛은 투어 무대에 서길 열망했고 자신의 이름이 신문에 나기를 간절히 바랐다. 그러면 전국에서 편지가 날아들 것이다. 플러렛은 절대 그 자리에서 거절하지 않을 것이다. 구혼자들을 초청해 자신의 애정을 부상으로 내건 오디션을 열고 참가자들에게 선물을 나눠줄 것이다.

노마는 책상으로 가서 봉투를 째고 열었다.

"아, 이건 언니가 좋아하겠네. 이 친구는 와이오밍에 있는 목장을 언니랑 같이 운영하고 싶대." 노마는 의외로 그럴듯하게 노총각 목장주 흉내를 내며 큰 소리로 편지를 읽었다.

미스 콘스턴스 귀하,

응접실에서 머리를 감고 손톱 밑에 때가 조금만 껴도 짜증을 내는 여성분에게는 제안할 게 별로 없지만, 힘든 일에 익숙하고 총을 재빠르게 뽑는 활동적인 여자는 와이오밍에서 성공할 수 있습니다. 이 동네 남자들 대부분이 그렇듯 나도 미혼입니다. 우리 옆에서 보조를 맞춰 온 힘을 다해 노력하는 여자는 흔치 않죠. 여기 와이오밍에서 목장주의 아내는 감자 한 알로 죽 한 솥을 끓일 줄 알고 돼지를 잡을 줄도 알고 소가 새끼를 낳을 때 헛간에서 하룻밤 자는 것 정도는 아무렇지 않아합니다.

말처럼 튼튼하고 예쁠 것, 내가 바라는 건 그것밖에 없어요. 만약 내가 당신에게 맞지 않는다면, 맞을 만한 다른 사내가 열 명도 넘게 있습니다. 이쪽으로 와서 우리를 한번 만나보세요. 답장을 주시면 기차표를 보내겠습니다. 하지만 너무 뜸들이지 마세요. 삼월에 갈아야 할 밭이 있거든요.

답을 고대하며,

우리 잭 돕스

"우리 잭이라니!" 플러렛이 꺄악 소리질렀다. "정말 그렇게 썼어?"

"너무 오랫동안 그렇게 들어와서 그게 자기 이름이 아니라는 걸 까먹은 거야." 노마가 말했다.

"아직 그 사람을 보지도 않았잖아." 플러렛이 말했다. "그 사람 엄마가 갓 태어난 애를 처음 본 순간 우리 잭이라고 이름 지었을 수도 있지."

"그 사람한테 뭐라고 할 생각이야?" 콘스턴스가 물었다.

노마는 편지를 다시 훑어보고 안경을 벗었다. "언니는 전혀 말처럼 안 생겼고, 토요일마다 머리 감기를 좋아해서 마음 아프지만 그가 제안한 역할에는 어울리지 않음을 인정한다고 쓸 거야."

"우리 잭이 실망하겠다." 플러렛이 말했다.

"와이오밍에 사는 모든 남자들이 실망하겠지." 노마가 대꾸했다.

콘스턴스는 손수건을 꺼내 플러렛의 입을 슥 닦았다. 플러렛은 볼과 입술에 연지를 발라서 꼭 도자기 인형처럼 보였다.

"그런 모습으로 나돌아다니지 않았으면 해."

"오늘 저녁에 헬렌이랑 나랑 무대 리허설을 해야 한단 말이야. 오디션 때문에."

"그런데 왜 집을 나서기도 전에 화장을 해야 하는지 모르겠네. 기차에서 사람들이 자꾸 널 쳐다보기만 할 텐데."

플러렛은 한쪽 눈썹을 치켜올리며 기차에서 사람들의 시선을 한몸에 받는 것이 정확히 자신의 목적임을 밝혔다. 진입로에서 경적음이 들렸고 플러렛은 누가 왔는지 보려고 달려갔다.

"미시즈 보러스네." 플러렛이 말했다. "창공에 새를 날리는 업무와 관련된 긴급한 일로 오셨나보지. 언니들 다 화요일에는 내 무대를 보러 와야 하니까 잊지 마. 미시즈 보러스를 초대하고 싶다면 해도 돼. 비둘기 클럽에서 하차하지 않은 사람들 아무나 다 와도 좋아."

"하차한 사람 하나도 없거든." 소지품을 챙기러 가는 플러렛의 뒤통수에 대고 노마가 외쳤다. "지금은 겨울 휴식기야."

노마는 비둘기 클럽을 운영했고, 그 모임을 고집스레 '뉴저지 민간 업무 지원 전서구 파견 협회'라고 불렀다. 처음엔 비둘기를 키우는 회원들이 열 명 남짓 모였는데, 지금은 시민정신이 투철한 소수의 여성들만 남아 뜻깊은 기획을 도모하는 모임으로 규모가 축소됐다. 콘스턴스와 플러렛에겐 그런 수순이 놀랍지도 않은 것이, 노마는 모임의 모든 직위를 독차지하고 무자비한 독재 체제로 운영했다. 남자는 한 사람도 남아나질 않았다. 플러렛은 남자들이 노마한테 지시받는 걸 좋아하지 않아서일 거라고 말했지만, 노마는 플러렛의 의견을 일축하고 남자들은 원래부터 클럽 활동엔 관심 없었고 단지 새를 더 많이 팔아 높은 이윤을 남길 심사로 새로운 종축을 얻으러 왔던 것뿐이라고 주장했다. 그러나 전서구 거래는 단 한 번도 활발했던 적이 없었으므로, 남자들은 다른 일을 찾아나섰다.

남아 있는 여자들은 본인들 삶만으로도 충분히 할일이 많았는지 노마가 클럽 운영을 혼자 좌지우지하는 것에 개의치 않았다. 노마와 사이좋게 지내는 방법은 정말 그것 하나뿐이었고, 그것은 플러렛과 콘스턴스가 지금까지 살아온 방식과 그리 다르지 않았다.

캐럴린 보러스는 남아 있는 회원들 중 가장 꿋꿋하고 변함없는 사람이었다. 상당한 재산을 가진 과부였고 운동을 꽤 잘했다. 비둘기에 관심을 쏟기 전까진 개 두 마리를 데리고 다니며 사냥을 했고, 경주마를 키운 적도 있었다. 자동차를 자유자재로 몰았지만, 날이 좋으면 말안장 위에 올라탄 모습으로 나타날 때도 많았다.

노마는 미시즈 보러스를 맞이하러 나갔다가 부엌으로 데리고 들어왔다. 거대한 주철 스토브 덕분에 부엌은 겨울에 집안에서 가장 따뜻한 곳이었다. 뒤따라 들어온 콘스턴스는 소시지가 들어간 감자 수프 냄비를 보고 안도했다. 콘스턴스가 버너에 불을 붙이자 캐럴린이 곧장 다가와 손을 녹였다.

"난 농가주택이 참 좋더라." 캐럴린이 오래된 부엌을 둘러보며 쾌활하게 말했다. 이 부엌은 십팔 년 전 미시즈 콥이 이곳을 사들였을 때 이후로 하나도 변한 게 없었다. 널빤지를 깐 마룻바닥은 백합 문양 마루깔개로 덮여 있는데 이제는 그 무늬가 거의 닳아 없어졌다. 벽면은 스토브 주위 약 3피트 안에 여기저기 기름이 튀어 있었고, 손님 입장에서 보면 이 집 식구들은 왜 기름때를 닦고 새로 페인트를 칠할 생각을 하지 않을까 궁금할 법도 했다.

"냉장고 따위로 속 썩지 않다니 현명하네요." 미시즈 보러스가 말을 이었다. "여동생이 얼마 전에 새로 나온 암모니아 냉매 모델을 하나 샀는데, 온 집안에서 악취가 나요. 벌레들이 주변 몇 마일에서 기어들어와 우유통 뒤에 자리잡았는데 그것들 빼고는 그 냄새를 당할 사람이 없어요."

"벌레가 어떻게 들어온 거죠?" 콘스턴스가 물었다.

캐럴린은 노마 옆자리 의자에 털썩 앉아 한숨을 내쉬었다. "냉장고 단열재로 소털을 썼대요, 믿어져요? 벌레들이 아주 살판났지. 다 먹어치웠어요. 그다음엔 어떻게 됐게요, 달걀과 버터를 집으려고 손을 뻗었는데 벌레만 한 움큼 잡히는 거지."

"난 집안에 기계를 들인다는 생각 자체에 반대예요, 벌레가 덤으로 따라오지 않는다 해도." 노마는 캐럴린이 말끔히 타이핑해서 식탁 위에 올려놓은 명단으로 주의를 돌렸다. "지원자가 열두 명? 이거 확실해요?"

"아, 물론이죠. 전시에 국민 협력의 일환으로 장거리 비행에 새들을 차출할 거라고 하니까 다들 무척 열성적이었어요."

노마와 미시즈 보러스는 최근 '미국 비둘기 경주 협회'와 제휴를 맺었다. 노마의 비둘기 클럽은 비행 속도와 거리 면에서 세계 신기록을 세우겠다는 계획을 발표했고, 미국인이 프랑스에 가게 됐을 때(노마의 의견에 따르면 그것은 불가피했다) 해외로 비둘기를 파병할 필요성에 대해 육군성을 설득하기 위한 노력의 일환이었다. 그들은 비둘기를 점점 더 멀리, 500마일, 700마일, 심지어 1000마일 떨어진 곳까지 기차에 태워 보내 가장 경쟁력 있는 새를 선별하여 키움으로써 그러한 노력에 힘을 보탤 생각이었다.

"난 그냥 시범만 보이는 건 줄 알았는데." 콘스턴스가 말했다. "그게 어떻게 전쟁에 도움이 돼?"

노마와 캐럴린은 측은하다는 표정으로 동시에 콘스턴스를 바라봤다.

"비둘기 키우는 사람들 측에서 육군성이 간절히 필요로 하는 훈련과 장비를 공급하려는 전 국민적 노력이죠." 캐럴린이 연설에 익숙한 여자다운 태도로 말했다. "저쪽에서는 자기들한테 얼마나 비둘기가 필요한지 아직 몰라요, 왜냐면 새들이 뭘 할 수 있는지 여태껏 본 적이 없거든. 우리 목표는 그걸 바꾸는 거죠."

"괜찮은 생각이네요." 콘스턴스는 얼른 맞장구를 쳤다. 노마와 어울리길 좋아하는 사람을 생전 처음 봤는데, 그런 사람에게 불친절하게 보이고 싶지 않았다.

노마는 다시 명단을 살펴봤다. "이 새들이 제대로 훈련됐는지 의심스러운걸."

콘스턴스는 되도록 입을 다물고 있으려 했지만 저도 모르게 말이 튀어나왔다. "새가 나는 걸 어떻게 훈련해? 새가 나는 건 그냥 본능 아냐?"

"아, 절대 그렇지 않아요." 캐럴린이 명랑하게 말했다. "당신 여동생은 새들을 장거리 비행에 적응시키는 최고의 방법을 알고 있고, 우리 클럽에선 그걸 적극적으로 도입했어요. 동쪽에서 단거리 비행을 시작해서, 1마일에서 10마일까지 점차 거리를 늘려가는 거죠. 그다음엔 같은 경로를 서쪽에서 시도하고, 그다음엔 남쪽에서 시도해요. 그러면 적어도 20마일을 소화했을 텐데, 이튿날 하루 쉬면서 애벌레로 배를 채우고, 다음엔 50마일을 날아요. 100마일을 최초로 돌파한 후에는 일주일을 쉬고, 그다음엔 200마일 떨어진 기차역으로 보내고요. 이런 식으로 계속 진행해서 나중엔……"

"두 분이 아주 멋진 프로그램을 만들어냈군요." 콘스턴스는 그 뒷이야기까지 들어야 하는 상황이 오기 전에 얼른 자리에서 일어났다. "육군성에서 아주 기뻐하겠어요."

"전쟁이 났는데 기뻐할 건 없지요. 우린 우리가 할 수 있는 일을 하는 것뿐이에요." 캐럴린은 콘스턴스가 부엌을 완전히 빠져나가기 전에 말했다. "그래서 말인데 당신 여동생을 설득할 수 있게 좀 거들어주면 좋겠네요. 500마일 지점까지 비둘기를 데려가야 하는데 같이 기차를 타고 가자고요. 콜럼버스까지만 가면 되거든요. 다 같이 나들이처럼 한번 가고 싶어서요."

노마는 여행을 극도로 싫어했지만 그 사실을 인정하고 싶어하지 않았다. "훈련 프로그램으로 시작해보면 어때요?" 콘스턴스가 말했다. "쟤를 동쪽으로 10마일 데려가서 어떻게 하는지 보는 거예요."

"언니는 이제 그만 교도소로 돌아가지?" 노마가 말했다.

"오늘은 집에서 잘 거야." 콘스턴스가 말했다. "하지만 수프는 다른 방에 가서 먹을 테니, 두 분은 편하게 계획을 세우시라고."

콘스턴스는 부엌을 나서면서 캐럴린이 하는 말을 들었다. "나도 자매가 있었으면 좋겠네."

"뭐하러요, 도대체." 노마가 캐럴린에게 대꾸했다.

10

품행 문제로 해컨색 교도소에 여성 재소자가 또 한 명 들어오게 생겼는데, 문제의 여자는 아직 그 사실을 모르고 있었다. 이른 아침의 회색빛 시간, 경찰이 문을 마구 두들길 때 미니 데이비스는 침대에서 곤히 자고 있었다.

처음엔 엊저녁 일이 어렴풋이 떠올랐다. 미니는 토니와 싸웠고—그건 전혀 새삼스러울 게 없었다—그래도 이번만큼은 미니가 이겨서, 싫다는 토니를 억지로 끌고 나가 금요일 저녁 시간을 밖에서 보내는 데 성공했다.

토니와 미니가 서로에게 싫증이 났다는 건 누가 봐도 뻔했다. 애초에 두 사람 사이에 애정이 있었는지는 차치하고, 어쨌든 지금은 한 톨도 남아 있지 않았다. 하지만 그들은 한 지붕 밑에서 살아야만 했고, 미니 본인이 인정하든 인정하지 않든 스스로 초래한 상황이기에 어쩔 수 없었다.

예전에 그들은 함께 여기저기 쏘다니곤 했다. 두 사람 사이가 틀어지긴 했지만, 그렇다고 지금껏 해오던 생활을 마다할 이유를 미니는 알지 못했다. 가구 딸린 우중충한 방에서, 있어봤자 침침한 알전구 불빛을 받으며 토니는 신문에 흥미 있는 척하고 미니는 건성으로 카드나 한 판 치자고 할 텐데, 그렇게 보내는 저녁은 끔찍했다. 페리를 타고 맨해튼으로 건너가서, 둘이 처음으로 함께한 저녁에 전차에서 봤던 그 번쩍이는 댄스홀에 가거나, 김 서린 유리창 안에서 노란 불빛이 반짝거리는 천장이 높은 레스토랑에서 저녁을 먹으면 안 될 게 뭐란 말인가? 하지만 토니는 그런 제안을 먼저 하는 법이 절대 없었다.

"넌 방세도 매번 나보다 덜 내잖아." 토니가 불만을 터뜨렸다. "그러면서 브로드웨이에다 일주일 치 급료를 다 써버리고 싶어하고. 아무래도 네가 남자를 잘못 골랐지 싶다."

확실히 잘못 골랐지만, 이제 와서 어쩌겠는가? 빵집 위층의 구중중한 방에 둘이 붙어 있으면, 금요일 저녁에 외출을 할 때 토니는 미니를 데리고 가지 않아도 되나?

그래서 미니는 토니가 마침내 누그러져 "좋아. 코트 가져와"라고 말할 때까지 계속 졸라댔다.

하룻저녁 유흥에 대한 토니의 생각은 결국 몇 블록 떨어진 어느 집에서 카드 게임을 하는 게 다였다. 어쨌든 미니는 물방울무늬 드레스를 차려입었고, 귀 뒤에 묻힐 향수를 조금이라도 건져보려고 빈병의 주둥이를 손가락으로 문질렀다.

그 집에 도착하자 미니는 번거롭게 치장할 필요가 없었음을 깨달았다. 거기 모인 남자들은 토니가 여름 동안 증기선에서 함께 일했던 사내들이었다. 카드 게임은 그들이 배 안에서 노상 하던 게임의 연장에 지나지 않았다. 남자들은 카드에서 잠깐 눈을 들더니 토니의 등을 툭 치고 카드판에 들어올 자리를 마련해주었고 그게 끝이었다. "여자들은 부엌에 있어요." 남자들 중 한 명이 엄지를 들어 복도 저쪽을 가리키며 소리쳤다.

멋진 파티에 대한 꿈이 물거품이 된 미니는 허탈해졌다. 부엌에는 여자들 대여섯이 식탁 주위에 편하게 널브러지거나 설거지대에 엉덩이를 걸치고 앉아 있었고, 다들 미니보다 나이가 많았으며 외출복을 차려입은 사람은 한 명도 없었다.

미니는 굳이 그들의 이름을 알려고 하지 않았고 그들도 미니의 이름을 묻지 않았다. "네가 토니 애인이구나!" 그들 중 하나가 카랑카랑하게 외쳤다. 다른 사람들은 그렇구나, 하는 뜻으로 열심히 고개를 주억거렸다. 누가 미니에게 앉으라고 의자를 꺼내줬다.

"레모네이드에 진 섞은 게 있는데." 아이스박스 옆에 있는 여자가 말했다. "진과 레모네이드를 따로 마시고 싶은 게 아니라면."

미니는 되바라지게 말했다. "둘 다 줘, 그리고 담배도 있으면 한 대 얻을 수 있을까."

여기서는 그게 대답하는 올바른 자세였다. 술과 담배가 미니에게 제공됐고, 어느새 느긋해진 미니는 많이 해본 솜씨로 의자에 등을 기대고 편안히 앉아 양손이 모두 바빠진 것을 자축했다. 술은 달았지만 알싸하고 독했다. 첫 모금에는 천천히 마시자고 다짐했지만, 둘째 모금에 망각해버렸다. 토니 앞에서 담배를 피운 적은 없지만 캐츠킬에 살던 시절에는 나무판자를 깐 강변 산책로를 걸으며 실컷 피웠고, 그래서 담배를 앞에 두고 당황할 일은 없었다.

대화가 미니 주위로 흘러다녔고, 무슨 얘기를 해야 할지 고민할 필요도 없었다.

이야기가 차차 진행되면서 알게 됐지만, 이 여자들은 모두 미니가 집을 떠나기 전에 꿈꿨던 종류의 일을 하고 있었다. 사무원, 백화점 판매사원 그리고 영화관에서 표를 파는 사람들이었는데, 이 매표원이야말로 미니가 가장 동경했던 직업이었다. 어떤 사람은 꽃집에서 일했고, 거짓말 같지만 제과점에서 초콜릿을 만드는 사람도 있었다.

"온통 설탕이랑 코코아 가루를 뒤집어쓰고 집에 온다니까. 그럼 스탠리가 그걸 갖고 뭘 하는지 상상이 되지 않니."

"스탠리가!" 다른 여자들이 꺄악 자지러졌다. "상상하게 만들지 마."

하지만 이미 늦었다. 미니의 눈앞에 그 장면이 떠올랐고, 미니는 저쪽 방에 있는 남자들 중 누가 스탠리일까 궁금해졌다. 토니도 한때는, 그러니까 둘 사이에 문제가 있기 전에는 그 비슷한 짓을 즐겼을지 모르지만 이젠 더이상 미니를 귀찮게 굴지 않았고, 미니도 아쉽지 않았다. 거칠게 더듬는 손길과 성의가 부족한 입, 옷을 벗길 때 절대 눈을 마주치지도 않고 찬사 한마디도 없는 토니가 지겨웠다. 미니는 관계가 끝난 후에도 조그만 침대를 같이 쓰는 게 싫었지만, 방세를 토니가 내고 있었다. 누군가는 방세를 내야 하지 않겠는가? 미니는 단 한 번도 돈이 넉넉한 적이 없었고, 공장 급료로 혼자 사는 건 어림도 없었다. 토니와 같이 살든가 하숙집에 들어가 룸메이트와 같이 살아야 할 텐데, 그러면 통금시간도 지켜야 하고 월급을 몽땅 집주인에게 갖다바쳐야 하니 수중에 땡전 한푼 남지 않을 것이다. 미니는 토니를 택했다. 일단 현재로서는 그랬다.

미니의 술잔은 밤새도록 새로 채워지는 것 같았다. 부엌의 대화는 갈수록 음험하게 왁자지껄해졌고, 남자들이 카드 게임을 하다 말고 몇 번쯤 무슨 소란인가 와서 보기까지 했다. 토니는 문간에 얼씬도 하지 않았다. 목소리는 딱 한 번, 맥주를 더 달라고 외칠 때만 들렸다.

목소리를 들어도 미니는 별 감흥이 없었다. 미니는 다른 여자들한테 아직도 그이 목소리를 들으면 떨리느냐고, 하루 일과가 끝나고 다시 그이 얼굴을 보면 설레느냐고 묻고 싶었지만, 그렇다는 대답을 들어봤자 달라질 게 없었다. 뭔가 병들고 오염된 것이 토니와 미니 사이에 버티고 있었다. 그걸 안고 살든가, 아니면 캐츠킬에 있는 고향집으로 돌아가든가 둘 중 하나였다. 도망칠 궁리도 이리저리 해봤지만 아직 실행에 옮기진 않았는데, 그럼 어떻게 될까?

이후 밤시간은 어떻게 흘렀는지도 모르게 지나가버렸다. 모르는 새에 웃음소리가 잦아들었고, 대부분의 여자들이 돌아갔다. 누군가가 미니를 의자에서 일으켜세우더니 허리에 팔을 감아 부축했다.

"집까지 걸어갈 수나 있겠어?" 하고 묻는 목소리는 토니의 것이었다.

하지만 토니는 보이지 않았다. 고개를 돌려 쳐다보려 했지만, 토니의 얼굴은 천장 높은 곳을 떠다니거나 시선을 제대로 맞출 수 없게 등뒤로 흘러가거나 해서 위치를 종잡을 수 없었다. 다음 순간 두 사람은 잔뜩 쌓인 갈색 술병들 틈에 카드 테이블이 모로 엎어져 있는 엉망진창 응접실에 있었고, 그다음엔 어둡고 지독하게 추운 계단에 있었다. 추위에 놀란 뱃속이 뒤집어지겠다고 위협했다. 미니는 휘청거리며 한 손으로 입을 막았다.

누가 뒤에서 그들을 따라 계단을 내려와 토니를 불렀다. 남자 목소리였고, 술에 관한 시 비슷한 것을 읊었는데 미니는 무슨 소린지 알아들을 수 없었다. 토니도 똑같이 알아들을 수 없는 대답을 하더니 두 사람 다 낄낄거렸고, 만취한 미니의 머리에 유일하게 쏙 들어와 박힐 만한 말을 남자가 내뱉었다.

"어느 항구에나 있는 아가씨!" 남자가 소리쳤다.

토니는 웃음을 터뜨렸고, 미니를 데리고 매섭고 무자비한 추위 속으로 나갔다. 미니는 찬 공기에 숨이 막혔고, 바로 그 자리에서 어두컴컴한 길거리에 토할 것 같다는 생각이 들었다. 그리고 토했다.

미니는 어찌어찌 집으로 향했다. 이젠 혼자 걸을 수 있어서, 메인 스트리트의 목제 보도를 따라 토니의 흐릿한 형체를 쫓아갔다. 자정도 한참 지난 시각이라 상점은 전부 문을 닫았고, 머리 위 어딘가의 나뭇가지에서 외롭게 우는 새 소리와 시내 반대편 끝에서 작게 들리는 기차 소리 외엔 고요했다.

미니는 머릿속에 있는 생각을 소리 내어 말할 정도로 미련하지 않았다. 뇌 안 어딘가 손이 잘 닿지 않는 곳에 이불솜으로 꽁꽁 싸매서 파묻어놨지만 그게 거기 있다는 건 알고 있었고, 그 형태가 느껴졌고, 아침이 와도 잊지 않으리라는 것을 알았다. 그 생각은 이런 것이었다. 너도 내가 한 짓이랑 똑같은 짓을 해왔잖아. 너나 나나 피장파장이야.

그 문장은 아침까지도, 경찰이 와서 방문을 쾅쾅 두드릴 때까지도 미니의 머릿속에 들어 있었다. 미니는 침대를 이리저리 더듬어 토니를 찾았지만 그는 이미 가버리고 없었고, 몇 시간 전에 그들이

(말도 하지 않고 웃지도 않으면서) 잠자리에 들 때 커튼 치는 것을 깜박한 탓에 방안이 햇빛으로 환했다.

또 한번, 문을 깨부술 듯한 노크 소리가 들리더니 웬 남자가 문을 열라고 소리쳤다. 미니는 여전히 물방울무늬 드레스 차림이었지만 흉측해서 도저히 누구한테 보여줄 만한 꼴이 못 됐다. 미니는 담요를 둘러쓰고 비틀비틀 방안을 가로질렀고, 신발에 걸려 발을 헛디뎌 거기에 대고 욕을 했다. 자물쇠가 말을 잘 듣지 않아 몇 번을 흔들어댄 후에야 문이 열렸다. 문이 열리자 푸른색 정장을 입은 순경이 방안으로 들어와 주위를 둘러봤다.

"이름이 뭡니까?" 순경이 우렁차게 말했다.

순경의 말소리가 머릿속에서 쾅쾅 울려댔다. 미니는 또 토할지도 모르겠다는 생각이 들었다.

"미니 데이비스요."

순경은 자신의 수첩을 들여다봤다. "데이비스? 여길 보면 이 방은 앤서니 리오 부부가 빌린 것으로 되어 있는데."

11

"그 여자는 누구죠?" 콘스턴스는 휘몰아치는 바람 속에서 목청을 돋워 외쳤다.

두 사람은 보안관의 자동차를 타고 가는 중이었다. 이 소프트톱 자동차는 지붕 덮개를 완전히 닫아도 온기 면에서는 거의 차이가 없었다. 비가 올 때가 아니면 보안관보들은 지붕을 여닫는 게 귀찮아서 그냥 바깥바람을 맞아버렸다. 뒷좌석에 고대 유물 같은 라쿤털 코트 두 벌을 항상 비치해 돌아가며 썼고, 무릎 담요도 한 무더기 쌓아놨다. 히스 보안관이 남쪽으로 차를 몰아 포트리로 가는 동안 콘스턴스는 담요로 무릎을 감쌌다.

보안관은 코트 주머니를 뒤져 종이를 꺼냈다. "미니 데이비스. 다른 사건을 수사하다가 우연히 걸려들었습니다. 그곳 경찰이 어느 골목에서 총소리가 들렸다는 신고를 받고 조사하던 중이었어요. 탐문 과정에서 빵집 위층의 가구 딸린 방에 사는 커플을 발견했는데, 부부인 척했다는군요. 경찰서장은 두 사람을 불법 동거 혐의로 체포하라는 명령을 내렸습니다. 서장은 자신이 총격 사건을 수사하는 동안 우리가 여자를 데려가길 바랍니다."

"그럼 또 한 건의 시간 낭비로군요." 콘스턴스는 불법 동거 사건에 대한 모든 것이 싫었다. 여자에 대한 압도적인 모욕, 남자에 대한 빗발치는 옹호, 피할 수 없는 신문 헤드라인. 제삼자가 발견해 제사자에게 말할 때까지는 전혀 추문이 아닌데, 언론이 즐겨 하는 일은 정확히 그런 짓이었다.

"여자에게 씌울 혐의가 아예 없을 수도 있습니다." 히스 보안관이 말했다. "여자가 캐츠킬에서 왔거든요."

엔진에서 굉장히 시끄러운 소리가 나는 바람에 둘 다 깜짝 놀랐지만, 차는 다시 잠잠해졌다. 이제 그들은 해컨색 외곽의 시골을 달리고 있었고, 헐벗은 들판과 검은 부들이 아직 물가에 둘러선 얼어붙은 연못들을 빠르게 지났다.

"캐츠킬이 이 건과 무슨 상관이죠?" 콘스턴스가 물었다.

보안관은 나쁜 소식을 전할 때 으레 떠올리는 다소 비극적인 표정을 지어 보였다. "그 말은 곧 남자가 여자를 뉴욕에서 뉴저지로 데려왔다는 얘기입니다. 그러니까 반윤리적 목적으로 주 경계를 넘어 여자를 이송한 혐의로 남자를 집어넣으려는 겁니다. 우린 여자를 단순히 증인으로 억류할 거예요."

콘스턴스는 끙 신음을 흘렸다. 치안 당국에 종사하는 사람들은 모두 맨 법*에 대해 각자 나름의 의견을 갖고 있었다. 맨 법은 방금

* 1910년에 제정된 백인 인신매매 금지법(White-Slave Traffic Act). 일리노이주

보안관이 이야기한 바로 그 행위를 범죄로 만들었다. 차를 몰고, 기차를 타고, 자전거를 타고, 또는 걸어서 함께 주 경계를 넘는 남녀는 반드시 반윤리적 의도를 가지고 행동하는 것이므로 가장 가혹한 형을 공개적으로 받아야 마땅하다는 의견을 가진 사람들이 있었다. 다른 사람들은, 콘스턴스는 자신을 이쪽 부류에 넣는데, 맨 법이 오직 강요된 매매춘과 납치를 금지하려는 의도로 제정됐다고 생각했다. 합의한 양측이 결혼 서약을 깨기 위해 혹은 결혼이라는 제도를 완전히 회피하기 위해 이동하는 것은 수치와 죄책감으로 단죄될지언정 감옥에 들어갈 일은 아니었다.

보안관은 이 주제에 대한 콘스턴스의 의견에 더할 나위 없이 익숙했지만, 콘스턴스는 기어이 내뱉었다. "이게 정말 인신매매 건인가요, 아니면 단순히 결혼한 척하는 두 명의 철없는 젊은이를 발견한 것뿐인가요?"

"여자는 고작 열여섯 살이에요. 이 여자가 자유의지로 왔다고 생각합니까?"

콘스턴스는 그 말에 몸서리를 쳤지만 그래도 말했다. "뭐, 결혼할 만큼 충분히 나이를 먹긴 했네요."

"그럼 했어야죠. 결혼을 했다면 감옥행은 아닐 텐데."

"그와 상관없이 감옥행은 안 될 말이죠."

차가 철도 건널목 앞에서 멈춰 섰고, 보안관은 분개한 표정으로 콘스턴스를 돌아봤다. 그 표정은 자기 힘으로는 어쩔 수 없다는 걸

하원의원 제임스 로버트 맨의 이름을 따서 일명 맨 법이라 불린다. 이 법은 매매춘 등 반윤리적 목적으로 부녀자를 주 경계를 넘어 또는 외국으로 이송하는 행위를 중죄로 규정한다.

시사했다. 보안관은 늘 어딘가 비딱했다. 나비넥타이가 비뚜름하거나 보통 모자챙이 수평을 이루지 않았다. 그가 인상을 쓰면 숱 많은 콧수염의 한쪽 끝이 위로 올라갔다. "이건 공장에서 일하기 위해 집을 나온 또 한 명의 심지 굳은 딸과 그걸 허락하지 않는 어머니에 대한 게 아닙니다. 이 두 사람은…… 부부로 살고 있었어요."

그는 입에 올릴 수 없는 행위까지는 차마 더 파고들지 못했지만, 콘스턴스는 무슨 뜻인지 충분히 알아들었다. 경찰이 왜 이 사건에 대해 무언가 조치를 취해야 하는지 콘스턴스도 잘 알고 있었다. 버건 카운티의 부모들은 반윤리적 행위가 드러났을 때 누군가는 감옥에 가길 기대했고, 검찰을 붙잡고 늘어져 설명을 요구할 것이다.

"그게 사실이라 해도," 콘스턴스가 말했다. "외설 혐의로 여자를 법정에 세우는 것보다 더 나은 방법을 찾을 수 있겠죠. 수퍼트 판사님도 우리 의견에 동의하시는 것 같아요. 이런 사건들이 온당치 못하다고 말씀하시잖아요."

두 사람은 잠시 의기소침한 침묵 속에 앉아 있었다. 열여섯 살짜리 여자애가 남자와 같이 가구 딸린 방에 살다가 잡혔다는 것만큼 콘스턴스를 번민에 빠트린 사건도 드물었다. 콘스턴스는 플러렛을 붙잡은 손을 놓으려고, 아이가 점잖고 책임감 있는 태도로 세상을 향해 나아가는 모습을 지켜보려고 노력하는 중이었다. 그 어떤 상황이 와도 에드나 휴스티스의 어머니처럼 딸의 독립을 제어하고자 경찰을 부르는 사람이 되고 싶지는 않았다. 하지만 에드나는 말썽에 휘말리지 않는 법을 아는 사람이었고, 지금 그들은 확실히 그 반대인 사람을 데리러 가는 중이었다. 플러렛은 그 두 사람 사이의 어딘가에 해당하는 것 같은 느낌이었고, 그런 생각에 콘스턴스는 불안해졌다.

콘스턴스는 메이 워드 극단 오디션에 대해 담담해지려 애썼지만, 막상 기차가 덜컹거리며 끝없이 그들 앞을 지나가자 결심이 흔들렸다. "프리먼 번스타인이라는 이름의 공연 기획자에 관해 뭐 아는 거 있어요?"

히스 보안관은 어리둥절한 표정으로 콘스턴스를 건너다봤고, 뭔가를 골똘히 생각할 때 늘 그러듯 모자챙을 들어올렸다. "번스타인이라. 포스터에서 그 이름을 봤습니다. 도시를 돌며 상금을 걸고 권투시합을 열던데요. 무대 공연을 관리하기도 하고…… 아마 베이온에서였을 겁니다. 친구인가요?"

"설마요. 그 사람은 노마의 적이 됐어요."

"그 친구한테 한잔 사야겠는걸요, 동병상련을 표하며."

"그 사람이 자기 아내의 보드빌 극단에 합류하고 싶어하는 여자애들을 상대로 패터슨에서 오디션을 열어요. 들어본 적 있어요? 메이 워드라고?"

보안관은 고개를 저었다. "공연은 전혀 안 봐서 모릅니다, 미스 플러렛이 서는 무대가 아니라면."

"바로 그게 문제예요. 번스타인은 오디션 참가비로 한 사람당 오 달러씩 받는데, 플러렛이 참가하고 싶어한다는 건 말 안 해도 아시겠죠. 노마는 오디션이 사기라고 생각하고요."

마침내 기차는 맨 끝에 있는 승무원 차량까지 모두 지나갔고, 그들은 다시 차를 몰았다. "그 말이 맞을 수도 있겠네요. 만약 번스타인이 단원을 뽑을 의도가 없다면, 다른 도박과 마찬가지입니다. 돈을 받았으니 그자는 모두에게 그에 상응하는 뭔가를 나눠줘야 할 겁니다."

"참가자 전원에게 메이 워드의 사인이 들어간 사진을 준다는군요."

그 말을 듣고 보안관은 웃음을 터뜨렸다. "그렇다면 완벽히 합법적인데요. 영리한 친구로군요."

"탈이 없기를 빌어요. 플러렛한테 오 달러를 줬거든요."

"플러렛이 뽑히면 어떻게 되는 겁니까?"

"오디션이 엉터리 사기라는 데 기대를 걸고 있어요."

"내 귀엔 별로 타당하게 들리지 않는데요. 나라면 걱정하지 않겠습니다. 아, 저 난리 좀 보시죠."

조금 전 포트리에 도착한 그들은 메인 스트리트와 허드슨강이 만나는 코너를 둘러싸고 박공지붕에 널빤지를 씌운 상점들이 밀집해 있는 짧은 구간에 들어섰다. 동네 사람들 절반은 경찰이 일하는 모습을 구경하러 나온 듯했다. 이발소에 있던 사람들이 면도를 하거나 머리를 깎다 말고 전부 밖에 나와 섰고, 배달중인 청년 셋이 손가락질을 하고 쑥덕거리며 수레에 기대서 있었다. 메인 스트리트 여기저기에 순경이 배치되어 있었다. 순경들 사이로 존 코터가 보였다. "어떻게 검찰이 우리보다 먼저 와 있는 거죠?"

"총소리 신고 때문이 아니란 것만큼은 확실히 말할 수 있지요." 보안관이 말했다. "코터는 반윤리적 범죄에 대해 전보다 한층 목소리를 높이고 있어요. 엊저녁 오드 펠로우스* 모임에선 버건 카운티 내의 품위 없고 평판 나쁜 술집과 숙박업소를 죄다 폐쇄할 생각이

* Odd Fellows. 프리메이슨을 본떠 18세기 영국에서 시작된 일종의 비밀 공제 조합.

라고 일장 연설을 하더군요."

"우리 카운티에 품위 없는 데가 몇 곳이나 되는데요?"

"그보다 좋은 질문은 왜 진작 폐쇄하지 않았느냐는 거죠. 그가 그런 업소에 관해 그렇게 잘 안다면 말입니다."

보안관은 주차를 하기 위해 도로 경계석 쪽으로 천천히 차를 몰았다. 콘스턴스는 미니 데이비스로 짐작되는 여자를 보았고, 여자는 구경꾼들이 다 볼 수 있게 경찰 옆에 서 있었다.

"여자들을 저렇게 전시하듯 보여주는 행태가 정말 싫어요. 동네 사람들이 멀거니 쳐다보지 못하게 안에 좀 있게 해주면 안 돼요?"

"사람들 생각하는 게 그렇지가 않습니다." 보안관이 말했다.

콘스턴스는 팔꿈치로 인파를 헤치고 나아가 수감자를 넘겨받았다. 미니는 키가 크고 어깨가 넓었고, 몸에 너무 딱 맞는다 싶은 드레스를 입고 있었다. 콘스턴스는 옷을 제대로 갖춰 입지 않거나 병들고 다친 여자들에게 둘러줄 요량으로 보안관의 차 안에 항상 모직 담요를 갖고 다녔고, 대부분의 여자들이 그에 해당되는 듯했다. 제법 쌀쌀한 날이었으므로 미니는 군말 없이 담요를 받았다.

"나는 보안관 사무실에서 일해." 콘스턴스가 미니에게 말했다. "너를 보호하려고 왔어."

"난 보호자 필요 없어요." 미니가 성마르게 말했다. "난 잘못한 게 하나도 없고, 저 경찰들은 이렇게 갑자기 들이닥쳐 날 잡아갈 권리가 없어요."

"그럼 네 얘기를 들려줘, 최선을 다해 도울게."

"저 사람한테 이미 다 말했는데 듣지를 않아요." 미니는 감시를 맡은 경찰을 향해 눈을 부라렸고, 어깨가 구부정하고 피곤에 찌든 얼굴의 경찰은 목에 살이 없어 목깃이 축 처졌다. 그는 미니를 콘스턴스에게 넘기고 히스 보안관에게 곧장 말했다.

"총성에 대해서는 아직 실마리를 찾지 못했습니다만, 조사를 하던 중 어느 부부가 세를 냈다는 가구 딸린 방에 이 여자가 있는 걸 발견했습니다. 골목을 살금살금 지나가던 사내도 이미 붙잡았습니다. 결혼까지 하려는 생각은 애초에 전혀 없었답니다. 흔한 얘기죠."

"어쨌든 사건의 전모를 듣고 싶습니다." 콘스턴스가 말했다. "안으로 좀 들어갈까요?" 회색 진창이 벌써 부츠 안으로 스며들기 시작했다. 미니는 단추로 여미는 귀여운 옥스퍼드 구두를 신고 있었는데, 눈밭에선 아무 쓸모 없는 신발이었다. 길가에 주차된 경찰차와 보안관의 차량이 구경꾼들을 자꾸 더 끌어들이고 있었다.

"그 여자를 교도소로 데려가시죠, 그럼 여자 둘이서 실컷 얘기할 수 있겠네." 경찰이 말했다.

이 남자 경찰의 말본새가 마음에 안 들어 한마디하려는데 히스 보안관이 끼어들었다. "콥 보안관보는 미스 데이비스를 위층으로 데리고 올라가고, 나는 남자 쪽을 보러 가죠."

콘스턴스는 미니의 팔뚝을 단단히 붙잡았다. "당신은 날 이리저리 끌고 다닐 권리가 없어요." 미니가 불만을 터뜨렸다.

"난 지금 너한테 호의를 베풀고 있는 거야. 사람들 보는 앞에서 수갑을 채울 수도 있어." 콘스턴스는 다소 퉁명스럽게 말했다. "이런 가게들 위에 산다고? 어떻게 들어가는데…… 골목으로?"

미니는 콘스턴스의 손을 뿌리치려 했지만 딱히 열의는 없었다. 콘스턴스는 미니의 팔뚝을 감아쥔 손가락에 힘을 주어 단단히 움켜쥐었고, 미니는 한숨을 내쉬었다. "알았어요, 이쪽이에요."

두 사람은 길을 내려가 모퉁이를 돌아 여느 번화가 뒷골목에서 찾아볼 수 있는 작은 샛길로 들어갔다. 재떨이용 깡통과 빈 궤짝과 낡은 손수레가 줄지어 놓여 있는 비좁은 진흙투성이 샛길이었다. 식당들 뒤에 요리사들이 버린 개숫물로 웅덩이가 생겼고, 여기저기 널린 닭뼈와 곰팡이 핀 빵, 감자 껍질을 갈매기들이 쪼아먹고 있었다.

빵집 뒤쪽에 포트리 경찰서의 경관 셋이 수갑을 찬 남자와 함께 있었다. 스물다섯쯤 된 잘생긴 이탈리아 친구로, 숱 많은 검은 머리에 재단이 훌륭한 코트를 입었다. 미니는 남자를 보고 조그맣게 무슨 소리를 냈지만 남자는 쳐다보지 않았다.

"여기서 기다리시죠." 히스 보안관이 말했다. 보안관이 남자와 얘기하러 가는 동안 콘스턴스는 미니를 데리고 철물점 뒤쪽 포치 처마 아래로 들어갔다.

"자네 이름이 뭐지?" 히스 보안관이 물었지만 답은 오지 않았다.

"앤서니 리오입니다," 경관 중 한 명이 말했다. "보통 토니로 통하죠."

"토니, 저기 여자분이 자네 부인이 맞나?" 보안관은 미니를 가리켰다.

여전히 남자는 대답하지 않고 자기 신발만 내려다봤다. 가죽에 흠집이 나서 열심히 닦아줄 필요가 있는 구두였다.

히스 보안관이 말했다. "저 여자분이 자네 부인이 아니라면 무단 침입죄로 고소해야겠군. 자네 부부 이름으로 세를 낸 집에서 경찰이 저 여자분을 발견했거든. 미시즈 리오는 어디 계신가?"

"저 여자 맞아요." 토니가 미니를 흘깃 쳐다보더니 마침내 입을 열었다. "우린 결혼하기로 다 정해놨어요. 혼인 허가증도 갖고 있어요. 이따가 보여드릴게요."

그 말이 미니의 코웃음을 유발했다. 콘스턴스는 조용히 있으라고 옆구리를 찔렀다.

코터 수사관이 검찰청의 다른 두 사람과 함께 큰길에서 들어왔다. 그는 콘스턴스를 보고 아주 잠깐 발걸음을 멈췄으나 이내 보란 듯 몸을 돌려 보안관에게 말했다. "저 여자 방에 남자 여럿이 드나드는 걸 봤다는 신고를 받았소. 새로운 보석이나, 남자가 여자와 하룻저녁을 같이 보낸 후 선물로 줄 만한 자질구레한 장신구를 하고 있는 모습이 여러 차례 목격됐고."

"거짓말이에요!" 미니가 소리쳤다. "말해봐, 토니!"

"그런 얘긴 처음 듣는데." 토니가 웅얼거렸다. 경관들은 연민과 역겨움이 섞인 시선으로 미니를 노려봤다.

"그만하면 됐습니다." 콘스턴스는 코터에게 들리도록 목청을 돋워 말하고 미니를 빵집 뒤쪽으로 데려갔다.

수사관은 무슨 일이 있었냐는 듯 태연하게 말을 이었다. "이 리오라는 친구가 거기서 무슨 역할을 했는지 생각하고 싶지 않지만," 그는 법정 안에서 성명을 발표하듯 말했다. "거기에 대해선 나름대로 짚이는 바가 있지."

옆에 있던 미니의 몸이 뻣뻣하게 굳었고, 콘스턴스는 미니가 달아날지도 모른다는 생각이 들었다. "어서 가자." 콘스턴스는 조용히 말하고 미니가 알려주는 대로 2층으로 가는 뒷계단을 올랐다. 미니의 방은 건물 앞쪽에 있어서 메인 스트리트가 내려다보였다. 건물 뒤쪽에 방이 하나 더 있고, 그 사이에 공용 욕실이 있었다.

경찰은 미니의 방문을 열어놓은 채로 가버렸다. 방안에 들어가서 콘스턴스는 미니의 팔을 놔줬고, 미니는 안으로 들어가 침대에 앉았다. 매트리스는 얇고 부드러운 면직물로 덮여 있었는데, 전에는 예뻤겠지만 닳아서 해지기 시작했다. 방안 여기저기에 미니가 이곳을 집답게 꾸미려 했던 흔적이 엿보였다. 장미 꽃봉오리가 그려진 에나멜 찻주전자, 창문에 걸린 레이스 커튼, 잡지에서 오려내 액자에 넣은 센트럴파크의 겨울 풍경 사진.

하지만 그 어느 것도 미니의 궁핍을 감추지 못했다. 단벌인 작업용 드레스와 스웨터가 문짝의 고리에 걸려 있었고, 먹을 것이라곤 크래커 한 상자와 고기 통조림 한 캔이 다였다. 방안에서 역한 토 냄새가 났는데, 지금 보니 미니가 입고 있는 드레스의 앞섶에서 나는 냄새였다. 원래대로라면 침대로 가서 미니 옆에 앉았겠지만, 콘스턴스는 냄새를 고려해 거리를 두었고, 미니가 침대에 누워 담요를 덮는 것을 내버려두었다.

"다들 보는 앞에서 수사관이 그런 얘기를 해서 유감이야." 콘스턴스는 말문을 열었다. "실제로 무슨 일이 있었는지 나한테 말해주겠니."

미니가 침대에서 돌아누워 헝클어진 머리칼 사이로 콘스턴스를 바라보았다. "그거 거짓말이에요."

"어느 부분이?"

"전부 다요." 미니는 벽을 향해 몸을 돌리고 한가하게 손으로 벽을 쓸었다.

콘스턴스는 이 여자애가 고작 열여섯 살이고, 아마도 자신이 처한 곤란의 위중함을 잘 알지 못하는 모양이라고 혼잣속으로 되뇌어야 했다. 미니가 머리가 잘 돌아가는 상태가 아닌 것 같아 보이는 것은 사실이었다. 어젯밤을 꽤나 신나게 보낸 듯했고, 모르긴 해도 두통이 지독할 것이다. 그렇다 해도, 스스로를 돕고 싶다면 뭐든 털어놔야 했다.

"경찰은 너네 둘이 부부 행세를 했다고 생각하는 것 같은데. 그게 사실이야?"

답이 없었다.

"경찰은 불법 동거 혐의로 고발할 준비를 하고 있을 거야."

벽을 따라 움직이던 미니의 손이 잠시 멈췄지만, 말은 없었다.

콘스턴스가 가장 우려하는 혐의는 따로 있었다. "네가 이 방에 다른 남자들을 끌어들였다는 것을 경찰이 증명할 수 있을지 모르겠지만……"

미니가 벌떡 일어나 앉았다. "그런 적 없어요! 그렇게 말해줄 거죠, 네? 화장실 좀 가면 안 돼요? 속이 안 좋아요."

"다녀와." 미니는 콘스턴스가 덮어준 담요를 여전히 둘러쓴 채 방안을 가로질러 비틀비틀 걸어나가 복도에 있는 작은 욕실로 갔다. 콘스턴스는 문밖을 지키고 섰다.

미니는 곧장 머리를 세면대에 박고 물을 틀었다. 찬물이 바라던 만큼 기운을 회복시켜주진 않았지만, 물 튀는 소리가 요긴한 방패막이 되어주었다. 미니는 드레스 속에 손을 넣어 천으로 싼 작은 꾸러미를 꺼냈다. 콘스턴스가 질문을 하는 동안 용케 매트리스 밑에서 끄집어낸 물건이었다. 욕실에 뭔가를 남겨두는 건 모험이었지만, 아무래도 감옥에 가게 될 것 같은데 달리 숨길 곳이 없었다.

얇은 판자를 쪽매붙임으로 끼워맞춘 욕실 천장은 습기에 헐거워진 상태였다. 미니가 판자 하나를 밀자 약간 들뜨면서 꾸러미를 밀어넣을 공간이 딱 맞게 생겼다. 미니는 꾸러미를 밀어넣기 전에 열어서 손가락으로 내용물을 더듬었다. 끝부분에 진짜 진주가 달린 모자핀, 이렇게 작을 수 있나 싶을 정도로 잘디잔 다이아몬드가 달린 섬세한 금목걸이, 은팔찌, 그리고 진짜 상아로 만들어졌을 거라고 혼자 믿고 있는 빗. 루비 아니면 가닛일 거라고 생각하는 보석이 박힌 반지도 있었다.

많지는 않았다. 하지만 언젠가 재빨리 팔아치우고 이곳을 떠야 할 날을 대비해 이 자질구레한 장신구들을 꼭 쥐고 있었다. 확실히 그날이 오긴 왔다. 다만 미니가 충분히 빨리 뜨지 못했을 뿐이었다.

여자 보안관보가 문을 두드렸다. 미니는 판자 틈새에 꾸러미를 밀어넣고 머리에서 빼낸 핀으로 판자를 다시 잘 당겨 맞춰놓았다. 수건으로 머리를 문지르고 세면대에서 허겁지겁 물을 떠먹고 소리쳤다. "나가요."

12

미니는 교도소의 머릿니 제거 요법에 기분 나빠했고, 플란넬 실내복과 위층에서 신으라고 지급한 단추로 여미는 낡은 신발을 비웃었다.

"다음엔 당신이 나의 까다로운 입맛을 맞춰야 할 거예요." 미니는 이 모든 상황이 마치 한 편의 소극笑劇이라도 되는 듯 가볍게 말했다. 그리고 샤워실 바닥에 널브러진 자신의 코르셋을 내려다보았다. 땀으로 누렇게 얼룩졌고, 안감이 나달나달해져 살대 일부가 드러났다.

"잘 싸서 놔둘게." 콘스턴스는 미니의 드레스와 함께 코르셋을 돌돌 말았다.

"나더러 맨몸으로 가란 얘기예요?"

"5층에는 여자들밖에 없어." 콘스턴스는 미니를 안심시켰다. "보안관은 코르셋 비용에 대해 자유보유권자들을 설득하지 못하고 있지만, 그래도 내가 간신히 위생용 앞치마는 받아냈으니 나중에 필요한 때가……"

"난 그전에 나갈 거예요." 천에 고무를 입힌 교도소용 생리용품 생각에 미니는 진저리를 쳤다.

콘스턴스는 미니를 얼마 전까지 에드나 휴스티스가 있던 감방에 넣고 점심을 가져다주겠다고 했다.

"음식은 쳐다보지도 못하겠어요." 미니가 말했다.

"일단 먹으면 좀 나아질 거야." 콘스턴스가 말했다. "커피 마실래?"

미니는 침상 끄트머리에 조심조심 엉덩이를 걸치고 바로 옆에 있는 변기를 역겹다는 듯이 쳐다봤다. "토스트 같은 것도 있어요?" 미니가 체념조로 물었다.

"찾아볼게."

아래층 복도에서 콘스턴스는 히스 보안관과 마주쳤다. 그는 이미 또 한차례 호출되어 나갔다 온 참이었고, 코트 여기저기에 진흙과 밀짚이 묻어 있었다.

"말 도둑?" 콘스턴스가 물었다.

"염소." 보안관이 말했다. "코터 수사관한테 받은 메모가 있는데, 앤서니 리오의 혼인 허가증이 가짜인 것 같답니다. 두 달 전 건데 그냥 보여주기용인 게 틀림없어요. 그걸로 여자를 꾀어낸 게 이번이 처음은 아닌 듯하고."

"그거 굉장한 수법인데요." 콘스턴스가 말했다. 형편이 좀더 나았다면 저 커플에게 엄중한 설교를 하고 일이 주가량 시간을 줘서 그들이 결혼하여 스스로 상황을 바로잡을 수 있도록 해야 한다고 주장했을 것이다. 하지만 플러렛이 지독한 진 냄새를 풍기며 저런 싸구려 원룸에 살고 심지어 남자는 거짓 결혼 약속으로 사기치려는 놈이라고 상상하면, 자신이 무엇을 원할지 콘스턴스는 잘 알고 있었다. 나라 안의 모든 치안 종사자가 방문을 발로 차 넘어뜨리고 플러렛을 꺼내오길 원할 것이다.

"미스 데이비스는 뭐라고 합니까?" 보안관이 물었다.

"입을 안 여네요, 경찰이 거짓말을 하고 있다고만 하고."

"여러 남자하고 어울렸다는 것에 관해선 뭐라고 하던가요?"

"아무 말도요." 콘스턴스가 말했다. "전부 부인하고 있어요. 혐의를 제기한 사람이 누구죠?"

"순경이 집주인한테 들었습니다." 보안관이 말했다.

"집주인? 아래층 빵집 말인가요?"

"그런 것 같아요. 하지만 앤서니 리오는 미스 데이비스가 착한 여자라면서, 자길 풀어주면 결혼하겠다고 합니다."

"뭐, 그 남자야 교도소에서 나갈 수만 있다면 무슨 말인들 못하겠어요. 그러니까 우린 다시 불법 동거 혐의로 돌아왔다는 말이고, 두 사람 다 유죄라는 거네요." 콘스턴스가 말했다.

"그건 모르겠군요. 내가 보기엔 여자가 사기를 당한 것 같은데." 히스 보안관이 말했다. "그런 거라면 미스 데이비스가 당신에게 사실대로 말해줬으면 좋겠군요."

"난 이게 인신매매 사건으로 잘 그려지지가 않아요." 콘스턴스가 말했다.

"그럼 어떤 그림을 생각했는데요?"

"흠, 침실에 갇히거나 약에 취해 소파에 축 늘어진 여자와, 문가에서 누가 안으로 들어갈지 결정하는 남자들에 관한 기사들 읽어 봤잖아요."

"일요판 잡지에서나 그렇죠. 포트리에서는 이런 식입니다." 히스 보안관이 말했다. "미스 데이비스는 확실히 돈도 없고 돌아갈 곳도 없고, 리오는 거기서 어떤 기회를 본 겁니다. 우리는 이에 반하는 사실이 나올 때까지 미스 데이비스를 피해자로 대할 겁니다. 증인 식단에 이름을 올려요."

저녁식사 때 소시지가 하나 더 나온다고 미니에게 큰 위안이 될 것 같지는 않았지만, 콘스턴스는 그렇게 적어두었다. "누가 미니의 부모에게 이 사실을 알렸나요?"

"그건 당신 몫입니다. 부모는 몇 달 전에 실종 신고를 냈어요."

13

유진 데이비스와 이디스 데이비스의 집은 캐츠킬의 인기 없는 구석진 동네에 있는, 물막이 판자로 외장을 마감한 차양 없는 평범한 목조주택의 반쪽이었다. 더 큰 집들은 죄다 뉴욕 사람들을 위한 여름 별장으로 탈바꿈했고, 덕분에 일 년 내내 정주하는 공장 사람들은 남아 있는 집에서 어떻게든 살아야 했다. 데이비스 부부가 사는 동네의 집들은 모두 엇비슷하게 두세 가구가 사는 다가구주택으로 쪼개졌다. 원래 유리창이 있던 자리에 현관문을 추가하고, 뒤쪽으로는 보기 흉하게 부엌을 덧붙이고 나지막하게 지붕을 달아 포치로 썼는데, 날이 좋을 때는 침실 창문을 통해 부엌 지붕으로 나와 밤공기를 쐴 수도 있었다.

어떤 집들은 1층에 작은 가게를 열고 여름철 손님들에게 구두 수선, 세탁, 맞춤복 등의 서비스를 제공하기도 했지만, 겨울에는 전부 문을 닫았다. 주위에 집 외관에 대해 뭐라 할 사람도 없으니,

포치에는 빗자루와 삽이 나와 있고 2층 창문 밖으로 회색 걸레가 휘날렸다. 동네 전체가 친구를 바라지 않는 듯 보였다.

미시즈 데이비스는 창문으로 내다보고 있다가 콘스턴스가 노크를 하기도 전에 문을 열었다. 콘스턴스는 키가 큰 만큼 제법 덩치도 있었고, 그 말은 미시즈 데이비스가 콘스턴스를 머리끝부터 발끝까지 훑어보느라 허리를 뒤로 젖히고 고생 좀 했다는 얘기였다.

"오오오오!" 미시즈 데이비스는 콘스턴스를 쳐다보며 노래하듯 외쳤다. "우리 딸들보다 더 크네."

"미니 데이비스가 따님 맞습니까?" 콘스턴스가 물었다.

부인은 뒤로 물러나서 콘스턴스를 다시 한번 살폈다. 이번엔 그 시선이 콘스턴스의 배지에 떨어졌다. "그랬죠, 애가 도망치기 전까진."

"따님이 발견됐습니다, 부인, 따님은 건강히 잘 있어요. 저는 해컨색 보안관 사무실에서 일합니다. 안으로 좀 들어가도 될까요?"

"잘 있다니, 그래요?" 부인이 카랑카랑하게 말했다. "난 그애 속에 악마가 들어앉았다고 생각했는데."

콘스턴스는 깜짝 놀라 한 걸음 물러났고, 동네 사람들 절반은 미시즈 데이비스의 외침을 들었을 거라 확신하며 좌우로 거리를 둘러보았다. 미시즈 데이비스는 귀가 약간 멀었나보다고 짐작할 수밖에 없었고, 머리도 좀 정상이 아닐지 모른다는 생각이 들었다.

"여기서 말씀드리긴 곤란하고요. 질문 몇 가지 여쭙고 저희가 미니를 위해 뭘 할 수 있을지 의논하러 왔습니다."

미시즈 데이비스는 할 수 없다는 듯 어깨를 으쓱하고 옆으로 비켜섰다. 콘스턴스는 안에 들어서자마자 곧 친숙함을 느꼈다. 재봉사의 작업실이었다. 만약 플러렛이 무대의상을 만드는 게 아니라

이웃들에게서 수선할 옷가지를 받아왔다면 그애의 재봉실이 딱 이런 모습이었을 것이다. 페달로 작동하는 낡은 재봉틀 한쪽에는 구겨진 와이셔츠가 쌓여 있고, 반대쪽에는 수선된 바지가 잘 개어져 차곡차곡 쌓여 있었다. 바닥에는 자투리 원단이 든 상자와 새로운 양가죽이 필요한 낡은 코트 무더기가 있었다. 창턱이란 창턱은 모조리 단추가 든 유리병과 녹슨 핀과 바늘이 잔뜩 꽂힌 핀 쿠션 차지였다.

미시즈 데이비스는 자투리천으로 직접 만든 푹 꺼진 방석이 놓인 목제 의자에 털썩 앉았다. 콘스턴스는 팔걸이의자 위에 돌돌 말아놓은 이불솜을 치우고 여자와 마주보고 앉았다.

"난 수선 일을 받아서 해요." 부인은 아주 먼 거리까지 잘 들리게 외쳤다. "여름철에는 세탁물도 받고요, 도시 사람들이 오면."

자기 딸 소식을 갖고 왔는데 이런 얘기로 대화를 시작하다니, 콘스턴스는 좀 이상하다는 생각이 들었다. "미니 때문에 걱정이 참 많으셨죠."

"걱정? 개는 나쁜 짓을 했고, 자기도 그걸 알아요. 자기도 너무 우세스러웠는지 우리한테 똑바로 말도 못하더군. 편지 한 통 보낸 것 외엔 전혀. 그것도 애가 강에 빠진 줄 알고 우리가 경찰에 간 후에야 왔어."

부인은 여전히 소리지르다시피 얘기하고 있었다. 콘스턴스는 뒤로 좀 물러나 앉고 싶은 마음을 억지로 눌러야 했다.

"미니가 집으로 편지를 보냈어요?"

"애아빠는 태워버리려고 했지만, 골디가 낚아챘지. 개도 똑같이 나쁜 계집애야."

"골디라면……"

"남편의 큰딸. 미니보다 나이를 더 먹었으면 머리라도 좀 덜 비었든가. 딸들 중 그나마 뭐라도 쓸모 있는 애는 에이다밖에 없는데, 결혼해서 나가버렸지. 갠 내 전남편의 자식이고, 그의 영혼에 축복이 있기를, 이만하면 무슨 얘긴지 대충 아시려나."

미시즈 데이비스는 전남편의 영혼을 언급하며 가슴 앞에서 십자가를 그었고, 맥빠지는 한숨을 길게 내뱉으며 의자에 등을 기댔다.

"부인과 데이비스 씨 두 분 다 전 배우자와 사별했다는 말씀으로 들으면 될까요?"

"맞아요. 남편이 내 애를, 내가 남편 애들을 키워야 했지. 절대 그런 짓은 말아요. 딴 여자 애는 백이면 백 다 골칫거리라니까."

"데이비스 씨는 언제 집에 오십니까?" 콘스턴스는 남편 쪽이 부인보다 더 얘기하기 쉬울 거라는 비합리적인 희망을 품었다.

미시즈 데이비스는 허리를 펴고 똑바로 앉아 머리를 손으로 쓸었다. 회색 머리칼에 드문드문 검은 머리칼이 섞여 있었고, 도대체 어디에 머리핀을 꽂았는지 가늠할 수 없을 만큼 머릿결이 거칠었다. 그냥 머리칼들이 자유의지로 뒤통수에 운집한 것 같았다.

"금방 올 거야. 저 아래 벽돌공장에 다니거든. 골디는 편직공장에 다니고. 좀 있으면 호각소리가 들릴 거요."

콘스턴스는 미시즈 데이비스와 어떻게 대화를 이어나가야 할지 자신이 없었지만, 이내 그것이 기우였음을 알아차렸다. 기다리는 동안, 미시즈 데이비스는 시내 각종 공장에서 얻을 수 있는 일자리 전망과 그중 어느 것이 데이비스 씨의 수전증과 상태 나쁜 무릎에 가장 잘 맞는지 독백을 이어나갔다. 벽돌공장은 그에게 최악의 환경이었지만, 부인의 설명으론 딴 곳에는 남는 자리가 없었단다. 손을 너무 떨어서 섬유공장 일에 필요한 섬세한 작업은 할 수 없었고, 더이상 수리 기술자로도 적합하지 않았다.

"그래서 딸애들이 일을 해야 하는 거지." 미시즈 데이비스가 선언했다. "애아빠가 못하니까. 하지만 미니는 지가 번 돈은 동전 한 닢까지 몽땅 저 강변에 나가서 다 써버리고, 그런 주제에 내가 자기 잘 곳을 마련해주고 식탁에 밥 차려주길 바라잖아. 내가 그애한테 말했지, 네 방을 공장에서 네 옆자리에 앉은 여자애한테 세를 주면 그 방세로 네가 집에 가져오는 것보다 더 많이 벌겠다고. 그랬더니 미니가 어디 한번 해보라더군. 딸이 지 어미한테 고따위로 말하는 거 들어봤어요?"

미니에 대해 아는 건 별로 없지만, 딱 미니가 할 법한 말로 들렸다. 미시즈 데이비스의 푸념이 더 길게 이어지기 전에 문이 휙 열리고 골디가 뛰어들어왔다. 골디의 생김새는 제 여동생을 거울에 비춘 것 같았다. 큰 키에 넓은 어깨, 야무진 턱과 유달리 오똑한 코, 여름철이라면 좀더 환하게 반짝거리겠지만 어쨌든 금발이라 하기에는 너무 짙은 색조의 머리칼.

"사람들이 우리집에 경찰이 와 있다고 하던데. 당신이 경찰이에요? 미니 일인가요?"

"너 미니가 어떻게 됐는지 이미 다 알고 있었지." 이디스 데이비스가 쏘아붙였다.

골디는 제 계모 쪽은 쳐다보지도 않았다. 콘스턴스의 손을 붙잡더니 부엌을 지나 뒤쪽의 골방으로, 꼭 잠만 자는 포치 같은 방으로 데려갔다.

"잘해봐 그래, 거짓말 잘해봐!" 미시즈 데이비스가 의자에 앉은 채 소리질렀다.

골디가 문 대신 달린 커튼을 쳤고, 콘스턴스는 너무 좁아서 침대에 걸려 넘어질 것 같은 옹색한 방을 볼 수 있었다. 두꺼운 담요로 창문을 가려놓아서 방안엔 푸르스름한 빛이 어슴푸레 비쳤다. 달리 앉을 곳이 없었으므로 골디는 침대에 털썩 앉았고, 콘스턴스도 그 옆에 앉았다. 그렇게 두 사람은 추레한 셔닐 침대보 위에 비밀 얘기를 하는 자매처럼 걸터앉았다. 골디와 미니가 바로 이렇게 앉아 있었겠지, 하고 콘스턴스는 생각했다. 미니가 나가버리기 전까지는 말이다.

"이 방을 동생하고 같이 썼어?" 콘스턴스가 물었다.

골디는 고개를 끄덕이고 턱끝으로 벽 쪽을 가리켰다. "저기가 미니 자리예요."

침대 머리맡 벽면은 잡지에서 오려낸 그림으로 뒤덮였고, 자매가 직접 색칠한 것도 있었다. 골디는 고대 풍경을 묘사한 동판화를 애호했다. 로마의 궁전, 나일강변의 이집트 여왕, 개와 함께 있는 사냥의 여신 디아나 동상. 미니는 맨해튼의 스카이라인이나 극장의 커튼 달린 발코니와 금도금한 천장 등 정교한 인테리어를 선호했다. 작년 봄 파리에서 유행한 드레스 그림도 붙여놨다. 그걸 본 콘스턴스는 미니와 플러렛이 똑같은 삶을 갈망한다는 사실에 약간 가슴이 아렸다.

콘스턴스는 골디 본인에 관한 얘기로 말문을 여는 것이 낫겠다고 생각해 이렇게 말했다. "고전에 관심이 많은가보네."

"신화와 베르길리우스*를 가르쳐주신 선생님이 계셨거든요. 전혀 딴 세상 같았어요. 그런 일들이 바로 이 지구에서 실제로 벌어졌다는 게 도무지 믿기지 않았죠." 골디는 순간 매력적인 미소를 만면에 띄웠지만 금방 거둬버렸다. 공장에서 일하기엔 지나치게 예쁘고 고전을 공부하기엔 지나치게 가난한 여자애가 여기 있었다. 자매가 나란히 누워 어떻게 이 방에서 벗어날 수 있을까 저마다 고민하는 모습이 눈에 선했다.

그리고 둘 중 한 명은 벗어났다.

"미니는 분명 뉴욕이 전혀 딴 세상이라고 생각했겠지." 콘스턴스가 말했다.

"걘 좀더 현실적이에요, 겁도 없고. 그냥 휙 가버렸어요."

"미니가 어디로 가는지 얘기했어?"

골디는 웃음을 터뜨리며 고개를 흔들었고, 머리칼이 어지러이 흩날렸다. "말할 필요도 없죠. 다들 저 강변에 놀러가는걸요. 나도 갔었어요. 토니와 함께 있는 미니도 봤죠."

"강변에서 뭘 하는데?" 콘스턴스는 그에 대해 뚜렷이 짐작 가는 바가 있었지만, 그래도 물었다.

"아니, 강에 유람선이 다니잖아요! 그 배에서 누가 내릴 것 같아요?"

"도시 사람들." 콘스턴스는 슬쩍 떠보았다. 작은 마을의 여자애들한테 그게 얼마나 낭만적으로 보일지 충분히 상상이 갔다. 문득 아홉 살인가 열 살 때의 플러렛이 멋진 장소에서 화려한 옷을 차려입은 사람들 그림을 모아놓은 앨범을 간직하던 것이 떠올랐다. 파

* 로마 건국을 다룬 서사시 「아이네이스」로 유명한 고대 로마의 시인.

라솔을 들고 캐츠킬 강가를 거니는 사교계 신예들을 묘사한 신문 일러스트를 유난히 좋아했다. 플러렛은 간단한 그림도구 세트를 갖고 있었고, 드레스마다 색색깔로 공작처럼 화사하게 칠하면서 주변 세상은 신문 인쇄용지의 칙칙한 회색 그대로 남겨두었다.

"네, 도시에서 온 사람들이죠." 골디가 말했다. "부자들. 담배를 권하고 마을 여자애들한테 한잔 사겠다는 젊은 남자들. 우린 다들 강가로 내려가서 그들을 기다려요. 만약 우리가 상점가에서 우리 돈을 쓰면 손에 남는 게 없을걸요. 하지만 도시에서 온 남자들은 쓸 돈이 차고 넘쳐요."

"그런 남자들이 반대급부로 바라는 건 뭐지?"

골디는 다시 배시시 웃었고, 양볼에 살짝 홍조가 올라왔다. "잔뜩 있죠."

나머지 이야기는 술술 풀려나왔다. 미니는 편직공장 일을 지긋지긋하게 싫어했다. 이 년 동안 미니는 수십 명의 다른 여자애들과 나란히 앉아 하루종일 양말 편직기를 돌렸다. 그래도 패터슨의 비단공장보다는 나은 일자리였다. 더 깨끗하고, 급료도 더 높고, 하루종일 직기 앞에 서 있는 게 아니라 각자 자리를 지키고 앉아 있을 수 있었다. 하지만 버는 돈을 동전 한 닢까지 몽땅 집에 갖다바쳤으니 미니에겐 보상이 거의 없는 단조로운 일이었다.

학업을 마치게 하는 배려도 없었다. 미시즈 데이비스는 학교 선생에게 집에 딸이 필요하다고 말했고, 그걸로 미니의 교육은 끝이었다. 미니는 공장 일과 집안일로 점철된 삶에 갇혀버렸다.

열여섯 살이 될 무렵 미니는 결혼을 하지 않으면 이런 생활이 끝나지 않으리라는 것을 깨달았다. 하지만 캐츠킬에서 공장에 다니는 남자애와 결혼하게 되면—걔네 말고 결혼할 상대가 어디 있겠는가?—달라질 게 별로 없었다. 아기를 가질 때까지 편직공장에 다니다가, 늘 살았던 방과 똑같이 비좁고 우중충한 방들이 딸린 집에서 살림을 꾸려나가게 될 것이었다.

골디가 그렇게 얘기를 하니 콘스턴스는 미니가 도망친 것을 탓할 수 없었다. 그런 삶에서는 누구라도 도망쳤을 것이다.

"넌 어때?" 콘스턴스는 물었다. "너도 미니처럼 도시로 나가고 싶지 않았어?"

"미니가 물어봤다면 같이 갔겠죠. 하지만 걔는 이런 구질구질한 생활에만 싫증난 게 아니었어요. 나한테도 싫증이 났죠. 어쨌든, 벽돌공장 공장장이 있는데, 봄이 오면 결혼하기로 했어요."

"축하해." 콘스턴스의 말에 골디는 환한 미소로 답했다. 그때 현관문이 쾅 닫히는 소리가 났고, 골디가 말했다. "아빠가 왔네요."

"아버지는 미니가 집에 오길 바라지 않으실까?"

"가서 직접 물어보세요."

유진 데이비스는 딸 소식을 전혀 듣고 싶어하지 않았다. 사실 그는 귀가 잘 들리지 않았고, 그로써 그의 아내가 왜 그렇게 소리치는 게 버릇이 됐는지 드디어 설명이 됐다.

데이비스 씨는 배가 불룩 나오고 무릎이 후들거리는 초로의 노쇠한 남자였다. 그는 먼지를 뒤집어쓴 작업복 차림 그대로 의자에 주저앉아 아주 특별한 관리가 필요하다는 듯 두 무릎 위에 매우 조심스럽게 두 손을 올렸다. 콘스턴스는 그 손을 주시할 수밖에 없었다. 그렇게 엉망으로 망가진 흉터투성이 손은 생전 처음 봤다. 한쪽 검지는 손등 마디에서부터 잘려나가 없었고, 다른 쪽 새끼손가락은 쓸모없는 토막으로 무지러진 듯했다. 그의 손은 도리 없이 덜덜 떨리고 있어, 미시즈 데이비스의 말처럼 어떤 종류의 작업에도 전혀 적합하지 않아 보였다.

콘스턴스는 자신의 방문 목적을 설명하고 이렇게 말했다. "따님은 해컨색 교도소에 있습니다만, 어떤 범죄 혐의로 입감된 것이 아니니 부디 이해해주십시오. 현재 따님은 증인으로 수감되어 있습니다. 그래서 제가 부모님을 만나 뵈러 온 거예요. 두 분이 판사님께 얘기해주신다면, 따님이 석방되어 집으로 돌아오는 데 적잖이 도움이 될 겁니다. 이 일을 얼른 해결해서 잊고 싶으시겠지요."

유진 데이비스는 공장 안의 소음을 이기려 목청을 돋워 소리지르던 수십 년의 세월 때문에 쉬어버린 목소리로 말했다. 그의 입술은 말이 새어나오기 전에 먼저 조금씩 달싹거렸다. "그 아이는 집으로 돌아오지 않을 거요, 당신이 하려는 말이 그거라면."

콘스턴스는 그런 모진 말에 대한 준비가 되어 있지 않았다. "그냥 판사님께 한마디만 해주시면 됩니다……"

"재판관이랑은 이미 얘기 다 끝냈소이다." 데이비스 씨는 팔을 휙 들더니 손가락으로 하늘을 가리켰다. "바르게 되고 싶다면 그 아이는 내 재판관이랑 얘기해야지."

골디는 줄곧 제 무릎만 응시했다. 이디스 데이비스는 몸을 구부정하게 기울이고 남편 말에 열심히 고개를 주억거렸다.

"카운티 교도소가 걔한테는 최선이지." 데이비스 씨가 말했다. "그 교도소에 성경이 있나?"

"물론입니다." 콘스턴스가 대답했다. "일요일에 예배도 드립니다.”

“그거면 충분하지.”

“하지만 알아두셔야 할 것이, 판사는 열여섯 살짜리 여자애를 저 혼자 있게 석방하지 않을 겁니다. 누군가가 미니를 받아줘야 합니다.”

콘스턴스가 그의 아내만큼이나 큰 소리로 외쳤지만, 데이비스 씨는 듣지 못한 것처럼 행동했다. 그는 허리를 앞으로 굽혔고, 아내가 냉큼 달려와 남편을 부축해 일으켰다. “이제 우린 저녁을 먹으려는데.” 데이비스 씨는 콘스턴스를 보내려는 투로 말했다.

“저녁을 드실 수 있다니 좋으시겠군요.” 콘스턴스가 딱딱하게 대꾸했다. “오늘 저녁에 따님을 기다리는 건 교도소 급식밖에 없는데.”

데이비스 씨는 씩씩거리며 등을 돌렸다.

“하다못해 주소라도 받아두시죠, 마음이 바뀌면 편지라도 쓰실 수 있도록.”

그러나 데이비스 부부는 요지부동이었다. 미시즈 데이비스는 콘스턴스에게 기차역 방향을 가르쳐주고 내보냈다. 콘스턴스는 나가기 전에 골디의 손을 꼭 잡고 손바닥에 교도소 주소를 쥐여주었다. 쪽지를 주머니에 넣는 골디는 무덤덤한 표정이었다.

밖으로 나온 콘스턴스는 어둡고 울퉁불퉁한 길에서 조심스럽게 발걸음을 옮겼다. 여기저기 부엌 창문에서 흐릿한 노란 불빛이 흘러나왔다. 쌀쌀한 2월의 공기에도 남자애들 몇 명이 가죽공을 차며 길거리를 뛰어다녔다. 찢어진 신문지가 언덕 밑 벌거벗은 나무에 걸려 바람에 깃발처럼 나부꼈다.

서늘한 바람을 맞은 콘스턴스는 크게 숨을 들이켜고 데이비스 부부의 답답한 거실을 빠져나온 것에 안도했다. 어차피 오래 머물러봤자 의미가 없었다. 콘스턴스는 그 두 내외를 판사 앞에 데려다 놓을 수도 없었고, 그들이 미니에게 호의적인 발언을 할 거라 생각되지도 않았다. 골디 역시 도움이 되지 못할 것이, 언니는 동생이 도시에서 온 남자들과 놀아났다는 사실을 알고 있었고, 판사가 사실대로 말하라고 압박하며 서슬 퍼렇게 물으면 아는 대로 답할 수밖에 없을 터였다.

콘스턴스는 동네 가장자리로 나와 강변을 따라 걸었고, 그곳에서 미니가 유람선을 기다리는 모습을 생생하게 그릴 수 있었다. 겨울이라 운항이 중지됐지만, 좀더 따뜻한 계절에 이곳을 감돌 축제 분위기를 떠올리기란 어렵지 않았다. 덧문을 내리고 걸어 잠근 목제 간이 상점들은 프레첼과 맥주를 광고했다. 널따란 지붕널을 씌운 오두막에서는 세 발 중 한 발만 과녁을 맞히면 루비색 유리잔 세트를 준다고 했다. 한쪽 끝에는 야외 음악당이 있고 그 둘레에 반원형으로 벤치가 놓였다.

회색 강에서 바람이 불어왔다. 콘스턴스는 목깃을 여미고 그곳에서 등을 돌렸다. 흥겨움을 약속하지만 어디서도 흥겨움을 찾을 길이 없는 곳이었다.

14

폼프턴레이크스로 돌아와 미시즈 턴불의 하숙집 처마 밑 골방에 다시 자리잡은 에드나 휴스티스는 며칠 전 누가 기차역에 떨어뜨리고 간 전단지를 뒤집어보았다.

한쪽 면에는 세련된 회색 제복을 입은 여자가 언덕 위에 서 있는 그림이 있었다. 여자 뒤로 폐허가 되어 연기가 솟아오르는 전장이 보였다. 거기엔 이렇게 쓰여 있었다.

이 전쟁에서 우리의 조력자가 되겠습니까?

응원과 말로 답하지 말고, 포탄과 선박과 음식과 붕대로 답하십시오.

일이 힘드냐고요?

병사들만큼 힘들진 않습니다.

근무시간이 기냐고요?

참호 속에서 엿새 밤낮을 보내는 게 더 깁니다.

뒷면에는 교회에서 열리는 여성준비위원회의 주간 회동 알림과 함께 다음과 같은 가입 요청문이 적혀 있었다.

우리의 젊은이들이 나라의 부름을 기다리지 않고 프랑스로 향하듯, 여성들도 소명을 받들어 따를 수 있습니다. 병원과 조선소에서, 항공기 격납고와 철로에서, 시설과 작업장에서, 의지 있는 미국 여성들에게는 지금 당장 해외에서 할일이 있습니다.

에드나는 전단지를 다시 뒤집어 연필 스케치로 간략히 그린 여자를 보았다. 겨우 선 몇 개로 짙은 머리칼을 모자 속에 쑤셔넣은 모습을 나타냈고, 턱선을 따라 그은 줄 하나로 뚜렷한 목적의식을 표현했다. 에드나는 자기도 이렇게 제복을 입으면 어떻게 보일까 궁금했다. 유럽행 배에 올라 남자들과 나란히 복무하는 것에 관심이 있다고 대놓고 말하는 여자를 실제로 만나본 적은 한 번도 없지만, 신문에서 읽은 적은 있었다. 여자들은 적십자사와 응급구조대에 자원했고, 간호사나 요리사나 서기로 복무했다.

에드나는 자기 형제들이 프랑스에 가면 그런 여자들을 만나게 될까 궁금했다. 휴스티스 집안의 네 아들은 윌슨 대통령이 명령을 내리면 바로 출발할 준비가 되어 있었다. 작년 초부터 형제들은 전시 상황에 대비한 군역 비슷한 일을 하러 나갔고, 아버지는 아들들을 진심으로 격려했다. 찰리는 프랑스에서 응급구조대에 들어갈 희망을 품고 병원 잡역부 일을 얻었다. 쌍둥이 오빠들은 블랙 톰

아일랜드에 있는 군수품 창고에서 일했다. 그리고 막내 데이비는 피만 보면 어질어질함에도 불구하고 찰리의 구급차를 운전할 수 있을 거라는 생각에 자동차 정비공의 도제로 들어갔다.

집을 떠나는 형제들은 그렇게 신나고 들떠 있었다. 아버지는 아들들이 비운 방에 스며든 그늘을 거의 알아차리지 못했다. 그는 일요일만 빼고 매일 나가서 업무를 봤고, 그의 은행에 돈을 예치하는 공장과 상점을 순회했으며, 아들들이 일하는 곳에 가볼 핑계를 자주 만들어 종종 들르며 자식들의 발전과 성공에 대한 확신에 뿌듯해했다. 그러나 에드나와 어머니는 부지불식간에 외로워졌고, 에드나는 고독이 견디기 어려운 것임을 알게 되었다.

형제들의 애국심에 불타는 대화가 에드나의 마음을 휘저어놓았다. 내가 할 수 있는 일이 뭔가 없을까? 학교 친구들 중 몇 명은 적십자사와 연계하여 붕대를 감고 양말을 떴다. 하지만 교회 지하실에서 뜨개질감을 무릎에 놓고 앉아 있는 건 집에 앉아 있는 것과 마찬가지로 숨막혔다. 뜨개질은 누구나 할 수 있다. 그보다 더 실전에 가까운 일이 분명 있을 것이다.

카드 패와 손수건, 병원에 있는 부상병들을 응원하는 짧은 위문편지 따위를 넣은 조그만 위문주머니를 만드는 모임도 있었고, 에드나도 통 하나를 채우는 것을 도와서 그런 주머니를 오십 개쯤 만들었지만 역시 성에 차지 않았다.

군수공장에서 일한다는 아이디어를 알려준 사람은 다름 아닌 아버지였다. 어느 날 저녁, 에드나가 께느른하게 패턴 책을 뒤적이고 있는데 아버지가 신문에서 눈을 들고 말했다. "이것 좀 볼래? 도화선 제작 라인에서 젊은이들을 구한다는데. 여기 보니까 가느다란 손가락이 일에 안성맞춤이라는구나. 당신의 가느다란 손가락을 보여주시겠습니까, 미스 에드나."

아닌 게 아니라 에드나의 손가락은 가늘고 섬세했다. 또한 튼튼하고 흔들림이 없었다. 에드나는 아버지와 자신의 얼굴 사이에 손을 들어 보였다. 아버지는 손가락 사이로 딸과 눈을 맞췄다. "여기 신문기사 보이지? 여성들도 복무할 수 있단다."

이 시선 교환이 이루어질 당시 어머니는 무릎 위에 단추 상자를 놓고 부녀의 맞은편에 앉아 있었고, 남편의 제안에 버럭 소리를 지르며 여자들은 이미 부엌과 세탁실에서 온갖 방법으로 나라에 봉사하고 있다고 신경질적인 잔소리를 늘어놓기 시작했다. 어머니는 단추를 흔들어대며 자신의 말을 강조했지만 이미 늦었다. 아버지의 제안만으로 에드나가 필요로 했던 격려는 충분했다. 이어지는 몇 주 동안 에드나는 에지워터에서 기차를 타고 갈 수 있는 모든 공장에 문의를 넣었고, 마침내 혼자 힘으로 일자리를 얻어 집을 나왔다.

체포되기 전까지는 공장 일에 만족했다. 싸우러 달려가는 영국과 캐나다의 군인들에게 보급되는 전쟁의 핵심 수단이 이곳 공장에서 만들어져 배에 실리는데, 화약공장에서 전심전력으로 일하는 것보다 더 영웅적이고 유용한 일이 뭐가 있단 말인가? 얼마 안 있어 미국인들도 전장에 합류할 테고, 자신의 손가락을 떠난 도화선이 조국의 동포들 손에 들어갈 것이다. 자신이 엮는 줄 하나하나가 위해로부터 그들을 지켜주기를, 에드나는 소망했다.

공장은 온 정성을 프랑스로 보내는 여자들로 가득했다. 에드나에게는 그걸로 충분했을 것이다. 그리고 한동안은 그랬다.

그러나 해컨색 교도소에서 보낸 단 하룻밤의 마지막 몇 시간 동안, 자신이 살아온 의심의 여지 없는 삶을 콥 보안관보가 조사하고 돌아와 자신을 그 생활로 다시 풀어주길 기다리면서, 에드나는 더 많은 것을 해야 하는 게 아닐까 고민하기 시작했다. 박탈과 궁핍의 현장에 앉아 있는 동안—감방의 쇠창살보다 더 잔혹하고 차가운 것이 있을까?—그 새로운 생각의 모양이 잡히기 시작했다.

유럽. 형제들이 갈 수 있다면, 나라고 못 갈 게 뭔가?

그 생각이 슬며시 자리잡기 시작한 건 아침이 다 돼서였고, 그와 함께 에드나는 자신이 감옥에서 하룻밤 살아남았음을 자각했다. 감옥을 견뎌낼 수 있다면, 이보다 백배 더 나쁜 상황도 견뎌낼 수 있지 않을까?

이런 생각에는 콘스턴스 콥도 일부 책임이 있음을 말해둬야겠다. 체포 당시 랜돌프 경관은 허리에 총을 찬 제복 차림의 키 큰 여성의 감시하에 에드나를 넘겼다. 처음에 콥 보안관보는 에드나의 눈에 진짜 사람으로 보이지도 않았다. 완전히 다른 종류의 여성 같았고, 붕대를 감는 것보다 전쟁을 위해 훨씬 더 많은 일을 할 수 있는 사람으로 보였다. 모든 여자가 전쟁에 맞는 기질을 지닌 것은 아니었지만, 분명히 그런 여자도 있긴 있었다.

아침에 콥 보안관보가 찾아왔을 때, 에드나는 그녀를 올려다보면서 차분히 고개를 끄덕이고 속으로 생각했다. 그래, 분명히 있어. 왜 여지껏 그 생각을 못했을까?

그날 아침 재판에서 있었던 소소한 사건—어머니의 조용한 항변, 판사의 판결—은 에드나에게 별 인상을 주지 못했다. 머릿속에서 이미 에드나는 대서양을 건너 모험을 떠나는 중이었다.

누군가의 코트 주머니에서 빠져나와 기차역 바닥을 굴러다니는 전단지를 봤을 때, 에드나는 전혀 놀라지 않았다. 복무에 대한 어떤 소명이, 독일군이 진격함에 따라 프랑스에서 매일 들려오는 외침에 응답해야 할 필요성이, 그 부름 속의 무언가가 에드나의 가슴 속으로 곧장 들어와 자물쇠를 여는 열쇠처럼 딱 맞아들어갔다.

여자들이 프랑스로 가고 있다면, 에드나도 갈 수 있었다. 여기 그 티켓이 있었다.

15

콘스턴스가 일 때문에 정신이 없으니 플러렛은 하고 싶은 대로 마음껏 할 수 있었다. 노마가 지속적으로 감시 비슷한 것을 하면서 플러렛이 집에 너무 늦게 들어오거나 마차로 기차역에 데려다달라고 너무 자주 요구할 때 투덜거리긴 했지만, 대체로 플러렛은 자유를 만끽하며 일분일초까지 오디션 준비에 온 힘을 쏟았다.

최근 들어 플러렛은 핸슨 아카데미에서 올린 작은 공연들—크리스마스 공연, 봄의 합창, 가을의 드라마—이 하찮게 느껴졌는데, 고작 몇 달 전까지만 해도 이럴 줄 몰랐었다. 전에는 거대한 호박을 소재로 한 뮤지컬에서 농부의 딸 역을 맡은 것으로도 기뻐했지만 이젠 그런 역할이 유치해 보였고, 메이 워드 급의 고수 앞에서 오디션을 하는 데 그런 경험은 아무런 도움이 되지 않는다는 것을 알았다. 그 공연들은 부모들에게 그들이 낸 수강료가 헛되지 않았다는 것을 보여주기 위한 공개 행사에 지나지 않는다는 생각이

들었다. 때마다 엄마들과 이웃들로 이루어진 관객 앞에서 모든 학생들이 뭔가 발표할 수 있게 해주고 박수갈채를 받게 해주면, 미시즈 핸슨의 아카데미에 낸 학원비가 아깝지 않다고 느끼는 것이다.

더 나아가 플러렛은 마음속에 그리던 무대에서 일을 하기엔 자신이 아직 제대로 준비되지 않았음을 깨닫는 경지에 이르렀다. 다른 여자애들은 대부분 춤과 노래를, 그게 없었더라면 숨막히게 단조로웠을 생활에 대한 기분전환쯤으로 여겼고, 단순히 재미를 위해 어릴 때부터 여성 전용 학원에 등록해 수업을 들었다. 그림, 춤, 압화, 웅변과 자수 모두 똑같이 그런 목적에 부응했다. 사람들은 바쁘지만 시달리지는 않을 정도로, 즐겁지만 지치지는 않을 정도로, 몇 가지 사회적 기품과 꾸밈 충동을 심어주지만 결코 야망이나 독립성으로 발전하여 위협적이 되지 않을 정도로만 여자애들을 키웠다.

반면, 메이 워드와 함께 투어 공연을 하는 댄서들—여덟 명의 드레스덴 인형들—은 핸슨 아카데미 같은 학원을 나왔을 리 없었다. 플러렛은 학원 선생님과 반 친구들과 함께 메이 워드의 연기를 보러 두 번 갔었고, 여태껏 보아온 것과 차원이 다른 연기자의 존재에 눈을 떴다. 메이 워드와 코러스걸들은 평생 춤추는 것 말고는 아무것도 안 해본 사람들처럼 움직였다. 완벽히 갈고닦은 힘차고 또렷한 목소리로 노래했다. 단 한 번의 헛디딤도 실수도 없었다. 그들은 마치 백스테이지에서 태어나 걷기도 전에 춤을 추고, 꾸벅꾸벅 졸면서 역사책을 읽는 대신 리허설을 하면서 유년기와 청소년기를 보낸 것 같았다.

플러렛은 자신의 유년 시절이 허투루 낭비됐다는 생각이 들었다.

어머니는 홈스쿨링을 하면서 문법과 산수 같은 쓸데없는 과목을 가르치고 음악과 춤은 교육에 있어서 부차적인 것으로 취급했다.

메이 워드 극단의 코러스걸들은 분명 그런 시시한 가정교육으로 고통받지 않았을 것이다. 그냥 딱 보면 안다. 그들은 말총을 채워넣은 매트리스 위에서 자지 않고, 저녁때 양배추와 감자만 나오는 형편없는 식탁에 앉지 않고, 월요일마다 낡은 덧옷을 입고 뒷정리를 하러 돌아다니지 않는다. 그들은 가늘고 긴 팔다리에 새틴 샌들을 신고 돌아다니는 여자들만 사는, 어딘가 먼 이국의 섬에서 날아온 것 같았다. 어째서 그들의 세계에 들어가는 입장권을 더 일찍 받지 못했을까? 플러렛은 기회를 놓쳐버린 게 몹시 아쉬웠다. 그리고 이제 잃어버린 시간을 만회하는 데 필사적이었다.

오디션은 정확히 플러렛이 필요로 하던 기회를 제공했다. 다른 여자애들이 예쁜 드레스와 이미 무대에서 여러 번 공연했던 노래를 고를 때, 플러렛은 여자애들 대여섯을 모집해 소규모 극단을 만들어 기발한 안무를 짜고, 선곡한 노래를 미시즈 핸슨의 메마른 상상력의 한계를 완전히 벗어난 방식으로 선보이려 했다. 플러렛은 장소를 가리지 않고 어디서든 연습했다. 헛간에서, 집 뒤의 벌판에서, 식구들이 모두 집을 비우면 자기 방에서, 아무도 쓰지 않을 때면 핸슨 아카데미의 비어 있는 무용실에서. 플러렛과 헬렌 두 사람만 따로 연습할 댄스 스텝이 있었고, 나머지 사람들은 단역이어서 요구할 게 없었다. 이 또한 둘이서 몰래 해온 것으로, 비밀로 하기로 맹세했다. 그들의 공연과 관련된 모든 게 깜짝 놀랄 만한 것이, 아니 그 이상이 되어야 했다.

플러렛은 메이 워드가 이 공연을 새로운 발견으로 여길 거라 확신했다. 패터슨에서 이 정도로 세련되고 수준 높은 공연을 기대하지 않았을 것이다. 메이 워드는 플러렛의 이름을 알려달라고 할 것이다. 이름을 받아 적고 철자가 올바른지 신경쓸 것이며(플러렛은 철자가 틀린 자신의 이름을 보는 것을 질색했다), 나중에 좀 보자고 얘기할 것이다. 메이 워드는 플러렛에게 지체 없이 코러스에 들어와달라고 요청할 것이다. 플러렛은 메이 워드를 사사할 것이다. 플러렛은 두 사람이 함께 텅 빈 무대에서 오후를 보내는 장면을 상상했다. 거기서 메이 워드는 플러렛이 패터슨에서 배우지 못한 모든 것을 가르쳐줄 것이다.

"넌 뉴욕 무대에 설 준비가 끝났어." 어느 날 오후 유난히 까다로운 댄스 스텝을 마친 후 메이 워드는 숨을 헐떡이며 말할 것이다. "가서 좀 쉬어. 우린 내일 출발한다."

그러나 플러렛은 쉬지 않을 것이다. 지칠 줄 모르는 연습 벌레가 될 것이다. 드레스덴 인형 중 몇이 플러렛에게 자리를 내주고 배역을 잃게 되겠지만, 어쩔 수 없는 일이다. 공연계가 원래 그렇게 무자비하다. 다가올 새로운 삶의 특징이 될 부단한 노력과 배역을 위한 끝없는 경쟁을 생각하자 플러렛은 벌써부터 세상에 약간 염증이 났다. 결코 쉽지 않겠지만, 무대 생활이 플러렛의 유일한 삶이 될 것이다.

그리고 오늘 저녁, 그 삶이 시작될 것이다.

콘스턴스는 오디션장에 늦게 도착해 헐레벌떡 들어와서 노마 옆자리에 앉았다. 관객석이 거의 다 차다니 의외였다. 학생들의 가족으로는 보통 자리가 반도 차지 않았다.

"여기 왜 이렇게 사람이 많아? 메이 워드가 공연하기로 되어 있어?" 콘스턴스가 속삭였다.

"공연을 안 하면 사람들이 폭동을 일으킬걸." 노마가 말했다.

무대 커튼 뒤에서 피아노 반주 몇 소절이 흘러나오자 관객석이 조용해졌고, 곧이어 박수가 터져나왔다. 콘스턴스는 멜로디를 알아듣지 못했고, 돌연 피아노 소리가 끊기더니 노래가 시작되었다. 일부러 커튼을 서툴게 만지작거리는 시간이 잠시 이어지더니, 세련된 정장을 입고 높은 실크해트를 쓴 키가 큰 남자가 무대로 나왔다.

"신사 숙녀 여러분! 저를 보러 와주셔서 감사합니다!"

그 말은 짜증스러운 신음소리와 일부 환호성을 받았다. 남자는 놀란 척하며 주위를 둘러보았다.

"아니, 프리먼 번스타인을 보러 표를 사신 것 아니었습니까? 보드빌에서 가장 유명한 여성 극단의 매니저인 저를?"

"그렇다면 저놈이 그놈이군." 남자의 생김새가 지금까지 품어왔던 모든 의심을 확증해주기라도 하는 듯 노마가 냉혹하게 말했다.

야유와 조롱이 좀더 늘었다. 작은 양배추 몇 개가 무대에 투척됐는데, 보나마나 미리 짜고 던진 것이었다. 번스타인은 우아하게 양배추를 피해 관객들에게 즐거움을 선사했다.

"이보세요, 그럼! 이 프리먼 번스타인을 보러, 저 명성이 자자한 코미디언 메이 워드의 남편이자 매니저인 저를 보러 이 블록을 한 바퀴 빙 돌아 줄을 선 게 아니란 말씀인가요?"

이번에 그는 목을 움츠리고 어디 날아오는 날달걀이 없나 모자챙 아래에서 불안하게 흘끔거렸다. 이제 관객은 휘파람을 불고 소리를 지르며 메이 워드 나오라고 연호했다.

번스타인은 양손을 들어 사람들을 조용히 시켰다. "자, 여러분은 미시즈 번스타인에게, 아, 미안합니다, 미시즈 워드라고 부르지 않으면 아내는 나를 한 대 칠 거예요, 여러분은 제 아내에게 오늘 아주 중요한 일이 있다는 걸 아실 겁니다, 바로 직접 이곳 패터슨에서 재능을 찾아보는 일이죠. 또 이 마을에 메이 워드와 무대에서 함께할 준비가 되어 있는 사람이 있는지 결정하는 일입니다. 어떻게 생각하십니까, 여러분? 오늘 우리는 차세대 드레스덴 인형을 발견하게 될까요?"

또 한번 우레와 같은 함성이 터져나왔고, 이어서 더는 예비 순서 없이, 메이 워드가 조명을 받으며 나와 댄서의 리드미컬한 걸음걸이로 무대를 거닐었다. 메이 워드는 연기자 특유의 몸짓으로 양팔을 벌렸다. 번스타인 씨가 한 손을 잡자 메이 워드는 우아하게 한 바퀴 돌았고, 분홍색 치마가 붕 뜨면서 새끼 염소 가죽으로 만든 무용화와 함께 좀더 윗부분도 제법 노출됐다. 노마는 하얀 스타킹에 감싸인 메이 워드의 무릎이 감탄하는 관객들 앞에 드러나자 끙 소리를 내며 툴툴거렸다.

콘스턴스는 노마의 옆구리를 팔꿈치로 찔렀다. "춤추는 것뿐이잖아."

"우린 춤을 추면서도 치마가 뜨지 않게 하는 법을 알았거든." 노마는 미시즈 워드에게서 눈도 떼지 않고 말했다.

"네가 언제 춤추는 법을 알았다고, 내 기억엔 없는데. 사람들은 능력과 재능으로 평가되는 거야, 다른 게 아니라."

"사람들은 오 달러를 지불하는 능력으로 평가되는 거야. 언닌 아직 저 여자한테 낸 돈에 대해 수긍하지 못하잖아."

콘스턴스는 못 들은 척하며 메이 워드를 더 잘 보기 위해 고개를 내밀었다. 플러렛이 벽에 붙여놓은 사진 속에서 메이 워드는 늘 의외로 평범하게 생긴 여자로 보였다. 하얀 피부에 오밀조밀한 이목구비, 얇은 입술, 가냘픈 코, 커다랗지도 않고 감정이 풍부하지도 않은 눈. 저렇게 화장을 떡칠하면 누구라도 생김새가 도드라져 보일 수 있고, 무대 위의 미시즈 워드는 그야말로 도드라져 보였다. 눈썹은 호기심 많은 익살꾸러기처럼 그렸다. 입술은 야하게 붉은 딸기색으로 칠했다. 그녀가 눈썹을 파르르 떨면 관객석에서도 다 볼 수 있었고 심지어 객석 맨 뒷줄에서 눈썹 개수를 셀 수도 있었다. 그녀의 몸짓 하나하나가—손목을 돌릴 때마다, 턱을 치켜들 때마다—관객으로 하여금 그녀는 우리 같은 사람들과 전혀 다르다는 생각이 들도록 면밀히 계획된 연극조를 띠었다.

박수갈채가 잦아들자 번스타인 씨가 피아노 연주자를 돌아보며 말했다. "제리, 우리가 이 새한테 노래를 몇 소절 시킬 수 있을까?"

연주자는 아까 치던 곡을 다시 시작했다. 메이 워드는 항의하는 척 손사래를 치더니, 이내 첫 소절을 부르며 요염한 포즈를 취하고 착한 여자 목소리를 꾸며내 노래했다.

착하고 귀여운 여자들 누구나 속엔 조금씩 심술이 들었지
그들 탓은 아니야
꿈속의 귀여운 천사들처럼 보일지 몰라도
똑같이 못됐어
일요일엔 훌륭한 책을 읽고
월요일엔 가벼운 이야기를 읽고

착하고 귀여운 여자들 누구나 속엔 조금씩 심술이 들었지
다들 똑같아.

관객의 소란스러운 불만이 이어졌지만 원래 딱 한 곡만 부르기로 정해져 있었다. 주변에서 온통 환호성을 지르고 발을 구르자 프리먼 번스타인은 아내의 손을 잡고 높이 치켜들었다. 그의 재킷 앞섶이 벌어져 흰색과 빨간색 줄무늬 조끼가 보였다.

“자, 가능하다면 우리가 이 극장 안의 오디션 응시자들을 전부 데려가고 싶어한다는 거 여러분도 잘 아시죠!” 번스타인 씨가 우렁찬 목소리로 말했다. “하지만 드레스덴 인형 자리는 딱 하나뿐이고, 오늘 저녁 우린 그게 누가 될지 찾아낼 겁니다. 어떻습니까, 미시즈 워드? 오디션을 시작해볼까요?”

16

착하고 귀여운 여자들 누구나 속엔 조금씩 심술이 들었다고? 콘스턴스의 주제가로 써도 될 것 같았다. 선과 악을 구분하는 것이 요즘 콘스턴스의 주된 업무였다. 일 생각을 하지 않고 오디션에 집중하려 했지만, 무대에 오르는 여자애마다 자기도 모르게 유심히 살피면서 저애가 나중에 어떻게 될까 궁금해할 수밖에 없었다.

후광 같은 곱슬머리에 둘러싸인 천사 같은 얼굴의 피조물이 〈아빠한텐 애인이 있어요 그녀의 이름은 엄마예요〉라는 곡을, 분명 자기 집 거실에서 아주 많이 사랑을 받았고 앞으로도 계속 사랑받을 목소리로 노래했다. 키만 멀쑥하고 앙상해 기운이 좀 없어 보이는 여자애가 운전자 복장을 하고 나와 〈차 있는 녀석을 멀리해〉라는 곡에 양념을 더하려 했지만 어쩐지 신랄하게 비난한다는 인상을 줬고, 객석에 앉은 부모들이 더 많은 찬성을 표했다. 어느 야심 찬 배우는 대담하게도 수영복 차림(두꺼운 치마와 모직 스타킹의 구식 수영복이었다)으로 나와 〈아름다운 해변에서〉를 불렀는데, 스타킹을 돌돌 말아 벗어 아름다운 다리를 내보이고 싶지만 차마 그럴 용기가 없음을 콘스턴스는 금세 알았다. 또다른 응시자는 〈심장 없는 도시의 심장부에서〉를 시도했지만 너무 발랄하게 부르는 바람에 멜로드라마 같은 감성이 사라져버렸고, 그 도시가 이 응시자한테 얼마나 비정해질 수 있는지 보여줄 위험성은 전무해 보였다.

그러나 플러렛이 무대에 나왔을 때, 콘스턴스와 노마는 둘 다 앉은 자리에서 몸을 꼬며 몹시 당혹스러워했다. 뭔가 범상치 않고 물의를 빚을 가능성이 높은 일이 벌어질 게 틀림없었고, 콥이라는 이름이 거기에 붙어 있는 것 또한 확실했다.

플러렛은 공들인 주름 장식 드레스 차림에 챙이 어마어마하게 넓은 새틴 보닛을 쓰고 한쪽 귀 뒤에 분홍빛 실크 양귀비를 꽂은 채로 깡충깡충 뛰어나왔다. 헬렌 스튜어트가 플러렛을 뒤쫓아 달려나왔는데, 헐렁한 남성용 정장을 입고 눈을 거의 가리는 톱해트를 쓰고 있었고 양쪽 엄지는 멜빵 속에 집어넣었다. 입술 위에 까만 콧수염도 그려넣었고, 잇새에 파이프도 한 대 물었다.

진짜 보드빌의 한 장면이었다. 헬렌이 관객 쪽으로 몸을 돌리고 모자를 슬쩍 들어올려 인사하자 붉은 머리칼이 어깨 주위로 떨어져내렸다. 관객은 시끌벅적한 웃음소리로 헬렌에게 화답했다. 헬렌은 넥타이를 바로 매고 1절을 부르기 시작했다.

나는 밀려버린 원기 왕성한 청년
내 심장은 대포를 맞고 부서졌지
어떤 사람들은 사랑에 빠진다던데

아, 난 빠지지 않았어, 밀렸지.

플러렛이 헬렌을 한 번 쓱 밀자 헬렌은 뒤로 나동그라지면서 베테랑 연기자의 과장되고 익살스러운 몸짓으로 허둥지둥 모자를 챙겼다.

헬렌이 일어나려고 겨우 무릎을 디뎠을 때 플러렛이 팔꿈치를 헬렌의 정수리에 얹고 노동자 계급 도시 젊은이의 억양을 흉내내며 후렴구를 불렀다.

난 그를 응접실로 밀었지
응접실 문을 밀었지
나 자신을 그의 무릎 위로 밀었지

헬렌이 아등바등 다시 일어나 두 손을 허리에 얹더니 굵고 낮은 목소리로 노래했다.

조동이를 내 앞에 내밀었어!

이쯤 되자 관객은 폭소하고 박수치고 발을 굴렀다. 사람들이 이런 바보 같은 노래에 열광하는 건 생전 처음이었고, 한편으론 이 노래가 이런 식으로 공연되는 걸 본 것 또한 처음이었다.

플러렛이 헬렌의 손을 잡아끌고 무대 뒤로 돌아갔다. 두 젊은 배우는 직업에 어울리는 옷을 입고 조명 속으로 나왔다. 한 명은 외알 안경을 쓰고 쿠션에 쌓인 모조 보석 한 무더기를 가진 보석상으로, 다른 한 명은 검은 칼라의 성직자로 분했다. 두 젊은이의 그럴듯한 남성 분장은 더욱더 요란한 웃음을 자아냈다.

헬렌은 마치 도움을 청하듯 청중을 향해 손을 뻗었고, 플러렛이 헬렌을 이리저리 끌고 다니자 더욱 다급한 음성으로 노래했다.

곡마장 근처에서
그녀는 나를 보석상에 밀어넣었어
나를 성직자 앞으로 밀었어
그다음엔 나를 집으로 밀었어.

궁지에 몰린 가엾은 헬렌에게 쏟아진 박수갈채 탓에 콘스턴스는 빈 와인병과 밀린 방세에 관한 나머지 소절을 거의 듣지 못했다. 노마마저도 온몸을 떨면서 손수건으로 눈물을 훔쳤다. 헬렌이 "이제 난 유모차에 세 아이를 밀어넣지"라고 노래하면서 세 소녀가 다리를 건들거리며 타고 있는 거대한 유모차를 밀고 나오자 극장 안에 있던 사람들이 전부 일어났고, 헬렌과 플러렛은 함께 허리 숙여 인사했다.

이후 몇 작품 더 공연이 이어졌지만, 머랭처럼 가벼운 거품투성이여서 기억에서 금방 지워졌다. 콘스턴스는 방금 본 무대에 넋이 나가 다음 공연들은 거의 보는 둥 마는 둥 했다. 플러렛은 합동 공연에서 역을 맡아본 적이 있을 뿐이었다. 독창곡을 몇 곡 부르기도 했지만, 이렇게 무대를 총지휘한 적은 한 번도 없었다.

콘스턴스는 콥 집안의 막내가 완전히 딴사람이 됐음을 불현듯 깨달았다. 콘스턴스로서는 듣도 보도 못한 아이디어, 콘스턴스의 이해를 뛰어넘는 야심, 콘스턴스가 겪어본 적 없는 우정이 플러렛에게는 있었다. 플러렛은 우스갯소리를 생각해내도 이제는 딴사람들에게 그것을 얘기하며 웃었다. 플러렛은 제이의 자아를 만들어냈고, 거기에 콘스턴스가 낄 자리는 없었다.

그 순간 콘스턴스는 독하게 마음을 다잡아야 했다. 플러렛이 자신을 낳고 기른 바로 그 사람들에게 낯선 존재가 되려 한다면, 그러라고 내버려두자, 콘스턴스는 속으로 다짐했다. 그렇게 해야 하는 것 아닌가? 우리 모두 그렇게 하지 않는가?

17

백스테이지는 짜릿한 흥분으로 가득했다. 커튼콜이 끝나고 무대에서 빠져나온 어린 배우들은 너무 들떠 가만있지 못하고 빙글빙글 돌며 춤을 춰야 했다. 이 난장판 같은 축제에서 누구도 모를 리 없는 무대의 향기가 피어올랐다. 밀랍 성분의 화장품과 탄력 있는 곱슬머리를 위한 크림, 쌀 가루분과 어디선가 슬쩍한 담배, 그 밑에서 흐르는 긴장된 땀방울.

헬렌과 플러렛은 어쩌다보니 그 소동의 한복판에 들어가, 온 사방에서 깍깍거리는 웃음소리와 축하를 받고 있었다. 플러렛은 서로 손뼉을 치고 뺨을 내밀어 키스를 받는 와중에도 공들여 세팅한 머리가 그대로 잘 있는지 수시로 더듬어 확인했다. 그러면서도 무대로 통하는 문에서 절대 시선을 떼지 않았다.

마침내 문이 열리더니 메이 워드가 남편을 뒤에 달고 경쾌한 걸음걸이로 들어왔고, 고개를 든 플러렛은 마음을 차분히 진정시키려고 어마어마한 양의 공기를 들이마셨다. 플러렛은 겸손하고 감사할 것, 곧바로 헬렌을 소개할 것, 진짜 프로들이 하는 것처럼 자신의 소규모 극단 멤버들을 일일이 호명할 것을 열심히 기억했다.

그러나 그중 어느 것도 해볼 기회는 오지 않았다. 메이 워드는 두 팔을 벌리고 여자애들 무리 한가운데로 곧장 뛰어들더니 빨갛게 칠한 입술로 기쁨의 비명을 내질렀다. 청록색 깃털로 장식된 모자를 쓰고 얇게 비치는 와인색 벨벳 프록코트를 입고 거품처럼 풍성한 하얀 모피를 어깨에 두른 그녀는 어느 모로 보아도 잡지에 나온 사진과 똑같았다.

"이런 무대는 난생처음 봤어, 언제 또 이런 걸 볼 수 있을까!" 메이 워드가 호들갑스럽게 소리질렀다. 그런데 무슨 알 수 없는 이유에서인지 그 말을 하면서 플러렛을 똑바로 쳐다보지 않았고, 헬렌을 보지도 않았다. 다만 자신에게 내민 손들을 한 번씩 다 움켜쥐면서 빙그르르 돌았다. "여러분을 마지막 한 명까지 몽땅 낚아채 다 같이 데리고 가야겠어."

그 말에 키득키득 수군수군 난리가 났다. 실내는 매우 후텁지근했고, 다들 격렬히 움직인 탓에 얼굴이 붉게 상기되고 온몸이 축축했다. 아이들 무리의 정가운데 있던 플러렛은 대부분의 애들보다 키가 머리 반 통 정도 작았던 탓에 살짝 어지러웠다.

"나도 그럴 수 있으면 좋겠어, 여보." 프리먼 번스타인의 말소리가 저편 어딘가에서 들려왔다. "근데 우리가 이 사람들을 필라델피아와 보스턴으로 빙빙 돌리면 어머님들이 뭐라고 생각하실지 모르겠네."

"우린 어머니가 안 계세요." 제일 먼저 목소리를 되찾은 사람은 헬렌이었다. 플러렛의 머리가 홱 돌렸고, 슬쩍 건너가 친구 옆에 섰다.

번스타인 씨는 과장되게 숨을 헉 집어삼켰다. "어머니가 안 계시다니! 설마 가엾은 고아 소녀들이라는 건 아니겠지? 둘이 고아원에서 만났나? 그걸 소재로 쇼를 만들어볼 생각은 안 해봤어요?"

"우린 고아원 출신이 아니에요." 플러렛이 끼어들었다. "그냥 우연찮게도 헬렌의 어머니가 작년에 돌아가시고 우리 어머니가 재작년에 돌아가셨을 뿐이에요. 언니들이 나를 돌봐줬지만, 더는 돌봐줄 사람 필요 없어요."

"오, 우린 모두 돌봐줄 사람이 필요하지." 프리먼은 건성으로 대꾸했다. "자, 여러분, 주목해주세요, 무대는 제대로 된 삶이라고 할 수 없습니다. 나한테서 좀 가져가요. 아주 형편없는 생활이죠. 웃풍 센 낡은 홀에서 노래하는 것보다 더 빨리 목소리를 망치는 방법은 없다니까."

"우린 노래만 하는 게 아네요." 플러렛은 계속 밀고 나갔다. "춤과 발성 수업도 들었어요. 난 피아노를 치고 헬렌은 바이올린을 켜요. 보여드릴 수 있어요."

"저런 세상에나." 프리먼이 말했다. "자, 여러분의 선생님이 모두에게 줄 사인지를 갖고 있다는 것 잊지 마세요."

"오디션은 어떻게 된 건데요?"

"미시즈 워드와 내가 오늘 저녁에 얘기해볼 겁니다. 오늘 이 자리에 행운의 젊은이가 있다면 연락이 갈 거예요. 자, 친필 사인을 원하는 사람이 있다면 제 아내가 기꺼이 몇 개 해드리죠."

다들 우르르 미시즈 워드에게 몰려들었고, 저마다 연필과 리본

달린 사인북을 내밀었다. 플러렛은 역겨움에 주위 애들을 둘러보았다. 어떻게 저렇게 쉽게 회유당할 수 있지? 재네들한텐 이게 단순히 대배우를 만나 사인을 받을 기회에 불과했나?

바로 그때 메이가 작게 비명을 질렀고, 그녀를 둘러싼 여자애들이 모두 한 발짝씩 물러났다.

"아, 정말 죄송해요." 누가 말했다.

"찢어졌어?" 다른 사람이 말했다.

"일부러 그런 건 아닐 거예요." 세번째 사람이 말했다.

플러렛이 아래를 보니 메이 워드의 드레스 밑단에서 새틴 리본이 길게 찢겨져나왔고, 애초에 헐렁하게 대충 박은 탓에 올이 풀려 대롱대롱 매달려 있었다. 더 잘할 수 있는데도 최선을 다하지 않은 드레스 재봉사를 철썩 때리고 싶은 충동이 불끈 들었다.

메이 워드가 남편에게 귀띔하자 번스타인 씨가 말했다. "여러분, 오늘은 이제 그만 마무리할까요. 미시즈 워드가 옷을 갈아입도록 호텔로 모시고 가는 편이 좋겠군요."

"아뇨, 아뇨! 여기서 잠깐만 기다려요." 플러렛은 후다닥 뛰쳐나갔다가 거의 곧바로 바늘과 실을 들고 돌아왔다. 달려나가는데 다른 애들이 메이 워드에게 금방 새 옷처럼 좋아질 거라고 장담하는 소리가 들렸다.

"플러렛이 감쪽같이 되돌려놓을 거예요."

"전혀 차이를 모르실걸요. 플러렛이 제 단추를 어떻게 해놨는지 좀 보세요."

"바느질이 엄청 고르고 섬세해요. 전보다 훨씬 나을 거예요."

플러렛은 반짇고리를 들고 뛰어들어와 무릎을 꿇고 앉았다. 플러렛의 손놀림은 흔들림 하나 없이 완벽했고, 자신이 지금까지 메이 워드가 봤던 것 중 가장 빠르고 깔끔한 수선을 보여줄 수 있음을 단 한순간도 의심하지 않았다.

바느질을 마친 플러렛은 일어나서 미시즈 워드의 치맛단을 흔들어 털고 결과물을 확인하기 위해 한 바퀴 돌았다. 한차례 가벼운 박수갈채를 받았고, 번스타인 씨가 악수를 청했다. 미시즈 워드가 허리를 굽혀 플러렛의 귓가에 감사의 말을 속삭였고, 그 광경은 또 한차례 웃음과 박수갈채를 받기에 충분했다.

사인북마다 사인이 적히고 메이 워드의 작은 사진이 갈색 봉투에 담겨 배포된 후, 흥분이 서서히 가라앉고 주위에 모인 여자애들도 점차 빠져나갔다. 헬렌마저 슬금슬금 탈의실로 향했다. 번스타인 씨는 주섬주섬 챙겨 막 떠나려는 분위기를 풍기며 코트 주머니를 가볍게 두드렸다.

플러렛은 밀려드는 당혹스러움과 함께 그날 저녁이 끝나간다는 것을, 자신이 드레스덴 인형의 다음 타자로 지목받지 못했다는 것을 깨달았다. 상황이 자신의 시나리오와 완전히 어긋나는 듯해 처음엔 뭘 잘못 들었나 의심했다.

저도 모르게 말이 튀어나왔다. "하지만, 미시즈 워드," 플러렛은 슬슬 물러나려는 대배우의 뒤통수에 대고 외쳤다. "난 어떻게 하고요?"

여태 백스테이지에서 서성거리던 여자애들 위로 침묵이 내려앉았다. 메이 워드가 걸음을 멈추고 발뒤꿈치를 축으로 빙 돌았다. 프리먼 번스타인은 팔짱을 끼고 신이 난 구경꾼의 자세로 등을 기댔다.

플러렛은 굴욕감을 억누르고 메이 워드를 똑바로 쳐다보았다. 이제 두 사람이 서로 얼굴을 맞대고 보니, 대배우의 입가에 난 주름과 갈라진 화장 분, 채도 높은 눈화장에 가렸던 피로가 눈에 들어왔다. 잘 맞지 않는 드레스 목깃은 너무 여러 번 잡아 늘리고 다림질한 탓에 비틀리고 주름이 졌다. 플러렛은 흠칫 놀라며 메이 워드가 노마 또래이거나 어쩌면 콘스턴스 또래일 수도 있겠다는 생각을 했다.

미시즈 워드는 만면에 미소를 띄웠다. "응? 뭘 어떻게 해?"

플러렛은 헬렌이 옆에 있어주기를 바라며 주위를 둘러보았지만, 헬렌은 구석에서 얼어붙은 상태였다. 입 밖으로 내뱉는 수밖에 없었다. "어⋯⋯ 제가 드레스덴 인형들에 들어가면 안 될까요? 저랑 같이 춤췄던 파트너는요? 우리가⋯⋯ 우리 노래가⋯⋯ 완벽히 어울린다는 생각 안 들었어요? 그러니까⋯⋯"

플러렛의 목소리가 주인을 저버렸다. 미시즈 워드는 느릿느릿 친절하게 어린애 타이르듯 말했다. "우린 워낙 많은 오디션을 봐왔단다, 얘야, 앞으로도 볼 게 많이 남았고."

플러렛은 점점 애원하고 구슬리는 투로 약해졌다. "그래도⋯⋯ 대역으로는 어때요?" 이렇게 말한 것을 두고 나중에 분명 스스로를 혐오하게 되겠지만, 무슨 마법에 걸렸는지 도무지 그냥 나가버리거나 웃어버리거나 원래 이럴 생각은 아니었다는 듯이 태연할 수가 없었다.

미시즈 워드는 남편을 흘긋 쳐다보더니 이렇게 말했다. "아, 그래서 우리가 코러스를 여덟 명 두고 있는 거야. 필요하면 언제든 예닐곱 명으로도 할 수 있거든."

마침내 플러렛은 노마가 옳았음을 깨달았다. 이들은 일개 학생에게 극단의 배역을 제공할 의사가 전혀 없었다. 플러렛의 오 달러는 번스타인 씨의 호주머니 속으로 곧장 사라졌고, 그걸로 끝이었다.

하지만 이제 난 어쩌지? 아무 일도 없었던 것처럼 집에 가나? 봄 공연을 위한 리허설을 시작하나? 생각만 해도 속에서 뭔가가 철렁 내려앉았다.

"게다가," 미시즈 워드는 대수롭지 않은 듯 가볍게 말을 이었다. "너 설마 무대에서 경력을 쌓을 생각은 아니겠지? 내 코러스걸들은 반드시 키가 163센티미터여야 한다는 거 알잖아. 나보다 5센티미터 작아야 하고, 그보다 더 작으면 안 돼. 너도 알다시피 드레스덴 인형은 코러스걸이고, 코러스걸은 반드시……"

"키가 똑같아야 하지." 프리먼 번스타인이 끼어들었다. "그게 코러스의 정수니까."

그런 얘기를 플러렛에게 해준 사람은 지금껏 아무도 없었다. 플러렛은 헬렌을 쳐다볼 용기가 나지 않았다. 완벽히 키가 163센티미터인 헬렌. 지금 메이 워드가 정말로, 키가 10센티미터 모자라서, 무슨 짓을 해도 나는 드레스덴 인형이 될 가능성이 없다고 얘기한 건가?

극단에서 날 받아주지 않겠다면, 어떻게 해야 하지?

고민할 시간이 없었다. 메이 워드가 이제 막 나가려 한다. 나의 우상과 함께할 일은 두 번 다시 없을 것이다.

"당연하죠." 플러렛이 외쳤다. 그 음성은 힘차고 선명했으며, 자기통제력을 회복한 느낌이었다. 심지어 키도 좀 커진 듯 꼿꼿하게 섰다. "하지만 지금 입고 계신 드레스는 조만간 다 뜯어질 거예요.

지금까지 의상 제작자한테 사기당하신 거라고요. 그리고 코러스들 의상은 상태가 더 나쁠 것 같은데요. 당신에게 필요한 건 재봉사이고, 그 목깃 상태로 보건대 당장 오늘 저녁부터 필요하겠어요."

18

이튿날 출근을 하고도 콘스턴스는 플러렛의 공연 때문에 몹시 뒤숭숭했다. 식구들 사이의 친밀한 자아에서 아주 사뿐사뿐 걸어 나가 장차 본인이 되고자 하는 여성상을 대표하는 새롭고 대담한 대중적 자아로 그렇게 쉽게 진입하다니, 어찔하고 겁이 났다. 늦게 자고, 설탕 단지에 손가락을 푹 집어넣고, 단추 달기를 귀찮아하면서도 자기 외에는 아무도 단추를 제대로 달 줄 모른다고 주장하고, 빨래통 앞에서 노래를 흥얼거리는 여자애가 여기 있다. 그런 애가 무대 위에서 어떻게 그렇게 자신만만하고 노련할 수 있지? 어떻게 그렇게 극장 안의 모든 시선을 사로잡아 좌지우지할 수 있지, 그 조그만 생명체가?

아들이 처음 군복 입은 모습을 보거나, 회사에서 일하는 모습을 보거나, 환자를 진찰하며 청진기를 든 모습을 본 어머니의 심정이 꼭 이럴 것 같다는 생각이 들었다. 어머니들은 끊임없이 고민한다.

우리 애가 어떻게 이렇게 세상물정 밝은 사회인이 됐지?

콘스턴스는 데이비스 부부의 심정마저 이해할 수 있을 듯했다. 쟤는 더이상 우리가 아는 미니가 아니에요. 지금 와서 생각하니, 그들은 이렇게 말하는 듯했다. 쟤가 우리 애일 리가 없어요.

미니는 말벗이 있으면 좋겠다고 콘스턴스에게 애원했고, 그리하여 다른 방으로 이감되는 특혜를 받았다. 이제 미니는, 자신이 체포된 이유를 말하길 꺼려하는 간호사 로티와, 돈을 빼돌리고 기밀을 팔아먹고 수표를 위조하는 게 얼마나 쉬웠는지 신나서 떠벌리는 에타 사이에 있게 됐다.

둘 다 새로운 얘깃거리를 간절히 바라던 상태라 미니의 사연에 완전히 몰입해서 귀기울여 들었다.

"그 남자가 정말 너랑 결혼하고 싶어한다고 생각하는 건 아니겠지." 로티는 의학 수련을 통해 얻은 냉철한 이성에 입각해 말했다.

"유람선에서 카드 패를 돌리는 남자하고 결혼하고 싶을 리 없잖아." 에타가 말했다.

"당연히 아니지." 미니는 태연하게 말했다.

"딱 한 가지 내가 궁금한 건 이거야," 로티가 말했다. "넌 어떻게 이 상황에서 벗어날 거야?"

로티와 에타는 미니의 머릿속에 든 생각을 듣고 싶어서 고개를 내밀었다. 그리고 미니가 "뭐, 난 그냥 사실대로 말할 거야. 그러지 말아야 될 이유를 모르겠는데"라고 하자 둘 다 깔깔 웃었다.

"사실대로 말했다가는 애기 낳을 나이가 지날 때까지 철창신세일걸!" 에타가 말했다. "여기 로티한테 물어봐. 지금껏 봐왔으니까."

"아, 간호사라면 안 본 게 없겠지." 미니가 말했다. "하지만 날 계속 가둬둘 이유가 없어."

로티는 얇은 입술과 작은 매부리코의 소유자였고, 그 이목구비를 한데 모아 불쾌감을 표현하며 말했다. "사람들은 도덕성이 낮은 여자는 우리 군인들에게 해가 된다고들 생각해. 전쟁에 불려나가기 일보 직전에 미국의 군사력을 약화시키고 싶지 않은 거지, 내 말이 무슨 뜻인지 알아듣는다면."

미니는 알아듣지 못했지만, 그렇다고 모르는 티를 내긴 싫었다. "난 그딴 거 걱정 안 해. 궁지에 몰려도 늘 빠져나갈 구멍은 잘 찾거든."

"여자 보안관보가 있어서 다행인 줄 알아." 로티가 말했다. "그 방에 네가 있기 전에 공장에서 일하는 여자애가 있었어. 일종의 품행불량 죄목으로 들어왔었지. 콥 보안관보가 봐주라고 하니까 판사가 풀어줬어."

"그럼 그 여자가 당신들 둘은 왜 안 풀어준 건데?" 미니가 물었다.

로티와 에타는 웃음을 터뜨렸다. "우린 이미 재판을 받았으니까." 에타가 말했다. "우린 유죄란다, 꼬마야."

"난 우발적 약물 남용에 대해서만 유죄다." 로티가 지적하며 바로잡았다. "그 노인네를 죽일 생각은 없었어. 내가 만약 살인죄였다면 지금쯤 주립 교도소에 가 있을걸."

"하지만 다시 간호사는 못 되잖아." 에타가 말했다.

"서부에서 다시 시작하면 되지."

"아, 나도 그러고 싶다." 미니가 말했다.

세 사람은 온종일 그런 식으로 친근하게 수다를 떨었다. 미니는 생각보다 여성 범죄자들과 같이 있는 시간이 제법 즐거웠다. 그들은 도무지 겁이 없었고, 체포됐다는 사실이 말해주듯이 비밀이 이미 다 들통났기 때문에 위축되고 아닌 척해야 할 필요에서 자유로웠다. 에타와 로티 둘 다 잡히기 전까진 나름대로 세상에서 성공적으로 자신의 길을 개척한 머리 좋은 인재였고, 그 점에서 미니는 두 사람에게 감탄했다.

그날 하루를 두 사람과 얘기하며 보낸 후 미니는 비교적 가벼운 기분으로 잠자리에 들었다. 그러다 자정 무렵 수감동에 울리는 발소리에 화들짝 놀라 잠에서 깼다.

"별일 없죠, 미스 콥?" 에타가 소곤거렸다. 콥 보안관보는 다른 사건 때문에 종일 자리를 비웠었다.

"여러분, 괜찮다면 미니를 잠깐 내 방으로 데려가 얘기 좀 할게요." 콘스턴스가 말했다.

"콥 보안관보라면 괜찮아." 콘스턴스가 미니를 데리고 나갈 때 에타가 말했다. "믿고 얘기해도 돼."

"무슨 얘기를?" 콘스턴스가 물었지만, 미니는 너무 졸려서 대답을 못했다. 미니는 콘크리트 바닥을 비칠비칠 디디며 교도소 중앙의 원형 홀을 돌아 콘스턴스가 자는 감방으로 향했다.

"잘 지냈어?" 일단 다른 사람들 귀에 들리지 않는 거리가 되자 보안관보가 물었다. 콘스턴스의 방안에는 기름 램프가 있었지만 그들은 불을 켜지 않았다. 머리 위 높은 반구형의 창문을 통해 반달에서 흘러나오는 희미하기 짝이 없는 달빛만 받으며, 두 사람은 보랏빛 어둠 속에서 침상에 나란히 앉았다.

"교도소도 별로 나쁘진 않네요." 미니는 이 시간에 그러모을 수 있는 얼마 안 되는 허세를 몽땅 쥐어짜 말했다.

사실 그렇게까지 끔찍하진 않았다. 따분함과 칙칙하고 볼품없는 죄수복과는 별개로, 감옥에서 지내는 하루하루는 딱히 거슬릴 게 없었다. 그동안 토니와 벌인 그 엉망진창의 삶에서 어떻게 빠져나올 것인가 고민했는데, 이렇게 답이 나왔다. 미니의 가장 급한 걱정거리, 즉 거리에 나앉아 배를 곯는 데 대한 두려움은 침상과 하루 세 끼 맛없는 식사가 제공되자 사라져버렸다. 앞으로 어떻게 될지 좀 궁금하긴 했지만, 자신의 입장에서 판사에게 이야기할 기회가 주어질 거라고 생각했고, 그때가 되면 석방될 거라고 추측했다.

그리고 그다음은? 어디로 가야 할지 무엇을 해야 할지 정확히 알지는 못했지만, 미니는 숨겨둔 보석이 기차표와 다른 도시에서 새롭게 시작할 기회를 보장해줄 거라 믿고 있었다. 필요하다면 개명이라도 할 것이다. 쉽지는 않겠지만 불가능한 것도 아니었다.

미니가 콘스턴스의 질문에 대답한 건 그렇게 거의 근심이 없는 상태에서였다. 미니는 사람들이 콘스턴스에게는 다 얘기해도 된다고 했을 때 믿지 않았고—이 여자도 결국 보안관보이고 법의 편이다—충분히 타당하게 받아들여질 거라 확신이 드는 버전으로 미리 이야기를 만들어놓았다.

콘스턴스가 속삭임보다 조금 큰 음성으로 말했다. "검사가 앤서니, 그러니까 토니를 상대로 인신매매 혐의를 적용하려는 것 같아."

"나 때문에요?" 미니는 항의했다. "말도 안 돼! 난 강변에서 납치당한 게 아닌데요, 그게 그런 뜻이라면."

"검사가 얘기하고 싶어하는 게 바로 그거야. 검사는 토니가 반윤리적 목적으로 널 데리고 주 경계를 넘었다고 사건을 구성할 생각이야."

미니가 보기에 그 생각은 모욕적이었다. 음행 혐의로 교도소에 간 여자들에 관한 얘기는 들어봤지만, 그런 유형의 범죄 행위가 상세히 묘사되는 일은 결코 없기 때문에 그런 행위는 자신이 한 짓보다 훨씬 나쁜 짓일 거라고 상상했었다.

"그게 아니라고 사람들한테 얘기하셨겠죠?" 미니가 고집스레 말했다. "토니는 날 납치할 필요가 전혀 없었어요. 내가 가고 싶어 했으니까. 난 캐츠킬이 지긋지긋했어요. 우리 부모님한테 가서 얘기해봤죠?"

"해봤지."

"그럼 내가 왜 집을 나왔는지 알겠네요. 당신이 그런 부모하고 살았다면 뉴욕으로 도망치지 않았겠어요?"

미니는 그 항변이 콘스턴스에게 제대로 먹혔다는 걸 알 수 있었다. "네 나이였다면 아마 그랬겠지." 보안관보는 인정했다. "하지만 판사님에게 그런 식으로 얘기한다면 네가 곤경에 처할 거란 걸 알았으면 좋겠다."

"무슨 곤경요? 그게 사실인데."

콘스턴스는 목청을 가다듬었다. "흠…… 판사님이 네 정직함은 알아봐주시겠지. 하지만 젊은 여자가…… 남자들과 어울렸다는 사실이 드러나면, 특히나 위장 결혼을 하고 살았다는 것을 그렇게 술술…… 인정해버리면, 음, 석방되지 못할 거야."

"그렇다고 날 어쩔 건데요? 내가 은행을 턴 것도 아니고. 어째서 날 교도소에 가둬요?"

"교도소에 가두진 않아. 넌 여성 감화원에 가게 될 거야."

감화원이라니! 그 단어에서 하얀 제복을 입고 줄 맞춰 행진하며 성경 구절을 암송하는 여자애들이 떠올랐다. "하지만 난 감화가 필요하지 않다고요." 미니는 불만을 터뜨렸다. "난 토니랑 헤어져서 나 혼자 살 곳이 필요할 뿐이에요. 그게 뭐가 잘못인데요? 오늘 날 풀어주면, 다시는 말썽의 현장에 얼씬도 안 할게요. 얼마 전에도 여자애 하나를 감옥에서 나가게 도와줬다면서요? 나한테도 똑같이 해주지 못할 거 없잖아요?"

콘스턴스는 한숨을 내쉬고 벽에 기댔다. "그건 사정이 전혀 다르지."

"뭐가 다른지 모르겠는데요."

"왜냐면 에드나 휴스티스는—네가 들었다던 그 여자애 말이야—의심을 살 만한 짓은 털끝만큼도 하지 않았어. 너와 토니의 경우는 그렇지 않아, 그건 너도 인정하잖아. 게다가 에드나는 열여덟 살이야. 이렇게 직설적으로 얘기해서 미안한데, 네 경우는 판사님 눈에 열여섯 살짜리 애가 어머니 말씀 안 듣고 방금 만난 남자와 도망친 걸로 보일 거야. 결혼도 하지 않고 부부 행세를 했으니 양심이 불량한 여자군, 그런 여자는 감화가 필요하지." 콘스턴스는 몸을 돌려 미니를 바라보았다. "판사님은 그렇게 생각하실 거라고."

"그리고 보안관보님은 판사님께 그게 아니라고 말할 수 없고요."

"노력은 해볼 수 있겠지." 콘스턴스가 말했다. "하지만 증거가 있으면 좀더 수월할 거야. 네 성품에 대해 증언할 수 있는 사람이 있어? 집주인이라든가 아니면……"

"집주인하고는 좀 문제가 있었어요." 미니는 시무룩하게 말했다.

"회사에서는? 네 상사하고 얘기해볼 수 있을까?"

"거기서도 사이가 별로 안 좋았어요."

콘스턴스는 에드나 휴스티스 일이 너무 쉽게 잘 풀렸다는 생각이 들기 시작했다. 체포된 여자애들이 모두 추천장을 들고 오는 건 아니었다. "흠, 누군가가 널 기꺼이 보호하고 보증인이 되어주기 전까진 석방되지 못할 거야. 정말 부모님한테 사죄의 편지를 쓸 수는 없겠니? 그럼 화가 풀리셔서 다 잘되지 않을까?"

"못한다는 거 알잖아요."

"딴사람은 없어? 고모나 이모나 사촌이나?"

미니는 고개를 저었다. "외가 식구들은 하나도 모르고, 친가는…… 뭐, 아빠 쪽 사람들이 어떤지는 뻔하죠." 자신이 처한 곤경이 점차 또렷이 보이기 시작하자 미니는 말을 잇기가 힘들었다.

"그리고 아직 나한테 말하지 않은 건 뭐 없어? 너 체포되던 날에 검사가 한 말 들었지, 너희 집을 들락거리는 남자들에 대해서. 혹시 그거 사실이니? 실제로 무슨 일이 있었는지 모르면 난 널 도울 수 없어."

미니는 억지로 눈을 들어 콘스턴스를 똑바로 마주봤다.

"당연히 딴 남자 따위가 있을 리 없잖아요. 나랑 토니뿐이었고, 난 우리가 결혼할 줄로 알았어요. 그거 말고 다른 할말은 없어요."

19

미니가 예전 생활 중에서 가장 그리워한 것은 향수였다. 재소자들에겐 병원 냄새와 향이 비슷한 숯 비누만 허용되었다. 하지만 향수는! 그것은 짧게나마 미니가 손아귀에 움켜쥐었던 삶을 일깨웠다.

미니는 절대 향수를 여기저기 마구 뿌리지 않았다. 그런 건 상스러운 짓이라고 믿었다. 그 대신 향수를 선물해준 남자에게 좋아하는 부위를 고르게 하고, 매번 거기에 그를 위해 향수를 발랐다. 팔꿈치 안쪽, 목 아래쪽, 오금. 어떤 남자는 등허리 잘록한 부분에 바르는 걸 좋아했고, 미니는 오직 그 남자만을 위해 허리에 향수를 뿌렸다. 그들의 소소한 비밀이었다.

뉴욕의 향수 제조자들에게 향제비꽃과 으깬 백장미를 주문할 만큼 잘 알지는 못했지만, 포트리의 화장품점에서 '동양의 꿈'이라든가 '여제의 꽃다발' 같은 이름의 괜찮은 모조품 몇 가지를 즐길 정도는 됐다. 미니를 어딘가 다른 장소, 다른 시간, 다른 삶으로 보내줄 수 있음을 넌지시 암시하는 이름들이었다.

토니는 누가 향수를 사줬는지 절대 묻는 법이 없었다. 그는 여성 화장품의 세부 항목까지 알아차리는 종류의 남자가 아니었고, 미니가 귀 뒤에 바른 향을 언급할 만큼 세심한 남자도 아니었다.

심지어 그는 미니에게 특별히 관심이 있었던 것조차 아니었음을, 미니는 나중에야 감방의 고독 속에서 깨닫게 됐다. 9월 하순의 그날 부두에 내려갔을 때, 미니는 이미 두 번 다시 겨울을 캐츠킬에서 보내지 않겠다고 결심한 차였다. 다만 그것을 정확히 어떻게 성사시킬지 방법을 몰랐을 뿐이다. 토니는 미니에게 기회였다. 미니가 그를 거의 이동수단으로 생각했다면, 토니가 미니를 사랑하는 건 고사하고 향수의 마법에 걸려야 할 이유가 어디 있을까?

유람선이 허드슨강을 오가는 시즌이 거의 끝나갈 때였다. 미니가 여름날 저녁을 함께 보냈던 남자들—대학생들, 칠팔월이면 캐츠킬을 유흥지로 삼는 돈 많고 한가한 사내들—은 다들 벌써 도시와 캠퍼스로, 낮에는 회사로 밤에는 극장으로 돌아갔고, 강변에서 동네 여자애들과 함께 어울리던 저녁과 잔디밭에서 크로켓을 즐기던 오후 따위는 깡그리 잊어버렸다. 유람선을 타고 일하는 청년들 빼고는 정말 한 사람도 남김없이 가버렸고, 그들 역시 겨울철 얼음이 허드슨강을 통행할 수 없게 만들기 전에 곧 사라질 것이었다.

미니는 전에도 토니를 보긴 했지만 말을 해본 적은 없었다. 토니는 미니보다 나이가 많았고, 말쑥한 멋쟁이였다(줄무늬 조끼와 붉은 넥타이는 카드 테이블에서 일할 때 입는 유니폼이었지만, 그는 그 옷을 최대한 폼나게 활용한다는 생각이 들었다). 토니는 강변을 서성이는 동네 여자애들보다 증기선 선원들과 어울리는 것을 더 좋아하는 것 같았고, 그런 만큼 미니에게 어떤 관심도 보이지 않았다.

그러나 그날 저녁, 갑판 위에서 혼자 멍하니 강을 내다보는 토니를 발견한 미니는 이때다 싶었다. "내가 평생 여기 살았다는 거 알아요?" 미니는 소리쳤다. "그 유람선에 한 번도 타본 적 없다는 거 알아요?"

토니는 고개를 돌려 미니를 보고 활짝 웃었다. "자긴 이름이 뭐죠?"

토니의 태평한 음성에 미니는 저항할 수 없었다. 자신에게 관심이라는 밝은 빛을 던지는 상냥한 남자라니, 다른 때 거의 느끼지 못하던 만족감이 뿌듯하게 번지기에 충분했다. 그 기분은 미니 안의 공허함을 채우고 미니를 땅 위에서 몇 인치 들어올렸다. 가능하다면 그런 순간들 속에서 평생을 살 것이다.

이 남자는 뭔가 든든했고, 그의 어깨와 턱선에는 미니 자신이 더욱 견실해진 듯한 느낌을 주는 무언가가 있었다. 미니는 가볍게 웃음을 터뜨리며 이름을 알려줬고, 배에 오르면서 그가 내민 손을 잡았다. 그는 미니를 데리고 돌아다니면서 붉은 카펫이 깔린 카드룸과 하얀 테이블보와 샹들리에가 있는 레스토랑을 보여줬다. 그러고는 선장에게 미니를 소개했고, 선장은 모자챙을 만지며 허리를 살짝 굽혀 정중히 인사했다. 미니는 연극에 나오는 아가씨가 된 기분이었다. 그 기분을 절대 놓치고 싶지 않았다.

그러다 갑자기 배가 떠나야 할 시간이 됐고, 토니는 미니를 다시 부두로 데려다주려 했다.

"아, 그런데 배를 타고 강을 좀 내려가봐도 근사하지 않을까?" 미니가 아쉬운 투로 물었다. "어떤 기분일지 늘 궁금했는데." 미니는 가슴속에 숨쉬는 모든 갈망—새로운 삶, 새로운 장소, 새로운 도시, 새로운 직업, 새로운 남자에 대한 갈망—을 담아 토니를 바라봤다. 그가 어떻게 거절할 수 있겠는가?

토니는 거의 거절할 뻔했고, 아마 거절해야 했을 것이다. 어떤 계산이 두 사람 사이의 허공을 맴돌았다. 토니는 내키지 않는 듯 주갑판 아래 빈 휴게실을 둘러보고, 같이 타고 가도 큰일날 건 없을 거고 마음에 안 들면 다음 도시에서 내려 기차를 타고 돌아가면 된다고 말했다. 미니는 함박웃음을 짓고 토니의 뺨에 키스했다. 토니는 미니가 방금 자신에게 준 게 뭔지 잘 모르겠다는 듯 미니의 입술이 닿았던 자리를 만졌다.

잠시 후 배가 부두에서 벗어났고, 미니는 점점 작아지는 캐츠킬을 바라보고 있었다. 연극에 나오는 소녀가 된 듯한 기묘한 괴리감은 더욱 강해졌다. 인생 제2막의 커튼이 올랐다. 극이 시작됐고, 미니는 그 한가운데에 있었다.

배는 맨해튼으로 향하고 있었다. 한 번도 가본 적 없으면서 미니는 그 도시에 대해 로맨틱한 환상을 잔뜩 품고 있었다. 맨해튼에 대해 이야기하는 토니는 어쩐지 산전수전 다 겪은 남자 같았다. 그는 타임스스퀘어에 있는 상점과 극장과 조명에 대해 모르는 게 없었고, 이십사 시간 레스토랑과 화려한 댄스홀도 전부 꿰뚫고 있었다. 센트럴파크의 나뭇잎들이 주황빛으로 물들고 있을 거라고, 해 질녘에 그 모습을 위에서, 보석으로 장식된 빌딩 옥상에서 바라보면 온 도시가 불타는 것 같다고, 하지만 아름답게 불타오른다고, 그는 말했다.

토니는 다가올 뉴욕의 겨울을 궁전에서 보내는 저녁처럼 묘사했다. 눈 쌓인 상점 유리창마다 환히 빛나고, 세련된 옷을 차려입은 소녀들이 연못에서 스케이트를 탄다. 레스토랑과 샴페인도 빼놓으면 안 되지. 미니는 진짜 레스토랑에서 식사를 하기는커녕 소다 외에는 탄산이 든 음료를 맛본 적도 없었다.

토니는 멋진 모직 코트를 입고 캐시미어 목도리를 둘렀다. 그는 크리스마스 선물처럼 잘 포장되어 있었다. 미니는 여자애가 혼자서 뉴욕을 탐험하며 돌아다니려면 어떻게 해야 하는지 큰 소리로 궁금해했고, 토니는 기꺼이 미니를 데리고 시내를 둘러보겠다고 나섰다. 당시 두 사람 사이에는 유쾌한 전류가 흘렀다. 미니는 토니에게서 새로운 삶과 자유와 탈출구의 가능성을 보았다. 토니는 미니에게서 무엇을 보았을까? 기껏해야 추억에 남을 하룻밤의 가능성. 미니도 그 정도는 줄 수 있었다.

배가 흘러가는 동안 두 사람은 갑판 아래 앉아서 뉴욕에 대해, 뭍에 닿으면 제일 먼저 어디 갈지에 대해 얘기를 나눴다. 텅 빈 승객 휴게실에서 미니는 토니와 편안하게 나란히 앉아 토니의 코트로 다리를 덮었다. 아침이 오기 전 어둑한 시간, 뉴욕시가 신기루처럼 뱃머리 너머로 떠올랐고, 미니는 자신이 집을 영영 떠나왔음을 분명하게 알았다.

그러나 처음에는 토니에게 말하지 않았다. 미니는 그가 자신에게 맨해튼에서의 완벽한 하루를 선사하도록 허락했다. 두 사람은 공원에서 동물원을 둘러보고 풀 뜯는 양들을 구경했고, 토니가 작은 유제품 가게에서 따뜻한 롤빵과 치즈 한 통을 사줬다. 그들은 시내에서 전차를 탔다. 전차는 천천히 달렸지만, 그래도 미니는 몽땅 음미할 시간이 부족했다. 해질 무렵에는 브로드웨이의 이십사 시간 레스토랑 중 한 곳에서 저녁을 먹었다.

여전히 토니는 미니가 남은 평생을 오늘처럼 살 생각이라는 걸 모르고 있었다. 그는 미니를 기차역에 데려다주고 집으로 보낼 생각이었다. 미니가 캐츠킬에 도착할 때쯤이면 만 하루가 조금 넘게 집을 비운 것일 터였다. 사실대로 말하면 꾸중을 듣겠고 거짓말을 하면 벌을 받겠지만, 토니는 미니의 부모가 딸을 다시 받아들일 거라고 단순히 짐작했고, 미니의 삶은 예전처럼 계속될 거라고 생각했다.

미니가 집에 가지 않을 거라고 말했을 때—"내가 하룻밤 머물면 좋겠어?"가 미니가 토니에게 말한 방법이었다—그는 희미한 미소를 띠고 미니를 내려다보며 잠시 생각에 잠겨 또 한번 계산을 했다. 그러고 나서 모트 스트리트에 사는 먼 사촌의 집에 같이 가는 게 좋겠다고 말했다. 그는 의자에서 잤고, 미니는 하나 남은 여분의 침대를 차지했지만, 한밤중에 이쪽이 그쪽으로 건너갔든 그쪽이 이쪽 침대로 찾아왔든, 어쨌든 아침이 올 때쯤 두 사람은 하룻저녁 도시로 달아난 두 낯선 사람의 관계 이상이었다.

이어서 미니에 대한 토니의 의무가 무엇인지 미묘한 질문이 뒤따랐다. 미니는 집에 가지 않을 생각이었지만 머리를 누일 곳이 한 군데도 없었고, 토니가 어딘가의 아담한 집에 살고 있어서 한 주나 두 주쯤 신세를 질 수 있었으면 했다. 그러나 토니가 포트리의 부모님 집 지하에 살고 있으며, 봄에 다시 증기선에서 그를 고용할 때까지 겨울에는 부모님 식당에서 일한다는 사실을 알고 놀랐다. 토니는 미니를 집에 데려가 그 지하실에서 살라고 할 수 없었다.

미니는 첫눈에 반해 어쩔 줄 모르고 쩔쩔 매는 것처럼 보이기 위해 최선을 다했고, 어쩌면 실제로도 그랬다. 토니는 두 사람 사이에 그 일이 있은 후 얼떨결에 자신에게 부과된 의무에 할말을 잃은 듯했다. 미니는 그가 주려고 준비한 것보다 훨씬 더 많은 것을 기대하는데, 그가 뭘 어쩌겠는가?

미니 쪽에서 음흉한 암시를 흘린 후, 둘 중 누군가가 부부 행세를 해서 포트리에 가구 딸린 방을 얻자고 제안했다. 나중에 미니는 정확히 어쩌다 그렇게 된 건지 기억나지 않았지만, 그게 딱 자신이 꿈꿔왔던 상황이었다. 토니는 '우리를 위해 좀더 나은 뭔가'를 향해 동전 한 닢까지 몽땅 저축하겠다고 약속했고, 그것은 결혼을 뜻했을 수도 있고 아무 뜻이 없었을 수도 있지만, 어느 쪽이든 미니는 개의치 않았다. 토니는 미니가 일자리를 얻을 수 있다면 이따금 뉴욕에 놀러갈 만큼은 돈이 넉넉할 거라고 얘기했다. 댄스와 카바레와 미니를 위한 새 드레스가 있을 테고, 그것은 언니 골디가 한 번도 입어보지 못한 드레스일 것이다.

어떤 여자가 그런 삶을 마다하겠는가? 이제 다시는 편직공장 내부를 볼 일 없고, 부엌 뒤 웃풍 센 골방의 침대에서 언니와 함께 자는 일도 없다. 뉴욕에 집이 있는, 아니 그 근처이지만 어쨌든, 거의 뉴욕이 보이는 곳에 사는 도회지 여자가 될 것이다. 토니가 부탁한 대로 일자리를 얻기야 하겠지만, 편한 마음으로 할 수 있는 우스꽝스러운 일일 것이다. 꽃집에서 부케를 만들어야지. 영화관에서 티켓을 팔아야지. 페리를 타고 강을 건너가 점심때 간이식당에서 봤던 여자들처럼 맨해튼에서 비서 일을 할지도 모르지.

모든 게 미니가 바라던 대로 풀렸다, 대체로는. 그들은 포트리의 메인 스트리트에 위치한 빵집 위층에 방을 얻었다. 미니는 극장과 꽃집에서 일을 구하지 못했고, 매일 페리를 타고 뉴욕을 오가기엔 돈이 너무 많이 들어서 삼베공장에서 소모사 일을 얻었는데, 캐츠킬에서 다니던 편직공장에 비해 먼지가 엄청 날렸고 쾌적함도 떨어졌다. 편직 기계를 돌리는 것보다 일이 맘에 안 들었고, 며칠 지나지 않아, 거친 삼베를 다루느라 늘 손가락이 빨갛게 붓게 되었다.

미니는 뉴욕 근처에 사는 것은 뉴욕에 사는 것과 천지 차이라는 것을 깨달았고, 뉴욕에 놀러가려던 그들의 계획은 도무지 실현되지 않았다. 가을에 딱 한 번 갔고, 그나마도 편지를 부치기 위해서였다. 토니는 계속 부모님께 편지를 써서 보내라고 미니를 닦달했다. 안 그러면 집에서 경찰을 불러 딸을 찾을 테고, 그러면 집으로 도로 끌려갈 수도 있고, 미니에게 매우 안 좋은 상황이 될 거라는 게 그의 요지였다. 얼마간 실랑이를 벌인 끝에 미니는 집으로 편지를 보내 자신은 잘살고 있고 결혼할 예정이라고 얘기했다. (결혼에 대해선 진전된 얘기가 없었지만, 달리 뭐라 할 수 있었겠는가?) 미니는 우체국 소인 때문에 들통나지 않으려면 뉴욕에 가서 편지를 부쳐야 한다고 주장했다.

"포트리로 달아난 여자보다는 뉴욕으로 달아난 여자가 될 거야." 미니가 말했고, 토니는 그 응석을 받아주어 맨해튼 번화가의 우체국으로 미니를 데려갔다. 미니는 근사한 데서 점심을 먹고 오후엔 쇼핑도 할 요량으로 옷을 차려입었지만, 토니는 기차역에서 먹은 샌드위치 이상은 돈을 쓰려 하지 않았다. 돌아오는 기차 안에서 두 사람은 말이 없었다. 미니는 실의에 빠졌고, 토니는 딴생각에 빠졌다.

토니는 부모님의 의심을 사지 않기 위해 대체로 부모님 집에서 잤다. 집에 방세를 내고 있는 건 아니었지만, 돈이 한푼도 없는 것처럼 보였다. 토니는 저축하는 중이라고, 절약해야 한다고, 나름대로 지출할 일이 있다고 항변했다. 미니의 얼마 안 되는 벌이로 집세의 대부분을 내고 식재료를 채워야 했다. 새 드레스와 극장 티켓을 살 돈은 남지 않았다. 부부 행세를 하는 처음의 설렘이 어느 정도 가시자 토니는 전처럼 자주 오지 않았다. 일주일 동안 못 볼 때도 있었고, 어쩔 땐 두 주를 넘기기도 했다. 두 사람 사이에 진실된 유대감은 없었고—그런 건 존재한 적도 없었다—토니는 미니에 대한 의무에서 이제 그만 벗어나길 바랐을 것이다.

외로움을 느꼈다고 해서 미니를 탓할 수 있을까? 밤이면 혼자 그 좁은 방에서 도서관에서 빌려온 책을 읽거나 솔리테어 게임을 하는 것 외에 무슨 할일이 있었을까? 오랜 공허가 다시 미니를 찾아왔다. 실제로 공허가 미니의 귓속에서 으르렁거렸다. 더이상 혼자 있는 것을 견딜 수 없었고, 머리를 맴도는 걱정거리가 지긋지긋해졌다. 토니랑 나는 어떻게 되는 걸까? 삼베공장에서 벗어나 다른 삶을 살 수나 있을까? 이 공장에서 저 공장으로, 이 칙칙한 방에서 저 우중충한 방으로, 그냥 똑같은 데를 옮겨다닌 것뿐일까?

미니는 가난하다는 게 늘 싫었고, 내가 가질 수 없는데 북극여우 모피 칼라나 에메랄드나 머랭 같은 것이 존재한다는 게 불공평하다고 생각했다. 쇼핑은 고사하고 시내에 나갈 돈조차 없었고, 밥 먹을 돈이 없을 때도 있었다. 따분했고 외로웠고 새 생활에는 진즉에 싫증났고 다른 생활을 갈망했다.

집세는 일주일이 밀리고 아래층 빵집의 하루 지난 쓰레기에서 건진 토스트와 차로 너무 여러 끼를 때운 어느 날 저녁, 또 하룻밤을 방에서 혼자 보낸다는 게 도저히 견딜 수 없어진 미니는 공장에서 걸어나오다가 담배를 만지작거리며 서성이던 남자와 거의 들이받다시피 부딪혔다. 남자는 물러나며 사과했고, 어정쩡한 주름투성이 미소를 지으며 미니를 내려다봤다.

"와, 우리 여동생이 알던 사람하고 닮았네요. 이름이 뭐예요?"

그 순간 미니는 그 남자가 자신의 이름을 부르는 걸 듣는 것보다 세상에 더 바라는 게 없었으므로, 그에게 이름을 알려주었다.

20

콘스턴스는 아래층으로 내려가 히스 보안관을 찾았지만 그의 사무실에는 미시즈 히스밖에 없었다. 코딜리어 히스는 책상 앞에 앉아서 마치 보안관의 아내가 남편 자리를 차지한 게 세상에서 가장 흔한 일이라는 듯 서류를 들춰보고 있었다. 콘스턴스는 그 광경에 너무 놀라 사무실에 찾아온 이유를 깡그리 잊었다.

할 수만 있었다면 그냥 뒤돌아서 나갔을 것이다. 콘스턴스는 미시즈 히스 앞에 서면 어떻게 행동해야 할지 도무지 알 수가 없었다. 코딜리어의 우아한 기품을 마주하려고 모든 노력을 기울여도, 기운이 빠지고 소용없다는 기분이 들었다.

하지만 이미 늦었다. 코딜리어가 벌써 보았다.

"미스 콥!" 하고 외치며 코딜리어는 대중 앞에서 늘 지어 보이는 고상한 미소를 콘스턴스에게 날렸다. 그녀의 외양에는 너무 얇아 만지기 겁나는 박엽지 같은 귀족적인 연약함이 있었다. 오늘 코달리어는 파란 벨벳 정장에 허리 바로 밑에서 나팔 모양으로 퍼지는 재킷을 걸치고 그에 어울리는 털 방울이 달린 모직 베레모를 쓰고 있었다. 바쁜 사교계 명사의 옷차림이었다. 이 양반, 콘스턴스는 깨달았다, 나름 일정과 안건이 있는 여자였지.

"방해해서 죄송합니다, 미시즈 히스."

"우리 남편을 찾고 있다는 건 알겠는데, 내가 급히 나가기 전에 당신하고 얘기를 좀 하고 싶네요. 내가 밥의 캠페인을 맡고 있는데……"

"캠페인?"

"아, 그래요, 올해가 선거잖아요. 몰랐어요?"

"저는……"

"뭐, 사진사를 수배하고, 여름과 가을에 걸쳐 강연 일정을 짜고, 신문 광고를 몇 가지 준비하는 중이에요. 그러다보니 당신 생각이 났어요. 자, 밥이 당신한테 이미 얘기했다고 나를 안심시키긴 했지만, 선거철에 언론의 눈에 띄지 않는 게 얼마나 중요한지 잘 알고 있겠지요."

"그렇겠네요." 대답은 그렇게 했지만 콘스턴스는 선거철에 자신이 어떻게 처신해야 하는지에 대해 전혀 생각해보지 않았다. 그런 일들에 신경써야 한다는 게 익숙하지 않았고, 히스 보안관도 분명 그런 걸 장려하지 않았다. 보안관은 조수들에게 정치적 충돌은 무시하라고, 유권자들이 어떻게 생각할지 걱정하지 말고 본인의 일에 최선을 다하라고 했다. 하지만 그들의 일자리가 히스 보안관이 선거에서 이기느냐 지느냐에 달려 있으니, 선거는 굉장히 중요한 문제였다.

코딜리어가 계속 힘주어 말했다. "그이가 자유보유권자들에게 설교하거나 검찰과 반목하거나 여자 보안관보가 길거리를 활보하게 놔두는 걸 내가 막을 순 없겠지만, 그게 언론의 눈에 띄지 않도록 노력할 수는 있지 않겠어요?"

미시즈 히스는 전부터 자신의 견해를 분명히 밝혔던 만큼 이제 와서 아닌 척할 이유가 없었고, 여자 보안관보에 관한 발언에 대해 사과할 생각도 없었다. 콘스턴스로서는 굳이 불쾌할 것 없었다. 미시즈 히스가 매번 새로 째려고 드는 생채기를 일일이 마음에 담고 화를 내는 건 시간 낭비였다.

"네, 사모님. 걱정하지 않으셔도 됩니다. 언론이 신경을 꺼준다면 저도 더없이 기쁘겠어요. 제가 그동안 어떤 편지들을 받았는지 믿지 못하실걸요."

코딜리어는 밝게 웃음을 터뜨렸다. "밥이 얘기해줬어요! 그 청혼들 말이죠! 대체 어떤 남자가 제복 입은 여자와 결혼하고 싶다는 거지?"

"그러게나 말입니다." 콘스턴스가 맞장구쳤다. "언론 관련해서는 아무 문제 없을 겁니다."

다행히 복도에서 히스 보안관의 발소리가 났다. 아직 문간에 서 있는 콘스턴스를 보고 보안관이 큰 소리로 말했다. "미스 플러렛의 공연을 보려고 패터슨에 인파가 제법 몰렸다는 얘기를 들었습니다."

콘스턴스가 대답하려는 찰나, 보안관이 모퉁이를 돌아 코딜리어를 보았다. "여보, 당신이 내 책상에 앉아 있으면 사람들이 당신이 선거운동 말고도 더 많은 일을 처리하는 줄 알겠어요."

코딜리어는 자리에서 일어나 서류를 치웠다. "일할 데가 따로 없잖아요."

"어디 자리를 마련해봅시다. 미스 콥한테 막내 여동생이 메이 워드의 오디션에 나갔다는 얘기 들었어요?"

코딜리어는 작고 예쁜 코를 찡그렸다. "메이 워드라면 보드빌 공연자 아닌가?"

"맞아요." 콘스턴스가 말했다. "하지만 가벼운 희극이라고 보셔도 무방합니다. 진짜 오디션은 아니었어요. 메이 워드가 참석한 장기자랑에 가까웠죠. 애들은 즐거운 시간을 보냈고 딱히 나쁘지 않았어요."

"그럼 미스 플러렛한테 배역이 들어온 건 아니었습니까?" 아내가 자리를 비키자 보안관은 책상 앞 자기 자리를 차지했다.

"설마요. 노마가 의심했듯 배역 제안 같은 건 없었어요. 어쨌든 제가 찾아온 용건은, 데이비스 부부를 만나보고 왔습니다. 예상과 전혀 달랐습니다."

코딜리어는 자신이 여태 사무실에 있다는 걸 누구도 알아차리지 않기를 바라듯 슬며시 의자에 앉았다. 하지만 콘스턴스와 히스 보안관 둘 다 고개를 돌려 코딜리어를 쳐다봤다.

"그 인신매매 건이죠, 맞죠?" 코딜리어가 물었다.

미시즈 히스가 이런 식으로 남편의 업무 중간에 끼어드는 일은 드물었다. 콘스턴스는 보안관이 언짢아하는 게 눈에 보였다. 보안관과 아내 사이에 거북함이 감돌았고, 콘스턴스는 그들이 그런 것은 관사의 닫힌 문 안쪽에 두길 바랐다.

히스 보안관은 일부러 표나게 아내에게 등을 돌리며 말했다.

“캐츠킬에서 무슨 일이 있었는지 얘기해봐요.”

“부모가 아주 엄격합니다. 딸이 가출해서 신세를 망쳤다고 생각하는 것 같아요. 집으로 돌아오길 바라지도 않습니다.”

“미스 데이비스는 뭐랍니까?”

“그게, 집에서 자기를 원하지 않는다는 걸 알고, 본인도 가족과 엮이지 않길 바랍니다. 판사 앞에서 사실대로 다 털어놓으면 석방될 거라고 여기는 듯해요.”

“검사는 미스 데이비스가 앤서니 리오에게 불리한 증언을 할 거라고 예상하는데. 미스 데이비스가 그럴 각오가 되어 있습니까?”

“하기 싫다더군요.” 콘스턴스가 말했다. “자기는 강요당한 게 아니라고 주장해요. 토니, 그러니까 리오 씨에게 애정이 좀 있는 것 같아요. 그래서 리오 씨 책임이라고 생각하질 않는 거예요.”

“글쎄요, 누군가는 책임을 지긴 져야죠.” 코딜리어가 신경질적으로 웃으며 끼어들었다.

보안관은 한숨을 내쉬고 연필을 책상에 탁 내려놨다. “여보, 오늘 무척 바쁘다면서.”

코딜리어는 그 말에 약간 씰룩거렸지만 우아하게 일어섰다. “그런 것들이 바로 당신의 선거운동에 악재가 될 수 있는 사건들이에요. 도덕성 관련 범죄로 여자들을 체포하는 데 반대한다면, 당신이 찬성하는 건 도대체 뭐예요?”

보안관은 이마를 긁고 머리를 쓸어넘겼다. “그렇게 단순한 게 아니야.”

“유권자들한테는 단순할걸. 하지만 참견하지 않을게.” 그 말을 끝으로 코딜리어는 사무실에서 휙 빠져나갔다. 콘스턴스는 스스로에게 안도의 한숨을 허락했다. 자신이 말하는 단어 하나하나가 미시즈 히스 앞에서는 죄다 틀린 말 같았다. 그러나 코딜리어의 조심성에는 그럴 만한 이유가 충분히 있을 것이다.

"선거 때문에 이 사건이 영향을 받게 된다면……" 콘스턴스가 말을 시작했다.

"그럴 일 없습니다. 하여간 미스 데이비스는 이 사건에서 피해자예요, 본인이 그런 식으로 생각하지 않는다 하더라도. 미스 데이비스는 열여섯 살이고, 거짓 결혼 약속에 속았어요. 그렇게 이해시켜봐요."

"미니가 쉽게 마음을 바꾸는 부류의 사람은 아니지만, 노력은 해보겠습니다." 콘스턴스가 말했다. "그리고 포트리에 가서 집주인하고도 얘기를 해보고 싶은데요."

"좋습니다. 검사가 아직 기소도 안 했으니 이번주에는 아무 일도 없을 겁니다. 천천히 해요."

"토니하고 얘기를 좀 해봐도 될까요? 만약 토니가 미니에게 조금이라도 애정이 있다면, 미니를 옹호해줄 사람을 알지도 몰라서요."

"코터 수사관은 당신이 수사를 방해하고 있다고 생각할 겁니다." 콘스턴스는 보안관이 말은 그렇게 해도 내심 자신의 계획을 반기고 있다고 확신할 수 있었다.

"그럼 같이 가시죠." 콘스턴스가 말했다. "수사 방해가 아니라는 걸 확인도 하실 겸."

토니는 콘스턴스와 보안관을 의심의 눈초리로 쳐다봤지만, 이내 침상에서 일어나 쇠창살 쪽으로 다가왔다. 콘스턴스는 체포 당일

이후 그를 처음 봤다. 근사한 정장과 머리에 바른 포마드 없이도 토니는 여전히 여자애들이 홀딱 반할 만큼 스스럼없게 잘생긴 용모였다.

실제로 그는 수많은 젊은 여자들에게 틀림없이 효과만점이었을 법한 사근사근한 눈빛으로 콘스턴스를 응시했다. "당신 기억나요." 토니가 활짝 웃으며 말했다. "그날 미니를 보호했던 여자 경찰이죠? 미니는 잘 지내요? 빵집 위층의 아담한 보금자리에 그대로 살게 해줬어요? 거긴 늘 설탕 단내가 났는데."

콘스턴스가 말했다. "리오, 미니는 그 작은 방으로 돌아가지 않았어. 지금 이 위쪽에, 5층에 있는 여성동 감방에 있어. 이 사건에서 당신에게 불리한 증인으로서 수감되어 있지. 몰랐어?"

토니는 망연자실해서 한 발짝 뒤로 물러났다. "미니가 감옥에 있어요? 우리 미니가 감옥에? 난 당신들이 진술만 받고 풀어줬을 거라고 생각했는데."

"그건 아니지." 히스 보안관이 말했다.

"하지만 미니는 아무 잘못도 하지 않았어요! 평생 잘못이라곤 해본 적 없는 여자예요. 나 때문에 잡혀 있어선 안 돼요."

"미니는 당신에게 불리한 증언을 거부하고 있어." 콘스턴스가 말했다. "둘 다 아무 잘못이 없다고 주장하고 있지."

토니는 만면에 미소를 띄웠다. "잘한다, 우리 미니. 내가 한 말 그대로 미니한테 전해줘요."

히스 보안관이 말했다. "이봐, 우린 너희 둘에게 서로 말을 전해주려고 온 게 아냐. 미니가 자네를 고소하지 않을 거라는 걸 알았으니, 이젠 자네가 미니에게 도움을 줄 수 있는지 알고 싶네."

"미니 편에서 얘기해줄 수 있는 사람이 필요해." 콘스턴스가 말했다. "미니의 인품에 대해 증언해줄 수 있는 사람."

토니는 가슴을 펴고 말했다. "네, 기꺼이 할게요. 영광입니다."

그 모습에 절로 웃음이 나왔다. "당신 말고, 토니. 다른 사람이 필요하다고. 집주인이든, 이웃이든, 직장에서 아는 사람이든. 당신 가족이라도."

토니는 고개를 흔들었다. "우리 식구들은 미니에 대해 전혀 몰라요. 난…… 음, 미니와 난 문제가 좀 있었어요. 아쉽지만 자주 곁에 있어주지 못했어요. 그리고 내가…… 음, 대체로 우린 밤에 집에만 있었어요. 나가서 사람들을 만나지도 않았고. 포트리에 미니를 아는 사람은 없을 거예요."

콘스턴스가 말했다. "토니, 아직 잘 모르나본데, 만약 미니가 자발적으로 집을 나왔다고 판사님께 말하면, 모양새가 안 좋아 보일 거야. 미니가 아무 남자나 만나서 같이 달아나는 경향이 있다고 생각되면 석방될 리가 없어."

"아무 남자나 만나 달아난 게 아니에요! 미니는……" 하지만 그 뒤에 숨은 논리를 알게 된 토니는 말꼬리를 흐렸다. "그건 공정하지 않아요!" 그는 힘없이 덧붙였다.

"자네가 미스 데이비스와 결혼했다면 공정했겠지, 하지만 결혼을 안 했잖아." 히스 보안관이 말했다.

"어휴, 보안관님! 어째서 미니가 삼베공장이나 부모님 집으로 돌아갈 수 없는 거죠?"

"지금 미니의 부모가 딸을 도로 받아들이려 하지 않아." 콘스턴스가 말했다. "그리고 미니더러 혼자 살라고 풀어줄 판사는 세상에 없어. 판사님은 미니가 누군가의 보호하에 있길 바랄 거야, 열여섯 살이잖아."

"칫." 토니의 입매가 일그러졌다. "나한텐 열여섯이라는 말도 안 했다고요."

히스 보안관은 더 가까이 고개를 내밀었다. 토니는 길 잃은 개처럼 애처로운 눈으로 보안관을 바라봤다. "잘 들어. 분명 넌 그 유람선에서 여자애들을 많이 만났을 거야."

토니는 어깨를 으쓱하고 겸연쩍게 콘스턴스를 흘끔 쳐다봤다. "좀 되죠."

"당연히 그렇겠지. 그리고 네가 하룻저녁 놀자고 배에 태운 여자애가 미니가 처음은 아닐걸."

"뭐. 몇 명쯤 있었죠. 하지만 본인들이 원했다고요, 보안관님! 진짜로. 아무한테도 강요한 적 없었어요."

보안관은 공감을 표하며 고개를 끄덕였다. "그래, 알아. 그런데 문제는, 그런 여자애들이 결혼과 아이에 관해 생각하기 시작한다는 거야, 그렇지 않아?"

토니는 길게 한숨을 내쉬었다. "내 말이 그 말이에요, 보안관님. 집으로 돌아가고 싶어하질 않아요! 그럼 내가 뭐라고 해야 하죠?"

"글쎄, 그들 모두와 다 결혼할 수는 없잖아, 토니. 그리고 지금 이 아가씨하고도 결혼하지 않을 거고, 안 그래?"

토니는 그 질문에는 대답하지 않았다.

"자네 호주머니에서 찾아낸 위조된 혼인 허가증은 우리가 갖고 있어. 검사는 임대차계약서를 찾아낼 테고, 거기엔 분명 자네와 미스 데이비스가 부부로 적혀 있겠지. 그럼 결국 어떻게 되는지 알아?"

토니는 고개를 푹 숙였다. 막 야단맞은 아이처럼 보였다.

히스 보안관이 상체를 내밀고 말했다. "날 봐."

토니는 보안관을 쳐다봤다.

히스 보안관이 말했다. "그건 곧 인신매매 범죄라는 거야."

토니는 창살에서 물러나 두 사람을 번갈아 쳐다봤다. "난 인신매매범이 아니에요. 여자한테 약을 먹인 적도 없고, 누굴 납치한 적도 없어요. 날 여기서 꺼내줘요, 그럼 내일 미니하고 결혼할게요. 아니 지금 당장, 이 수갑을 찬 채로 결혼할게요, 우릴 법원으로만 데려다줘요."

"그게 그런 식으로 돌아가지 않아. 검사는 이제 기소를 할 거야. 남은 문제는 미스 데이비스가 자네에게 불리한 증언을 하느냐 아니면 증언을 거부하느냐밖에 없어."

"미니는 나에게 불리한 말은 한마디도 하지 않을 거예요, 날 사랑하니까." 토니는 약간 빼기는 투로 말했다. "미니는 절대 강요당하지 않았어요. 미니가 강요당했다고 거짓으로 말하길 바랍니까?"

"우리가 뭘 바라는지는 중요하지 않아." 콘스턴스가 말했다. "다만…… 미니가 험한 길을 택하고 있다는 거야. 미니가 사실대로 말하면, 음…… 미니가 어떻게 될지 우리도 알 수 없어. 누구든 미니를 위해 얘기할 수 있는 사람이 생각나면, 우리한테 말해줘. 부탁한다."

히스 보안관이 뒤돌아 나갔고, 콘스턴스도 그 뒤를 따랐다. 토니가 그들의 등뒤에 대고 소리쳤다. "미니를 위해 어떻게 해주실 수 없나요, 선생님? 미니는 이런 일에 휘말리면 안 되는 애예요, 그렇게 어린데."

토니의 목소리는 진지하게 들렸다. 콘스턴스는 토니가 좀 가엾다는 생각이 들었다.

21

존 코터가 1층에서 보안관을 기다리고 있었다. 그는 콘스턴스를 보고 인사를 건네는 수고도 생략했다. 그들 사이에 예의라곤 존재하지 않았다.

"여성 수감동 열쇠가 필요한데." 수사관이 다짜고짜 말했다.

"신문할 때는 교도관들이 재소자를 1층으로 데려오는 게 관례야." 히스 보안관이 말했다.

코터는 이마에서 땀방울이 끊임없이 송송 솟아났고 늘 얼굴이 벌겠다. 상대적으로 콘스턴스는 아주 냉정하고 침착한 기분이었다.

"이제 내가 당신네 그 가엾고 불행한 아가씨하고 얘기할 때가 됐어. 거기가 당신네들이 난롯가에서 한가롭게 수다 떠는 곳 아닌가? 위층에서, 여성 감방에서, 여자들끼리 차를 마시고 자수를 놓고 그러잖아?"

"미스 데이비스는 할말이 더 없습니다." 콘스턴스가 코터에게 말했다. "만약 있다면 나한테 했겠죠."

코터는 콘스턴스에게 한 발짝 다가서 교장이 어린 학생에게 훈계하듯 말했다. "여기 보안관한테 책임을 물어야겠군, 당신에게 형사 소송 절차가 어떻게 되는지 설명해주지 않았다니 말이야. 보안관은 당신이 그런 걸 알 필요가 없다고 생각했을 거야. 여자들을 관리하라고 여기 있는 것뿐이니까. 어쨌든 보안관이 얘기를 안 해줬으니, 내가 해주지. 증인 신문은 내가 해. 기소도 내가 하고. 당신은 교도관이야. 당신은 내가 재소자들을 어떻게 할까 결정할 때까지 위층의 그 작은 감방에 그들을 잡아두기만 하면 돼. 이거 다 머릿속에 넣어둘 수나 있겠어?"

콘스턴스는 남자를 떠밀거나 바닥에 패대기친다는 생각을 꺼리는 여자가 아니었다. 화가 나면 에너지가 팔다리로 기운차게 흘러들어갔고, 언제든 물리력을 보여줄 준비가 되어 있었다. 다만 그 힘을 억제하는 게 까다로울 뿐이었다.

"나는 매주 하찮은 죄목으로 여자들이 잡혀오는 걸 봅니다." 콘스턴스가 말했다. "그들을 대변할 사람이 있어야 해요."

코터가 코웃음쳤다. "법정에서 범죄자 편에 서서 해명하는, 변호사라 불리는 사람들이 있지. 이제 변호사 겸업까지 하는 척하는 건 아니겠지?"

히스 보안관이 말했다. "존, 열여섯 살짜리 여자애한테 변호사 비용이 없다는 건 자네도 알잖아."

"내가 이해가 안 가는 건 말이야," 코터가 말했다. "인신매매범한테 끌려왔다면 변호사가 왜 필요하냐 그거야. 같은 얘기로, 그 휴스티스란 여자가 결백하다면 무슨 간섭이 필요하냐고. 그리고 휴스티스에 대한 보고서를 난 왜 아직 못 봤지? 판사는 당신 말을 믿고 그 여자를 풀어줬어. 판사의 석방 조건에 그 여자가 부응하고 있다는 확신이 들지 않으면 난 그 여자를 다시 체포할 수 있어. 아니면 히스 보안관이 그것도 설명 안 했나?"

"보고서 곧 올려드리죠." 콘스턴스가 말했다.

22

에드나는 한숨을 내쉬며 목깃을 똑바로 세운 다음 에지워터의 부모님 집 대문 앞까지 걸어갔다. 그곳은 더이상 자신의 집이 아니었고, 그래서 집에 들어가기 전에 먼저 노크를 해야 하는 거 아닌가 잠시 망설였다. 형제들은 절대 노크하는 법이 없었다. 그들은 그냥 집안으로 뛰어들어와 누가 듣든 말든 소리부터 질렀다. 그들은 원래 어디서든 아무데서나 그 집 식구인 양 굴었고, 에드나는 자신이 어느 집 식구이기나 한지 알 수 없었다. 에지워터의 이 아담한 노란 집의 구성원은 분명 아니었다.

에드나가 손을 들어 노크하려는 순간 뒤에서 낯익은 목소리가 들렸다.

"애들이 아버지 생신 때는 네가 꼭 올 거라고 하더니만!"

에드나는 몸을 돌렸고, 양팔을 벌린 듀이 반스가 바로 뒤에 있어서 하마터면 그의 품안에 안긴 모양새가 될 뻔했다. 에드나는 포치 계단을 헛디뎠고, 듀이가 웃으며 에드나의 팔꿈치를 붙잡았다. "비틀거릴 정도로 나한테 빠진 여자는 난생처음인데." 이번엔 마치 남이 듣기를 바라듯 좀더 요란하게 웃었다.

에드나는 중심을 잡고 뒤로 물러나 듀이를 제대로 바라봤다. 듀이는 순해 보이는 남자였다. 둥글고 순진한 눈, 둥글납작한 코, 커다란 입술, 반죽을 손가락으로 꾹 누른 것처럼 턱 중간에 들어간 보조개. 전체적으로 불쾌한 생김새는 아니었지만, 딱히 이렇다 할 인상을 주지도 않았다.

"안녕하세요, 듀이. 이렇게 와주시다니 매우 친절하시군요."

"아니 뭘 그렇게 격식을 차려 말씀하십니까, 미스 에드나." 듀이는 허리를 굽혀 에드나의 뺨에 입을 맞추려 했지만, 입술은 어정쩡하게 눈 옆에 닿았고, 에드나는 쓱 닦아버리고 싶은 충동을 억눌러야 했다.

"당신 오빠가 초대했어요." 듀이는 아무 일 없었다는 듯 태연하게 말을 이었다. "훌륭한 일요일 저녁식사를 놓칠 수 없지." 듀이가 에드나 옆으로 팔을 돌려 뻗어 문을 두드렸고, 어떻게 들어갈지 고민하던 에드나의 짐을 덜어주었다.

두 사람이 함께 들어갔기 때문에 형제들은 둘이 커플로 왔다고 생각했고, 커플처럼 대했다.

"왔구나!" 찰리가 벌떡 일어나 듀이의 손을 잡고 위아래로 흔들며 소리질렀다. "너네 둘이 어디로 사라졌는지 궁금했다."

에드나는 자신이 듀이와 같이 사라졌었다는 발언을 바로잡고 싶었지만, 다들 한꺼번에 말하고 있어서 그럴 수가 없었다. 오빠들과 남동생이 다 응접실로 몰려나왔고, 한동안 못 본 응접실은 무척이나 작아 보였다. 아버지는 크레이프지로 만든 우스꽝스러운 왕관을 쓰고 형제들 사이에 행복하게 앉아 있었다. 분명 아들들이 억지로 씌워놨을 것이다.

어머니 혼자 침묵을 지키고 있었다. 어머니는 응접실 가장자리를 불안하게 맴돌다 종종 부랴부랴 부엌으로 들어갔다. 딸도 부엌으로 들어와서 감자를 깎거나 고기 굽는 것을 거들기를 기대했겠지만, 에드나는 움직이지 않았다. 형제들 사이에 떡하니 앉아서 일과 전쟁에 관한 얘기에 동참했다.

"드디어 비행선을 쏴서 격추시켰어." 아버지가 말했다. "믿어지니? 자동차에서 쏘고 있었어."

"총알로 비행선을 잡을 수 있으리라곤 꿈에도 생각지 못했을 거야." 쌍둥이 중 하나인 프레드가 말했다.

"아, 총으로 잡은 건 아냐." 에드나가 말했다. "알루미늄에 반응해서 터지는 특수한 포탄이 있거든. 비행선에다 계속 탐조등을 어마어마하게 쏴댔지. 비행선은 곧장 들판으로 떨어졌고, 거기 실려 있던 폭탄은 한꺼번에 몽땅 밭에서 터져버렸어. 그래도 그 폭탄은 파리로 가지 못했지, 그게 중요한 거잖아?"

방안의 남자들은 어안이 벙벙해서 에드나를 쳐다보았다. 남동생 데이비가 말했다. "누나, 군인이랑 사귀는 건 아니지? 그렇다면 여기 듀이 형한텐 새로운 소식인데."

에드나의 형제들은 에드나가 듀이와 결혼을 하네 마네 하며 몇 년 동안 누이를 놀려댔다. 듀이는 쌍둥이와 같이 학교를 다녔고 일요일이면 자주 집에 드나들어서 마치 에드나와 짝을 짓는 게 이미 예정된 결론인 양 행동하는 듯했다. 그리고 그게 뭐 문제가 되나?

듀이는 완벽히 둔하고 튼튼하고 온순한 남자에 속했고, 아내에게 편안한 의자와 얼굴을 숨길 신문 이상은 바라지 않을 남자였다. 그는 군말 없이 회사에 가고, 모임에 나가고, 매주 교회에 나가고, 일요일 저녁이면 장모님 집에 갈 것이다. 모험이래봤자 강변의 낚시 캠프쯤일 테고, 그나마 몇 년 지나면 시들해져 차고에서 자동차나 낡은 시계를 뚱땅거리며 휴일을 보낼 것이다.

에드나는 듀이의 평온한 얼굴에 쓰인 그의 전 생애를 볼 수 있었다. 한때는 에드나가 그를 부추겼을지도 모른다, 아주 조금은. 하지만 이젠 에드나가 원하는 그 무엇도 그가 제공할 수 없음은 명백했다.

"사귀는 사람 없어." 에드나는 듀이의 시선을 피하며 말했다. "신문에서 읽었어, 그게 다야. 화약 작업장에서 그런 총알하고 폭탄도 좀 만들거든. 내가 그걸 알고 싶어하면 안 돼?"

아버지가 손을 뻗어 에드나의 무릎을 토닥였다. "그만하면 됐다. 넌 네 역할을 잘하고 있어. 그 총알들 한두 개에 네 이름의 머리글자를 새겨넣는 거 잊지 마라, 오빠들이 프랑스에서 그 총알을 보게 될지도 모르니."

아버지가 그렇게 말했을 때 미시즈 휴스티스는 부엌에서 나오는 중이었다. 그녀는 남편의 말을 듣고 살짝 흐느끼며 다시 오븐 쪽으로 달려들어갔다. 에드나는 따라가서 어머니를 위로하고 비스킷 반죽을 밀어 펴고 감자를 넣는 수밖에 없었다. 딴사람들은 아무도 부엌일을 하지 않을 것이었다.

에드나는 해외 파견 지원자를 모집하는 여성준비위원회에 관해 어머니에게든 다른 누구에게든 말하지 않았다. 공장에서 의무를 다하는 것과 프랑스행 배를 타는 것은 차원이 다른 일이었다. 그러나 그 생각은 에드나에게서 점차 견인력을 더해갔다. 아무에게도 그에 관해 입도 벙긋한 적 없지만, 이미 가능성은 계획으로 바뀌었고, 무모한 생각은 결심으로 굳어졌다.

23

플러렛은 역장의 창구에서 기차표를 샀다. 표를 들어 입술에 대고 키스하고픈 충동을 억눌러야 했다.

해냈다, 하고 플러렛은 생각했다. 플러렛은 돈을 찾아냈고, 노마를 시내로 보낼 핑계를 용케 꾸며냈고(콘스턴스는 사건 때문에 엄청 바쁜지 도무지 집에 들어오지 않았다), 몰래 짐을 싸고, 낙농장 사람한테 뇌물을 써서 기차역까지 태워다달라고 했다. 그 모든 과정 하나하나를 너무나 매끄럽게 해내서, 자신이 지금껏 한 번도 달아나지 않았다는 게 신기할 지경이었다.

이젠 메이 워드와 그녀의 극단을 기다리는 일밖에 남지 않았고, 그들은 리어니아에서 탑승해서 남쪽으로 갈 것이다. 플러렛은 기차가 패터슨에 정차할 때 그들과 합류할 예정이었다.

떠난다는 것을 언니들에게 얘기할 이유는 없었다. 플러렛은 자신의 행방을 모두가 항상 알고 있다는 게 지겨웠다. 식구들 눈에 띄지 않는 곳에, 자기를 아는 사람들 중 아무도—단 한 사람도—자기가 어디서 뭘 하는지 일 퍼센트도 확신을 갖지 못하게, 기차든 호텔이든 어딘가 먼 도시의 길가든, 하여간 아무도 모르는 곳에 있고 싶었다.

얼마나 신기하고 재밌을까! 상상해보라, 난생처음 보는 가게에 들어가고, 콘스턴스의 이름을 대지 않고 자기 돈으로 물건을 산다. 상상해보라, 혼자 간이식당에 앉아 점심을 먹고, 세상이 주변에 펼쳐져 있다. 짐작할 수 없는 비밀을 품고 사는 사람들, 알아들을 수 없는 언어로 말하는 사람들, 더 흥미진진한 사람들을 좇아 매일 자기 앞에 펼쳐지는 오후 시간을 채워가는 사람들. 집을 나오지 않았더라면 플러렛은 그들에 관해 전혀 알지 못했을 것이다.

메이 워드가 플러렛을 무대에 내보내지 않는다 해도—메이 워드는 그렇게 할 것이다, 무대에 내보낼 것이다, 일단 플러렛의 실력을 알기만 하면—최소한 도시를 벗어나는 티켓은 손에 쥐었다.

미시즈 워드는 전담 재봉사가 투어에 동행한다는 생각에 기뻐하며 옷장을 정리했다. 호텔에서 옷을 수선하기 위해 여기저기로 보내는 건 너무 번거로웠다. 그러나 프리먼 번스타인은 반대했다. 그는 살짝 애석함을 내보이며 이미 정해진 투어에 한 사람분의 비용을 추가하는 건 불가능하다고 설명했다.

"사람들이 재봉사를 보려고 티켓을 사지는 않아." 번스타인이 말했다. "무대에 서지 않으면 넌 네 몫을 벌지 못할걸."

"그건 내가 알아서 할게요." 플러렛은 오디션이 끝나고 아직 흥분이 가시지 않아 절반은 제정신이 아닌 상태에서 번스타인에게 말했다. "내 비용은 내가 감당할게요. 첫 일주일까진 나한테 아무것도 해주지 않아도 돼요. 내 작업이 마음에 들면, 미시즈 워드가 흡족해하면(플러렛이 설득해야 할 대상은 미시즈 워드였고, 그녀가 남편을 설득할 것이다), 그때 날 극단에 넣어주면 돼요. 아니라면, 날 집으로 돌려보내요."

플러렛과 메이 워드는 번스타인의 반대가 전혀 먹히지 않는 무지막지한 상대임이 증명됐다. 부부가 소곤소곤 협의했고, 번스타인은 제안을 받아들여 플러렛에게 출발 날짜와 시간을 알려줬다.

"기차표는 직접 구하도록 해." 번스타인 씨가 말했다. "그건 너에게 맡기지."

"그럴 줄 알았어." 플러렛은 한껏 오만방자하게 대답했다.

물론 돈을 손에 넣기까지 어려움이 있었다. 플러렛의 옷장에 아쉽지만 내어줄 수 있는 물건이 늘 있었으므로 몇 가지를 팔 수 있었고, 학원 친구들한테 드레스를 만들어주고 아직 받지 못한 돈도 있었다. 하지만 그걸로는 아무래도 부족했다. 최소한 이십 달러는 필요했다. 그런 큰돈을 대놓고 콘스턴스에게 요구할 배짱은 없었다.

그렇다고 콘스턴스가 기꺼이 돈을 주지 않을 거라는 건 아니었다. 만약 지금 상황을 제대로 이해한다면 말이다, 안 그런가? 게다가 그 돈은 모두 갚을 것이다. 플러렛은 무대에서 성공을 거둔 후 은행에 들러 시골에 사는 노처녀 언니들에게 돈을 부치는 자신의 모습을 상상했다. 신문에 나에 관한 기사가 실리면, 다들 입을 모아 내가 가족들에게 후했다고, 첫 시작에 필요했던 이십 달러를 빌려준 은혜를 결코 잊지 않았다고 하겠지. 내가 돈을 '빌렸던' 상황을 두고 기자들과 웃으며 얘기할 거야. 돈을 몇십 배로 돌려받은 다음 언니들이 나를 얼마나 쉽게 용서했는지도.

머릿속으로 그런 생각을 하며 플러렛은 오디션이 끝난 그날 밤 정확히 노마와 콘스턴스가 예상한 반응을 보여줬다. 그날 백스테이지에서 실제로 있었던 일이나 앞으로 다가올 일에 관해 어떠한 힌트도 주고 싶지 않았다.

"메이 워드가 그러는데 우리가 관심을 독차지했대." 플러렛은 그날 저녁 무대를 평정한 사람처럼, 그건 사실이었다, 방만한 자신감을 보이며 언니들에게 말했다. "번스타인 씨가 여태 본 오디션 중 최고의 공연이었대. 지금까지 전국에서 오디션을 열었다는데."

"당연히 그랬겠지." 노마가 말했다. "더 쉽게 돈을 버는 유일한 방법은 그걸 책으로 찍어내는 걸 텐데, 아마 그것도 이미 시도해봤을 거야."

콘스턴스는 늘 그렇듯 신중하고 차분하게, 맑고 아름다운 노래와 영리한 안무와 완전무결한 의상을 칭찬했다. "메이 워드는 네가 최고라고 생각할 수밖에 없어. 우리 모두 그랬고."

하지만 콘스턴스에게서 맨날 똑같은 상투적인 찬사를 듣는 것도 재미없었다. 콘스턴스가 아무리 칭송해준다 한들 아무 의미가 없었다. 플러렛은 무대 평론가와 공연 기획자와 박스석에 앉은 입맛 까다로운 사람들의 찬사를 원했다.

화제가 자신이 무대에서 거둔 성취에서 멀어져도 플러렛은 그냥 그렇게 흘러가게 뒀다. 오늘 저녁 일에 대해 너무 호들갑을 떠는 것도 좋지 않았다. 이후 며칠 동안 몰래 준비해야 할 게 잔뜩 있고, 오늘 저녁의 일은 서서히 묻히게 놔두는 편이 유리할 것이다. 그러면 언니들도 평소 바쁘게 신경쓰던 일들로 돌아갈 테니까.

다행히 그날 오전에 도착한 편지 다발이 있어서 노마는 극장에서 돌아오자마자 그것들을 처리하느라 바빴다.

"콥 보안관보가 세인트루이스에 사는 한 변호사의 주목을 끌었음을 전하게 되어 유감입니다. 언니가 법적 문제에 관심을 갖기를 권한다는데?" 노마는 크림색 고급 코튼지 한 장을 들어 보였다. 콘스턴스는 눈을 가늘게 뜨고 잡티 하나 없이 깔끔하게 타이핑된 세 문단과 그 밑에 장식체로 공들여 쓴 서명을 바라봤다.

"나더러 아내가 되어달래 비서가 되어달래?" 콘스턴스가 물었다.

"둘 다." 노마는 소리 내어 편지를 읽었다.

친애하는 미스 콥,

저희 지역 일요판 신문에 게재된 당신의 매력적인 사진을 여러 장 봐온 탓에, 저는 우리가 이미 아는 사이인 듯한 느낌이 듭니다. 저희 도시에서 당신이 얼마나 유명한지 알려드리기 위해 복사본을 한 부 동봉하려 했습니다만 제가 갖고 있는 사진들은 이미 액자에 넣어버렸고, 그것들과 헤어지는 일은 견딜 수 없었습니다. 그 사진들은 제 사무실에 걸려 있고, 아침이면 한참을 들여다보고 저녁이 되면 잘 자라고 속삭입니다.

오랫동안 신중히 고민했는데, 제 심장 속에 살아 숨쉬는 이것에 목소리를 부여해야 하고, 마침내 당신과 나 우리 둘 다에게 올바른 결정이라는 판단에 도달한 저의 결심에 대해 당신에게 알려야 한다는 느낌이 듭니다. 우리는 올가을에 반드시 결혼해야 하며, 당신은 세인트루이스에 살게 되고, 변호사의 아내로서, 법률 비서로서, 몇 주 전 제 아내가 알 수 없는 이유로 행방이 묘연해져 사망

한 것으로 추정된 후 비탄에 빠진 네 아이의 엄마로서 모든 의무를 다해야 합니다.

당신은 제가 법에 따라 살고 호흡하고 잔다는 것을 알게 될 겁니다. 법의 원칙이 제 발걸음 하나하나, 제 영혼의 울림까지 지도합니다. 우리의 심장이 마치 하나처럼 뛰고, 실질적으로 하나처럼 말한다는 것을 알게 되었으니, 그것이 우리가 혼인하기로 약조했음을 무사히 가정한다고 믿습니다. 이런 지복의 상황에서, 장래에 혹여라도 부적절한 논쟁이 없도록 우리의 행복한 혼인 계약을 단단하고 엄격한 기초 위에 올려놓음으로써, 현재와 우리의 결혼식 사이에 경과될 수밖에 없는 시간 동안 우리 사이가 틀어질 경우(모든 진실한 연인들이 그러듯)에 대비하는 것이 당신에게 (그리고 부수적으로는 제게도) 현명한 판단이리라 생각합니다.

그러므로 이 편지는, 나의 친애하는 예비 신부여, 법률에 의거한 업무상 계약서입니다. 저는 이 편지를 한 부 복사해 사무실의 서신 발송 대장에 보관하였습니다. 부디 긍정적인 회신을 보내주시거나, 아래에 서명을 해 당신의 동의를 표시해주십시오. 그를 위해 저의 애정을 담은 안부와 함께 우표를 동봉합니다.

이상의 조건으로 제가 당신에게
영구히 귀속될 것을 믿어주십사 간청드리며,
에드윈 G. 배거트 변호사

"이상의 조건으로!" 플러렛이 비명을 질렀다. "세상 어떤 남자가 여자한테 계약서를 보내 서명을 요구한단 말이야?"

"우리가 회신을 해야 하는 거니, 아니면 승낙이 없을 시 거절로 간주되는 거니?" 콘스턴스가 물었다.

노마는 편지를 재차 면밀히 검토했다. "선행된 합의가 없을 경우 가능한 한 신속히 거절해야 한다는 느낌이 드는데. 그리고 우리도 서신 발송 대장에 복사본을 한 부 보존해둬야겠어, 언니가 자기도 모르는 사이에 법적으로 배거트 씨와 묶이기 전에."

"미시즈 콘스턴스 배거트! 네 아이의 어머니라니!" 플러렛이 말했다.

"불가사의하게 실종된 전 미시즈 배거트가 궁금해지네, 분명 계약에서 벗어날 다른 방법을 몰랐던 걸 거야." 노마가 중얼거리며 초안을 작성하기 위해 연필을 들었고, 신중히 숙고해 법적 구속력을 가진 답신을 할 예정이었다.

"이게 다 캐리 하트 잘못이야. 캐리가 쓴 기사가 전국에 퍼진 게 틀림없어." 콘스턴스가 말했다.

노마가 혼자 중얼거리며 문장을 썼다 지웠다 하는 동안, 플러렛은 기차에 타는 상상을 했다. 노마가 말할 때면 종종 기차에 타는 상상을 했지만, 이젠 그 상상이 현실이 될 예정이었으므로 한층 짜릿했다. 지금 이 순간 드레스덴의 여덟 인형은 뭘 하고 있을까 궁금해하다가, 그들 중 아무도 이런 고지식한 두 언니들, 청혼이든 취업이든 제 발로 찾아오는 여타 새로운 삶의 기회를 뭐든 거절하려고 열심히 독창적인 방법을 궁리하는 언니들과 같이 거실에 앉아 있지는 않을 거라는 사실이 놀랍게 느껴졌다.

백번째 드는 생각이지만, 다른 사람들은 저녁 시간을 이런 식으로 보내지 않았다. 다른 사람들은—특히 메이 워드는, 그녀의 인형들도 마찬가지겠지만—모르는 사람에게 편지를 받으면 호기심이 동해서 모험삼아 친절한 답장을 보낼 테고, 그렇게 새로운 세계가 그들 앞에 펼쳐지는 경험을, 혹은 적어도 흥미로운 서신 교환을 하게 될 것이다.

글을 작성하면서 노마의 입술이 미친듯이 움직였고, 이따금 다음과 같은 낱말이 새어나왔다. 도리를 모르는, 부조리한, 천부당만부당한, 가증스러운.

노마는 숨을 한 번 들이마시고 계속했다. 극악무도한, 기회주의적인, 무절조한, 차마 입에 담을 수 없는.

플러렛이 자신의 계획에 관해 언니들에게 입도 벙긋하지 않은 것은 옳은 판단이었다. 노마의 무시무시한 거절용 어휘들 앞에서는 그 무엇도, 청혼은 말할 것도 없고 극단과 함께 떠나는 투어도 설 자리가 없었다.

24

드디어 티켓이 손에 들어왔다. 기차역 플랫폼에 벤치가 세 개 있었고, 그중 하나는 비어 있었다. 플러렛은 살며시 엉덩이를 내리면서도, 엉덩이가 벤치의 판자에 닿기나 할까 처음엔 확신이 없었다. 지금 이 순간 모든 것이 비현실적으로 보였다. 자기가 허상이든 벤치가 허상이든, 하여간 둘 다 이 지구상의 견고한 물질이라는 건 불가능할 것 같았다.

심지어 공기마저 바뀌었다. 산꼭대기의 희박한 공기였고, 실체가 너무 모호해 사람이 계속 살아 숨쉴 수 없을 지경이었다. 플러렛은 아주 높은 곳에서 자신의 삶을 내려다보고 있는 듯 살짝 현기증이 났다.

아마도 누구나 처음 집을 떠날 때 이런 느낌일 것이다. 비현실적이고, 덧없고, 표류하는 느낌. 플러렛은 어머니가 돌아가셨을 때가 기억났다. 어머니가 익사하는 듯한 소리를 내기 시작했을 때 플러렛은 방에서 쫓겨났고 복도에서 기다려야 했다. 공포로 가득한 기나긴 헐떡임 끝에 몹시 평화로운 정적이 찾아들었고, 플러렛은 어머니가 세상을 떠났음을 알았다. 플러렛은 복도에서 길게 심호흡을 했고, 그때의 공기가 바로 이랬다. 차갑고 이질적인 공기. 다른 세계의, 어머니 없이 살아야 할 세계의 공기였다.

그리고 이제는, 지금 이곳은, 플러렛이 집 없이 또 언니들 없이 살게 될 세계였다.

우스꽝스럽기 짝이 없는 자주색 정장을 입은 키 큰 남자가 휘파람을 불며 플랫폼에 들어오더니 벤치 옆자리에 털썩 앉았다. "해냈군." 그가 말했다. "이게 네 트렁크인가?"

플러렛은 주문에서 풀어준 데 대해 프리먼 번스타인에게 감사했다. 더이상 언니들의 거실을 거쳐 어머니의 병실을 지나 꿈속을 걷고 있지 않았다. 프리먼 번스타인은 터무니없는 인물이긴 해도 의심할 바 없는 현실이었다. 브랜디와 담배 냄새를 풍겼고, 단춧구멍에 꽂은 빨간 카네이션에서 희미한 정향냄새가 났다.

"개인 짐은 거의 가져오지 않았어요." 플러렛이 말했다. "그건 재봉틀하고 단추랑 리본이랑 그런 것들이에요."

번스타인 씨는 활짝 웃으며 턱에 짧게 자란 까칠한 수염을 문질렀다. 그는 한가운데 다이아몬드 세트가 박힌 굵은 금반지를 끼고 있었다. "피츠버그에도 단추랑 리본이랑 그런 것들은 있을 텐데, 플로러벨."

"플러렛입니다. 하지만 미스 콥이라고 부르세요."

프리먼의 눈썹이 순간 치켜올라갔다. "난 너를 플로러벨이라고 부를 거고, 넌 그 이름을 좋아하게 될 거야."

"절대 그럴 일은 없어요. 하지만 당신이 나를 무대에 올려준다면 생각해보도록 하지."

플러렛은 자신이 이렇게 대담할 수 있다는 데 놀랐다. 메이 워드의 남편과 살벌하게 맞장뜨는 내 모습을 누가 옆에서 보고 있다면 좋을 텐데! 언니들이 뭐라고 생각할까?

그런 생각이 들자 플러렛은 퍼뜩 고개를 들고 기차역을 훑어보았다. 플러렛은 아직 구세계를 떠나지 않았다. 역에서 콘스턴스와 우연히 마주치는 건 특이한 일이 아닐 것이다. 플러렛은 그 생각에 진저리를 쳤다. 코트에 금색 별을 달고, 허리띠에 청회색 쇳덩어리를 찬, 무시무시한 큰언니. 콘스턴스가 지금 프리먼 번스타인을 본다면 어떻게 할까? 기차가 덜컹덜컹 역으로 들어오자 벌떡 일어나 플러렛에게 손을 내미는 프리먼을 본다면?

콘스턴스가 어떻게 생각하는지는 중요하지 않았다, 이제 가야 할 시간이니까. 프리먼은 플러렛을 탑승구로 안내해 기차에 태우고 짐꾼에게 따라오라고 팁을 주었다. 플러렛은 기차 뒤쪽으로, 메이 워드와 드레스덴 인형 여덟 명 전원이 객차의 절반을 차지하고 있는 곳으로 앞서가며 사뭇 신이 났다.

플러렛이 가쁜 숨을 몰아쉬며 메이 워드에게 다가가 이제 출근을 했다고 뭔가 재치 있는 말을 건네려고 벼르는데, 대배우가 보고 있던 잡지에서 고개를 들기도 전에 프리먼 번스타인이 플러렛을 휙 데리고 가 코러스걸들 사이에 앉혔다.

"여러분, 여기 우리 극단의 재봉사가 될 미스 플로러벨입니다! 못된 버릇 가르치지 마."

한바탕 폭소가 그에게 주어진 답례였다. 번스타인은 재빨리 가버렸고, 플러렛은 알아서 자기소개를 하고 또다시 이름의 발음을 바로잡아야 했다.

드레스덴 인형들은 헤어스타일 및 의상과 관련해 도움을 주는 엄격한 표정의 나이든 여자와 같이 다녔고(플러렛은 그 여자가 무슨 일을 한다는 건지 감이 오지 않았는데, 왜냐면 그 사람 자체가 스타일에 대한 감각이 눈곱만큼도 없어 보였기 때문이다), 각종 트렁크와 모자 상자를 책임지며 극단의 짐꾼 역할을 하는 아주 듬직한 남자가 따라다녔다. 남자는 또한 단원들이 호텔과 극장을 드나들 때 원치 않는 남성의 관심을 막아주기 위해 경계를 서는 역을 맡았다.

인형들 중 가장 친화력 좋은 막내 샬럿이 플러렛에게 그 두 사람, 즉 미시즈 아이언사이즈*와 미스터 임페디먼트**를 소개했다. 그들은 그 이름에 답을 하면서도 딱히 기분 나쁘게 생각하지 않는 것 같았다.

"만약 당신이 남자한테서 종잇조각 하나라도 받는다면, 난 그걸 비틀어 뺏어서 던져버릴 겁니다." 미스터 임페디먼트가 본인의 업무에서 대단한 즐거움을 누리고 있음을 암시하는 명랑한 목소리로 말했다.

"나는 야간 출입을 단속하지요." 미시즈 아이언사이즈가 그보다는 즐거움이 덜한 투로 단호히 말했다. "만약 당신이 한밤중에 몰래 빠져나간다면, 당신 이름으로 된 기차표가 나올 겁니다."

---

* Ironsides. 17세기 잉글랜드 내전 당시 올리버 크롬웰이 조직한 기병대의 명칭.
** Impediment. '장애' '방해물'이라는 뜻.

"저거 진짜야." 샬럿이 말했다. "내가 야간 단속을 어긴 마지막 사람의 자리를 이어받았거든."

다른 사람들은 그 얘기에 킥킥거렸지만 반박하지는 않았다.

열여덟에서 만 하루도 지났을 리 없는 샬럿을 제외하면, 나머지 인형들은 플러렛보다 최소 다섯 살은 위였고 열 살 위도 있었다. 무대에서는 다들 소녀 같고 거의 어린애로 보였지만, 분장하지 않은 모습을 실제로 보니 세상에 염증이 난 닳고 닳은 사람들 같았다.

그들 중 두세 명은 잡지를 읽고 카드 게임을 하다가 잠깐 눈을 들어 플러렛에게 자기 이름을 얘기하고 수선이 가장 시급한 의상 두세 벌을 알려주었다.

"〈사랑의 정원〉 드레스를 제일 먼저 손봐. 완전 누더기야. 선생님은 그 작품을 1909년부터 해왔거든" 하고 말하며, 일라이저는 거울에 비친 제 모습을 보면서 구릿빛 머리칼을 쓸어내렸다.

"아, 〈캐시 걸〉 페티코트가 최악이지. 그 작품은 1908년부터 했는걸." 버니스가 말했다. 목을 너무 써서 다 쉬어버린 낮은 음성이었다.

"원한다면 지금 입고 있는 그 드레스에 다트를 하나 더 넣어줄 수도 있어." 플러렛이 버니스에게 제안했다. 버니스의 드레스는 어깨가 보기 흉하게 늘어져 있었다.

"이건 내 옷이 아냐, 그러니까 안 건드리는 게 나아." 버니스가 말했다. "하지만 무대의상을 끝내고 나면 내 트렁크에 든 거 싹 다 꺼내서 손봐도 돼."

분명 너덜너덜한 프릴이 산더미처럼 쌓여 있을 텐데, 너무 열성적으로 덤벼든 감이 없지 않았지만, 바로 그때 번스타인이 아내에게 서둘러 손을 흔들어 작별인사를 한 후 기차에서 뛰어내렸고, 객차가 덜컹거리며 앞으로 나아가는 느낌이 들자, 플러렛은 뭐든 할 수 있다는 자신감이 들었다. 기차역이 창문 밖에서 밀려나고 익숙한 도시의 길거리가 서서히 멀어져갈 때 뱃속이 약간 요동치는 느낌이 들었지만, 플러렛은 그 파닥거리는 느낌을 삼키고 옆에 앉은 샬럿에게 득의만만한 미소를 지어 보였다.

"스크랜턴은 처음 가보는데." 플러렛이 말을 꺼냈다.

"처음이야?" 샬럿은 놀라는 시늉을 했다. 플러렛이 어디든 가본 적이 있을 리가 없다는 건 누가 봐도 뻔했다. "뭐. 나름 놀 만한 데가 있는 곳이지."

25

"죄송합니다만, 손님, 경찰 아내는 무임승차가 안 됩니다."

콘스턴스는 전차 운전사를 빤히 내려다보았다. "이건 보안관 배지입니다. 내 거고요. 이쪽 노선은 처음인가보죠?"

"나도 규칙은 압니다. 무임승차는 법정 공무원에게만 해당. 배우자와 속기사 등은 해당 없음."

콘스턴스는 실랑이할 기분이 아니어서, 곧장 코트를 젖히고 총과 수갑을 보여줬다. 운전사는 그걸 보고 화들짝 놀라 상체를 뒤로 뺐다.

"이봐요, 무임승차는 엄청 큰일이라고. 누가 다치기 전에 그것들을 제자리에 돌려놓으쇼."

"큰일날 건 당신이지. 내 배지에 대해 그딴 헛소리를 계속한다면."

콘스턴스는 좌석에 앉았고, 그로써 운전사는 이 일을 내버려둘 수밖에 없을 거라고 판단했다. 운전사는 마르고 왜소한 남자였고,

콘스턴스를 전차 밖으로 집어던지려 했다 해도 그럴 수 없었다.

콘스턴스의 기분은 교도소에 도착해 히스 보안관과 캐리 하트가 법원 쪽으로 걸어가는 모습을 보고도 나아지지 않았다.

"검찰이 미니 데이비스 사건 기자회견을 하고 있어요." 히스 보안관이 말했다. "미스 하트가 친절하게도 나한테 와서 알려줬습니다. 딴사람들은 아무도 얘기해주지 않으니."

"기소했대요?" 콘스턴스가 물었다.

"같이 가서 알아보시죠."

이번만은 법원 계단에 정보를 교환하는 기자들이 없었다. 다들 줄줄이 2층에 있는 대회의실에 들어간 것이었다. 대회의실은 키 큰 창문과 마호가니 패널이 있고 천장이 높은 웅장한 방이었다. 창문들 사이로 법관들의 유화 초상화가 연달아 걸려 있었다. 코터 수사관은 성조기와 노란 뉴저지주 깃발과 버건 카운티 문장을 담은 현판 앞 연단에 섰다. 그 옆에 코터의 상관 라이트 검사가 자리했다.

연단 근처, 방안에 모인 사람들을 조망할 수 있는 각도에 패터슨의 여자 경찰관 벨 헤디슨이 앉아 있었다. 미시즈 헤디슨은 기차역과 댄스홀, 각종 오락시설을 예리한 눈으로 감시하며 젊은 여자들이 잘못된 길로 빠지지 않도록 항상 망을 보는 엄격한 도덕률의 수호자였다. 실제로 헤디슨은 이따금 범죄자를 잡기도 했다. 작년에는 가정부 겸 아내가 될 후보자를 찾는다는 명목으로 신문에 젊은 여성 구인 광고를 내던 남자를 검거했다. 그때 콘스턴스와 히스 보안관이 체포를 지원하기 위해 불려왔었다. 그런 사건들은 세상에 알려질 필요가 있었고, 주변에서 끊이지 않고 일어나는 여성의 덕목에 대한 지속적인 공격을 보며 정의로운 분노를 금할 수 없는 벨 헤디슨이야말로 그 일에 적임자였다.

콘스턴스는 회의실 맨 뒤에서 미시즈 헤디슨에게 묵례했고, 헤디슨도 콘스턴스를 알아보고 뻣뻣한 미소를 지었다. 콘스턴스는 미시즈 헤디슨이 자신을 불편해한다는 것을 알고 있었다. 저 여자 경찰관은 콘스턴스가 남자를 체포하고, 자신과 달리 여느 남자들이 하는 방식으로 임무를 수행하는 것을 보고 충격을 받았다.

그들이 들어갔을 땐 라이트 검사가 모두 발언을 끝낸 직후였고, 이제 코터 수사관 차례였다.

"지난주, 포트리의 경찰이 총성에 관한 신고를 받고 수사를 하던 중, 포트리에 거주하는 스물다섯 살 앤서니 리오와 뉴욕 캐츠킬에 거주하던 열여섯 살 미니 데이비스가 빵집 위층의 가구 딸린 방에 사는 것을 발견했습니다. 이들은 집을 임차할 때 결혼하지 않은 상태였음에도 불구하고 부부 행세를 했고, 앤서니 리오는 그 상황을 개선할 의도가 없어 보였습니다. 그의 주머니에서 위조된 혼인 허가증이 발견됐습니다."

사람들 사이에서 헉 소리와 웅성거리는 소리와 연필 사각거리는 소리가 잇달아 들려왔다. 코터 수사관은 잠시 말을 멈추었다가 두 당사자의 이름 철자를 불러주었다.

"총성의 진원은 밝혀지지 않았으며, 오늘 제가 말하려는 사건과는 아무 관련이 없습니다. 지금 여기에 인신매매 사건이 있습니다. 이 나라의 법을 잘 아는 사람이라면 앤서니 리오가 반윤리적 목적으로 미니 데이비스를 데리고 주 경계를 넘어 이동했음을 쉽게 알 수 있을 겁니다. 미니 데이비스의 부모는 몇 달 전에 실종 신고를 했습니다. 검찰은 앤서니 리오가 하절기에 허드슨강에서 운항하는 유람선에서 근무했음을 확인했습니다. 우리는 그가 미니 데이비스에게 승선을 강요한 후 뉴욕시로 출항할 때까지 피해자를 억류하기 위해 기만적 수단을 사용했으리라 생각합니다. 미니 데이비스는 분명 배 밖으로 몸을 던지는 것 외에 탈출 수단이 없었습니다. 생전 처음 보는 대도시에 오게 된 피해자는 돈 한푼 없이 길을 잃고 완전히 앤서니 리오의 손아귀에 떨어져 포트리의 불미스러운 집으로 끌려왔고, 목격자들은 그곳에서 피해자가 밤에 여러 남자 방문객들을 접대하는 모습을 보았습니다."

그 즉시 기자들이 일제히 입을 열어 회의실이 떠나가라 질문을 외쳐댔다. 콘스턴스는 캐리를 건너다봤고, 캐리는 미간을 찡그리며 눈을 굴리더니 서글프게 고개를 절레절레 저었다. 히스 보안관은 수많은 사람들이 그의 반응을 주시하는 이런 자리에서 늘 그렇듯 아무 표정 없이 뻣뻣하게 서 있었다.

코터 수사관은 성직자의 열정으로 말을 이어나갔다. "세계의 모든 대도시에서 수천 명의 여성들이 교양 있는 사회로부터 배척당하고 추방자가 된다는 사실은 익히 알려져 있습니다. 그들을 지칭하는 바로 그 단어를 입에 담는 것조차 부적절하게 여겨지지요. 이제 그 수치스러운 일이 버건 카운티라는 이 작고 훌륭한 마을에 다다랐습니다. 이 나라에서 인신매매는 해외에서 들어와 영어도 하지 못하고 탈출 수단도 없는 젊은 이주 여성의 수입과 연루되어 처음 보고됐습니다. 그것은 1907년에 이민법에 의해 불법이 됐고, 대체적으로 그 사업은 중단됐습니다. 하지만 그 대신 더욱 비도덕적인 위협이 나타났습니다. 이 새로운 악행은 우리 내부의 해안과 강변에서 발생하고, 이러한 불법 거래상들에게 유인되어 가출한 여성들은 삶의 나락으로 떨어져 구조와 회생의 희망을 거의 가질 수 없습니다."

코터는 손수건으로 이마를 훔쳤다. 기자들은 그의 말에 동조하며 수군거렸다.

"저 사람 선거에 나온대?" 캐리가 속삭였다.

"어쩐지." 콘스턴스가 우물거렸다. 코터가 아무것도 아닌 일을 반윤리적 범죄로 만들어 선거운동에 써먹는다고 생각하자 속이 거북했다.

"우리 영토 내에서 벌어지는 이 재앙을 종식시킬 수 있도록 의회는 맨 법을 통과시켰습니다." 코터 수사관이 말을 이었다. "그러나 범법자들이 체포되고, 처벌을 받고, 사악한 폭력에 대해 교양 있는 사회가 내리는 경고로서 그들의 얼굴을 만천하에 공개하지 않는다면, 법은 아무 소용이 없습니다. 저는 날마다 딸이 도시의 직장이나 학교에 가는 걸 허락하느니 어떤 고난과 궁핍도 마다하지 않겠다는 아버지들과 얘기합니다. 누가 그들을 탓할 수 있겠습니까? 평범한 아이스크림가게가, 아니면 허드슨강을 오가는 증기선이 딸을 옭아맬 거미집으로 이용될 수도 있는 판에 말입니다."

이제 기자들은 증기선의 이름, 그리고 아이스크림가게와 관련하여 코터 수사관이 슬쩍 흘리고 싶어할 만한 세부사항을 알려달라고 질문을 퍼부었다. 코터는 손을 내저어 질문을 다 물리치고 연설을 계속했다. 이미 설교조가 되어 더이상 기자회견이라 할 여지가 없는 연설이었다.

"그래서 제가 오늘 이 자리에 저멀리 패터슨의 미시즈 헤디슨을 모셨습니다." 코터가 몸을 돌려 미시즈 헤디슨에게 손짓했고, 헤디슨이 일어나 청중을 향해 고개를 까딱했다. "미시즈 헤디슨은 패터슨에서 품행이 불량한 여자들을 경계하는 훌륭한 일을 하고 계십니다. 미시즈 헤디슨의 감시하에 열일곱 명의 젊은 여성들이 감화원에 들어갔습니다, 이분이 일을 시작한 지 아직 만 일 년이 채 되지 않았는데 말입니다. 이곳 해컨색에 이런 분이 계시면 어떤 일이 이루어질지 상상해보십시오."

콘스턴스의 입이 떡 벌어졌다. 히스 보안관이 재빨리 주의 신호를 보냈다. "침착히." 보안관이 속삭였다. 단 한마디였지만 정신을 차리기에 충분했다. 존 코터는 콘스턴스를 도발하려 하고 있었다. 그렇게 호락호락 넘어갈 순 없지.

코터의 말은 그게 끝이 아니었다. "일반인들의 삶과 너무나 동떨어진, 교양 있는 시민들에게는 그저 믿기지 않는 일들이 세상에는 있습니다. 바로 이곳 버건 카운티에서 지금 소름 끼치는 일을 벌이고 있는 인신매매가 그 믿지 못할 사건들 중 하나입니다. 아버님들 어머님들, 제가 경고하는데, 따님을 너무 믿으신다면 위험 속에 방치하는 겁니다. 따님의 덕목을 위협하는 것들을 항상 경계해야 해요. 그것들은 언제 어디서 따님을 덮칠지 모릅니다. 기차역이 될 수도 있고, 비서 학교가 될 수도 있고, 오락시설이 될 수도 있어요. 검찰은 악의 온상이 되는 모임 장소와 불미스러운 시설들을 버건 카운티에서 모조리 폐쇄할 것을 다짐했습니다.

우리가 앤서니 리오를 기소하는 것은 그 첫발에 불과합니다. 그를 체포함으로써 우리는 허드슨강을 따라 활동하는 인신매매 조직을 적발했다고 생각하며, 그것을 타파하기 위해 뉴욕의 당국자들과 공조에 나설 것입니다. 미니 데이비스 같은 피해자가 얼마나 많이 발견될지 누가 알겠습니까? 우리는 한때 평화로웠던 이 카운티의 안전과 보안을 회복할 것이며, 시민 여러분께서 우리에게 그 책임을 요구하시기를 바랍니다."

저런 연설을 듣고 있자니 콘스턴스는 어서 회의실을 빠져나가 깨끗하고 시원한 공기를 좀 들이마시고 싶은 마음뿐이었다. 그러고 보니 캐리는 단 한 줄도 받아 적지 않았다.

"저 연설 전에도 어디서 들은 적이 있는데." 캐리가 중얼거렸다. "정작 실제 사건에 대해선 한마디도 안 한 거 당신도 눈치챘겠지, 뭐 아는 게 있어야 말을 하지. 저건 기삿거리도 안 돼."

"기자회견이잖아." 콘스턴스가 말했다. "마음껏 기사 써도 돼."

"저건 쓰레기야, 여자 이름을 앞에 붙여놓은. 난 안 쓸래. 다른 사람들이 쓰겠지."

"신문에 피해 여성의 이름을 쓰고 싶지 않다면 범죄 보도 부문에서 출세하긴 글렀네." 말은 그렇게 했지만 콘스턴스는 내심 안도했다.

기자들이 느릿느릿 빠져나갔고, 몇 명은 히스 보안관을 둘러싸고 앤서니 리오가 교도소에 있는지, 면회가 허용되는지 물었다. 히스 보안관은 차분한 태도로 모든 질문에 답변을 거부하고 자신은 방청객으로 왔을 뿐이라고 말했다. 미시즈 헤디슨은 여전히 회의실 앞쪽에서 존 코터와 조용히 얘기를 나누고 있었는데, 콘스턴스로서는 그편이 잘된 일이었다. 어차피 예의 차리고 할 말도 없으니 억지로 시도하지 않는 게 나았다.

캐리와 히스 보안관과 콘스턴스는 함께 걸어서 교도소로 돌아왔다. 등뒤에서 철문이 닫히자마자 캐리가 말했다. "이건 범죄 사건이 아니야. 정치 캠페인이지."

"사건과 관련된 여자가 교도소에 없으면 그러거나 말거나 신경 쓰지 않을 텐데." 콘스턴스가 말했다.

그들은 시멘트 바닥과 회반죽을 칠한 벽돌로 이루어진 좁은 복도에 있었다. 그들이 걸으면서 하는 말이 메아리가 되어 울렸다.

"판사 앞에서 당신 잘하는 그 요령 좀 부려서 그 여자를 놔주면 안 돼?" 캐리가 물었다.

"그건 요령이 아닙니다." 히스 보안관이 말했다. "피해자가 자발적으로 협조를 해야 하는데, 지금까지는 비협조적이었습니다. 강요를 받았으면 그렇다고 하루빨리 말하는 편이 낫지요. 저녁마다 오가는 남자들에 대한 얘기도 마음에 들지 않아요, 리오가 억지로 시켰다 하더라도. 그런 이력이 있는 여자를 석방할 판사는 뉴저지에 단 한 명도 없습니다. 적어도 감화원에는 넣으려 할 겁니다."

"그게 사실이라고 생각해?" 캐리가 콘스턴스에게 물었다. "생각보다 드문 일은 아니야. 젊은 여자가 동전 한 닢도 없어서 점심을 못 먹는다, 그래서 식당에 데려가준다는 남자를 따라간다. 그다음에 남자는 여자에게 공원 산책이나 하자고 하고, 그다음엔……"

"됐어!" 콘스턴스가 말했다. "우리 모두 어떤 상황인지 잘 알잖아."

"내 말은, 여자는 자기가 뭘 잘못했는지 전혀 인지하지 못한다는 거야. 남자가 저녁을 사주고 극장표를 사주고 팔찌를 줘. 그냥 소소한 선물들이지만 여자는 거기에 익숙해지고, 그 보답으로 뭔가를 내주는 거지."

걸으면서 자기 발을 응시하는 일에 갑자기 아주 큰 흥미가 생긴 히스 보안관을 향해 캐리가 말했다. "양해 바랍니다, 보안관님."

"네, 뭐……"

"내가 맨날 뉴욕에서 보는 일이라 그래요. 이 여자들은 자기 돈이 한푼도 없어요. 당연히 남자들이 이것저것 돈을 내게 되고, 만약 여자가 어떻게든 좀 누리면서 살아보고 싶다면 그런 남자들의 호의를 그냥 받는 거죠. 미니도 단지 그런 종류의…… 합의에 빠져든 건 아닐까요?"

두 사람은 동시에 고개를 돌려 콘스턴스를 쳐다봤다. 얘기가 이런 식의 추문으로 흘러가면 여자는 망가질 것이다. 인신매매 사건의 피해자로 비치는 것만으로도 인생에 먹구름이 낄 것이다. 어느 쪽이든 부모는 절대 딸을 도로 집에 들이지 않을 것이다. 그리고 누가 그런 여자와 결혼을 하거나 그런 여자에게 일자리를 주려 하겠는가, 그 사실을 안다면?

"미니는 자기와 토니밖에 없었다고 주장하고 있어." 콘스턴스가 말했다. "다르게 말해봤자 미니에게 아무런 도움이 되지 않을 거야, 안 그래?"

"안타깝지만 도움이 되지 않겠죠." 히스 보안관이 말했다.

세 사람은 히스 보안관의 사무실 문 앞에서 법정 경위와 마주쳤다. 경위는 보안관에게 봉투를 하나 건넸다.

"이감 명령입니다." 경비가 말했다. "미니 데이비스는 트렌턴의 주립 감화원으로 이감됩니다."

26

"감화원에 넣다니 말도 안 돼. 아직 재판도 받지 않았는데." 생각만 해도 콘스턴스는 심장이 가슴 밖으로 튀어나갈 것만 같았다. 내가 여태 헛일한 건가?

히스 보안관은 법정 경위를 보낸 뒤 명령서를 읽었다. "최종 선고가 아니라 이감이에요. 미스 데이비스는 재판일까지 주립 여성보호소에 있게 될 겁니다."

고개를 든 보안관은 아직 그 자리에 서 있는 캐리를 보고 놀란 표정이었다. 캐리는 초대받지 않은 상황에서도 문을 쓰윽 통과해 슬쩍 밀고 들어오는 재주가 있었다. "미스 하트, 이건 공개된 내용이 아니니 혼자만 알고 계시길 부탁드립니다."

"이거 제법 이야기가 만들어지는데," 캐리가 말했다. "하지만 일단은 유보할게요. 그거 소송은 안 되나요?"

"안 되죠. 임시 이동이라서. 심신박약자를 재판 전까지 보리스 플레인스 정신병원으로 이감하거나, 간질 환자를 스킬먼*으로 보내는 것과 크게 다르지 않습니다. 애초에 재소자에게 가장 적절한 환경을 제공하는 것이 목적이니까요. 다만 보통은 그것을 요구하는 사람이 나였죠. 코터 수사관이 간섭을 피해 미스 데이비스를 멀찌감치 떼어놓고 싶은가봅니다."

"그럼 나 때문인가요?" 콘스턴스가 소스라쳐 말했다.

"코터가 자기 사건에 여자 보안관보가 관련되는 걸 좋아하지 않는다는 건 알잖아요. 내가 코터와 얘기를 해볼 수는 있겠지만……"

"중지시킬 순 없나요? 일단 거기 들어가면 미니는 절대 못 나올 거예요."

"아, 결국 공판은 열리겠죠." 히스 보안관이 말했다. "코터는 토니부터 먼저 기소하고 싶어하는 것 같습니다."

"왜 토니는 감화원에 안 가는지 모르겠네요." 콘스턴스가 말했다. "매주 다른 여자를 만났다고 시인했는데."

캐리가 껄껄 웃음을 터뜨렸다. "여자들이랑 놀아나는 성인 남자를 위한 감화원 자체가 없다고."

"하여간, 미니는 법을 어기지도 않았는데 자유를 빼앗겼어."

히스 보안관이 말했다. "만약 미스 데이비스가 잘못한 게 없다면, 콥 보안관보, 그걸 증명할 사람은 당신입니다."

콘스턴스는 목깃 아래에서 땀이 나는 걸 느꼈다. "언제 이감되죠?"

"오늘."

* 뇌전증 환자를 정신이상자 시설에서 분리해 보다 나은 환경에 수용할 목적으로 1898년 스킬먼에 설립한 뉴저지 주립 보호소.

"그럼 제가 데리고 가지요. 기차를 타고 가겠습니다."

보안관은 어깨를 으쓱했다. "당신이 교도관이니까. 그건 당신 업무입니다."

"오늘밤에 돌아오겠습니다." 돌아온 후 콘스턴스는 다시 교도소에서 잘 것이다. 미니를 위해 아무것도 하지 못했으니 감방에서 하룻밤 더 있어야 마땅하다는 기분이었다.

규칙에 따르면 재소자는 기차에서 수갑을 차고 있어야 했지만, 콘스턴스는 미니가 사람들 앞에서 난처해하는 모습을 보기 싫었다. 콘스턴스는 미니에게 방한용 토시를 빌려주고 사슬을 넉넉히 풀어 양손을 토시 속에 넣을 수 있게 해준 다음 다시 손목을 맞잡아 묶었다. 적어도 기차에서는 아무도 알아보지 못할 것이다.

해컨색에서 기차로 세 시간 정도 소요되는 거리였다. 미니는 책을 읽고 싶어하지도 잡지를 보고 싶어하지도 않았지만, 콘스턴스는 아랑곳하지 않고 미니의 무릎 위에 신문을 펼쳐놓았다. 미니는 신문은 거들떠보지도 않고 물끄러미 창밖만 내다보았다.

기차가 출발하면서 선로의 소음이 대화를 덮을 정도로 커지자 콘스턴스가 말했다. "미안하다. 이렇게 될 줄 몰랐어."

미니는 코웃음만 칠 뿐 대답하지 않았다.

"네가 트렌턴으로 간다고 해서 내가 널 잊을 거라는 얘긴 아냐. 나는 사건을 계속 수사할 거고, 네가 석방될 수 있도록 노력할 거야. 네 부모님이 마음을 돌리실지 모른다는 희망도 아직 있고."

"그 사람들이 그럴 리가 없어요." 미니는 매몰차게 말했다.

적어도 입을 열기는 했다. "뭐, 시간을 좀 드리면 마음을 바꾸시는 경우도 없진 않아." 콘스턴스가 말했다.

미니는 계속 창밖을 바라보고 있었다. 기차는 도시를 벗어나 벌판을 달렸다. 초목은 모두 갈색이고 점묘법으로 그린 것처럼 눈이 쌓였다. "당신 말을 들었어야 했는데." 미니가 말했다. "나한테 뭘 어떻게 말해야 하는지 알려주려고 애쓰셨는데, 내가 안 들었어요. 정말 날 주립 보호소로 보낼 거라곤 생각도 못했어요."

"너에게 무슨 말을 해야 하는지 알려주려는 의도는 전혀 없었어. 넌 진실을 말하길 원했고, 그건 올바른 행동이었어. 이건 토니에게 불리한 증언을 거부한 데 대한 벌이 아니야." 말은 이렇게 했지만 혹시 그런 건가 싶기도 했다. 코터가 미니를 윽박질러 피해자 연기를 시키려는 걸까?

미니는 한숨을 내쉬고 좌석 깊숙이 몸을 묻었다. "감화원은 어떤 곳이에요?"

"나도 가본 적 없어. 내가 맡은 사람들 중엔 네가 처음이야. 거기 가야 하는 첫번째 사람이지."

"당신이 놓친 첫번째 사람이네요. 그 말을 하려던 거였죠."

"난 널 놓치지 않았어." 하지만 당연히, 놓친 기분이었다.

시속 50마일로 달리는 객차에서 도망칠 위험은 거의 없다고 보고, 콘스턴스는 기차에서 미니에게 샌드위치를 먹였다. 다른 승객들이 눈치채지 못하게 신문으로 가리고 더듬더듬 수갑을 벗기느라 애를 좀 먹었다. 콘스턴스는 수갑을 벗긴 후 쇠사슬을 가방에 넣고 미니가 피상적으로나마 자유 비슷한 것을 만끽할 수 있게 해주었다.

기차는 곧장 트렌턴을 지나 그 너머로, 한때 숲과 들판이었지만 지금은 보호시설과 작은 공장들에 자리를 내준 곳으로 나아갔다. 주립 여성 보호소는 모르고 지나칠 수 없는 곳이었다. 철제 대문에 걸린 현판이 그 목적을 명시했고, 그 뒤는 주에서 운영하는 시설이 아니라면 이럴 수 없는 뒤죽박죽 건물들의 집합소였다.

기차는 감화원을 반 마일 지나친 곳에 섰고, 두 사람은 걸어서 되돌아갔다. 미니는 콘스턴스의 질 좋은 코트로 몸을 감싸고서도 춥다고 징징거렸고, 코트는 바닥에 질질 끌려 진흙과 낙엽이 묻었다. 재소자들이 교도소에서 야외용 옷을 입을 일은 거의 없었으므로 튼튼한 겉옷은 구비되지 않았다.

키 크고 야윈 여인이 하얀 앞치마를 두르고 달려나와 입구에서 그들을 맞이했다. 머리는 버터스카치색이고 얼굴은 길쭉했으며 커다란 입은 정사각형 모양의 앞니 두 개가 튀어나왔다.

"미스 피트먼입니다." 여자가 말했다. "보안관님께 전화로 연락 받았습니다."

콘스턴스는 미니를 소개했고, 미니는 겨우 고개만 까딱하고 빤히 쳐다봤다. 다른 사람들은 눈에 띄지 않았고, 넓게 펼쳐진 잔디밭에 둘러싸인 인상 험악한 건물들만 보였다. 나무나 관목이라고 할 만한 건 없었는데, 짐작건대 밀수나 탈주를 은폐하는 데 쓰일 수 있다고 판단한 것 같았다.

보통은 여기서 작별인사를 하고 인계자는 다음 기차를 타고 바로 돌아가게 되어 있는 듯했다. 하지만 이렇게 갑작스럽게 미니를 남겨두고 가는 것은 옳지 않아 보였다.

"시간이 좀 남았는데 잠시 시설을 안내해주시겠습니까?" 콘스턴스가 물었다. "저희 재소자가 어떻게 생활하게 될지 대략 알고 있어야 해서요."

"물론이죠." 미스 피트먼은 나지막한 두 벽돌 건물 사이에 볼품없이 들어선 비교적 규모가 큰 하얀 주택으로 그들을 안내했다. "양측의 두 건물은 원생 숙사입니다. 여기서 가장 오래된 건물들이죠." 미스 피트먼은 여행 가이드처럼 말했다. "두 건물 사이에 이 이상한 괴물이 들어섰는데, 저희와 아무 협의 없이 생긴 거예요."

그 이상한 괴물은 덩치 큰 3층짜리 흰색 주택으로, 전면에 기둥 네 개가 있고 후면에 굴뚝 네 개가 있었다. 미스 피트먼의 설명에 따르면 이 건물은 1907년 제임스타운 박람회를 위해 지었고, 조지 워싱턴이 사령부로 사용했던 모리스타운의 포드 맨션을 본뜬 것이었다. 박람회가 끝난 후 더 나은 활용처를 찾지 못하자 이곳으로 옮겨져 사무실과 직원 숙소로 사용되던 두 건물 사이에 자리잡았다.

미스 피트먼은 소장이 원생 중 한 사람의 재판에 참석하느라 자리를 비웠다고 설명했다. "그 여자는 정신이상자들을 수용하는 국영 농장으로 보내질 겁니다, 어쨌든 우리 희망사항은 그래요." 미스 피트먼이 말했다. "작은 별채들 중 한 곳의 처마 밑에 불을 질렀거든요. 애들 몇 명이 그 안에 갇혀서 거의 산 채로 타죽을 뻔했어요." 피트먼은 날카로운 눈초리로 미니를 쏘아봤고, 미니를 제압하기 위해 가급적 제일 소름 끼치는 이야기를 들려주는 게 자신의 의무라고 생각하는 게 분명했다. "다음에 다시 오시면 화재 현장을 보여드리죠. 아직도 불탄 자국을 볼 수 있어요."

콘스턴스는 일이 돌아가는 모양새가 영 마음에 들지 않았다. 하얀색 주택의 웅장한 홀에 들어서서 미니의 수갑을 풀어주었다. 미니는 손목을 주무르며 토시를 계속 끼고 있어도 되냐고 물었고, 콘스턴스는 허락했다. 미스 피트먼은 미니가 손을 다시 토시 안에 집어넣자 웃음을 터뜨렸다. "이 근방에서 밍크는 구경도 못할 텐데."

"그냥 토끼털이에요." 콘스턴스가 딱딱하게 대꾸했다.

밖에서 식사 시간을 알리는 종이 울렸고, 미스 피트먼이 말했다. "점심시간이군요. 식사를 어디서 하게 될지 알려드리죠."

"오는 길에 기차에서 샌드위치 먹었어요." 미니가 말했다. 건방지고 반항적인 말투였지만, 콘스턴스는 미니의 의도가 무엇인지 알았다. 이곳에서 식사를 하면 앞으로 영구히 그렇게 될 것이다. 식사는 미니를 감화원 일상의 일부로 만들 것이다.

미스 피트먼은 고개를 돌리고 미니를 차갑게 응시했다. "따라와, 시키는 대로 해야지."

콘스턴스가 미니의 팔을 잡았고, 미니는 뿌리치지 않았다. 두 사람은 미스 피트먼을 따라 다시 밖으로 나와 또다른 잔디밭을 가로질러서 낮고 길쭉하게 생긴 식당 건물로 향했다. 거기서 세 줄로 행진하는 소녀들을 봤는데, 한 줄씩 교관이 인솔하고 있었다. 첫번째 그룹의 소녀들은 모두 미니 또래였고, 평범한 면직 실내복을 입었다. 그들 중 몇 명이 고개를 들고 쳐다봤다. 미니는 어깨를 펴고 그들의 호기심어린 눈길을 똑바로 되돌려주었다.

콘스턴스는 미니의 의연한 태도에 감탄할 수밖에 없었다. 미니는 두려움을 티 내는 애가 아니었다. 이런 곳에서는 조금 힘을 보여줘야 대접이 괜찮을 것이다.

다음 줄은 열 살을 넘었을 리 없는 어린애들이었다. "저렇게 어릴 줄은 몰랐습니다." 콘스턴스가 미스 피트먼에게 말했다.

"아이들이 일을 할 수 있게 되면 여덟 살 때 고아원에서 데려옵니다."

"저애들이 자라면 어떻게 되죠?"

"아, 저애들은 스물한 살이 될 때까지 여기서 살게 됩니다. 넌 몇 살이지?" 미스 피트먼은 미니를 돌아봤고, 미니는 대수롭지 않은 듯 툭 내뱉었다. "열여섯."

점심을 먹으러 오는 세번째 줄은 다양한 나이대의 유색인종 소녀들이었고, 각자 나무의자를 나르고 있었다. 콘스턴스가 물어보려고 입을 떼는데, 미리 준비하고 있던 미스 피트먼이 설명했다.

"삼 년 전에 별도로 분리된 소규모 독채를 짓기 전까진 유색인들은 받을 엄두도 내지 못했어요. 그런데 주 정부에서 한 사람당 의자 한 개씩만 주더군요. 방에 하나, 식당에도 하나가 필요하다는 생각을 못했던 거예요. 주 의회에서 우리 얘기를 들어줄 때까진 저렇게 의자를 들고 다녀야 할 겁니다."

"하지만 삼 년 동안 안 줬다면서요." 콘스턴스가 말했다.

"급할수록 돌아가야죠." 미스 피트먼은 피차 잘 아는 바 아니냐는 표정을 지었고, 보호소마다 하나같이 필요하지만 지원되지 않는 물품에 대한 기나긴 목록을 보유하고 있었으므로, 아마도 공감해주길 바랐을 것이다.

그러나 콘스턴스는 숨을 멈추고 거의 자기 몸집만큼 큰 의자를 들고 가는 꼬마를 지켜보았다. 어떻든지 간에 저 아이는 남은 인생 동안 저 의자를 짊어지고 다니게 될 것이다.

"자, 가서 식당을 보시죠." 원생들이 모두 식당 안으로 들어가자 미스 피트먼이 말했다.

두 사람은 미스 피트먼을 따라갔다. 미니는 마치 보고서만 작성하고 자리를 뜨려고 잠깐 들른 감사관처럼, 턱을 치켜들고 성큼성큼 걸음을 옮겼다.

식당 내부는 누구나 예상하는 그대로였다. 긴 목제 식탁, 감자와 햄이 담긴 커다란 접시, 롤빵이 담긴 바구니, 우유가 든 주전자. 아이들은 교관들과 함께 자리에 앉았는데, 매일 자리 배치가 똑같은 게 분명했다. 한쪽 끝에 나이든 애들이 앉고, 어린애들이 가운데 앉고, 반대편 끝에 유색인 아이들이 앉았다. 다들 자기네끼리 시끌벅적 떠들어대느라 방문자에게는 아무 관심이 없었다.

콘스턴스는 너무 어린 원생들도 있다는 사실에 아직 충격에서 벗어나지 못한 상태였다. "가족 품으로 돌아가는 아이는 없나요?" 콘스턴스는 가장 어린 아이들을 고갯짓으로 가리키며 물었다.

"일부는요." 미스 피트먼이 대답했다. "하지만 대부분 여기 있는 이유가 바로 그 가족이 너무 부적절하기 때문이에요. 저 사례들을 보셔야 하는데. 아버지란 사람은 지하실에 밀주 제조용 증류기를 보관하고, 어머니는 침대 밑에 훔친 물건이 든 트렁크를 숨기죠. 아이들한테 학교 공부 대신 좀도둑질을 가르쳐요."

콘스턴스는 보일 듯 말 듯 고개를 끄덕였다. 나이가 좀 있는 여자애 하나가 고개를 돌렸고 미니와 시선이 마주쳤다.

"미스 피트먼이 너한테 다락방도 보여줬어?" 여자애는 그릇들이 부딪치는 소리와 아이들 말소리보다 더 크게 소리쳤다. 지저분한 금발이었고 눈빛이 날카롭게 번득였다.

"아니, 네가 직접 나한테 말해보지?" 미니는 어디 한번 해보라며 맞받아쳤다.

다른 여자애—이 아이는 거의 콘스턴스만큼이나 키가 컸고 넓은 어깨에 목소리도 낮게 울렸다—가 돌아보며 말했다. "쇠창살로 된 우리인데, 네가 유난히 못되게 굴면 거기 집어넣어."

"그건 사실이 아니잖니, 도라." 미스 피트먼의 목소리는 나직했고 자제력을 잃지 않았다. "거짓말하면 안 되지."

처음의 여자애가 말했다. "쥐들이 우글거릴 때만 빼면 쇠창살 우리 안에 있는 것도 그렇게 나쁘진 않아. 당연히 서까래 안에는 쥐가 있어. 그건 거짓말이 아니잖아요, 미스 피트먼?"

미니는 코웃음을 치고 눈을 굴렸다.

콘스턴스는 누가 말썽쟁이인지 척 보면 알았고, 미스 피트먼도 마찬가지였다. 두 사람은 즉시 몸을 돌렸고, 콘스턴스는 미니를 밖으로 데려갔다. 바람이 매서웠지만 외려 기분전환이 됐다. 콘스턴스와 미니는 저마다 숨을 길게 들이마셨다.

미스 피트먼은 바로 이웃한 기다랗고 낮은 벽돌 건물 숙사로 안내했다. 두 사람은 피트먼을 따라 복도를 내려가며 작고 어두운 방들을 지나쳤고, 안에 사람은 없었다. "지금 제일 안쪽으로 안내하는 중인데, 비행을 저지른 원생들이 가는 곳을 보시는 편이 좋겠어요. 다락방의 쇠창살 우리는 아닙니다."

미스 피트먼이 방들 중 한 곳의 불을 켰다. 그들은 벽이 거의 망가지고 창문이 없는 방을 들여다보았다. 이전에 여기 있던 누군가가 벽마다 한가운데에 구멍이 뚫릴 때까지 회반죽을 긁어내, 회반죽이 아직 뜯기지 않은 귀퉁이만 빼고 사방에서 나무 대들보가 드러났다. 노출된 욋가지와 말총 때문에 보기에도 으스스했다. 엄청난 쥐떼가, 그런 게 존재한다면, 할 만한 짓이라는 생각이 자연히 떠올랐다.

미니와 콘스턴스는 경악을 금치 못한 채 미스 피트먼을 돌아봤고, 얼굴에 질문이 명백하게 쓰여 있었다.

"원생들이 그래놓은 거예요." 미스 피트먼이 말했다. "한 아이가 시작했죠. 미친 애였고, 처음부터 여기 오면 안 될 애였어요. 하룻밤 만에 그 아이를 정신병원으로 옮겼지만, 이미 늦었죠. 그애가 벽에 저런 구멍을 뚫었고, 벽을 통째로 뜯어내지 않고는 수선이 불가능했습니다. 그래서 한시적으로 그대로 놔뒀는데, 다음 여자애가 와서 이걸 보고 아이디어를 얻은 거죠. 이제 누구 할 것 없이 다들 먼젓번 애가 뜯다 만 자리에서부터 또 뜯기 시작해요. 현재 징벌방은 다 이런 상태이고, 다시 회반죽을 바르는 일은 오래전에 포기했습니다. 소장님은 쇠로 된 방을 만들고 싶어하지만, 나라에서 돈이 나와야 말이죠."

"애들이 어떤 잘못을 하는데요?" 미니는 애써 무심한 투를 가장했지만 목소리가 떨렸다.

미스 피트먼은 불을 끄고 그들을 데리고 나왔다. "싸움이지, 거의. 불을 지르고. 도망치고."

원생들의 숙사는 지금까지 본 것에 비하면 완전 호화로웠다. 널찍한 방에 한 사람에 하나씩 싱글 침대와 의자가 구비됐고, 침대 위쪽에는 옷을 거는 고리가 있었다. 각 방 끝에는 쇠창살이 달린 높고 작은 창문이 있었다. "열두 명이 한방을 씁니다." 미스 피트먼이 말했다. "그리고 야간 담당 교관이 삼십 분마다 순찰을 돌고요."

교실도 몇 군데 지나쳤는데, 여름에 무료 수업을 해주려고 하는 사범대학 학생들이 부족해 거의 사용되지 않는다고 했다. "주에서는 문학 공부에 돈 쓰는 걸 안 좋아해요." 미스 피트먼이 말했다.

"교양 학교를 운영하려는 게 아니란 거죠."

재봉실과 커다란 주방도 있었다. 미스 피트먼이 말했다. "원생들은 모든 종류의 집안일을 배웁니다. 아이들은 전체 인원이 먹을 식사를 만드는 취사팀에서 일하는 게 아니라, 여덟 명 정도의 소그룹을 위한 요리를 만듭니다. 그런 식으로 가족이 먹을 요리를 한다는 게 어떤 것인지 배우는 거죠. 여길 떠나면 아이들은 번듯한 가정에서 일하게 될 겁니다. 우리 원생들은 대부분 해야 할 일을 배운 적이 없고, 혹은 하지 않으려 했지요. 우리의 목표는 아이들을 우리처럼 양육하는 겁니다, 아이들 가족이 그러지 못했으니까요."

미니는 못 들은 척했지만, 콘스턴스가 말했다. "미니의 가족은 그럭저럭 미니에게 잘했어요."

미스 피트먼은 거만한 느낌의 새된 웃음을 터뜨렸다. "그 말씀은 못 믿겠네요. 그랬다면 저애가 여기 오지 않았을 텐데요. 자, 원생들 대부분은 여기서 나가면 보호관찰 아래 있게 되고, 우리는 아이들이 주어진 일을 잘하고 있는지 확인합니다. 아이들은 우리의 승인이 있어야만 결혼할 수 있습니다. 자, 알았지, 미스 데이비스, 우린 네가 조용하고 편안한 가정생활을 할 수 있도록 가르치고 도와줄 거야. 네가 결혼생활을 잘해나갈 수 있도록 지원하고, 한 가정에서 쓸모 있는 사람이 되는 법을 가르쳐줄 거다."

"미니는 여기에 임시로 있는 겁니다." 콘스턴스가 사무적으로 말했다. "아직 형이 선고되지 않았어요." 단 한 번의 멍청한 선택 때문에 이런 곳에서 오 년을 보내야 하다니, 콘스턴스는 생각만으로도 성질이 났다. 잘못을 저지른 애들도 있기야 있겠지만, 분명히 저애들 중 일부는 독립심이 강하고 의지가 굳셀 뿐이었다. 모든 아이들에게 가사노동을 강요하다니 잔인했고, 교육과 좀더 밝은 미래를 빼앗는 건 이만저만한 낭비가 아니었다.

이 기운 빠지는 투어의 다음 정거장은 아까 지나갔던 두 벽돌 건물 중 한 곳에 위치한 보건실이었다. 그들이 안으로 들어가자 미니가 코를 킁킁거리며 말했다. "이거 다 내가 아는 건데." 여기서도 교도소에서 쓰는 것과 똑같은 머릿니 제거용 나프타 비누를 사용했다.

그들은 미스 피트먼을 따라 목제 패널을 두른 작은 방에 들어갔고, 방에는 검진용 테이블과 기구 보관용 벽장 서너 개 그리고 샤워실이 딸려 있었다. "간호사가 점심식사를 마치고 오는 대로 종합검진과 바서만 검사를 시행하겠습니다." 미스 피트먼은 또다른 불길한 표정을 지으며 미니를 바라봤고, 콘스턴스는 할 수 없이 허리를 숙이고 미니의 귓속에 성병 검사라고 속삭였다.

"겨우 작년부터 시행하기 시작했는데," 미스 피트먼이 미니에게 가운을 건네주며 말했다. "하길 잘했죠. 원생들 절반도 넘게 양성반응이 나왔으니."

콘스턴스는 미니의 손가락이 팔꿈치를 파고드는 걸 느꼈다. 그것을 알아챈 미스 피트먼이 말했다. "기차로 얼른 돌아가고 싶으시겠지요, 미스 콥."

"간호사가 올 때까지 있겠습니다." 콘스턴스가 말했다. 그나마 자신이 할 수 있는 일이라곤 미니가 검사를 받는 모습을 지켜봐주는 것뿐이었다. 미스 피트먼은 못마땅한 표정이었지만, 휙 돌아서서 둘만 남겨놓고 가버렸다.

27

단둘이 있게 되자 미니가 말했다. "도대체 왜 나한테 병이 있다고 생각하는 거예요?"

검진용 테이블 끄트머리에 엉덩이를 걸치고 앉아 있던 콘스턴스는 미니에게 옆에 와서 앉으라고 말했다. 미니는 허리를 꼿꼿이 펴고 똑바로 앉아 반대편 벽에 눈을 고정했다. 콘스턴스를 쳐다볼 수가 없었다.

미니가 아무리 허세를 부려도 콘스턴스에게는 진실이 보였다. 다른 남자들이 있었다. 당연히 있었다.

콘스턴스는 미니의 어깨를 꽉 쥐었고, 미니가 고개를 돌려 마주보았다. "간호사가 오기 전에," 콘스턴스가 말했다. "나한테 사실대로 말할 때가 되지 않았니? 너는 이 검사에 대해 걱정할 만한 충분한 이유가 있어, 안 그래?"

미니는 콧방귀를 뀌고 머리칼을 휘날렸다. "검사에 대해 걱정해야 할 사람은 토니죠. 토니는 언제 검사한대요?"

콘스턴스는 모른다는 점을 시인해야 했다. 사실, 교도소에서 그런 일은 한 번도 언급된 적이 없었다.

"검찰에 얘기하지 않을 거야." 콘스턴스가 말했다. "보안관한테도 얘기하지 않을게. 하지만 코터 수사관이 말한 게 사실이지? 그 집을 들락거린 남자들 말이야."

미니는 어깨를 움츠려 콘스턴스의 손을 떨치고 방안을 맴돌기 시작했다. "토니가 집에 오질 않았어요." 미니가 말했다. "할 것도 없고 갈 데도 없고. 아래층 빵집에서 얻어오는 것 빼면 저녁도 못 먹는 날이 태반이었어요. 그건 사는 거라고도 할 수 없어요. 당신도 견디지 못했을걸요."

"그래서 더 나은 삶을 줄 수 있는 누군가를 찾았다?"

"누군가…… 몇 명요. 나한테 저녁을 사주는 사람이 있다는 게 좋았어요. 그게 범죄예요?"

콘스턴스는 굳이 답을 하지 않았다. 존 코터가 암시했던 것보다 상황이 더 안 좋았다. "토니가 너한테 그러라고 강요하지 않았다는 거지? 토니가 그 남자들을 데려온 게 아니고?"

미니는 어리둥절한 표정으로 콘스턴스를 응시했다. "토니요? 토니가 뭐하러요? 그 사람들은 나를 레스토랑에 데려갔어요, 미스 콥. 영화관에도 데려갔고요."

"그리고 가끔 네 방에도 올라오고?"

미니는 팔짱을 끼고 고집스레 침묵을 지켰다.

"그러니까 지금 네 얘기는 토니가…… 그중 어느 것도 계획하고 준비한 게 아니란 말이지?"

"아니죠! 당연히 아니죠. 토니는 하나도 몰라요." 미니는 토니가 그 사실을 알아낸 그날 밤에 대해서는 함구했다. 그럴 계제가 아니었고, 어쨌든 지금 중요한 건 그런 게 아니었다.

콘스턴스는 미니를 똑바로 쳐다볼 수 없었다. 콘스턴스가 믿지 않으려 했을 때조차, 캐리는 진실을 정확히 유추했다. 콘스턴스의 시선이 문으로 향했다. "그게 야기하는 곤란함을 잘 알 거야. 네 사건의 경우에."

"하지만 아무한테도 말 안 하기로 했잖아요!"

콘스턴스는 억지로 눈을 돌려 미니를 보았다. "맞아. 안 할 거야. 다만…… 어떻게 해야 널 풀어줄 수 있는지 모르겠다. 만약 판사가 네가 그 남자들을 끌어들였다는 걸 알게 되면…… 뭐, 그게 바로 여자들을 이런 시설에 넣는 이유지."

"하지만 난……"

그 순간 간호사가 들어왔고 두 사람의 대화는 중단됐다. 건장한 체격의 간호사는 넓은 어깨에 평발이었고, 이 검진실에서 우는 여자애들을 잔뜩 상대해봤다는 표정이었다.

"난 포터 간호사란다. 넌 약식 검진을 받으러 여기 온 거야." 조용하고 침착한 음성이었다. 간호사가 미니의 팔을 살짝 잡았지만, 미니가 그 손을 뿌리쳤다. 갑자기 미니는 덫에 걸린 짐승처럼 보였다. 콘스턴스는 미니가 달아나지 못하게 문을 등지고 섰다.

"겁낼 거 하나도 없어." 포터 간호사가 말했다. "네가 이 테이블 위에 올라가면, 난 네가 아이를 낳게 되는 건 아닌지 확인할 거야."

"아이요?" 미니는 간호사에게 눈을 부라렸다. 머리칼이 어깨 위로 힘없이 늘어졌다. "날 그런 사람으로 본 거예요?"

콘스턴스도 간호사도 대답하지 않았다. 간호사는 어렵사리 미니를 설득해 옷을 벗기고 흰 가운을 입혔다. 간호사가 기구 캐비닛 쪽으로 몸을 돌리고 있는 동안, 미니는 하라는 대로 한 뒤 테이블 위에 부루퉁하게 앉았다.

포터 간호사는 금속 트레이에 기구를 모아 담아서 테이블로 가져와 미니의 팔을 잡았다.

"자, 미스 데이비스, 검사는 진짜 아주 짧고, 결과도 금방 다 나올 거야. 다들 피검사를 제일 무서워하니까 우선 그것부터 해치우고 마음을 푹 놓자, 어때?"

간호사는 안심시키려는 투로 얘기했지만, 미니는 고개를 빳빳이 들고 앞만 쳐다보며 대답하지 않았다.

"팔을 이렇게 내밀어줬으면 좋겠는데." 간호사가 말했다.

콘스턴스는 미니가 주삿바늘 때문에 괴성을 지르다 그칠 때까지 땅만 바라봤다.

"다 됐다." 간호사가 나지막이 말했다. "이제 무서워할 거 없어. 지금부터는 그냥 한번 살펴보기만 할 거야."

미니는 반창고를 붙인 팔을 문지르며 테이블에서 몸을 일으켰다. "하세요, 봐요."

그 말에 포터 간호사가 싱긋 웃으며 물었다. "방광은 비어 있니, 아니면 화장실 갔다 올래?"

미니는 고개를 저었다.

"좋아. 네가 벌써 화장실에 갔다 왔다면 검사가 더 쉽지, 그래서 그래."

포터 간호사가 먼저 입을 크게 벌리며 미니에게 따라 하라고 했다. 미니는 투덜거리면서도 턱을 내리고 입을 벌렸다.

간호사는 미니의 입천장을 검사하고 입술과 잇몸을 살폈다. "염증은 없네. 그건 아주 좋은 징조지. 자, 테이블에 등을 대고 누워서 다리를 이렇게 하렴."

포터 간호사는 테이블 옆으로 손을 뻗더니 금속 스탠드 두 개를 들어올렸다. 미니는 그것들을 유심히 바라봤다. "다리를 거기 넣으란 거예요? 하지만……"

미니는 퍼뜩 깨닫고, 충격을 받은 채 콘스턴스를 쳐다보았다. 콘스턴스도 그런 물건은 생전 처음 봤고, 간호사 앞에서 그런 자세로 누워 있는 자신을 상상할 수 없었다. 아니, 그 문제라면, 어느 누구 앞이라도.

요구되는 자세를 취하기까지 엄청난 곤욕을 치렀지만 어찌어찌 결국 자세가 나왔고, 간호사는 그 위에 시트를 덮어 가린 다음 민첩하고 유능한 적막 속에서 작업에 돌입했다. 간호사는 낮은 목소리로 생리는 어떤지, 아프거나 배탈이 난 적은 없는지, 남자와 마지막으로 은밀하게 만난 게 언제인지 물었다.

"유방 압통이나 부기는 없고." 간호사는 거의 혼잣말로 말했다.

갑자기 미니가 꽥 소리를 질렀고, 그 직후에 포터 간호사가 덧붙였다. "자궁 확장 없고. 자궁경부는 분홍색으로 건강해. 비정상적인 분비물이나 염증 없음." 그로써 검사가 끝났다. 다리를 바닥에 내리고 똑바로 앉은 미니는 멍하니 얼빠진 표정이었다.

포터 간호사는 기록부에 몇 가지를 적고 나서 테이블 옆으로 다가와 곧장 미니에게 말을 걸었다. 하얀 카드를 들고 있었는데, 콘스턴스에게는 카드에 뭐라고 쓰여 있는지 보이지 않았다.

"아주 잘했어, 미스 데이비스. 네가 아이를 낳을 거라고 생각할 이유는 하나도 없군. 바서만 검사는 시간이 좀 걸려. 쿱 보안관보님에게 결과가 통보될 거야. 자, 우린 그다음 차례에 관해 얘기를 해야지."

"다음 차례요? 이걸로 끝난 줄 알았는데요." 미니가 말했다.

간호사는 헛기침을 하고 말했다. "네가 앞으로 다시는 이런 걱정을 할 필요가 없도록 조신하게 삼가는 법을 알려줄게."

"아," 미니가 구부정하게 주저앉으며 말했다. "나도 조신하는 법 알아요. 하지만 이 안에 있으면 어쨌든 크게 문제될 일이 생길 리 없잖아요?"

"뭐, 언젠가는 여기서 나갈 테니 알아둬야지. 주 소속 보건의가 뉴저지 감화원에 입소하는 모든 여자들이 읽기 바라는 담화문을 적어놨어. 경청하도록 해."

"말씀하세요."

간호사는 카드를 들고 읽기 시작했다. "만약 다시 남자와 어떤 관계든 갖게 된다면, 그 소산은 십중팔구 아이다. 무슨 말인지 알겠니?"

미니는 고개를 끄덕였지만 포터 간호사 쪽을 쳐다볼 엄두는 내지 못했고, 간호사는 계속 읽어나갔다. "만약 매우 운이 나빠서 사생아를 낳는다면, 십중팔구 모종의 시설에 그것을 보내도록 강제될 것이며, 그것이 조만간 죽기를 기도하고 바라는 수밖에 없고, 보통은 그렇게 된다. 만약 죽지 않으면, 그 아이의 존재는 다모클레스의 칼*처럼 영원히 네 머리 위에 매달려 있을 것이며, 너는 그 일이 언제 밝혀질지 몰라 끊임없는 공포 속에 살게 될 것이다. 알아들었으면 고개를 끄덕여서 알려주렴."

"아, 들었어요." 미니가 대꾸했다.

콘스턴스는 숨을 고를 수가 없었다. 저 간호사가 콘스턴스 자신도 한때 시설에 아이를 버릴 각오를 했었다는 것을 알 리는 없었다. 콘스턴스는 아기가 죽기를 바라기는커녕 그런 생각은 꿈에도 해본 적이 없었다. 생각만으로도 속에서 뭔가가 차갑게 얼어붙었다. 콘스턴스는 간호사를 건너다봤고, 간호사는 엄숙한 얼굴로 두 눈을 카드에 고정한 채 서 있었다.

"성병 감염은 건강과 생명까지 해칠 수 있다. 아이를 가지게 된다면, 감염은 거의 확실히 아이를 망가뜨릴 것이고, 질병이 전파되는 건 말할 것도 없다. 결혼하지 않은 여성을 쫓아다니는 남자는 십중팔구 이미 본인이 감염되어 있을 것이다. 격렬한 입맞춤을 포함하여 남자들과의 모든 친밀한 관계를 삼가야 한다. 남자와 손수건도 같이 쓰면 안 된다. 내가 한 말 다 들었지? 그렇다고 말해."

"들을 수밖에 없잖아요." 미니가 말했다.

간호사는 한쪽 눈썹을 치켜올렸지만 계속했다. "사회 통념에 어긋나는 경험은 건강을 위협할 뿐 아니라 사회적 지위 및 결혼을 하고 가정을 꾸릴 기회마저 위태롭게 한다. 고독한 삶에 처하게 될 것이다. 사랑과 결혼은 여성에게 삶의 전부임을 명심해야 한다. 일부 소수 여성은 다른 활동도 똑같이 성취감을 준다고 주장할지 모르나, 속내를 들어보면 그들도 불행과 불만족을 시인할 것이다. 여

* 시라쿠사의 참주 디오니시우스가 측근 다모클레스를 호화로운 연회에 불러 한 올의 말총에 매달린 칼 아래 앉히고 참주의 권좌가 늘 위태로운 것임을 깨닫게 했다는 일화에서 유래한 말.

자에게 사랑과 결혼이 없는 삶은 실패다. 그런 걸 원하지는 않겠지, 미스 데이비스?"

"내가 뭘 원하는지는 아무 상관 없잖아요." 미니가 말했다.

콘스턴스는 일 분도 더 듣고 있을 수 없었다. "감사합니다, 간호사님. 보건의의 말씀은 분명히 전달됐습니다."

포터 간호사는 방금 본인이 읽은 카드의 의견에 동의하지 않는다 하더라도, 그런 내색은 전혀 보이지 않았다. 간호사는 카드를 치우고 말했다. "그럼 두 분 작별인사하시죠. 미스 데이비스, 그대로 가운 입고 있어, 원복을 갖고 올 테니."

28

이제는 정말 시간이 없었다. 미니는 양팔로 무릎을 끌어안고 검진용 테이블에 앉았다. "난 여기 언제까지 있게 될까요?"

"재판 때까지."

"그러고 나서 곧장 여기로 돌아오겠죠."

콘스턴스는 미니 옆에 앉았다. "내가 할 수 있는 모든 걸 해볼게. 보안관님은 나더러 네 부모님을 한번 더 만나보라더군."

"하지만 왜요? 어떤 사람들인지 알잖아요."

"신문에 난 기자회견을 보셨을 거야. 그분들이 아셨으면 좋겠어……" 콘스턴스는 다시 캐츠킬에 가서 미니에게 제기된 혐의는 사실이 아니었다고 말할 계획이었으므로, 잠시 말을 멈추었다가 이렇게 말했다. "네 부모님이 네가 어디 있는지 아셨으면 좋겠어. 혹시 편지를 쓰고 싶어하실지도 모르잖아."

"그럴 분들이 아니에요."

“네 보호자가 될 만한 사람을 찾을 수 있다면, 그래도 널 석방할 희망이 좀 생기는데. 누구 없을까?”

“전에도 말했잖아요. 없어요.”

“그럼 네 방에 드나드는 남자들을 봤다고 주장하는 그 집주인은 어때?”

미니는 속에서 뭔가 뒤틀리는 느낌이 들었다. “그 사람이 뭐요?”

“만약 내가 집주인하고 얘기해보면,” 콘스턴스는 미니에게 맞춰 목소리를 낮췄다. “그 사람이 무슨 말을 할까? 자 이제 솔직해지자고.”

미니는 그날 밤의 일을 머릿속에서 빠르게 되돌려보았다. 이윽고 진실이기도 하고 유용하기도 한 답을 끄집어낼 수 있었다. “그 집에서 토니의 형을 한 번 봤다고 말하겠죠.”

“진짜야?”

“네.”

“토니의 형이 왜 거길 갔지?”

미니는 입술을 앙다물었다. 토니의 형제가 몇 명이나 될까? 미니는 그것조차 몰랐고, 결국 이렇게 말했다. “토니랑 얘기하러 왔대요. 둘이 무슨 일인가로 다퉜어요. 둘 중 하나가 상대방한테 돈을 빌렸다던가. 누가 먼저 시작했는지도 모르겠네요.”

콘스턴스는 잠시 미니를 물끄러미 바라보았다. 꺼림칙한 구석이 한두 군데가 아니었다.

“뭐, 그게 다이길 바란다. 집주인하고 얘기해서 그 말이 맞는지 확인할 거야. 만일 그게 사실이라면, 검사에겐 네게 불리하게 작용할 만한…… 그런 위법 행위의 증거가 없어. 하지만, 미니……”

콘스턴스는 손을 뻗어 소녀의 턱을 잡고 억지로 자신을 쳐다보게 했다.

"듣고 있다고요. 꼭 눈을 맞춰야 해요?"

"다른 목격자는 없어? 누구든 앞에 나서서 주장할……"

"없어요!"

콘스턴스는 계속 압력을 가했다. "내가 하려는 말은 이거야. 검사가 그런 남자들 중 한 명이라도 찾아낸다면? 검사가 그들을 증언대에 세운다면?"

미니는 그에 대해 잠시 생각해봐야 했다. 그걸 누가 어떻게 알아내겠어?

"없어요. 어쨌든, 그 남자들이 그걸 왜 인정하겠어요? 그럼 감화원에 가야 할 텐데."

아니, 그놈들은 안 가.

차마 입 밖에 낼 수 없었지만, 그게 사실이었다. 간호사가 노크를 하자 콘스턴스가 말했다. "부탁한다, 미니. 얌전히 있어. 여기 있는 동안 조금이라도 나쁜 평판을 얻게 되면……"

"그럴 일 없어요."

확실히 미니는 감성 충만한 작별인사를 할 기분이 아니었다. 콘스턴스는 간호사 옆을 스치듯 지나 보건실에서 나온 뒤 밖으로 성큼성큼 걸어갔다. 일단 그곳을 벗어나서는 기차역까지 말 그대로 뛰었다.

29

미니는 방 한가운데에 있는 침대를 배정받았고, 그 말은 곧 어느 쪽으로 눕든 옆 침대의 아이가 자신을 바라보고 있다는 얘기였다. 결국 미니는 엎드려서 담요를 머리 꼭대기까지 덮어쓰고, 모든 게 엉망진창이 되어갔던 포트리에서의 마지막 몇 주를 기억에서 몰아내려 애썼지만 헛수고였다.

외로웠다고 해서 누가 미니를 탓할 수 있겠는가? 크리스마스가 얼마 남지 않았는데도 토니는 발길을 끊고 이전만큼 오지 않았다. 토니가 점점 자신에게 싫증을 내는 게 눈에 보였다. 사실을 직시하고자 한다면, 토니는 첫날밤 이후로 흥미를 잃었다고 보는 게 맞을 것이다. 미니는 토니를 처음 만났을 때부터 그가 여자애들과 즐거운 한때를 보내는 건 좋아하지만 누구에게도 정착하지 않을 것임을 알았다.

그래도 토니는 임대차계약에 서명하고 남편 행세를 해서 미니를 도와주긴 했다. 집주인한테 그럴싸하게 이야기가 통할 만큼 자주 왔고, 한 달에 한 번 꼭 자기가 아래층에 내려가서 집세를 냈다. 비록 보탠 돈은 쥐꼬리만큼이었지만. 그것을 제외하면 토니는 항구적으로 미니와 엮이는 데에는 거의 관심을 보이지 않았다.

그게 뭐 대수인가? 남자들은 널려 있었다. 미니는 여름이면 캐츠킬에 오는 파크 애비뉴 청년들이 포트리의 치과의사나 변호사들과 별 차이가 없음을 금방 알았다. 그들은 잠시 어울릴 사람을 원할 뿐이었다.

그날 삼베공장 밖에서 서성이던 주름투성이 미소의 남자는 그렇게 설명이 됐다. 남자는 새로 나온 공업용 개스킷과 벨트를 판매하는 영업사원이었다. 공장에 잠깐 들렀다가 저녁을 어디서 먹을까 고민하고 있을 때 미니와 부딪힌 거였다.

그는 미니가 자기 여동생이 알던 사람과 닮았다며 자연스럽게 말문을 텄다. 마침 미니는 동네 끝자락에 있는 조용하고 쾌적한 레스토랑을 알고 있었다. 그렇게 시작됐던 것이다.

그런 식으로, 미니는 그럭저럭 살아나갔다. 캐츠킬에서 하던 것과 크게 다르지 않았다. 동네 여자애들은 자기 좋다는 사람들이 사주는 저녁식사나 극장 티켓을 받는 것에 대해 아무 생각이 없었다. 왜 안 돼? 여자애들은 수중에 동전 한 닢 없었다. 달리 무슨 방법으로 사람들을 만나고 즐겁게 놀겠는가? 어머니들은 드레스와 댄스카드*만 있으면 돈이 전혀 들지 않는 교회 친목회나 사교 파티 같

* 공식 무도회 혹은 규모 있는 댄스파티에서 여성들이 갖고 다니는 카드로, 춤을 신청한 남자들 명단이 적혀 있다.

은 케케묵은 생각을 했지만, 요즘 그렇게 노는 애들은 없었다. 다들 놀기 위해 공공장소로 나갔다. 오락에는 돈이 들었다. 남자들은 돈이 있었고, 여자들은 없었다. 특히나 캐츠킬에서는, 딸이 공장에서 버는 얼마 안 되는 급료를 몽땅 집에 갖다바쳐야 하는 그곳에서는. 그렇게 간단한 얘기였다.

미니는 더이상 주린 배를 안고 잠자리에 들지 않았고, 가끔은 혼자 잠자리에 들지도 않았다. 결코 첫 만남에 남자를 위층으로 끌어들이진 않았다. 나름대로 기준이 있었다. 자본이 한정된 젊은 남자는 들이지 않았고—그런 남자는 토니 한 명이면 족했다—너무 늙은 사람도 제외했다. 아버지 같은 면이 아주 조금이라도 보이면 그러고 싶은 생각이 전혀 들지 않았다. 저녁을 사주면 얻어먹고, 집에 가져가라고 스테이크와 롤빵을 싸서 선물로 주면 키스를 해주었다. 그러나 관자놀이께가 살짝 희끗희끗한 남자, 집에 딸이 있을 만한 남자, 그런 남자들은 위층에 올라와 미니에게 손댈 수 없었다. 어림없었다.

그렇게 골라내고 나도, 여지가 있는 남자들은 충분히 남아 있었다. 주머니 속에 아버지 돈이 있는 스물세 살짜리 청년들. 어딘가의 문패에 자기 이름이 달렸고, 미니와 약간 닮은(그들이 하는 말이다) 비서를 거느리고, 드라이브하기에 날이 너무 춥지만 않으면 아무때나 바로 시외로 나갈 수 있게 자동차를 보유한 삼십대 남자들. 그런 남자들은 위층에 올라올 수 있었고, 미니는 그들을 기쁘게 맞이했다. 그들은 미니의 외로움을 내쫓았고, 공허함을 밀어냈고, 미니를 촛불처럼 밝혔다. 그들과 함께 있으면 미니는 다시 온전한 느낌이 들었고, 찬란히 살아 있는 기분이었다. 그들과 같이 있으면 그날 하룻밤만은 자신의 다른 모습을, 자신 앞에 펼쳐진 다른 미래를, 평온과 만족이 곁을 떠나지 않는 하루를 볼 수 있었다. 아무리 덧없다 해도 남자들은 그렇게 제공할 것이 있었고, 미니는 그것을 받았다.

미니의 초라하고 작은 방을 둘러보며 어떻게 이런 곳에서 살아가느냐고 큰 소리로 놀라워하는 정장과 코트 차림의 남자들이 어찌나 크게 보이던지, 미니는 그 모습을 보는 게 너무 좋았다. 선물을 가져오는 사람들도 있었다. 팔찌, 향수, 스타킹, 그러면 미니는 늘 기뻐했고, 두 번 생각할 것 없이 덥석 받았다.

장신구를 할 수는 없었다. 결국 토니가 알아차릴 테고, 그것은 미니를 영원히 등져버릴 완벽한 핑계를 제공하는 셈이었다. 그래서 미니는 선물들을 손수건에 싸서 침대 매트리스 밑에 감춰뒀고, 경찰이 문을 두드린 그날 아침까지 그 상태였다. 욕실 천장 판자 틈에 숨겨둔 그 꾸러미를 누가 발견하진 않았을까 궁금했다. 언제쯤 그걸 되찾을 수 있을지, 그걸 팔면 돈을 얼마나 받을지도 궁금했다.

지금 돌이켜보면 고도로 계산된 행동으로 보이지만, 그 당시에는 전혀 그렇게 느껴지지 않았다. 체포라는 것은 사건을 분명히 하고, 당시에는 전적으로 정당하고 합리적으로 보였던 행위에 범죄 의도라는 프리즘을 덧씌우는 경향이 있었다. 집을 나가고 싶은데 미니가 그러지 말아야 할 이유가 어디 있는가? 열여섯 살이고 일을 하거나 결혼을 하기에 충분한 나이인데, 미니가 혼자 힘으로 살고 싶어하는 게 무슨 범죄인가?

공장에서 저녁상을 차릴 만큼 충분한 급료를 주지 않은 게 미니의 잘못이었을까? 다시 공장에 들어가 일을 하고 싶진 않았지만, 토니가 권했고 미니도 동의했다. 삼베공장에 다니는 토니의 친구가 주급 십이 달러를 받았고, 그 정도면 미니가 캐츠킬에서 받던 것보다 훨씬 많았다. 그러나 여직공 관리반장과 얘기하러 갔더니, 반장은 겨우 그 절반을 제시했다. 거칠 것 없는 미니는 이유를 물었고, 그 남자는 부양해야 할 가족이 있어서 그렇다는 대답을 들었다. 미니에게는 분명 돌봐주는 사람이 있을 테고, 관리반장이 넌지시 말했다, 좀더 벌고자 하는 자세는 훌륭하지만, 그렇다고 한 가족의 가장의 급여를 빼앗고 싶은 건 아니겠지?

미니는 돌봐주는 사람이 아무도 없다고 말하려 했지만 그건 너무 비참했고, 다른 말을 더 꺼낼 수도 없었다. 미니는 그 일을 하기로 했고, 집세도 충당 못하는 봉급을 받았다. 더 나은 일을 찾을 수도 없고 집으로 돌아갈 수도 없었으니까.

위태롭게나마 그 작은 집에 미니가 자리잡는 것을 도운 이후에 토니는 미니에게 어떤 존재였을까? 그는 목요일 저녁이면 가끔 와서 미니가 아내 역할을 하며 저녁상을 차려주길 기대했지만, 어머니가 해주는 근사한 이탈리아 요리를 먹는 그를 기쁘게 할 만한 상을 차려내기란 불가능했다. 토니는 미니를 영화관에 데려갈 여윳돈이 없다고 했다. 어느 토요일인가 급료를 받은 직후라서 미니가 돈을 내겠다고 하자, 토니는 기분 나쁜 티를 내며 자기는 단 한 번도 여자한테 돈을 내게 한 적이 없다고 했다. 그건 체면의 문제였다.

하지만 미니를 돌보는 일을 놓고 봤을 때 그의 체면은 어디로 갔을까? 토니는 자신의 책임을 다했다고 생각하는 게 분명했다. 그는 두 사람의 미래에 관해 한마디도 입에 올리지 않았고, 그 주제에 대해선 미니 자신도 확신이 없었다. 그리고 같이 지내지 않는 그 많은 밤에 미니가 뭘 하는지 토니가 궁금해하기나 했는지 모르겠지만, 어쨌든 그는 묻지 않았다.

그러던 어느 날 밤—사실 새벽이었다—미니는 계단을 올라오는 토니의 발소리를 들었다. 피츠버그에서 온 악보 영업사원이 막 신발을 신고 있을 때였다. 숨을 곳이 없었으므로 남자는 그대로 서서 다가올 일을 마주하는 수밖에 없었다.

여태 미니에게 얼마나 무관심했는지와 상관없이, 토니는 미니 방에 딴 남자가 있는 장면을 받아들일 수 없었다. 그는 영업사원을 패대기쳤고, 남자가 허둥지둥 구석으로 도망쳐 웅크리지 않았다면 실컷 두들겨팼을 것이다. 그 모습에 미니는 당혹감이 가시지 않았고, 토니는 그저 그 남자를 비웃었다. 그러고 나서 토니가 돌아서서 미니의 모습—반라의, 바람을 피우다 딱 걸린—을 보았고, 집 안을 때려 부수기 시작했다. 그는 벽에 걸린 그림이란 그림은 모조리 뜯어내고, 의자를 부수고, 접시를 박살냈다. 그동안 미니는 그만하라고 소리질렀다.

고함과 비명과 벽을 때리는 소리가 집주인을 포함한 이웃들의 단잠을 방해했다. 집주인은 아래층 빵집의 오븐에 불을 넣으려고 이제 막 출근한 참이었다. 토니가 자책과 후회에 휩싸이지 않았다면 미니는 그 자리에서 쫓겨났을 것이다. 집주인이 무슨 일이냐고 따지자 토니는 그 영업사원이 자기 형이라고 하면서 형제간 불화 때문에 싸우고 있던 척했다. 화가 누그러진 집주인은 그대로 살아도 되지만 한 가지 조건이 있다고 했다. 두 사람이 결혼했다는 증거를 제시하는 것.

그렇게 해서 방에는 토니와 미니만 남았고, 둘 다 숨을 몰아쉬며 헐떡였다. 미니가 먼저 입을 열었다.

"이건 네 잘못이야."

그 말에 토니가 웃음을 터뜨렸다. "밤에 남자를 위층으로 끌어들인 게 나야?"

"여기서 쫓겨나면 난 어디로 가지?"

"그건 아까 그 남자한테 물어봐야지."

토니와 싸워봤자 답이 나오지 않았다. 토니를 두 번 다시 보지 않는다면 더없이 기쁘겠지만, 그럼 어디로 가야 하지? 미니는 숨겨둔 보석 꾸러미에 생각이 미쳤고, 그걸로 어디까지 갈 수 있을지 고민했다. 홀로 헤쳐나가야 할 그날에 대비해 미니는 제 손에 들어온 값나가는 것들을 꼭 쥐고 있었다. 그날이 온 걸까? 아니면 모퉁이 너머에 더 나쁜 것이 있을까?

"혼인 허가증을 가져와서 집주인한테 보여줘." 미니가 말했다. "안 그럼 너네 엄마한테 가서 다 일러바칠 거야."

미니는 어머니를 두려워하지 않는 이탈리아 남자는 본 적이 없었다. 토니는 씩씩대며 집을 나갔지만, 미니는 그가 돌아올 것임을 알고 있었다.

며칠 후, 토니가 노크도 없이 바로 들어왔다.

"남자친구랑 놀러나간 줄 알았는데." 토니가 말했다.

"난 남자친구 없어." 미니가 말했다.

토니는 방문에 등을 기대고 섰다. "뭐, 누나가 다시 집으로 들어왔는데, 남편은 안 좋은 놈이고 애가 둘이야. 나더러 지하실을 비워달래."

"넌 여기 있을 수 없어!"

"당연히 있을 수 있지. 방금 집세도 냈는데."

미니는 가슴이 조금 철렁했지만, 미동도 하지 않고 서 있었다. 그리고 머릿속으로 선택지에 체크 표시를 했다. 집에 돌아간다. 여기 있는다. 도망친다.

"결혼하지 않으면 여기서 쫓겨나는 줄 알았는데." 미니가 말했다.

토니가 호주머니에 손을 넣더니 봉투를 하나 꺼내놨다. "네가 얘기했던 대로, 혼인 허가증이야. 내가 네 이름도 써놨어."

그렇게 된 것이었다. 토니는 여기서 지내지 못할 이유가 없었다. 미니는 마음대로 떠날 수 있었다.

그러나 어찌된 일인지 둘 중 아무도 떠나지 않았다. 하룻밤이 한 주가 되고, 한 주가 두 주가 됐다. 두 사람은 외형적으로나마 위장 결혼에 접어들었고, 토니는 집세를 냈고 미니는 매일 저녁 감자를 태워먹었다.

그것은 미니가 원하던 바가 아니었다. 미니는 토니를 사랑하지 않았다. 미니는 캐츠킬의 생활을 증오했던 것만큼 포트리에서의 생활도 증오하기 시작했다. 하지만 한 번에 일이 달러 이상은 모을 수 없을 듯했고, 어쨌든 어디로 간단 말인가? 어디서 무슨 일을 하든 이곳과 별 차이가 있을까? 다른 도시에 가서 다른 공장에 다닌다? 그게 무슨 의미가 있을까?

스스로 답을 떠올리지 못하고 있을 때, 하나의 답이 강제로 떨어졌다. 그 답이 이거였다. 자신과 똑같은 열두 명의 소녀에 둘러싸인, 숙사 안의 철제 침대.

30

교회의 좁고 긴 창문을 통해, 준비위원회 사람들이 의자를 줄맞춰 놓고 전단지를 꺼내는 모습이 보였다. 아직 아무도 오지 않았고, 에드나는 제일 처음 들어가는 사람이 되고 싶지 않았다. 그러는 대신 교회 뒤로 돌아갔더니, 머리 위로 편안하게 우거진 나무도 없고 잠깐 앉아 있을 바위나 벤치도 없는 음산한 작은 묘지가 나왔다. 무덤 두 기는 새것이었다. 저렇게 얕게 솟은 흙을 보니 마음이 거북했다. 산 사람과 죽은 사람 사이에 좀더 든든한 장애물이 있는 편이 더 좋았다. 넓게 깔린 잔디라든가, 가시가 난 장미 덤불이라든가.

에드나는 주머니에 손을 넣고 기차역에서 주운 전단지를 찾았다. 구겨지고 또 구겨질 때까지 매일 몸에 지니고 다녔지만 누구한테 보여준 적은 없었다. 자기 같은 사람이 프랑스행 배를 탄다는 게 너무나 믿기지 않아 혼자서 소리 내어 말하지도 못했다. 잊어버릴 위험에 처한 꿈처럼, 오직 머릿속에만 간직할 수 있는 생각이었다. 오늘 저녁까지는, 전단지를 가진 사람은 누구나 와서 손을 빌려달라는 요청을 받기 전까지는.

에드나는 묘지를 세 바퀴 돌고 눈에 잘 띄지 않는 사각지대에 있다가, 말소리를 듣고 다른 사람들이 몇 명 왔다는 것을 알았다. 때는 늦은 오후였고, 겨울의 이른 석양이 내리기 직전, 빛이 어둑해지고 교회 안쪽의 램프가 창문 틈으로 노랗게 일렁이는 푸르스름한 시간이었다. 에드나는 입구로 걸어갔고, 카드 테이블에서 방명록을 적는 여자가 에드나를 맞이했다. 에드나는 이름을 말했고, 이미 가지고 있는 것과 똑같은 전단지를 받았다.

교회 안을 둘러보자 곧 거북해졌고 위화감이 들었다. 공장에 다니는 여자애가 또 있는지 모르겠지만, 에드나의 눈에는 띄지 않았다. 이건 모피 달린 코트와 멋진 모자를 쓴 부유한 젊은 여성들의 친목 모임이었다. 이 사람들이 전쟁에 나간다고? 아무도 그 의무에 적합해 보이지 않았다.

한쪽 벽면을 따라 쿠키와 샌드위치와 찻주전자가 든 쟁반으로 가득한 테이블이 있었지만, 먹을 것을 가져가는 사람은 그곳의 누구도 없는 것으로 보아 이 모임을 위해 준비된 것은 아닌 듯했다.

맨 뒤쪽에 서서 여기 있어야 할지 돌아가야 할지 고민하고 있는데, 팔꿈치에 닿는 손길이 느껴졌다. 돌아보니 금발의 곱슬머리로 감싸인 발랄하고 둥근 얼굴이 있었다. 여자는 회색 모직 트윌로 만든 평범한 드레스 정장을 입었는데, 에드나는 이 여자가 옷장에서 이렇게 수수한 것을 찾으려고 꽤나 노력을 했겠다는 느낌을 받았다.

"에드나 맞죠?" 여자가 말했다. "아, 그렇다는 거 알아요, 당신이 이름을 적은 직후에 달려와서 명단을 봤거든. 당신은 우리 아버지가 '진지한 목적의식'이라고 칭하는 걸 갖고 있네요. 당신은 우리 일원이에요, 난 딱 보면 알아."

그 짧은 얘기에 에드나는 저도 모르게 힘이 났다. 이렇게 스스럼없이 다가와 자기네 일원이라고 말해준 사람은 생전 처음이었다.

"난 내 본분을 다하고 싶어요." 에드나가 생각해낼 수 있는 유일한 말이었다.

"그렇게 될 거예요! 난 루비예요. 자기소개도 안 하고 무례했죠. 앞으로 와서 우리랑 같이 앉아요. 정말로요. 이제부터 당신은 내 손님이야." 루비는 에드나의 팔짱을 꼈고, 두 사람은 자매처럼 함께 맨 앞줄로 걸어갔다. 거기서 루비는 얼추 비슷한 느낌의 세련된 젊은 여자들 옆에 에드나를 앉혔다. 그러고는 "서로 친구가 돼요!" 하고 외치더니 다과 테이블로 달려가 찻잔 두 개와 모두에게 돌리기 충분한 쿠키를 들고 금세 돌아왔다. "아무도 이걸 안 먹는 이유를 모르겠어. 낭비잖아. 안 먹을 거면 프랑스로 보내야지, 안 그래?"

그 말에 루비의 친구들 사이에서 편한 웃음이 터져나왔다. 고개를 숙이고 프랑스에서 싸우는 사람들을 위해 기도하는 시간이 이어진 후, 미시즈 로버츠라고만 소개된 한 여자가 연단에 올라가 짧은 연설을 했다. 미시즈 로버츠는 웅변에 익숙한 듯 낭랑한 목소리로 말했다.

"이것이 우리 나라의 싸움이 아니라고 주장하는 사람들이 있습니다. 우리의 책무는 우리 국토에 한한다고, 우리의 최선은 낡은 코트로 채운 상자를 해외로 보내는 것이라고 말하는 사람들이 있습니다. 하지만 여기 있는 모든 여성분들은 더 잘 알고 있지요."

미시즈 로버츠는 그 말을 하면서 확신에 찬 고갯짓을 했고, 박수로 보답을 받았다. 에드나는 이 자리에 있는 아름답게 차려입은 젊은 여자들을 하나하나 둘러보았고, 자기가 여기 끼어도 되는 건가 다시 고민에 빠졌다.

"그리고 붕대를 감고 구호단체에 수표를 보내고 양말을 뜨는 것으로 제 몫을 하는 사람들도 있습니다. 그것도 괜찮습니다, 그러고 싶은 사람들이라면. 극심한 물품 부족에 시달리고 있으니 달러 한 장이라도 차이가 있지요. 남자들은 참호 속에서 얼어붙고 병원은 물자가 동이 나고 있습니다. 필요한 것은 끝이 없고, 그 필요에 부응하고자 하는 사람들도 있습니다. 그것도 훌륭한 일이죠, 하지만 여기 있는 모든 여성분들은 그 이상을 하고 싶어합니다."

또 한차례 박수갈채가 터져나왔고, 이번엔 아까보다 더 크고 우렁찼다. 에드나는 그 속에 휩쓸리는 느낌이었다.

"우린 그 이상을 할 수 있지만, 훈련받고 조직되고 준비되어야 합니다. 각자 무엇을 제공해야 하는가에 대해 여기 있는 모두가 심사숙고해야 합니다. 파리에는 돕고 싶어 열심이지만 훈련이 되지 않은 여자들이 넘쳐납니다. 그래서 나는 여러분에게 묻습니다. 상처를 소독할 수 있습니까? 자동차를 운전할 수 있습니까? 전화 교환대에서 일할 수 있습니까? 왜냐하면 바로 이것이 영국과 프랑스에서 요구하는 바이기 때문입니다. 뜨개질을 할 줄 안다면, 그냥 여기서, 집에 남아서 하세요. 돌아다니면서 기부금을 모을 수 있다면, 아무쪼록 하세요. 하지만 여러분이 군인들에게 제공할 것이 있다면"—이 대목에서 여기저기서 작게 웃음소리가 났다—"여러분의 귀여운 얼굴과 친절한 말 이외에, 물질적인 무언가 말입니다. 그렇다면 여러분은 프랑스에 필요한 인재이고, 우리는 여러분이 확실히 그곳에 갈 수 있도록 조치를 취할 겁니다."

다른 사람들과 다 같이 박수를 치긴 했지만, 그때의 에드나는 프랑스에서 복무하기 위해 어떻게 해야 하는지 알지 못했다. 에드나는 상처를 소독하는 법도, 자동차를 운전하는 법도 몰랐다.

사람들이 카드 뭉텅이를 돌렸고, 제공할 수 있는 기술에 표시해 달라고 요청했다. 에드나는 열 개 남짓한 칸에 표시할 수 있어서 안도했다. 절임류 만들기와 요리, 바느질, 공장 일과 소규모 기계 작동. 에드나는 루비와 그 친구들이 거의 아무 칸에도 표시하지 않는 것을 보고 놀랐다.

"어머, 우리 요리사들은 늘 우릴 부엌 근처에 얼씬도 못하게 하는데." 루비는 에드나가 쓴 카드를 보고 말했다. "어떻게 이런 걸 다 배웠는지 모르겠네."

"어렵지 않아요." 에드나가 말했다. "팬에 자투리 고기와 감자만 있어도 된다면."

"군인들은 그걸로도 괜찮을 거예요, 내 짐작엔." 루비가 말했다. "하지만 알다시피, 미시즈 로버츠가 말은 저렇게 해도 우리 중 누가 간다고 해도 막지 않을 거예요. 먼저 적십자에서 강의 몇 개를 듣게 하려는 건데, 그건 문제없지. 당신은 언제 출항하고 싶어?"

"출항?" 에드나는 그냥 배에 타기만 하면 갈 수 있다는 생각은 해보지 않았었다.

"음, 날짜를 정해야 하잖아. 아, 아직 카드 뒷면을 안 봤구나." 루비는 카드를 뒤집어 뒷면을 보여줬다. 이후 몇 개월에 걸쳐 네 개의 날짜가 적혀 있었고, 그 옆에 배의 이름이 있고, 그 옆에 숫자 두 개가 적혀 있었다.

100달러/ 50달러

처음에 에드나는 그게 무슨 뜻인지 몰랐지만, 점차 그 의미가 뚜렷해졌다. 이제 모피 칼라와 벨벳 모자들이 이해가 갔다.

"이게…… 이게 그 비용인가요?" 에드나는 살짝 떨리는 목소리로 물었다.

"어머, 응, 항해 비용. 항상 백 달러 안팎인데, 늘 변해. 그리고 거기 있는 동안 매달 오십 달러를 내는데, 왜냐면 구호단체에서는 당연히 자원봉사자가 아니라 난민을 먹이는 데 기금을 모아야 하니까. 하지만 한 달 치만 미리 내면 돼요. 나머지 돈이 안 오면 우릴 집으로 돌려보내면 그만이니까!"

그 말에 맨 앞줄에 앉은 루비의 친구들이 또다시 웃음을 터뜨렸고, 다들 출항 날짜를 놓고 서로 상의하느라 바빴다. 에드나는 충격을 내색하지 않으려 애썼지만, 분명 다 드러난 모양이었다.

"오," 루비는 팔을 뻗어 에드나의 손에 자기 손을 올리며 말했다. "누구나 우리 뜻대로 돈을 대주는 아버지를 둔 건 아니지. 다들 그렇다고 생각하지 않았으면 좋겠어. 딱 잘라 거절하는 아버지도 있거든."

"나는 잘 모르겠어." 에드나가 웅얼거렸다.

"다 그렇진 않아." 루비가 말을 이었다. "우리 중엔 직접 모금하는 애들도 있어. 작은 파티를 열고 우리가 프랑스에 가 있는 동안 매월 일 달러씩만 기부해주십사 모든 손님들한테 일일이 부탁하는 거지. 오십 명만 있으면 준비가 끝나는 거야! 어머니 친구분들을 초대해달라고 해. 그런 아주머니들은 항상 일 달러쯤은 좋은 목적에 내어줄 수 있으니까."

"우리 어머니는……"

"그래, 바로 그거야!" 루비는 신이 나서 말했다. "자, 난 사월에 출항하고 싶어, 그리고 당신이 내 선실 짝꿍이 되어줬으면 해. 최고의 시간을 보내지 않을까? 그때쯤이면 당신도 준비할 수 있겠지?"

에드나는 생각만 해도 약간 현기증이 났다. 뱃삯으로만 백 달러, 그후에 매달 오십 달러. 프랑스에서 한 해 머무는 데 칠백 달러가 든다! 비용을 본인이 알아서 대야 하는 줄은 꿈에도 생각지 못했다. 에드나의 급료는 일 년에 칠백 달러 근처에도 못 갔고, 그 대부분이 숙식에 들어갔다. 모든 게 불가능했다.

루비는 기대에 차서 에드나 쪽으로 고개를 쭉 빼고 있었다. 예쁘기 그지없는 푸른 눈과 완벽한 작은 코였다. 일이 루비의 뜻대로 되지 않은 적이 있기는 했을까?

"그렇게 할 거지, 응, 에드나? 사월에 같이 갈 거라고 말해줘. 부모님한테 얘기해서 다 계획대로 준비할 거지?"

칠백 달러. 에드나가 칠백 달러를 보기도 전에 전쟁은 끝날 것이다. 하지만 루비가 첫 달 비용만 마련하면 된다고 하지 않았던가? 둘째 달 돈이 안 온다고 해서 정말 집으로 돌려보낼까? 백오십 달러라면 어떻게든 구할 수 있을 것 같았다. 어디서 구할지 짐작도 가지 않았지만, 노력은 해봐야 할 의무가 있지 않을까?

"물론 그렇게 할 거야." 에드나는 자신이 하는 말을 들었다. 그 순간만큼은, 스스로도 그 말을 거의 믿었다.

31

감화원에서 돌아온 콘스턴스는 미니의 고백에 대해 한마디도 꺼내지 않았다. 히스 보안관이 물어보지도 않았고, 수감자가 한 말을 토씨 하나 빠뜨리지 않고 고스란히 전하는 것이 자신의 의무라고 생각하지도 않았다. 이렇게 바뀐 상황에선 미니를 도와줄 방도가 없는 듯했지만, 그렇다고 미니에게 더 나쁜 쪽으로 일을 키우고 싶지도 않았다. 한 남자와 결혼한 척하면서 다른 두세 남자와 어울린 여자라니, 딱 감화원에 들어가게 되는 종류의 여자였다. 처벌이 너무 가혹하고, 남자의 적극적인 참여 또한 필수적인 범죄에서 여자만 처벌하는 건 부당하다는 것은 확실했다. 하지만 그것에 대해 뭘 어떻게 해야 할까? 현재로선, 아는 바에 대해 함구하면 된다. 적어도 그 정도는 콘스턴스의 재량에 속한다.

요즘 교도소에서 너무 많은 밤을 보내서 제대로 씻고 싶은 마음이 간절했지만, 감화원에서 돌아왔을 즈음엔 집에 가기에 너무 늦은 시간이었다. 그래서 감방 안에서 하룻밤을 더 보냈고, 아침에 경비가 계단을 올라와 동생이 밖에서 기다리고 있다고 전해주지 않았다면 집으로 출발했을 것이었다.

"어느 동생이죠?" 콘스턴스는 엊저녁의 눈 때문에 여전히 축축하고 빳빳한 장화에 발을 밀어넣으며 물었다.

"불쾌한 쪽이요." 경비들은 모두 알랑거리고 장난치는 플러렛을 좋아했다. 노마를 본 적은 거의 없는데, 그럼에도 불구하고 노마는 경비들 사이에서 해괴한 평판을 얻었다.

노마는 교도소 밖에서 기다리겠다고 고집했고, 그래서 콘스턴스는 코트를 걸치고 나가 진입로에서 동생을 만났다. 노마는 좀 떨어진 곳에서 무서운 얼굴로 교도소를 올려다보고 있었다. 매키노 코트 안에 입은 낡은 회색 스웨터가 보기 흉하게 목 주변에서 주름져 울었다. 시내에 나오려고 입은 차림새가 전혀 아니었다.

노마는 자매들을 포함해 누구하고든 얘기나 나누자고 외출을 하는 여자가 아니었고, 그래서 교도소에 나타나는 일도 드물었다. 한 번인가 두 번 콘스턴스에게 엽서를 보낸 적이 있지만 엽서에는 늘 암호 메시지가 붙어 있었다. 전에는 그런 메시지를 전서구 편으로 보내곤 했는데, 콘스턴스와 플러렛 둘 다 더이상 노마의 새한테서 메시지를 받지 않겠다고 거부했다. 우편엽서에 의존해야 하다니 노마는 심기가 불편했지만, 달리 방법이 없었다.

노마는 신문 표제에서 메시지를 오려냈고, 콘스턴스와 플러렛은 그 의미를 알아맞혀야 했다. 가령 콘스턴스가 어떤 집안일을 도와주기로 해놓고 너무 오랫동안 연달아 집에 들어오지 않으면 '장담할 수 없는 선행'이라는 메시지가 도착했다. 어느 날 플러렛이 자기 스타일의 이탈리아식 수프를 만들겠다고 우겼는데 막상 보니 닭 육수에 마카로니를 넣고 끓인 다음 치즈를 듬뿍 갈아넣어 버무린 것에 불과했고, 거기에 노마 말마따나 독일군을 격퇴하기에 충분한 양의 마늘을 넣었을 때는 '거부된 점심'이란 메시지가 등장했다.

하지만 이번 경우는 엽서를 보낼 정도가 아니었나보다. "무슨 일이야?" 콘스턴스는 진입로를 가로지르며 물었다.

"플러렛이 어제 여기 왔었어?"

"글쎄, 어젠 내가 자릴 비워서. 하지만 왔었다면 누가 얘기를 해줬을 텐데. 왜?"

대답을 하는 동안 싸늘한 이해가 스멀스멀 등을 타고 올라왔다.

"어젯밤에 애가 집에 안 들어왔어." 노마가 말했다.

콘스턴스는 노마의 팔뚝을 붙들고 교도소 쪽으로 끌었지만, 노마는 한사코 거부했다.

"확실해? 헬렌네 집에서 하룻밤 잔 거 아니고? 애가 나가면서 뭐라고 했어?"

"아무 말도 안 했어. 어제 정오쯤 나갔는데 난 그때 리지우드에 있었어." 노마가 말했다. "핸슨 아카데미에 간 줄 알았지. 맨날 가는 데니까. 딴 데 갔다고 생각해야 할 이유가 어디 있어?"

"없지." 콘스턴스는 당혹스러움과 초조함이 밀려들었다.

"오후 내내 뒷마당 울타리를 고쳐 세우고 여덟시쯤 뜨거운 물주머니를 들고 침대에 들어갔어. 플러렛이 들어올 때까지 깨어 있으려고 했는데 눈을 뜨고 보니 아침이었어. 바로 플러렛 방을 확인했지. 어제 이후로 집에 안 들어온 게 틀림없어."

콘스턴스는 무언가 답을 도출하려 노력했고, 거센 아침 바람에 숨이 막혔다. 미니 데이비스가 처한 곤경이 너무나 생생하게 떠올랐다. 만약 플러렛이 미니처럼 도망친 거면 어떻게 하지, 하는 생각이 방금 막 들었다. 머리 한쪽에서는 그런 일이 일어날 리 없다고 부인하느라 바빴고, 다른 한쪽은 이미 수색팀을 조직하고 있었다.

"쪽지는 없었어." 노마가 말했다. "무슨 말썽이 있었다는 증거도 없고. 남자한테 온 편지나 엽서, 담배, 술……"

"술 담배라니! 넌 플러렛이 무슨 짓을 저질렀다고 생각하는 거야?"

노마는 한쪽 눈썹을 치켜올렸다. "모르는 일이잖아, 안 그래?"

"노마! 우린 알아! 우린 걔가 어디로 갔는지 정확히 안다고. 플러렛은 메이 워드와 같이 달아난 거야, 그 남자, 워드의 남편……"

"프리먼 번스타인. 만약 그놈이 우리 허락 없이 애를 보드빌 극단에 밀어넣은 거라면 놈은 감옥에 가야지. 전화번호부를 다 뒤져봤는데 놈의 이름은 없어. 그놈이 어느 사기꾼 업체를 끼고 활동하고 있다는 건 진즉에 의심했는데. 브로드웨이에선 다 그래."

"브로드웨이 사람들이 뭘 하는지 네가 어떻게 알아?" 쇼비즈니스 기획자가 일하는 방식을 두고 노마와 논쟁하고 있다니 믿기지 않았다.

"이런 걸 발견할 정도로는 알지." 노마는 주머니에서 카드를 꺼내 콘스턴스에게 내밀었다. 오디션 때 메이 워드가 사인한 사진이었다. 뒷면에는 사진 스튜디오 이름과 이런 문장이 쓰여 있었다. '어뮤즈먼트 극단의 찬사를 담아서. 뉴저지, 리어니아.'

"그럼 리어니아로 가야지." 콘스턴스가 말했다.

콘스턴스는 교도소 쪽으로 몸을 돌리며 이번에는 노마의 팔을 움켜쥐고 홱 잡아끌었고, 덕분에 노마는 발을 헛디디고 모자를 떨어뜨렸다. 자른 지 얼마 되지 않은 노마의 머리는—누가 자기 머리에 손대는 것을 싫어하기 때문에 노마는 늘 직접 머리를 잘랐다—곱슬곱슬 사방으로 뻗쳤다. 노마의 머리칼마저 이 사태에 성을 냈다.

"언니가 내 말을 들었으면, 플러렛한테 오 달러를 안 줬으면 이런 일은 없었잖아." 노마가 툴툴거리며 다시 자세를 바로 하고 도움 없이 문을 향해 걸어갔다.

콘스턴스는 그 말에 대답할 필요성을 못 느꼈다.

"아, 언니 침실 바닥에서 이걸 발견했어."

콘스턴스가 뒤돌아보았다. 비상금을 모아둔 깡통이었다. 노마가 그걸 방바닥에서 발견했을 리가 없다. 플러렛이 그렇게까지 부주의하진 않다. 분명히 노마는 전부터 콘스턴스의 서랍을 뒤졌고, 콘스턴스가 비상금을 두는 장소를 금방 눈치챘을 것이다.

콘스턴스는 깡통을 받았지만 열어볼 필요도 없었다. 보자마자 알았다.

깡통은 비어 있었다. 십칠 달러를 모아뒀는데, 몽땅 사라졌다.

32

두 사람은 보안관 사무실에서 히스 보안관을 찾았다. 모리스 보안관보가 그 맞은편에 앉아 있었다. "오늘 아침엔 집으로 가는 줄 알았는데요." 보안관은 콘스턴스를 보고 말했다. "하지만 이왕 온 김에, 우리가 전에 데려왔던 남자 기억……"

그때 보안관이 노마를 보고 말을 멈췄다.

"플러렛이 행방불명됐어요." 노마가 말했다.

모리스 보안관보가 의자에서 홱 몸을 틀었다. 플러렛은 모리스의 총애를 받았다.

"행방불명은 아닙니다." 콘스턴스가 모리스를 안심시켰다. "하지만 우리한테 말 한마디 없이 보드빌 극단을 따라갔어요. 이제 그쪽 책임자와 얘기하러 갈 겁니다. 체포할 명분이 있을 것 같은데, 그러니까……"

히스 보안관이 의자 깊숙이 기대어 앉았다. 그의 표정이 뭔가 좀 이상해서 콘스턴스는 하던 얘기를 멈췄다.

"무슨 근거로 체포를 하려는 거지요, 콥 보안관보?"

"맨 법하고 관련있지 않아요?" 노마가 불쑥 내뱉었다. "반윤리적 목적으로 주 경계를 넘어 여자를 옮기는 것? 요즘 당신들이 사람 체포하러 돌아다니는 게 그거 아닙니까?"

히스 보안관은 한 손으로 콧수염을 쓸며 말했다. "열여덟 살 먹은 여동생이 혼자 힘으로 직업을 찾아서 떠났다는 이유로 보안관에게 불평하는 여자에 대해 콥 보안관보가 무슨 말을 할지 알고 싶군요."

콘스턴스는 한숨을 내쉬고 의자에 털썩 주저앉았다. "좀더 자세한 내용을 알아낼 때까지는 프리먼 번스타인을 고발하겠다는 게 아닙니다. 다만 공식 자격을 갖춘 누군가의 엄중한 취조가 요구될지도 모르는 상황이라서요. 보안관님이 차로 우리를 데려갈 수 있지 않을까 생각했어요."

모리스 보안관보와 히스 보안관은 콘스턴스가 이해하지 못하는 일을 자기들은 알고 있음을 시사하는 표정을 교환했다. 콘스턴스는 발끈했지만 잠자코 있었다. 이미 보안관을 끌어들이려 한 것 자체가 실수였음을 자각했다.

"처음부터 다시 살펴봅시다." 히스 보안관이 말했다. "플러렛이 아무 말도 남기지 않았다면 어디로 갔는지 어떻게 알았습니까?"

콘스턴스는 그에게 오디션에 관해 상기시키고 사진을 보여줬다.

히스 보안관과 모리스 보안관보 사이에 또 한번 사람을 돌게 만드는 표정이 스쳤고, 이어서 보안관이 말했다. "그런 경우에, 열여덟 살인 여자가 공공연하게 오디션을 받은 후 극단에 가입을 허락

받으려면 가족들에게 충분히 알리고 승낙을 받아야 한다는 얘기입니까?"

"우린 승낙하지 않았어요." 노마가 성질을 내며 끼어들었다. "난 안 했어. 그 남자는 믿을 수 없어요. 사업 전체가 다 수상해. 난 프리먼 번스타인을 봤어요. 놈은 일종의 강매꾼이라고요. 그런 타입 알잖아요."

"안타깝지만 모르겠는데요." 히스 보안관이 말했다. "콥 보안관보가 그 오디션 관련 일들 초기에 번스타인 씨에 관해 내게 물었습니다. 내가 아는 한 번스타인 씨는 위법한 일을 한 적이 없습니다. 내 조수 중 한 명이 불만을 품었다는 이유로 리어니아까지 달려갈 순 없어요. 조수 얘기가 나왔으니 말인데, 내 조수는 직장에서 일을 해야 합니다."

"오늘은 안 돼!" 노마가 말했다. 노마는 코트를 꽉 여미고 기대하듯 콘스턴스를 바라봤다. 그러나 콘스턴스는 이미 이번 사안의 취약점을 훤히 간파했다.

"보안관 말씀이 맞아." 콘스턴스가 말했다. "안 그래도 우린 이런 상황의 여자들한테 개입하는 경찰 때문에 골머리를 앓고 있어. 누가 플러렛을 유인하거나 속인 게 아냐." 자기 입으로 플러렛을 미니 데이비스의 상황에 대입시켜 설명하자니 약간 진저리가 났지만, 그래도 계속했다. "플러렛은 자기 의지로 간 거야. 그게 걔가 하고 싶어하던 유일한 거였어."

"하지만 우린 아무것도 모르잖아." 노마가 말했다. "플러렛이 공장에서 일을 한다면 그건 또다른 얘기지. 우린 오늘밤 걔가 어디서 자는지도 모른다고."

"그럴지도 모르지, 하지만 그걸 법으로 해결할 문제로 볼 이유는 없어."

다짜고짜 히스 보안관의 사무실로 달려가다니 바보 같은 짓이었다. 집안에 문제가 생길 때마다 보안관에게 쪼르르 달려가는 보안관보는 자기 말고 아무도 없었다. 만약 콘스턴스가 플러렛의 상황을 자신이 맡은 사건 중 하나로 봤다면, 비행의 증거나 본인 의사에 반해 아이를 집으로 데려와야 한다고 생각할 이유를 찾지 못했을 것이다. 보안관 사무실로 달려간 건 그저 두려움과 본능 때문이었다.

프리먼 번스타인에 대한 노마의 확고한 의심에 부화뇌동한 것도 잘못이었다. 노마는 처음 만난 사람을 덮어놓고 싫어했고, 특히 콥 집안의 누구한테든 흑심을 품은 남자는 유독 불신했다. 돌이켜 생각해보면, 그 오디션이 사기가 아니었다 하더라도 프리먼 번스타인과 같은 입장의 사람이 노마의 신뢰와 존경을 얻기란 불가능했다. 그걸 알면서 왜 노마의 의견에 조금이라도 신빙성을 부여했던 걸까?

콘스턴스는 노마와 대립하고 싶지 않았고, 동생이 아니라 히스 보안관 편에 선다는 인상도 주고 싶지 않았다. 하지만 둘 다 만족시킬 수는 없었다.

콘스턴스는 노마와 히스 보안관을 번갈아 쳐다보다 이윽고 입을 열었다. "알겠습니다. 리어니아에는 내가 직접 가서 해결하고, 더 이상 보안관 귀에 이 얘기가 들어가는 일이 없도록 하겠습니다. 사실 포트리와 가까우니 가는 김에 미니 데이비스의 집주인과 만나 얘기하겠습니다."

히스 보안관은 그 정도로 일단락하고 손을 내저어 자매를 사무실에서 내보냈다.

33

프리먼 번스타인은 리어니아의 대로변 한 구획을 거의 몽땅 차지한 분홍색 벽돌 건물에 사무실을 두고 있었다. 반 블록 떨어진 거리에서 노마는 건물 정문으로 나오는 번스타인을 발견했다. 노마가 먼저 그를 잡으러 달려나갔고, 축축하게 젖었다가 발에 물집이 잡히기 좋은 형태로 빳빳하게 말라버린 부츠를 신은 콘스턴스는 절뚝이며 뒤처졌다.

노마의 발소리에 번스타인은 뒤로 돌아서 어리둥절한 표정으로 파이프 담배 연기를 뿜었다.

"아이구 저런, 미안해라." 노마가 그를 따라잡았을 때 번스타인이 말했다. 노마는 바지라고 칭하길 거부하는 승마용 절개 스커트 차림이었고, 달릴 때 매키노 코트 자락이 나부꼈다. 노마가 무대에 대한 열망을 가진 여자로 보였을 리 만무했으나, 번스타인은 이렇게 말했다. "오디션은 끝났어요, 모든 자리가 다 찼습니다."

"오디션 따위를 보려는 게 아냐." 노마가 말했다. "내 동생을 돌려받으러 왔지."

번스타인은 희극적 과장이 섞인 몸짓으로 주머니를 톡톡 치며 현재 가지고 있는 동생 같은 건 없음을 주장했다.

그때쯤 콘스턴스가 두 사람을 따라잡았다. 번스타인은 굉장한 흥미를 보이며 콘스턴스를 건너다봤다. "여자 경찰관을 모시고 왔어요?" 그는 콘스턴스의 배지를 보고 얼어붙은 것 같았다.

"그 아이는 내 동생이기도 합니다." 콘스턴스가 말했다. "그리고 우린 동생이 당신 아내의 극단과 동행하고 있다고 믿을 만한 이유가 있습니다. 동생은 한마디 말도 없이 집을 나갔어요. 어디 가면 동생을 찾을 수 있는지 알아야겠습니다."

이제 번스타인은 콘스턴스를 보며 함박웃음을 짓고 있었다. "보안관 사무실의 그 여자 보안관보시로군요, 맞죠? 과연 언론에서 쓰고 싶어할 만하네요. 두 분 모두 제 사무실로 올라가서 말씀 나누시죠."

자매가 뭐라 대꾸하기도 전에 번스타인은 두 사람의 팔짱을 끼고 뒤로 돌아 그랜드 애비뉴를 되짚어가서 분홍색 건물의 넓은 쌍여닫이문을 통과했다.

노마와 콘스턴스는 거리에서 남자한테 휩쓸려 끌려가는 타입의 여자가 아니었지만, 번스타인은 저항할 수 없는 마력을 가진 것으로 판명됐다. 그는 최신 유행에 맞춰 재단한 선명한 체크무늬 정장을 입었고 댄서 같은 낭창낭창한 몸짓으로 우아하게 걸었다. 주름이 깊게 팬 그의 얼굴은 어느 표정으로든 금방 둔갑했고, 그래서 그 진한 눈썹을 치켜올리면 당혹스러움 혹은 호기심을 나타내는 굵은 선들이 이마를 가로지르며 나타났다. 웃을 때 보조개는 두 개가 아니라 서너 개였고, 턱 중앙에도 하나 더 생겼다. 이렇게 가까이에서 보니 여태껏 만나본 남자들 가운데 가장 흥미롭게 생긴 사람 중 하나라는 사실을 콘스턴스는 인정할 수밖에 없었다. 그에게서는 좋은 냄새도 났다. 번스타인이 두 사람을 같이 잡아끄는 동안, 그들은 고급 담배 연기와 이발소의 화장수, 곱슬머리를 곱게 매만지는 데 쓰는 크림인지 연고인지의 향기에 휘감겼다.

독주의 향도 살짝 섞여 있었지만, 술꾼으로 취급할 정도로 강하진 않았다. 콘스턴스는 곧 그 냄새의 진원을 소개받게 된다. 번스타인은 자매를 데리고 휙 계단을 올라 자기 사무실의 가죽소파에 앉히고 앙증맞은 유리잔 두 개와 셰리 한 병을 내왔다.

"그건 안 되지." 노마가 팔짱을 끼고 말했다.

"오, 돼요. 아주 쉬워요. 그냥 잔에 조금 떨어뜨리고 가끔 홀짝이면 돼요." 번스타인이 빙그레 웃었다. 그의 눈은 갈색보다 녹색에 가까웠고, 모자를 벗은 후에 보니 머리칼은 붉은 기가 돌았다. 혈통에 아일랜드인의 피가 좀 섞여 있었다.

노마는 손사래를 치며 잔을 물렸고, 콘스턴스는 근무중이라고 말했다. 그와 관계없이 술은 받지 않았겠지만. 아버지가 떠난 후, 어머니가 숨겨뒀던 의료용 브랜디 약간을 제외하면 집안에 술이라곤 한 방울도 없었다.

"그렇죠, 근무중이시죠. 여자 보안관보님." 번스타인은 책상 앞 의자에 털썩 주저앉으며 말했다. "정말 당신 맞죠? 아무렴. 이보다 더 잘 어울리는 여성은 본 적이 없어요. 당신은 스크린에 나와야 합니다. 어떻게 생각하십니까?"

“언니는 그딴 생각 안 해.” 노마가 말했다. “우린 동생 때문에 온 거야. 가족들과 먼저 얘기하지 않고 그앨 고용한 건 무책임한 짓이야. 우린 그애의 보호자이고, 우리의 의무는……”

“오 맙소사!” 번스타인의 눈썹은 놀라는 시늉을 하며 치켜올라갔다. “내가 열네 살짜리 아이를 고용했나요? 절대 고의로 그런 건 아닙니다. 동생분 성함을 말씀해주시면 오늘 저녁에 당장 집으로 돌려보내겠습니다.”

“동생은 열여덟 살입니다.” 콘스턴스는 노마의 팔을 잡고 진정시켰다. “우린 단지 동생이 잘 있는지 안부를 묻고, 그애가 정말 미시즈 워드와 함께 있는지 확인하고 싶을 뿐입니다. 동생은 우리한테 메모도 남기지 않았어요. 우리에게 말도 안 하고 사라지다니 예외적인 일이라서요.”

번스타인은 듣고 있지 않았다. 책상 서랍을 마구 뒤지더니 몇 분의 탐색 끝에 구겨진 신문지 조각을 꺼냈다. 도망친 탈주범을 체포한 콘스턴스의 활약을 그린 작년 십이월의 신문기사였다. 사실대로 쓴 캐리의 기사가 아니었다. 다른 기사들 중 하나였다.

“‘지하철역 계단에서 미치광이 체포.’” 그가 읽었다. “이 미치광이 역을 할 만한 친구를 내가 아는데.”

“그자는 그냥 미치광이 흉내를 낸 것뿐이었어요.” 콘스턴스가 말했다. “일반적인 범죄자에 불과합니다.”

“그럼 더 잘됐지요, 내 친구도 흉내를 내는 것뿐이니까! 지금 그 대사 한번 더 듣고 싶네요, 일반적인 범죄자에 불과하다는 그 말요, 저쪽 창가에 서서 최선을 다해 해봐요. 자, 이렇게.” 그러더니 당황스럽게도 번스타인은 자리에서 일어나 한 손으로 허리를 짚고 전혀 콘스턴스의 목소리 같지 않은 가성으로 그 문장을 읊었다.

콘스턴스는 의자에서 일어나지 않고 앉은 그대로 번스타인을 노려보았다. 박수를 받지 못하리란 걸 알고 번스타인은 다시 앉으며 말했다. “이걸 좀 알아야겠군요. 당신 정말로 목 조르기 기술을 시전했어요? 그 기술을 나한테 보여줄 수 있다면, 일주일 내로 당신을 무대에 올리죠.”

이쯤 되자 노마는 완전히 신물이 나서 마치 그 신문기사가 제 것이나 되는 양 번스타인의 손에서 낚아챘다. “언니는 배역을 맡으러 오디션 보러 온 게 아니야. 동생에 대해 입을 열지 않으면 곧장 경찰서로 가겠어. 동생 이름은 플러렛 콥이야. 미시즈 워드랑 같이 있는 거 맞아, 아니야?”

번스타인은 근엄 모드로 얼굴 표정을 재배치하고 말했다. “사죄드립니다. 두 분 모두 동생분에 대해 무척 걱정하고 계신 걸 알겠습니다. 동생분은 우리 극단에 합류했고, 완벽히 안전하다고 장담할 수 있습니다. 그런데 몇 가지 조언을 좀 드려도 된다면……”

노마는 자리에서 일어나 번스타인을 내려다보며 눈을 부라렸다. “당신은 우리에게 조언할 수 없어. 이 푸른 지구에서 동생이 도대체 어디 갔는지 알 수 있도록 투어 일정을 알려주는 건 돼. 그리고 그애가 무사하다는 걸 우리 눈으로 직접 확인하겠어. 우리 둘 말고 플러렛을 생각해주는 사람은 아무도 없으니까.”

번스타인은 심호흡을 하고 노마에게 앉으라는 몸짓을 했다. 콘스턴스가 노마의 팔뚝을 잡아당겼고, 노마는 마지못해 도로 의자에 앉았다.

“여러분, 나는 단지 경고를 하려는 것뿐입니다. 나는 이 게임을 십오 년 동안 해왔고, 이런 일은 천 번도 넘게 봤습니다. 무대에 설 꿈을 품고 자란 한 소녀가 어느 날 기회를 잡게 됩니다. 하지만 소녀의 어머니가 놔주질 않아요. 딸이 집에 있으면 집안일을 도울 손이 추가로 있는 셈인데 어느 어머니가 놔주겠습니까? 어쨌든 소녀는 집을 나오고, 그러면 얼마 안 되어 열받은 부모가 나타나 갖은 소란을 피웁니다. 심지어 부모는 경찰을 불러 도덕적 타락과 풍기문란 혐의로 딸을 체포하라고 하기도 하지요. 부모는 그뒤에 무슨 일이 벌어질 거라고 생각하는 걸까요? 딸을 집으로 데려가 바른길로 인도할 수 있다고 생각할까요? 일이 년 보호시설에 있으면 딸이 올바른 숙녀가 될 거라고 생각하는 걸까요? 사실 지금, 이 업계 여자들은 감화원에서 몇 년 정도 안 살아본 사람이 거의 없어요. 그래봤자 더 반항하고 열망하게 될 뿐입니다. 그렇다면 동생분을 어떻게 할 생각입니까, 여자 보안관 나리? 동생을 잡아다 집으로 끌고 가서, 당신은 밖에 나가 온갖 위험한 일에 뛰어들면서, 동생은 집안에서 빈둥거리며 멀거니 구경만 하게 할 건가요? 나는 당신들 여성 경관들이 무슨 일을 하는지 압니다. 당신들에게 댄스홀과 놀이동산을 들락거리라고 하죠. 장담하는데 분명 당신은 아편굴 내부라든가 빌려줄 여자들이 잔뜩 있는 평판 나쁜 가게 안쪽을 봤습니다. 왜 당신은 그래도 괜찮고, 당신 여동생은 안 됩니까? 안 되죠. 여자들은 집에 가서 그런 건 싹 다 잊어야죠. 그냥 끝까지 기다리세요, 투어가 끝나고 동생분이 집에 오면 기뻐하시고요. 동생분이 집에 오면 하는 얘기에 관심을 가지고 귀를 기울이고 어른으로 대우해줄 것을 권합니다. 우리 극단은 엄격하고 나이 지긋한 독일 여성을 샤프롱으로 고용했고, 인상이 험악한 친구를 보호자 겸 감시로 붙여놨어요. 당신 같은 보호자들의 눈을 똑바로 쳐다보며 프리먼 번스타인 휘하의 사람들에게는 그 어떤 문제도 없다고 약속할 수 있도록, 그렇게 조치를 취한 겁니다. 문제가 생기면 내 평판이 망가질 텐데, 그런 일을 감수할 수 없죠. 나는 사업가입니다. 그게 무슨 뜻인지 이해가 되십니까?"

마침내 그의 기나긴 말이 끝났다. 번스타인은 의자 깊숙이 앉아 파이프에 불을 붙여 한 모금 빤 다음 아주 만족스러운 표정을 지었다.

노마는 콘스턴스를 보며 오직 자매끼리만 읽을 수 있는 표정을 슬쩍 지었다. 생전 처음 보는 두 여자에게 자기 자신은 이해하지도 못할 사안에 관해 감히 설교를 늘어놓는 남자의 뻔뻔함에 대한 극도의 피곤함을 담고 있었다. 그 얘기는 노마가 번스타인의 장광설을 거의 듣지 않았고, 그 시간을 자매 둘이 협업할 계획을 짜는 데 더 유용하게 사용했다는 뜻이었다.

찰나의 눈짓이었고, 노마는 쉽게 자신의 의견을 바꾸지 않았다. 콘스턴스는 언제 어느 상황에서든 노마가 무슨 말을 하고 어떤 행동을 할지 거의 꿰뚫고 있었다. 그래서 가만히 앉아 노마의 계획이 시동에 들어갈 때까지 기다렸다.

노마는 자기 딴엔 예의바른 미소를 지으며 의자에서 일어섰다. "감사합니다, 번스타인 씨. 지금까지 언니와 제가 생각하지 못했던 굉장히 좋은 포인트를 짚어주셨네요. 시간을 들여 그렇게 명쾌히 설명해주시다니 친절한 분이세요. 저희를 아래층까지 데려다주실래요? 길을 잘못 들까봐 걱정돼서요."

번스타인은 자리에서 벌떡 일어났고, 입에 문 파이프가 깐닥거렸다. "영광이죠! 두 분 다 즐거운 만남이었습니다. 저는 그저 걱정 많은 언니든 이모든 어머니든 하여간 여자애들을 쫓아나서기 전에 저한테 와서 이렇게 얘기를 해주셨으면 좋겠습니다. 이제 아시겠지만, 그분들의 생각을 바로잡는 건 일도 아니죠."

번스타인은 책상을 돌아나와, 그들이 들어왔던 그대로 나갈 수 있도록 팔을 구부려 팔꿈치를 내밀었다. 노마는 복도를 지나 계단을 반쯤 내려갈 때까지 기다렸다가 말했다. "내 가방!"

노마는 뒤돌아서 계단을 뛰어올라갔다.

"문 열려 있어요!" 번스타인이 노마의 등뒤에 대고 외쳤다. 그러고 나서 콘스턴스를 보고 말했다. "제가 가서 도와드려야 할까요?"

"괜찮을 거예요." 콘스턴스가 대답했다. "영화 일로 여기 리어니아에 오신 건가요? 매주 새로운 영화사가 문을 여는 것 같던데."

부추김은 그걸로 충분했다. 프리먼 번스타인은 영화가 무대 공연보다 나은 점에 대해, 카메라 앞에 배우와 댄서는 물론이고 프로권투선수와 전쟁 영웅, 특별한 재주가 있는 개, 여자 보안관보, 난쟁이, 각종 기인과 유명 인사까지 세울 수 있는 자신과 같은 매니저가 더 높은 수익을 올릴 가능성에 대해 일장 연설을 늘어놓았다.

그러다 콘스턴스를 영화에 투입하는 아이디어가 다시 등장했다. "아니, 길거리에서 은행 강도를 추격해 체포하는 여자가 얼마나 많은 관객을 동원할지 생각해보세요! 극장에서 일어나는 가장 스릴 넘치는 스턴트가 될 겁니다. 성공적인 그림을 만들어내고 싶다면, 당연히, 여자는 그 은행 강도와 결혼해야 하죠. 아니면…… 음, 경찰서장이나 보안관이나, 하여간 누가 됐든 애초에 그 직업에 여자를 투입한 사람과 결혼할 수도 있겠군요. 그게 좋겠네. 아니다, 여자가 사기꾼하고 결혼하는 편이 더 낫겠다. 그런 생각 해본 적 있습니까, 미스 콥? 범인들 중 한 명과 결혼한다는 생각? 당연히 그들이 개과천선한 다음에 말입니다. 아니 그보다는 그 사기꾼이 실은 사기꾼이 아니었다는 게 더 잘 먹히겠네요. 아니면 여자가 애먼 사람을 잘못 체포하고 그 사실을 안 후에 너무 미안해서 그 남자와 사랑에 빠지고 결혼할 수도 있어요. 그건 어떠십니까? '애먼 남자.' 제목은 그걸로 가죠."

그 이상은 도저히 못 들어주겠다 싶었는데, 다행히 들을 필요가 없게 됐다. 노마의 발소리가 복도를 내려왔고, 이내 노마가 옆구리에 가방을 끼고 계단을 내려왔다. 얼굴에 떠오른 만족스러운 표정을 가까스로 숨기고서.

34

번스타인 씨가 의심을 품고 가방 속을 보자고 할까봐 노마는 종이를 가슴 안에 숨겼다. 그러나 번스타인은 사기꾼과 결혼하는 여자 경찰에 대한 영화를 구상하는 데 푹 빠져 전혀 눈치채지 못했다. "더 좋은 제목이 생각났어요!" 멀어져가는 자매의 등뒤에 대고 번스타인이 외쳤다. "'생포했다!'로 가죠. 부제는 '여자는 그의 심장을 생포했다.'"

모퉁이를 돌자마자 노마는 광고지를 꺼내 목록에 적힌 도시들을 살폈다. "오늘밤엔 스크랜턴에 있어. 시간 맞춰 갈 수 있으려나 모르겠네. 곧장 베들레헴으로 가서 거기서 플러렛을 만나자."

콘스턴스는 노마에게서 광고지를 받아들었다. 맨 꼭대기에 익숙한 슬로건이 적혀 있었다. '예쁘고 쾌활하고 다재다능하다! 메이 워드와 여덟 명의 드레스덴 인형들. 아름다운 의상과 특수한 무대로 보드빌에서 가장 심혈을 기울인 공연을 선보이는 여성 극단.'

그 아래 도시와 날짜, 극장 목록이 쭉 나와 있었다. 베들레헴 다음엔 앨런타운, 해리스버그, 피츠버그, 이어서 메릴랜드와 워싱턴의 기착지 몇 곳, 그리고 다시 북쪽으로 틀기 전에 필라델피아로 갔다가 뉴욕시로 돌아왔다.

"플러렛이 펜실베이니아를 떠나기 전에 잡을 거야." 노마가 말했다.

"'잡아'?" 그때쯤 자매는 기차역에 다다랐다. 콘스턴스는 노마가 광고지를 접어서 가방에 넣는 동안 기차 시간표를 훑어봤다.

"뭐, 그러려고 가는 거 아니야? 플러렛을 찾아서 집으로 데려오려고?"

"어디 간다는 데 찬성한 기억 없는데. 이제 우린 플러렛이 어디 있는지 알았고, 그애가 무사하다는 확약도 받았어. 편지를 쓰고 싶다면 이 도시들 중 한 곳의 극장 전교로 보낼 수도 있고. 극장을 통해서 전화도 할 수 있어."

노마는 코웃음을 쳤다. "언니가 이 상황을 직시하지 못하나본데, 내 그럴 줄 알았어. 원래 언니는 플러렛이 관련된 문제에는 말썽을 뻔히 눈앞에 두고도 못 보니까. 번스타인은 우리한테 자기가 어떤 사람인지 보여줬잖아."

"무슨 소린지 모르겠다."

"그자는 언니에 대한 신문기사에서 딱 한 줄을 뽑아서 싸구려 오락거리로 만들려고 했어. 만약 극장 대관료를 할인받아서 표를 이십오 센트에 팔 수 있다면 번스타인은 자기 어머니라도 무대에 올릴걸."

"하지만 미시즈 워드와 다른 단원들이 다 보는 앞에서 우리가 극장에 나타나 집에 가자고 하면 플러렛이 어떻게 나올 것 같아? 우릴 보고 반가워할 가능성이 있긴 할까? 기꺼이 우릴 따라나서는 장면이 상상이 되니? 나는 어디든 마음대로 갈 수 있고 뭐든 하고 싶은 대로 할 수 있는데, 그래봤자 범죄자랑 씨름하는 거라고 해도, 플러렛은 무대에서 노래하면 안 된다고 어떻게 설명해?"

"언니가 하고 싶은 대로 하는 건 아니지. 돈 받고 일하는 거잖아. 명령과 지시에 따라서. 언니가 하는 일이 하나부터 열까지 불쾌하고, 아주 고역이고, 오래 하다보면 괴로워질 거라는 데 누구나 동의할 거야."

노마는 대화를 요상하게 끌고 가 사람을 미치게 하는 재주가 있었다. 콘스턴스는 문득 무엇에 관해서든 노마와 솔직하게 터놓고 얘기한 적이 있나 궁금해졌다. 한 번도 기억나지 않았다.

"내 걱정은 안 해도 돼." 콘스턴스가 말했다. "이제 어떻게 할 건지만 생각하자."

"난 이미 다 생각해놨어. 마음을 정하지 못한 사람은 언니지."

사실이었다. 결정할 수가 없었다. 플러렛의 멱살을 쥐고 집으로 끌고 오고 싶은 마음이 반이었고, 뭐, 나머지 반도 여전히 멱살을 잡고 싶은 거였지만, 콘스턴스는 스스로에게 미련하게 굴지 말라고, 그래봤자 아무 도움이 안 될 거라고 내심 타일렀다.

"우리가 애 앞에 나타나면 그걸로 끝난 거야." 콘스턴스가 말했다. "플러렛은 우릴 용서하지 않을 거야. 좀더 확신이 들면 좋겠는데, 난 잘 모르겠다."

노마는 플랫폼을 따라 길게 놓인 벤치에 털썩 주저앉아 가슴 앞에서 팔짱을 꼈다. "내가 그 남자 마음에 안 든다고 말했지."

"응, 그랬지."

"그자는 뭔가 냄새가 나."

"그렇게 말했지."

"전에 무슨 스캔들이었나 뭔가 관련해서 그자의 이름을 들어본 적 있어."

"기억이 잘 안 난다니 의외네, 너답지 않게."

"기억해낼 거야."

"그때까진 일단 멈추고 이렇게 자문해봐야 할 것 같아. 우리가 플러렛을 죽을 때까지 쫓아다니면서 그애가 하는 모든 일에 사사건건 반대할 각오가 되어 있는지, 아니면 현대 여성다운 자세로 애가 자기 길을 가도록 놓아줄 것인지?"

"현대 여성다운 자세에 관해서라면 언니가 일가견이 있겠지."

"글쎄다, 내가 이제 일터로 복귀해야 한다는 것 정도는 알아. 이 정도면 너한텐 충분히 현대적일까?"

기차가 도착하자 노마는 그쪽으로 가볍게 손을 저었다. "어서 가, 그럼."

35

노마는 북쪽으로 가는 기차를 탔고, 콘스턴스는 덜컹거리는 작은 전차를 타고 미니 데이비스의 집주인을 만나러 포트리로 향했다. 전차는 부아가 치밀 정도로 한가하게 느릿느릿 굴러갔고 콘스턴스는 걸어갈 걸 그랬다고 후회했다. 훨씬 왜소한 사람에게나 맞을 비좁은 고리버들 좌석에 몸을 구겨넣어야 해서 승차감이 엉망이었고, 가는 내내 자신의 곤란한 처지에 성질이 났다.

플러렛이 가출해서 화가 난 건 사실이지만, 하필 이 특정한 시기에 가출한 것 때문에 더 화가 났다. 일주일만 빨리 나갔더라면—혹은, 또 모르지, 일주일만 늦었더라면—맑은 머리로 생각할 수 있었을 텐데. 하지만 지금은 미니 데이비스 사건과 미니가 숨기려 했던 불편한 진실 때문에 머리가 복잡했다. 플러렛도 뭔가 숨기고 있을까?

플러렛은 분명 콘스턴스가 직장에서 씨름하고 있는 사건들을 보고 가출할 배짱이 생긴 게 틀림없었다. 콘스턴스는 플러렛이 있는 자리에서 사건에 대해 뭐라고 얘기했었는지 열심히 기억을 더듬었다.

에드나를 집에 묶어두려 하다니 미시즈 휴스티스가 얼마나 옹졸하고 이기적인지, 집안일에 경찰과 법원을 끌어들이다니 사법기관을 얼마나 우습게 본 건지 일장 연설을 했던 게 분명했다. (정말 그런 말을 해놓고선 플러렛이 사라지니까 쪼르르 히스 보안관한테 달려갔단 말인가? 그랬다.)

데이비스 부부에 대해 독설을 퍼붓고 집에 와서도 그 얘기를 또 하고 싶어했던 것 같다. 철없는 미니를 밖으로 내몬 것이 데이비스 부부의 잘못이라고 생각하는 콘스턴스의 말에 플러렛은 무척 용기를 얻었을 것이다.

미니에게 만족할 만한 삶을 지원할 수 없다면 데이비스 부부는 딸한테 버림받아도 싸다고까지 말했던 것 같다.

그래, 확실히 그 비슷한 얘기를 했었다.

그렇다면 플러렛이, 히스 보안관이 지적했듯, 보호자가 완벽하게 인지하고 동의하는 가운데 오디션을 봤던 바로 그 배역을 수락할 정당한 권리가 있다고 생각하게 된 것은 누구 탓일까?

콘스턴스가 플러렛이 오디션을 보거나 배역을 수락하는 것에 대해 단 한 번이라도 소리 내어 반대한 적이 있던가? 행여나 진짜로 배역이 있고 그게 플러렛한테 갈까 싶어서?

그러지 않았다.

그렇다면 콘스턴스가 플러렛의 새로운 모험에 대해 불안해하거나 아이를 잡으러 쫓아갈 합당한 이유는 하나도 없어 보였다. 나중에 든 생각이지만 프리먼 번스타인을 다그치러 가지도 말았어야 했다. 플러렛이 정말로 극단과 같이 있는지는 확인을 해야 했지만.

그러나 문제는 감화원에서 생긴 압도적인 불안과 플러렛에 대한 걱정을 분리할 수 없다는 점이었다. 그렇게 갑자기 미니가 감화원으로 보내지는 것을 보고, 또 내내 의심하던 내용을 다급한 고백으로 듣고 나니, 그것들이 한데 뒤엉켜 어디서 미니 사태가 끝나고 플러렛 사태가 시작되는지 알기 힘든 불안한 상태가 되어버리고 만 것이다.

콘스턴스는 포트리에서 하차했고, 미니를 처음 봤던 빵집을 찾았다. 길 건너편에서 2층의 조그만 창문을 올려다봤더니, 다른 세입자를 구할 준비를 하는지 창유리가 신문지로 덮여 있었다. 이렇게 평범한 삶이지만 그래도 새로운 인생을 시도할 생각을 하다니, 미니에게 감탄하지 않을 수 없었다. 저 집에 드나들었을 남자들에 대해선 미니의 말이 옳았다. 증인이 될 남자가 없다면—둘이 저질러야 성립하는 범죄에 나머지 한쪽이 기소되지 않는다면—그 상대만큼이나 미니도 자유를 누릴 자격이 있었다.

법적 논거가 불분명하고 도덕적 전제는 불안정하기까지 하지만, 적어도 버건 카운티의 선출직 공무원의 눈에는 그랬고, 콘스턴스는 그 견해 덕분에 힘을 얻었다. 문을 열고 그날의 제빵 일과가 아직 끝나지 않은 빵집의 천국 같은 향기를 맡자 더욱 사기가 높아졌다.

콘스턴스는 제빵사들이 일찍 일어나고 일찍 잔다고 알고 있어서 미니의 집주인 엘리엇 씨가 아직 가게에 있는 걸 보고 한숨을 놓았다. 오븐 하나가 고장이 났는지 엘리엇 씨는 신음과 욕설을 번갈아 내뱉으며 렌치로 오븐을 두들기고 있었다.

다른 오븐은 잘 작동되고 있어서 늦은 시간의 팝오버가 이제 막 나왔다. 콘스턴스는 계산대 앞의 젊은 여자에게서 슈가파우더를 뿌린 팝오버 두 개를 샀다. 조그만 갈색 봉투에 담긴 빵을 받고서, 식기 전에 당장 한입 베어 물면 뽀얗게 피어오를 김을 상상하지 않으려 애썼다. 오븐에서 바로 나온 팝오버만한 게 없는데.

그러나 그건 미뤄둬야 할 것이다. 보안관 일로 엘리엇 씨를 만나야 한다고 여자에게 말하자, 빵집 주인이 렌치를 집어던지고 다가왔다. 그는 생김새 하나하나가 천상 빵집 주인이었다. 떡 벌어진 투실투실한 어깨, 부풀어오른 반죽 덩어리를 두들기는 방법이나 말 안 듣는 오븐을 벌하는 방법을 아는 우람한 손. 그는 방해를 받아 약간 무뚝뚝해진 것 같았고, 콘스턴스의 용무가 뭔지 곧장 짐작했다.

"그 여자가 방세도 안 내고 간 거 아시죠." 엘리엇 씨는 인사 대신 말했다. 그는 앞치마에 손을 닦으며 계산대 앞에 섰다.

"지금은 내기 어려울 겁니다. 감금됐거든요."

"그래도 싸지요."

"미니에게 불리한 증언을 하시기로 했다고요. 검찰에 그렇게 말씀하셨다고 들었습니다."

"당연하죠. 내 방값은 받아야겠으니."

콘스턴스는 안타깝다는 시늉을 하며 말했다. "저런. 오해하신 것 같네요. 이건 임대료에 관한 사건이 아니라 돈을 받으실 수 없어요."

"그게 무슨 소립니까, 돈을 못 받는다니? 내가 판사한테 말하고……"

"이건 도덕성과 관련해서 기소된 사건입니다. 분명히 말씀드리는데 이 재판은 임대료 지급과는 아무 상관 없어요. 임대료에 관해서는 시청 직원한테 얘기하셔야죠." 밀린 방값을 받아내려면 누구한테 얘기해야 하는지 콘스턴스도 몰랐지만, 시청 직원이 설득력 있을 것 같았다.

빵집 주인은 그 말에 콧방귀를 뀌었다. "뭐, 어쨌든 판사한테 얘기하는 게 낫겠지. 그 여자는 행실이 나빴어요. 매일 밤 올라가는 남자가 바뀌었다니까."

"그래요? 정확히 몇 명이었죠? 재판장이 물어볼 텐데요, 진실만을 얘기한다고 선서하신 다음에."

엘리엇 씨는 계산대 앞의 여자를 건너다봤고, 아마도 딸인 듯했다. "안에 들어가서 그 롤빵 좀 갖고 와라." 그는 콘스턴스의 손에 들린 봉투를 보고 말했다. "놔뒀다간 맛이 없어져요."

"알아요. 하지만 먼저 대답해주시죠. 남자를 몇 명이나 보셨습니까? 그들의 생김새를 묘사할 수 있겠습니까?"

"생긴 걸 묘사해? 내가 가게에서 사는 것도 아니고. 오븐에 불 넣으려고 왔을 때 한 놈 봤을 뿐인걸."

"그게 누구였습니까?"

엘리엇 씨는 어깨를 으쓱했다. "뛰쳐나가는 것만 봐서. 토니가 골목까지 놈을 쫓아나갔지. 완전 꼭지가 돌아서."

"토니가 뭐라고 말했습니까?"

그는 한숨을 내쉬고 소매로 이마를 문질렀다. "그게, 그 남자가 자기 형이라던데, 그걸 내가 어떻게 알겠소?"

"제 말이 그겁니다!" 콘스턴스는 크게 안도하며 말했다. 미니의 얘기 중 최소한 그 부분은 사실이었다. "그걸 어떻게 아시겠어요? 그 남자가 토니의 형 맞습니까, 아닙니까?"

콘스턴스는 더는 기다릴 수 없어서 봉투에 손을 넣었다.

"에이, 젠장. 판사가 그런 걸 물어봐요?"

콘스턴스는 고개를 끄덕였고, 슈가파우더와 얇게 바스라지는 황금색 빵 껍질을 한입 가득 물고 일 따위는 금세 깡그리 잊어버릴 뻔했다. 자기가 만든 팝오버가 사라지는 걸 보면서 제빵사는 씨익 웃었다.

"뭐," 엘리엇 씨가 체념조로 말했다. "법정에서 얘기를 하겠다고 약속했으니 어쨌든 하긴 해야겠지."

다시 말을 할 수 있게 된 콘스턴스가 입을 열었다. "괜찮아요, 엘리엇 씨. 하느냐 마느냐는 전적으로 당신에게 달렸습니다. 첫 재판은 아침 여덟시 정각에 시작됩니다. 검사가 출석일을 알려드릴 거예요."

"여덟시? 난 장사를 해야 해요! 내가 뭘 아는지도 모르는 마당에 고작 판사한테 가서 말하려고 빵집 문을 닫으라는 거요?"

콘스턴스는 알 게 뭐냐는 듯 어깨를 으쓱했다. "아침 장사 공치는 거죠. 오븐에서 다음에 나올 빵이 뭐라고 하셨죠?"

36

살면서 본 감자 중 가장 질이 나빴다. 껍질은 퍼렇고, 물렁물렁하고 시들었으며, 대부분 찍혀서 흠집이 났고, 몽땅 싹이 났다. 미니는 제일 안 좋은 부분을 열심히 잘라냈다. 흰 감자 알맹이는 얼마 안 되는데 껍질은 훨씬 큰 무더기로 쌓였다.

"미스 피트먼한테 들키면 큰일나." 애거사가 재빨리 껍질을 쓸어모아 쓰레기통에 버렸다.

"하지만 저런 걸 먹으라고 할 리 없잖아." 미니가 말했다.

"아, 더 나쁜 것도 먹을걸. 밀가루엔 벌레가 있어. 저녁 롤빵 속에서 보게 될 거야."

"애거사!" 주방 맞은편에서 에스터가 소리쳤다. "그러지 마."

"그치만 사실이잖아." 애거사는 굽히지 않았다. 입술이 통통한 애거사는 웃으면 한쪽 입매가 다른 쪽보다 더 많이 벌어졌고, 혀짤배기소리로 말했다. 그래서 미니는 애거사가 마음에 들었다. 애거사가 미니의 팔꿈치를 잡고 팬트리의 수납장에서 꺼내놓은 밀가루 통 쪽으로 끌고 가도 잠자코 끌려갔다.

"여기 봐. 벌레." 애거사는 통 속에 손을 넣어 밀가루 한줌을 쥐었다가 도로 살살 떨어뜨렸다. 벼룩만한 작은 갈색 벌레들이 통 속에 떨어지자마자 날쌔게 가루 속으로 파고들었다.

미니는 강하게 나가는 게 최선의 방책이라고 생각했다. "그냥 바구미잖아. 체로 걸러내서 닭한테 먹이면 돼."

"닭이라니!" 애거사가 귀 따갑게 소리쳤다. "너 도시 애가 아니구나, 그치?"

"도시 애가 되고 싶었지. 그랬더니 이꼴이 되더군." 미니는 다시 칼을 들고 감자 깎기로 돌아가 되도록 대범하게 알맹이를 남기려 노력했다. 애거사는 냄비를 문질러 닦는 중이었고, 이 주립 보호소의 최연장자이자 최고참인 에스터는 국물을 내려고 고기 붙은 뼈를 끓이는 중이었다.

"정확히 뭘 하다 그 꼴이 됐는데?" 애거사가 물었다.

"아니, 맞춰보지." 에스터가 돌아서더니 점쟁이처럼 눈을 가늘게 뜨고 미니를 노려보며 말했다. "넌 집에서 도망쳤어."

"당연하지." 애거사가 말했다. "그런 건 대답할 필요도 없어. 근데 그다음에 어떻게 됐느냐? 집에서 도망쳐서 널 자기 집에 받아줄 남자를 찾은 거지."

"정확히 말해서 자기 집에 받아준 건 아냐." 미니가 말했다. "내가 우리 둘이 살 방을 하나 얻자고 졸랐지."

"오, 그건 더 죄질이 안 좋은데." 애거사가 말했다. "판사한테 그런 식으로 말하지는 마."

"그래." 에스터가 말했다. "절대 뭐든 네 생각이었다고 하면 안 돼. 내가 딴사람 탓할 거 없다고 우기다가 여기 왔잖아. 판사는 내 말이 사실이라고 생각했고, 그렇다면 자진해서 그런 부도덕한 생활을 하는 여자는 가두고 상속재산을 다 빼앗아야 한다고 판단했어."

"정말 상속받을 재산이 있단 말이야, 네가?" 미니는 다시 에스터를 보았고, 부유한 집안 상속녀의 모습을 그려봤다. 과연 예쁘장한 작은 턱과 들창코, 조금만 공들이면 인상적으로 보일 수 있는 눈이었다. 실크와 모피를 입은 에스터가 머릿속에 그려졌다.

"스물한번째 생일에 십만 달러가 내 손에 들어올 예정이었는데 지금은 판사가 틀어쥐고 있고, 그걸 탕진하지 않을 만한 남자와 결혼하지 않는 한 구경도 못할 거야."

"탕진하지 않으면 십만 달러가 다 무슨 소용이야?" 미니가 반문했다.

"오, 나 그 말에 전적으로 동의한다." 애거사가 말했다.

"뭐, 그거 다 남편한테 탕진하게 될 거야, 주립 보호소에서 오 년을 보낸 다음에도 누가 날 맞아준다면."

"그건 문제없을 것 같은데." 미니가 말했다.

"십만 달러를 준다면 심신박약자하고도 결혼하겠다." 애거사가 말했다.

"심신박약자라니! 그딴 식으로 부르지 마!" 미니가 말했다.

애거사가 마지막 냄비의 물기를 닦으며 말했다. "아, 그게 사람들이 너한테 붙이는 명칭이야. 여기 오래 있다보면 알게 돼. 보호소에 와서 원생들과 면담하는 남자가 있어. 우린 그 사람이 하는 질문도 다 알고 정답도 다 아니까 넌 아무 문제 없을 거야."

"흠, 에스터는 문제가 있었겠네, 심신박약자라고 불렸다면."

"아, 전혀." 에스터가 끼어들었다. "심신박약자가 제일 낫지. 그 아래는 정신이상자, 지적장애인, 바보거든." 에스터는 연극적으로 낭송하는 포즈를 취했다. "심신이 박약한 젊은 여자는 매끄러운 언변과 대담하고 자신감 넘치는 태도, 매력적인 외모로 특징지을 수 있습니다. 그러한 여자는 성인 여성의 욕정과 암흑가 삶의 경험을 가지고 있죠."

"흠, 그건 대단히…… 똑똑한 여자라는 건데." 미니의 말에 다른 두 명이 동의하는 웃음을 터뜨렸다. "좀 아는 게 있는 모양이네."

에스터가 눈물을 닦고 미니에게 다가와 속삭였다. "그 남자 수첩을 훔쳐서 중요한 부분을 베껴놨거든, 다 같이 외울 수 있게. 너한테 질문지를 줄게. 질문에 맞게 대답하는 한 넌 심신박약자로 기록될 거야. 만약 그 아래로 내려갈 우려가 조금이라도 있으면, 너는 성인 여성의 욕정을 가지고 있다는 점을 그에게 상기시키기만 하면 돼. 그 남자 되게 쉽게 혹하거든."

"그렇다면 그 남자가 심신이 박약하네." 미니가 말했다. "심신박약자면 형기가 줄어들어?"

애거사와 에스터는 서로를 쳐다보며 곰곰 따져봤다. "아닐걸." 에스터가 마침내 말했다. "하지만 정신병원이나 산업학교로 보내진 않을 거야. 거긴 지적장애인들을 집어넣고 평생 상자를 만들며 살게 훈련하는 데거든. 그리고 아기를 못 가지게 수술시킨다는 거 알지."

"설마!" 미니는 헉 숨을 삼켰다.

"원래 그래." 에스터가 말했다. "다음 세대에 또 바보와 지적장애인을 바라지 않으니까. 확실히 그건 집안 내력이거든. 의심을 살 만한 친척들 얘기는 절대 꺼내지 마, 아주 조심해. 술주정, 게으름, 원인불명의 사망, 독신녀 같은 건 입에 올리면 안 돼."

"우리 어머니는 내가 어릴 때 돌아가셨는데, 사망 원인은 못 들었어." 미니가 말했다.

"뭔가 무난한 걸로 꾸며대." 애거사가 말했다. "말에 밟히거나 기차에서 떨어지거나?"

"애거사!" 에스터가 소리쳤다. "그건 너무 심하다."

"생각해볼게." 미니가 중얼거렸다.

세 사람은 잠시 묵묵히 일했다. 미니는 아버지와 계모에게 자기에 대해서 묻는 사람이 없기를 간절히 빌었다. 미시즈 데이비스는 미니와 골디가 하나부터 열까지 나쁜 계집애들이라고 서슴없이 말했다. 만약 기회가 주어지면 얼마나 공들여 자세히 그 얘길 하겠는가? 미니는 에디스 데이비스가 자기와 언니와 돌아가신 어머니에 대해 온갖 거짓말과 허튼소리를 날조하고 아버지는 그 옆에서 정색을 하고 고개를 주억거리는 모습이 아주 눈에 선했다.

감화원에서 지내는 오 년도 충분히 끔찍했다. 상자공장에서 평생이라니—거기다 수술이라니—꿈에도 생각해본 적 없는 일이었다.

"재판에 가면 어떻게 돼?" 미니는 마침내 용기를 내어 물었다.

"아, 그건 전부 누가 너를 대변하느냐에 따라 좌우되지." 애거사가 말했다. "네 부모님은 뭐라고 하신대?"

"부모님은 재판에 안 오실 거야." 미니는 얼른 대답했고, 그게 사실이길 바라 마지않았다.

"친절한 학교 선생님이나 널 측은하게 여기는 이모나 뭐 그런 사람 없어?"

"없어, 아무도." 미니는 그게 명예 훈장이라도 되는 듯 뻔뻔스럽게 내뱉었다. 그 말은 다른 두 사람의 웃음을 끌어냈고, 애거사의 질문 나열하기는 일종의 게임이 되었다.

"그럼 마음 여린 가게 주인이나 동정심 많은 성직자는 어때?"

"둘 다 해당 없어."

에스터도 가세했다. "인정 많은 집주인 할머니는?"

"정반대지." 미니가 말했다.

"그럼 마음씨 고운 감독관." 애거사가 나름 시적으로 운을 맞추려 애쓰며 말했다. "아니면…… 아니면 자비심 많은 여자 교도관?"

"자비심 많은 여자 교도관!" 에스터가 소리질렀다. "그런 게 존재하긴 해?"

미니는 콥 보안관보가 떠올랐고, 지난번 자신의 고백을 듣고서 그 사람이 얼마나 자비심을 발휘할 수 있을지 궁금해졌다. 너무 급하게 헤어지는 바람에 미스 콥의 반응을 짐작도 할 수 없었다.

"한 사람 아는 것 같긴 한데, 그 사람이 자비로워야 할 이유를 내가 하나도 제공하지 않았어."

"하여간 여자 교도관은 너에게 해줄 수 있는 게 없어." 애거사가 말했다.

"아, 그 사람은 할 수 있어." 미니가 반박했다. "그 사람은 내가 체포되기 직전에 다른 여자애 한 명을 풀어줬어. 평범한 여직공이었대. 그 교도관이 판사에게 기소 근거가 없다고 하니까 판사가 그 사람 말을 들어줬어."

애거사와 에스터 둘 다 고개를 돌리더니 생각이 많은 눈빛으로 미니를 쳐다보았다.

"너 그거 확실해?" 에스터가 말했다.

"본인한테 직접 들은 얘기야." 미니가 말했다.

"그럼 그 교도관한테 공을 들이는 게 최선이다." 애거사가 말했다.

37

여자 보안관의 황금 배지

콘스턴스 콥, 도금 수갑과 직함 보유

뉴저지 해컨색 — 미스 콘스턴스 콥은 1914년 자신에게 협박 편지를 보낸 패터슨의 비단염색 사업가 헨리 J. 코프먼의 유죄판결에 일조한 이후 여러 사건에서 활약했다. 히스 보안관의 비공식 보좌관으로 활동해온 미스 콥은 보안관으로부터 도금 배지와 도금 수갑, 그리고 보안관 조수라는 직함을 받음으로써 그 보상을 받았다. 이제 미스 콥은 자신이 진짜 수사관임을 입증할 수 있다.

최근 미스 콥이 이룬 위업은 미스 미니 데이비스(뉴욕 캐츠킬)로부터 자백을 받아낸 것으로, 미스 데이비스의 기소는 앤서니 리오(포트리)와 십여 명에 이르는 그의 친구들에 대한 체포로 이어졌다. 앤서니 리오는 인신매매 혐의를 받고 있다. 존 코터 카운티 수사관과 패트릭 하트넬 포트리 경찰서장은 포트리의 한 집에서 곤경에 처한 미스 데이비스를 발견하고 구조했으며, 미스 데이비스는 강제로 그 집에 감금됐다고 말했다.

현재 미스 콥은 배지를 달고 멋진 수갑을 핸드백에 넣어 가지고 다닌다.

"그 도금 수갑이라는 물건, 나도 구경 좀 해보고 싶네." 콘스턴스가 말했다.

"나도 그래요." 히스 보안관이 말했다. "그거 미스 하트의 기사는 아니죠?"

"그럴 리가요. 하여간 캐리네 신문은 아니에요. 분명 기자회견 때 왔던 사람이에요. 내가 어떤 자백을 받아냈다고들 생각하는 거지?" 콘스턴스가 말했다.

"나는 체포됐다는 그 십여 명의 인신매매 용의자에 대해 좀 알고 싶군요. 우리 위층에는 없는 것 같은데. 그래도 존 코터의 이름 철자는 맞게 썼고, 코터에게 중요한 건 그것뿐이죠." 히스 보안관은 의자 깊숙이 몸을 묻었다. "빵집에 갔던 일은 어떻게 됐습니까?"

"집주인은 아는 게 없더군요. 토니의 형이 그 집에 왔었고, 그게 다예요. 형제는 무슨 일인가로 주먹다짐을 하게 됐고, 형은 도망쳤어요. 집주인이 증언을 하진 않을 것 같습니다."

"코터 수사관의 일을 어렵게 만들고 있군."

"사건이랄 게 없잖아요. 둘 다 풀어줘야 합니다."

"코터는 재판에서 이기는 걸 좋아하지요."

히스 보안관은 우편물을 분류하다가 편지 몇 통을 콘스턴스 쪽으로 툭 던졌다. 우체국 소인을 흘깃 보기만 해도 여자 보안관 조수의 숭배자들이 흔히 사는 저 먼 곳에서 온 것임을 알 수 있었다. 뉴멕시코의 파이타운, 캔자스의 버든, 사우스다코타의 찬스. 노마가 그 편지들에 답장을 쓸 테고, 세상에서 제일 외로운 남자들이 도금 배지에 관해 읽으면 또 편지가 잔뜩 날아들 게 분명했다.

히스 보안관이 말했다. "감화원으로 가는 길에 미스 데이비스가 뭔가 더 얘기한 건 없겠지요?"

사실을 숨기는 건 쉽지 않은 노릇이었지만, 콘스턴스는 미니에게 가장 이익이 되는 쪽으로 생각했다. "무슨 말을 할 수 있겠어요? 강제로 붙잡혀 있던 것도 아니고 사기를 당한 것도 아니었어요, 결혼 약속이 제대로 이행되지 않았다는 것만 빼면. 하지만 그건 이미 알고 계시잖아요."

"코터는 애초에 앤서니 리오가 함께 달아나자고 미스 데이비스를 어떻게 꾀었는지 알고 싶어할 겁니다. 약에 당했나요? 코와 입을 덮은 손수건이나 술에 몰래 탄 가루 기억이 난대요?"

"그럴 리가 없죠!"

"그럼 어떻게 된 걸까요?"

"지금 왜 공장 일자리와 언니와 같이 쓰던 방을 버리고 유람선 위의 잘생긴 남자와 도망갔는지 묻는 거예요?"

보안관은 그 말에 미간을 찡그리고 우편물을 내려놨다. "그런 질문을 하는 건 검사입니다, 내가 아니라. 하지만 왜 멀쩡한 집을 버리고 가명으로 빌린 원룸과 그에 딸린 헛된 약속에 넘어가는지는 알아둬도 나쁘지 않겠군요."

"미니네 부모님은 매우 엄격해요. 내 눈으로 직접 봤으니 알죠.

여자애들이 그러기도 하잖아요. 이제 막 돈을 좀 벌기 시작했는데 그걸 몽땅 집에 갖다바치기 싫은 거예요. 공장에서 온종일 일한 대가로 자기한테도 뭔가 좀 있었으면 좋겠어요. 내 것이라고 부를 수 있는 뭔가가. 평생 부모를 위한 삶을 살고 싶지도 않고."

그렇게 말을 하면서 콘스턴스는 약간 몸서리가 나는 것을 참아야 했다. 내가 지금 누구 얘길 하는 거지, 미니인가 플러렛인가?

"결혼을 할 수도 있었습니다." 보안관이 말했다.

"노력했지요."

"열과 성을 다해 노력한 건 아니었죠."

"좋아요." 콘스턴스는 한숨을 쉬며 말했다. "열여섯 살짜리 여자애를 당신에게 설명할 순 없어요. 미니는 어떻게 될까요?"

"미스 데이비스가 자신을 피해자로 묘사하지 않겠다면 본인이 원해서 타락한 삶으로 빠져들었다고 판단해 정식으로 감화원 형을 받게 하겠다는 게 코터 수사관의 생각입니다. 미스 데이비스를 본보기로 삼으려 할 겁니다."

"미니는 감화원에 어울리지 않아요. 거기서 망가질 겁니다."

"미스 데이비스는 열여섯 살이고 집에서 도망쳐 나왔습니다. 감화원에 가는 사람들은 바로 그런 종류의 젊은 여자들이죠."

"하지만 에드나 휴스티스도 집을 뛰쳐나왔는데 감화원으로 보내지 않았잖아요."

"미스 휴스티스는 안정적인 직장에서 일하고 선량한 크리스천이 운영하는 하숙집에서 살고 있었으니까요. 적어도 당신이 내게 얘기한 바로는 그랬습니다."

"네, 그리고 미스 휴스티스는 판사 앞에서 자신의 주장을 얘기할 기회를 가졌어요. 미니도 똑같이 기회를 가져야 마땅합니다."

"지금 열여섯 살짜리 여자애를 건강한 삶을 살 거라는 보장도 확신도 없이 풀어주자고 주장하는 겁니까? 그건 수퍼트 판사라고 해도 동의하지 않을 겁니다. 설사 그 여자가 남자들의 호의를 받아들인 전력이 없다고 해도, 그 유혹에 쉽게 넘어갈 거고요. 달리 전망이 없고 보호자를 자처할 사람도 없습니다."

히스 보안관은 우편물 분류를 마치고 또 한 더미를 콘스턴스 앞으로 툭 던졌다. "게다가 존 코터는 이번 선거에서 내 사무실을 노리고 있어요. 이 비슷한 사건 몇 개면 버건 카운티의 훌륭하고 정의로운 모든 사람들이 자기편이 될 거라고 생각하죠."

"보안관이 되고 싶대요?"

"이미 아는 줄 알았는데요."

"공직에 출마한다는 건 알았는데. 보안관이 되고 싶어하는 줄은 몰랐네요." 콘스턴스는 존 코터가 히스 보안관에 맞서 선거운동을 벌이며 모욕을 퍼부을 거라는 예상에 기분이 매우 나빠졌다. 히스 보안관이 이길 거라는 사실은 믿어 의심치 않았지만. 미니 데이비스에 대해 선처해달라고 코터를 설득해 공소를 철회하는 것 또한 불가능할 것 같았다.

"미스 데이비스의 부모님과 한번 더 얘기해봐요." 히스 보안관이 말했다. "집에 가지 않으면 주립 보호소로 가게 됩니다. 그런 식으로 설명하고, 현명하게 생각하시도록 잘 달래봐요."

"데이비스 부부가 현명한 생각에 취미가 있는지 잘 모르겠지만, 노력은 해보겠습니다. 에드나 쪽도 확인해볼게요."

"좋습니다."

콘스턴스는 앞에 놓인 편지 뭉치를 집어들었고, 그때 그것을 보았다.

플러렛이 보낸 엽서였다.

38

지금쯤 알아차렸겠지, 모른다면 언니는 형사도 뭣도 아니야. 난 메이 워드와 드레스덴의 인형들과 함께 왔어. 지금은 드레스덴 인형이 다 됐어. 노래도 전부 알고 댄스 스텝을 배우는 중이야. 이거야말로 내가 사랑하는 삶이고, 그건 언니도 잘 알겠지. 걱정하지 마. 우리가 샛길로 빠질 수 없게 미시즈 아이언사이즈와 미스터 임페디먼트가 눈에 불을 켜고 있고, 두 사람은 대체로 자기 일을 잘해.

F.

"이게 우리에게 말해주는 건 아무것도 없잖아." 노마가 중얼거렸다.

콘스턴스는 응접실 책상 앞에 앉아 있었다. 노마가 그 옆에 서서 잘 맞지도 않는 금속 테 안경을 쓰고 엽서를 찬찬히 노려보았다.

"이건 플러렛에게 감시인이 딸렸고, 얘가 좋아하는 일을 하느라 바빠죽겠다는 걸 우리에게 말해줘. 또 무슨 얘기를 듣고 싶은 거야?"

노마는 고개를 흔들었다. "그 번스타인이란 놈은 뭔가 수상해. 언니는 그자를 너무 믿어."

"그 사람을 전혀 믿지 않아! 내 인생을 영화로 만들려고 하질 않나, 우리 집안일에 이래라저래라 간섭을 하고, 자기에 대해선 어떻게 생각해야 하고 플러렛은 어떻게 생각해야 하는지 말했잖아. 자기가 플러렛에 대해 뭘 안다고. 내가 플러렛을 믿는 한 프리먼 번스타인을 믿어야 할 필요는 없지."

"글쎄, 언니가 걔를 믿는다고 말할 생각은 마." 노마가 말했다. "걔는 작별인사 한마디 없이 집을 나간 애야. 내가 그랬으면 어떻게 생각할 거야?"

콘스턴스는 그러면 참 좋겠다고 생각했지만 입 밖에 내지 않았다. 그 대신 여전히 옆에 서서 대답을 기다리는 노마를 올려다보며 말했다. "플러렛은 늘 무대에 서고 싶어했어. 허락하지 않을 거였다면 애초에 그렇게 말했어야 했다고. 플러렛은 인생 최고의 시간을 즐기고 있고, 우리가 그걸 막을 계제는 아니지."

여덟 명의 드레스덴 인형들은 보통 한방에 네 명씩 잤고, 그 말은 곧 한 침대를 두 명이 썼다는 얘기였다. 플러렛이 극단에 들어오자 이젠 셋이서 한방을 쓰게 됐고, 생각지도 못한 호사는 플러렛이 전 극단의 환심을 사는 효과를 가져왔다.

플러렛이 하룻밤에 일 달러씩 세번째 방의 비용을 냈지만, 그 방을 혼자 쓴다는 식의 논의는 없었다. 샬럿과 일라이저가 플러렛과 같은 방을 쓰겠다고 열심히 손을 들었다. 잠자리 배치를 두고 논란 같은 건 없었다. 두 사람이 침대를 각각 차지했고, 플러렛은 간이 침대에서 잤다.

"네가 가장 작잖아." 일라이저가 말했다. "저 조그만 간이침대가 너한테 얼마나 완벽하게 맞는지 봐봐!"

못된 심보는 아니었다. 적어도 플러렛에겐 그렇게 느껴지지 않았다. 저민호텔 앞에서 입구를 막고 서 있는 언니들을 보게 될 거라고 반쯤 예상했던 터라, 자신이 여기 있다는 사실만으로도 압도적으로 아찔하게 좋았다. 히스 보안관이 근처에 대놓은 차 안에 앉아, 콘스턴스가 플러렛의 몸을 통째로 들어 와이코프로 끌고 돌아가는 장면을, 길거리의 말쑥한 호색한들도 몇 명 덤으로 체포하는 모습을 흐뭇하게 바라보고 있을 줄 알았다.

생각만 해도 지겨웠다. 언니 둘이 다 어쩌나 따분하고 예상에서 한 치도 벗어나지 않는지, 바보 같은 비둘기나 기르는 전쟁광 작은 언니 노마와, 보안관의 적에게 시시한 불만을 품은 맹목적인 정의의 사도 큰언니 콘스턴스. 다른 집 언니들은 드레스를 빌려주고 앞날이 창창한 청년들의 남동생을 소개시켜준다는데. 왜 난 그런 언니들이 없을까?

다행스럽게도, 노마와 콘스턴스는 호텔 앞에 진을 치고 누워 있지 않았다. 산더미 같은 트렁크와 가방을 밀고 오는 포터 무리를 거느리고 극단 사람들과 함께 위층으로 올라오고 나니, 샬럿과 일라이저(이들은 방안의 오밀조밀한 세부사항을 일일이 살피면서도 심드렁한 척했다. 한쪽에 놓인 앙증맞은 세면대, 금테를 두른 조그만 거울, 화장대 위에 단정히 쌓인 공짜 편지지)와 함께 방안에 들어오고 나니—일단 그렇게 자리잡고 진짜 새로운 인생을 시작하는 데 성공했음을 깨닫고 나니—양팔 가득 넘실거리는 엄청난 양의 수선 일거리가 밀려들었다.

"이 낡고 형편없는 페티코트에 우리 이름을 수놓아야 할 거야." 일라이저가 말했다. "빨래는 각자 알아서 하도록 되어 있어. 어차피 손쓸 도리 없이 섞여버렸지만."

"이 블라우스는 소매가 너무 꽉 껴." 버니스가 말했다. "의상 전환이 너무 빨라서 그냥 뜯어버리거든. 소매를 좀 어떻게 해줘, 아니면 메이 워드의 십팔번을 좀 어떻게 해주든가. 둘 중 하나는 한 주도 더 버티지 못할 거야."

"오늘밤 아이언사이즈가 잠든 후에 몇 명이 몰래 빠져나갈 건데." 샬럿의 말에 플러렛의 기대가 걷잡을 수 없이 부풀어 나풀거렸다. "여기 밑단을 1, 2인치 정도 올려줄 수 있을까, 입었을 때 학생처럼 보이지 않게." 그들은 몰래 빠져나가면서 플러렛에게 같이 가자는 말은 일언반구도 꺼내지 않았다. 플러렛은 같이 지내는 첫날부터 자기도 데려가달라고 할 수 없었다. 게다가 외출은커녕 시간이 모자랄 정도로 수선 일이 넘쳤다.

메이 워드는 당연히 방 하나를 혼자 썼고, 드레스덴 인형들과 미시즈 아이언사이즈가 있는 방에서 복도를 내려가 모퉁이를 돌면 나오는 스위트룸이었다. (미스터 임페디먼트는 여성 전용층 출입이 허락되지 않아서 엘리베이터가 한눈에 들어오는 로비에 주둔했고, 본인이 지킬 수 없을 때는 호텔 포터에게 돈을 주고 감시해달라고 했다.)

미시즈 워드는 단원들과 멀찌감치 떨어진 방을 좋아했는데, "불규칙한 시간에 불규칙한 동행과 드나들기" 때문이라고 그들이 플러렛에게 말해주었다.

그게 무슨 뜻인지 짐작하기는 어렵지 않았다. 플러렛은 메이 워드가 어떻게 미스터 임페디먼트 몰래 빠져나가는지 궁금했다. 아니면 메이 워드는 감시 대상에서 제외되는 걸까?

도착 시간이 늦어서 첫날 저녁에는 공연이 없었지만, 둘째 날 저녁에는 다섯시쯤 메이드가 와서 방문을 두드렸다. 드레스덴 인형들은 먼저 극장으로 갔고, 플러렛은 공연이 시작되기 전에 하는 데까지 수선을 끝내기 위해 남아 있었다. 매일 저녁 드레스덴 인형들의 공연을 보는 것은, 비좁은 호텔방에 처박혀 불안정한 화장대에 올려놓은 탓에 앞뒤로 흔들리는 재봉틀 앞에서 허리를 굽히고 보낸 하루에 대한 훌륭한 보상이 될 터였다. 드레스덴 인형들이 플러렛만 빼놓고 온종일 가게와 상점가를 쏘다닌다 해도, 밤에 샤프롱의 눈을 피해 몰래 빠져나간다 해도 상관없었다. 극장에서 그들과 함께 있는 한, 백스테이지에서라도 공연의 일부가 될 수 있는 한.

메이드는 플러렛에게 조그만 카드를 내밀었다. 미시즈 워드가 자기 방으로 오라고 부르는 쪽지였다. 또다른 오디션일까? 이미 무대에 오르기로 되어 있는 걸까? 메이드는 아는 게 없었고, 빨리 오라는 분부만 들었다고 말했다.

머리를 만질 시간도, 짐을 반만 푼 트렁크와 고쳐야 할 프릴 더미에서 더 좋은 드레스를 찾을 시간도 없어서 플러렛은 그냥 신발만 꿰어 신고 메이드를 따라 복도를 내려갔다. 미시즈 워드의 방문 앞에서 메이드는 노크만 하고 제 갈 길로 가버렸다.

"플로린!" 안에서 부르는 쉰 목소리가 들렸다.

"플러렛입니다." 플러렛은 버릇없게 들리지 않았기를 빌었다.

"하여간, 얼른 와서 이것 좀 도와줘!"

플러렛은 이 호텔에서 가장 호화로운 여성 전용 스위트룸이 틀림없는 방으로 들어섰다. 감청색과 황금색의 백합 문양 양탄자, 그에 어울리는 파란색과 금색 줄무늬 벽지, 육중한 마호가니 의자, 세 개의 전기 샹들리에, 대리석 벽난로가 있고, 그 너머 침실 안에는 두툼한 양단 침대보가 깔린 어마어마한 황동 침대가 있었다. 메이 워드는 보이지도 않았다.

"안으로 들어와!" 메이 워드가 소리쳤다.

플러렛은 그 목소리를 따라 침실을 통과해 지금까지 본 것 중 가장 우아한 욕실로 들어갔다. 청결을 제공하는 공간에 이렇게 많은 대리석과 황동이 한데 집결할 수 있다는 건 상상해본 적 없었고, 이렇게 많은 거울에 동시에 비친 자기 모습을 본 적도 없었다. 벽마다 거울이 두세 개씩 있었다.

하지만 거울에 비친 모습에 감탄하러 거기 간 게 아니었다. 미시즈 워드는 각얼음 통을 옆에 둔 채 욕조 가장자리에 앉아 있었고, 자극적인 향의 투명한 액체가 유리잔에 담겨 있었다.

눈은 빨갛게 충혈됐고 얼굴은 붉게 상기됐으며 머리는 산발이었다. "아, 왔구나. 도무지 찾을 수가 없다면 재봉사가 있어봤자 무슨 소용이야?"

"전 그냥……"

"됐어. 이거, 내가 이 망할 드레스를 밟아버렸어. 다시 꿰맬 수 있겠지? 아래층에 자동차가 대기하고 있고, 가솔린은 비싸거든."

메이 워드는 미끄러지듯 일어나 빙그르 한 바퀴 돌았다. 플러렛은 망가진 부분을 보고 숨을 헉 삼켰다. 미시즈 워드는 당최 알 수 없는 이유로 이미 첫번째 공연용 의상을 걸치고 있었다. 그리스의 여신을 본뜨려고 말도 안 되게 하늘하늘한 시폰을 겹겹이 올린 얇디얇은 드레스였다. 찢어졌다가 다시 꿰매놓은 곳이 서너 군데였다. 그 취약 지점 중 한 군데가 미시즈 워드가 밑단을 밟았을 때 뜯어지고 말았다.

대배우 뒤에서 바닥에 무릎을 대고 살펴보던 플러렛이 중얼거렸다. “반짇고리를 안 가져왔는데.”

메이가 빙 돌더니 얼음을 집어던졌다. “반짇고리를 안 가져와? 내가 널 뭐하러 불렀다고 생각한 거야? 어디, 이 호텔에 분명 대충 네가 쓸 만한 게 있을 텐데.” 메이 워드는 이 서랍 저 서랍을 뒤집어엎었고, 마침내 바늘과 실이 든 작은 나무상자가 나왔다. 플러렛은 그걸로 최선을 다했지만, 전체 판을 갈아야 한다고 경고했다. “아니면 맨 바깥쪽 치마를 떼어내서 속겹하고 바꿔치기할게요.” 플러렛이 제안했다.

플러렛이 실을 끊자마자 메이는 거울 앞에서 신이 나서 한 바퀴 빙 돌았다. “오, 이거 좋은데. 고칠 수 없는 건 없지, 안 그러니, 플로린? 이거, 이 낡은 것으로 네가 뭘 할 수 있는지 보고 싶군.” 메이는 비즈 장식이 희미하게 반짝이는 연두색과 금색 드레스를 옷걸이에서 꺼내 플러렛 쪽으로 던졌다. “그 망할 비즈들이 자꾸 없어진단 말이야. 옷장 안 작은 그릇에 비즈들이 한 움큼 있어. 오늘 극장에서 돌아오면 옷 가지러 네 방으로 사람을 보낼게.”

“오늘 저녁에…… 말이에요?” 앞으로 몇 시간을 일해야 할지 뻔했고, 백스테이지에서 공연을 볼 희망은 없었다.

메이 워드가 돌아서서 웃었고, 음료를 마신 탓에 아직 기운이 넘쳤다. "그래, 당연하지! 오늘 저녁! 연회장에서 바닷속을 주제로 한 행사가 있는데, 거기 어울리게 보여야 해. 그 옷이 완벽하지 않겠니?"

드레스는 플러렛의 팔에 무겁게 안겼다. 서로 부딪치며 흥겹게 짤그랑거리는 수백 개의 작은 유리구슬 때문에 거의 어린애 몸무게만큼 무거웠다. 아름다운 작품이었고, 일주일 전이었다면 바늘을 대는 것만으로도 설렜을 물건이었다.

하루쯤 극장에 못 간다고 그게 무슨 대수일까? 내일도 있고 모레도 있는데.

"확실히 완벽할 거예요." 플러렛은 메이 워드에게 말했다. "내가 손을 다 보고 나면."

39

세 여자가 몇 시간 간격으로 앞서거니 뒤서거니 교도소에 들어왔다. 알코올중독과 아동 방치 혐의로 고발된 네 아이의 어머니, 남편에게 수은을 먹여 독살한 혐의로 기소된 아내, 고용인의 집 부엌에서 조리도구를 훔치다 적발된 요리사. 이들 세 여자를 샤워시키고 이를 제거하고 수인복을 지급하고 감방에 넣기까지, 신상을 기록하고 입소시키는 데 하루종일이 걸렸다. 한동안 잡무 감독을 소홀히 한 탓에 기존 재소자들이 청소와 정리정돈을 하지 않은 것을 보고 엄중한 경고도 몇 마디 날려야 했다.

하루가 끝나갈 때쯤 콘스턴스는 에드나 휴스티스를 확인할 겨를이 없었음을 깨달았고, 보고서를 제출하려면 전화를 거는 게 최선이라고 판단했다. 보안관 사무실은 전화로 일을 처리하는 것에 익숙하지 않았지만, 전화는 점점 필수품이 되어가고 있었다. 특히나 요즘 들어서는 자유보유권자들이 자동차 두 대의 유지비를 꼼꼼히 살피면서 보안관보들이 차 없이도 근무할 방법을 찾아야 한다고 주장했다.

이번에도 코딜리어 히스가 보안관 사무실을 차지하고 있었다. 그녀는 보안관의 책상 앞에 앉아 전화번호부를 넘기며 봉투 한 무더기에 주소를 적고 있었다.

"호출 받고 나갔어요." 코딜리어는 고개도 들지 않고 말했다.

"실례합니다, 미시즈 히스. 전화를 좀 써야 해서요. 보안국 일 때문입니다. 보고서를 제출해야 하는……"

코딜리어가 전화기를 책상 가장자리로 밀었다. "쓰세요. 나한테 일일이 얘기할 필요 없잖아요."

교환원과 얘기하면서 보안관의 책상을 힐긋 내려다보니 미시즈 히스가 보안관의 1912년도 선거운동 광고가 담긴 서류철을 열어놓은 게 보였다. 공식 사진 옆에 보안관의 공약에 대한 설명이 있었다. '정직—효율—검약—재소자들의 사회적 정신적 개선.'

"멋진 공약이네요." 콘스턴스는 교환원의 전화 연결을 기다리며 말했다.

미시즈 히스가 고개를 들고 말했다 ."보안관으로선 충분히 훌륭했지만, 의회에선 안 먹혀요. 새로운 사진과 새로운 공약이 필요하죠."

"의회요? 보안관님은 존 코터를 상대로 출마하시는 줄 알았는데요."

미시즈 히스는 예의바른 웃음을 지었다. "보안관은 중임이 불가능해요. 몰랐어요? 남편은 국회의원 선거에 출마할 거예요. 이만 갈 테니 전화 마저 하세요."

미시즈 히스는 편지를 모아 들고 부산스럽게 나갔다. 콘스턴스는 사무실에 홀로 남아 열린 문 밖으로 빈 복도를 물끄러미 쳐다보고 있었다.

의회?

오는 십일월에 다른 누군가가 히스 보안관의 사무실을 차지할 가능성—아니, 확실성—이 곧장 서늘하게 콘스턴스를 덮쳤다. 보안관이 떠나리라는 걸 어떻게 전혀 깨닫지 못했지?

코딜리어는 늘 워싱턴에 가고 싶어했다. 은제 찻주전자와 도자기 그릇을 쓰고, 범죄자들과 그렇게 시간을 많이 보내지 않는 남편을 둔, 국회의원의 아내로 살아가는 상류층 삶에 대한 나름의 포부를 품고 있었다. 히스 보안관 본인이 그렇게 말했었다. 보안관이 그 생각에 동의한 적은 없는 것 같다고 콘스턴스는 생각했다. 보안관이 떠나면 어떡하지? 히스 보안관은 콘스턴스에게 그 자신도 상상하지 못했던 삶을 가능하게 해주었다. 콘스턴스에게는 직위와 직함과 권한이 있다. 하지만 다음 보안관이 그중 하나라도 계속 보장해주리라는 확신은 없었다.

미시즈 턴불과 전화 연결이 됐고, 콘스턴스는 정신을 차리고 조사에 들어갔다. 그동안 에드나에게 아무 문제가 없었다는 확답을 받았다. 그러나 콘스턴스가 에드나를 바꿔달라고 했을 때, 에드나를 찾을 수가 없었다.

"나가는 건 못 봤는데." 미시즈 턴불이 말했다. "애들 중 한 명이 그러는데 교회에 간 것 같대요."

"화요일 저녁에요?"

"내 보기에도 좀 이상하네요. 어쨌든 통금시간까진 돌아와요.

내가 아는 건 그게 답니다."

"무슨 일인지 얘기 안 하던가요?"

"엄청 비밀스럽게 숨기더라고, 솔직히 말하면. 하지만 애가 얌전히 처신만 잘하면 내 알 바 아니니까."

"흠, 에드나가 잘 있는지 보고하는 게 제 의무라서요. 가서 에드나와 얘기를 좀 해야 할 것 같네요."

"맘대로 하세요. 나한테는 한마디도 안 하려 드니까." 미시즈 턴불은 그렇게 말하고 전화를 끊었다.

콘스턴스는 히스 보안관의 사무실에 혼자 앉아서, 그 책상을 다른 남자가 차지한 모습을 그려봤다.

그런데 의회는 또 뭐지? 보안관 배지를 달지 않은 히스 보안관은 상상이 되지 않았다.

전화 통화가 되지 않아 다행이지 싶었다. 도시 밖으로 잠시 다녀오는 것도 지금으로선 나쁘지 않아 보였다.

콘스턴스는 이튿날 바로 교도소를 나섰다. 출발하기 전에 감화원의 미스 피트먼으로부터 확인 편지를 받고 기뻤다. 그 안에 바서만 검사 결과지가 들어 있었고, 미니 데이비스에겐 질병이 없었다. 미스 피트먼은 미니가 아주 잘 적응하고 있으며 일을 잘하는 것 같다고 덧붙였다. 처음 한 달 동안은 미니 본인이 직접 편지를 쓰는 게 허용되지 않는다고 미스 피트먼이 설명했다. 콘스턴스는 두번째 달은 없기를 간절히 바랐다.

콘스턴스는 먼저 미니의 부모님과 얘기하기 위해 캐츠킬로 가서, 또다시 그 지저분한 거실에 앉았고, 낯모를 사람들의 수선이 필요한 옷가지 냄새를 맡았다. 데이비스 부부는 집이 갖춰야 할 쾌적함은 안중에도 없었고, 그 점에 대해서는 미니의 의견에 진하게 공감이 갔다.

뉴저지의 신문은 캐츠킬에 배포되지 않았지만, 이디스 데이비스는 용케 그걸 구해서 해당 기사들을 오려 작은 협탁 위에 모아놓고 짜깁기용 받침공으로 눌러두었다. 이디스는 받침공을 들고 그 종이들을 한 손가락으로 콘스턴스 쪽으로 밀었는데, 마치 너무 더러워 만지기도 싫다는 태도였다.

"난 걔가 어릴 때부터 이렇게 될 줄 알았어요." 미시즈 데이비스가 외쳤다.

골디는 콘스턴스가 온 후로 내내 말이 없었는데, 그때 구석자리 의자에서 고개도 들지 않고 나직이 내뱉었다. "걔가 어릴 땐 알지도 못했으면서."

"아, 내가 왜 몰라, 그 어미에 그 딸들이지!" 미시즈 데이비스는 새된 소리로 말했고, 더이상의 설명은 없었다.

콘스턴스는 원래 데이비스 씨를 설득하겠다는 희망을 품고 있었다. 그는 먼지투성이 작업복 차림으로 앉아서 왼손에 두른 붕대를 살피는 중이었다. 콘스턴스는 상체를 내밀고 말했다. "검사에게 증거가 아무것도 없다는 점을 알아주십시오. 따님에 대한 그런 혐의는 남자들의 오락거리일 뿐입니다. 이런 게 신문에 나다니 화를 내실 이유가 충분해요. 코터 수사관은 미니에게 불리한 그런 사안들을, 먼저 그게 사실인지 아닌지 알아보는 수고도 하지 않고 발표했어요. 그런 혐의로 기소될 일은 절대 없다고 장담할 수 있습니다."

"검사도 명분이 있었겠지." 데이비스 씨가 말했다. "하여간, 우리가 알 바 아니요. 걘는 이제 여기 안 사는 애야."

"그래서 제가 말씀을 드리러 온 겁니다. 미니에겐 좋은 가정이 필요해요. 검사는 미니를 트렌턴에 있는 감화원으로 보냈습니다. 미니가 갈 만한 괜찮은 곳이 없다면, 미니는 감화원에서 칠 년 형을 살게 될 수도 있습니다. 아버님이 그런 걸 원하……"

"감화원!" 데이비스 씨가 말했다. "생각했던 것보다 심하네."

"꼭 그래야 하는 건 아닙니다." 콘스턴스는 서둘러 말을 이었다. "판사가 아버님의 얘기를 듣는다면 미니는 집으로 돌아올 수도 있어요."

"아니지, 아니지. 그게 그렇게 심한 거라면, 감화원이 걔한테 딱 맞는 유일한 곳이네. 몇 년 전에 거기로 보냈어야 했어." 미시즈 데이비스가 말했다.

"하지만 그건 범죄에 대한 처벌을 의미합니다, 제 생각엔……"

"범죄가 없었다면 교도소에 들어가지 않았겠지." 데이비스 씨가 말했다. "뉴저지로 돌아가서 내가 회개하라더라고 전하시오."

콘스턴스는 도움을 바라며 골디를 쳐다봤다. 골디는 팔다리가 긴 사람치고 몸을 굉장히 작게 만드는 재주가 있었다. 골디는 가슴 앞에서 팔짱을 끼고 다리를 꼬고 고개를 숙인 채 앉아 있었다. 콘스턴스가 자기에게 말을 걸려고 한다는 사실을 알아차리자마자 골디는 갑자기 앞문으로 뛰쳐나가 거리를 내달렸다.

"내 말 들었잖소, 이젠 가봐요." 데이비스 씨가 말했다.

콘스턴스는 자리에서 일어나 두 사람을 내려다봤고, 주위의 때 묻은 가구들과 수선감 더미와 다를 바 없이 우중충하고 비참한 그들을 도저히 이길 수 없음을 알았다. 데이비스 부부가 딸을 다시 받아들여 사건이 해결된다 해도, 콘스턴스 본인이 그런 식으로 해결하고 싶지 않았다.

"자기 자식한테 이렇게 모진 부모는 생전 처음 봅니다." 콘스턴스가 말했다. "가족보다 원칙이 우선이라니, 그것 때문에 더 곤궁해질 겁니다."

"당신이 판단할 일은 아니지." 이디스가 말했다. "어서 가요, 애 아빠가 말했잖아."

콘스턴스는 짓밟힌 기분으로 캐츠킬을 나왔다. 저렇게 좋아라 하며 자기 딸을 치워버리는 아버지라니, 혐오스러웠다. 부모가 말 안 듣는 자식을 정부에 넘기는 게 너무 쉬워졌다. 화가 식고 흥분이 가라앉으면 후회하는 부모도 있지만, 그때는 이미 늦었다. 일단 아이가 감화원에 들어가면 자책감에 시달리는 부모가 할 수 있는 일은 하나도 없었다. 집안일을 거들 일손이 필요해서, 또는 심지어 멀리 이사가는데 남겨놓고 가고 싶지 않아서 딸을 돌려달라고 간청하는 어머니들이 있다는데, 그런 건 전혀 고려의 대상이 아니었다. 한 명도 빠짐없이 형기를 끝까지 채웠다.

어쨌든 데이비스 부부가 미니를 돌려달라고 할 일은 없을 듯했다.

다음으로 콘스턴스는 에드나 휴스티스에 관해 알아보기 위해 폼프턴레이크스에 들렀고, 미시즈 턴불의 하숙집에 도착했을 때는 마침 하숙생들이 저녁을 먹기 위해 식탁 앞에 앉아 있었다. 하녀의 안내를 받아 식당에 들어서자, 하숙생 다섯 명이 호기심어린 표정으로 스스럼없이 콘스턴스를 올려다봤다.

"여자 경찰관이 되는 시험을 봤어요?" 머리칼이 버터색이고 얼굴은 주근깨투성이인 패니가 물었다.

"여자들만 체포하나요 아니면 남자도 체포할 수 있어요?" 딜리아가 말했다. "나라면 자랑삼아 남자를 맡겠다."

바로 그때 미시즈 턴불이 뚜껑을 덮은 접시를 들고 들어왔다. "에드나를 보러 왔다면 오늘 저녁엔 분할 근무를 해서 딴 애들보다 좀 늦게 들어올 거예요. 무슨 문제가 생긴 건 아니죠?"

"전혀요. 방문하겠다고 말해놔서요, 그뿐이에요."

"그럼 기다리시는 게 낫겠네, 같이 저녁이나 들어요."

콘스턴스가 받을 수 있는 다른 저녁상은 몇 시간 후 교도소 주방의 차게 식은 음식이 전부일 터였으므로, 기꺼이 하숙생들 틈에 끼어 앉았다. 그리고 그 기회를 잡아, 이렇게 일 다니며 혼자 살아도 부모님이 괜찮다고 하시더냐고 한 명 한 명 차례로 물었다. 여자애들 중 두 명은 부모님이 안 계셔서 이모나 다른 친척들과 살고 있었고, 친척들은 그들이 성인이 되어 자립하는 모습을 보고 모두 기뻐했다고 말했다. 한 명은 아버지가 "전혀 좋지 않았"고 어머니도 "나을 것이 없어"서 공장에 일자리를 얻자마자 집을 나왔다고 했다. 지금까지 부모로부터 기별 하나 없었고, 앞으로도 없기를 바랐다. 나머지 둘은 모호하게 대답했지만 콘스턴스는 그들이 가족들과 모종의 합의에 도달해 불편한 휴전 상태로 지내고 있으며, 집에서 바라는 것보다는 적지만 자기들이 생각한 것보다는 많은 돈을 집에 보내고 있다는 걸 알 수 있었다.

"하숙비를 내고 나면 남는 게 거의 없어요." 펄이 말했다.

"삼시 세끼 먹여주고 빨래도 다 해주는데." 미시즈 턴불이 쏘아붙였다. "너보고 집에서 엄마랑 살지 말라고 막는 사람 없다."

"엄마는 내 월급을 몽땅 뺏어갈걸요."

"화약공장에서 떼돈 벌 줄 알았니? 그 그릇들이나 치워."

콘스턴스는 벌떡 일어나 그릇 치우는 것을 거들었다. 막 다 치웠을 때 문이 열리고 에드나 휴스티스가 공장 앞치마와 모자 차림으로 들어왔다. 에드나는 콘스턴스를 보고 불안한 듯 뒷걸음치며 앞치마 귀퉁이를 감아쥐었다.

"그냥 확인차 들른 거야." 콘스턴스가 말했다. "위층으로 올라갈까?" 에드나는 콘스턴스보다 먼저 재빠르게 계단을 올라가 방문을 열었다.

"무슨 문제가 있나요?" 둘만 있게 되자 에드나가 물었다.

"그냥 보고 싶기도 하고, 일이 다 잘되고 있는지 알고 싶기도 해서. 판사님이 네가 잘 지내는지 확인하라고 나한테 당부하셨잖아, 기억나?"

"아." 에드나는 침대에 털썩 주저앉았다. "저는 잘 있어요. 분할근무를 맡았어요, 급료가 조금 더 나오거든요. 정오쯤 집에 돌아와서 청소를 거들어요. 방세를 할인받으려고요. 문제가 생길 틈이 없죠."

"피곤해 보인다." 콘스턴스가 말했다.

"안 피곤해요." 에드나가 반박했다. "돈을 좀더 벌려는 것뿐이에요."

"왜? 무슨 일 있어?"

"아뇨! 근무를 더 하는 게 불법은 아니잖아요?"

"당연히 아니지. 다만 네 목소리가 좀 절박하게 들려서. 무슨 문제가 있는 거라면 나한테 말해야 해."

"전 단지…… 저는 전쟁을 위한 기금을 마련하고 싶어요." 거기까지가 에드나가 말할 수 있는 한계였다. 보안관보에게 자신이 뭘 하려는지 얘기했다가 못하게 막을까봐, 아니면 부모님한테 말할까봐 두려웠다.

"그거 대단한데, 에드나. 하지만 너무 무리하지 않았으면 좋겠다. 그거 말고 다른 일은 정말 없는 거지? 여자가 필사적으로 돈을 구할 때는 다른 이유가 있을 때도 있어서."

"그게 무슨 말이에요?" 에드나는 깜짝 놀란 얼굴이었다.

"남자 문제는 없지?"

에드나는 웃음을 터뜨렸다. 이 방에서 전혀 예상치 못한 소리였다. "설마 그럴 리가요!"

"그렇게 얼토당토않은 얘긴 아닌데."

"아니겠죠, 그쪽 계통의 일에서는."

방안을 둘러보는데 구호활동에 관한 소책자와 적십자 전단지가 눈에 띄었다. "간호 일을 배우려고?"

"그럴까 해서요." 에드나가 말했다.

콘스턴스는 에드나의 얼굴을 뜯어보며 말했다. "넌 잘할 거야. 넌 아주 야무지니까."

넌 아주 야무지니까. 콘스턴스가 간 뒤, 에드나는 방안에서 혼자 적십자의 간호학 강의 목록을 만지작거리며 앉아 있었다. 근무시간이 길어져 녹초가 됐고, 지금까지는, 그럴 가치가 거의 없을 정도로 보상이 빈약했다. 여기서 오십 센트, 저기서 일 달러 모으는 게 다였고, 그렇게 해서는 프랑스에서 매달 드는 숙식비는 고사하고 해외로 가는 배를 타는 데 필요한 백 달러도 도저히 손에 쥘 수 없을 것이다.

설상가상으로, 준비위원회의 루비와 친구들은 프랑스로 달려가고자 하는 욕망이 점점 흔들리는 것 같았다. 그들은 빠질 수 없는 집안 대소사와 사교 행사에 짜증을 내고 있었다. 어머니가 허락을 안 하신다는 사람도 몇 명 있었고, 아버지가 결국 돈을 대주실지 어떨지 잘 모르겠다는 사람도 있었다.

그들에게 이건 그런 정도의 놀이였다. 기금을 요청하기 위해 다과회를 열고, 자기들의 무모한 계획에 투자하라고 친구들에게 판매할 모직 코사지를 만들고, 그런 일들이 다 오락거리였다. 반면 에드나는 여윳돈이 있는 친구 따윈 없었고, 가능한 모든 근무를 도맡아 했고, 준비위원회 모임이 있을 때만 시간을 비웠다. 이제 곧 적십자 강의가 시작될 테고, 일단 강의가 시작되면 가외 소득과 모든 지원자에게 요구되는 수업 중 하나를 택해야 할 것이다. 불가능한 선택이었다. 하나가 없으면 나머지 하나도 할 수 없었다.

그러나 포기는 상황을 악화시킬 것이다. 공장 일도, 하숙집 생활도, 처음엔 그렇게 신나고 자유롭게 보였지만, 이제 에드나는 자기 힘으로 다른 길을 찾아내지 못하면 영원히 이렇게 살 수밖에 없을 거라는 걸 알았다. 에드나 나이 또래 여자라면 누구나 결혼을 생각해봤을 것이다. 에드나는 전쟁에 나가지 않고 집에 있는 남자와 결혼한다는 걸 도저히 견딜 수 없었고, 싸우러 나가서 영영 돌아오지 않을지도 모르는 남자와 결혼하는 것에도 딱히 관심 없었다.

전쟁의 북소리는 점점 더 크게 울렸다. 프랑스에 가지 않는다면, 그 밖에 여기 에드나를 위한 것이 뭐가 있는가?

40

프로비덴차 모나포의 기침에 좋은 겨자 연고*를 사러 약국에 잠시 나갔다 와보니, 노마가 교도소 입구에서 기다리고 있었다. 노마가 교도소에 나타난 게 이 주에만 벌써 두번째라는 생각에 콘스턴스는 기운이 쭉 빠졌다.

무엇이 저렇게 노마답지 않은 뜻밖의 행동을 하게끔 부추기는 건지 궁금했다. 플러렛의 갑작스러운 떠남(실종이라고 부르기 싫었다)이 콘스턴스에게 끝없는 근심을 안긴 건 당연했다. 콘스턴스는 아홉 달 동안 아이를 품었고 그애를 세상에 내보내기 위해 몰래 집을 나왔기에, 플러렛의 안위에 대해 자매 이상의 관심을 가졌다. 플러렛이 걱정되긴 했지만—물론 그 걱정은 죽을 때까지 끝나지 않을 것이다—콘스턴스의 직업이 이 사안을 사법 종사자의 시각

---

* 겨자씨를 물에 개어 만든 습포제.

에서 바라보길 요구했다. 보안관보의 눈으로 봤을 때, 플러렛은 아무 잘못도 하지 않았다. 콘스턴스는 그 관점을 취하는 것이 옳다고 믿었다.

반면 노마는 먹잇감을 쫓는 개처럼 플러렛의 상황을 포착하여 무서울 정도로 걱정했다. 자기 생각에 부당하다거나 부적절하다고 여겨지는 뭔가를 알게 되면 종종 그런 식이긴 했지만, 이렇게까지 나선 건 전례가 없는 일이었다. 콘스턴스는 노마가 거실에 앉아서 이런저런 일들을 못마땅해하는 방구석 지킴이라고 믿어 의심치 않았었다. 노마가 자신의 일터에 나타나 이런저런 일들을 못마땅해하는 건 마음에 들지 않았고, 저 버릇을 어떻게 꺾나 그 방법을 좀 알았으면 싶었다.

"왜 밖에서 어슬렁거리며 기다리는 거야." 콘스턴스는 진입로 입구에서 노마에게 소리쳤다. "경비가 안에서 기다리게 해줄 텐데."

"교도소 안이 편하다는 누가 참 걱정되네."

"난 네가 걱정돼. 이렇게 해컨색까지 다 나오고. 농장 밖에서 널 본 기억이 없는데 말이야. 시내에서 염소를 보는 것 같다고."

"염소는 언니 생각보다 해컨색에 볼일이 많아." 노마는 무슨 얘기를 하든 무조건 자기가 마지막으로 발언해야 했고, 특히 농장 동물들에 관한 얘기라면 더 질 수 없어서 그런 식으로 대꾸했다.

콘스턴스는 허탈한 기분으로 동생을 건너다봤다. 노마는 어머니의 낡은 녹색 펠트 모자를 핀으로 눌러썼고, 목에는 오빠 프랜시스가 어릴 때 쓰던 빨간색과 하얀색의 니트 목도리를 둘렀다. 그 속에 입은 트위드 승마복은 여러 군데 천을 덧붙여 꿰맸고, 헛간을 청소할 때 신는 장화 바람이었다. 전체적으로 옷 한 벌을 입었다기

보다는 변장을 한 것 같은 효과를 거두었고, 콘스턴스는 동생에게 그대로 말했다. 노마는 못 들은 척하고 주머니에서 뭔가를 꺼냈다.

"플러렛한테서 또 엽서가 왔는데, 그것 때문에 여기까지 온 건 아니야."

"보여줘봐." 노마가 안으로 들어가기 싫어하는 것 같아서, 콘스턴스는 바람도 피하고 사생활도 확보할 겸 동생을 차고로 데려갔다. 정비사가 조금 전에 나가서 화목난로에는 아직 장작 몇 개가 타고 있었다.

엽서는 극장과 바로 이웃한 앨런타운의 한 호텔을 보여줬다. 그 뒷면에 플러렛은 이렇게 썼다.

> 드레스덴 인형들이 이렇게 엄청난 사랑을 받는지 난 전혀 몰랐어! 엊저녁엔 메이 워드의 팬이 우리 모두를 데리고 가서 랍스터 보르드레즈를 사줬어. 그게 뭔지 상상할 수 있으려나, 못하겠지, 우린 저녁으로 랍스터를 먹어본 적이 없잖아. 로만 펀치도 맛본 적 없지, 난 마셔봤지롱, 딱 한 모금이지만! 미시즈 아이언사이즈가 다 뺏어가서 진저에일로 바꿔놨어. 하지만 샴페인 잔이어서 기분은 낼 수 있었어.
>
> F.

"로만 펀치 어쩌구 하는 얘기로 우릴 고문하고 있지만, 난 신경 끄기로 했어." 콘스턴스는 엽서를 노마에게 돌려줬다.

"엽서 때문에 온 거 아니야." 노마가 성마르게 말했다.

"그럼 뭔데?"

노마는 둘둘 말린 신문 표제를 펼쳤다. 비둘기 다리에 매달아 집으로 보내던 바로 그 물건이었다. 다만 콘스턴스가 집에 있지 않다는 점이 달랐다. 교도소에서 키운 비둘기가 아닌 한, 교도소로 메시지를 전달하도록 훈련하는 것은 불가능했다. 교도소에서 비둘기를 키울 수도 있다는 생각이 결코 노마의 머리에 떠오르지 않기를 콘스턴스는 간절히 빌었다.

납치한 여자에게 편지를 쓰라고 강요

핑킹가위로 표제만 잘라낸 것이어서 콘스턴스는 이렇게 물어볼 수밖에 없었다. "나머지는 보여줄 거야, 말 거야?"

노마가 주머니에서 신문기사를 꺼냈다. "기차역에서 클로로포름에 당한 여자에 관한 얘기야." 이 대목에서 노마는 잠시 말을 멈추고 콘스턴스의 반응을 기대하며 한쪽 눈썹을 치켜올렸다.

"응, 들었어. 그렇게 연극 대사 읊듯이 말할 것까진 없잖아." (겨우 일 년 전에 플러렛은 바로 그런 납치 협박을 받았다. 콘스턴스가 잊을 법한 사건이 아닌데도 노마는 기회만 있으면 그 사실을 상기시키는 게 엄연히 자신의 의무라고 생각했다.)

노마는 안경을 쓰고 더 잘 보려고 신문기사를 바싹 들어올리고는 말을 이었다. "여자는 시카고로 납치됐는데, 로체스터에 있는 이모를 방문하려고 집을 나간 것처럼 부모에게 편지를 쓰도록 강요받았대. 납치범들은 편지를 로체스터행 기차에 밀반입해서 그쪽에서 발송되도록 했고."

"머리 잘 돌아가는데, 그 인신매매범들."

"여자는 일 년 동안 붙잡혀 있었어. 탈출한 후에 말하길, 편지에 비밀 메시지를 숨겨뒀는데 식구들 중 아무도 그걸 알아차리지 못했다는군."

"어떤 메시지였는데?"

"각 행의 첫 글자를 세로로 읽으면 '시-카-고'가 되고 뭐 그런 식으로." 노마는 그런 간단한 트릭도 모르다니 도대체 수준이 안 맞는다는 투였다.

"플러렛이 비밀 암호를 좋아하는 줄은 몰랐네. 그 사람들은 너를 납치해야겠다. 너라면 온갖 암호와 숨겨진 메시지를 집으로 보낼 테니까."

"내가 숨겨진 메시지를 보내도 언니는 그걸 어떻게 해석해야 하는지 모르잖아."

"그 신문기사를 어떻게 해석해야 하는지조차 모르겠으니, 네 말이 맞겠네. 플러렛이 납치범들의 위협을 받고 그 엽서를 보낸 거라고 말할 셈이라면…… 글쎄, 난 동조할 수 없는데."

노마는 목까지 단추를 다 채운 다음 돌아갈 채비를 했다. "괜찮아, 그건 내가 이미 알아서 처리했으니까."

"어떻게?" 노마는 벌써 저만치 걸어가고 있었다. 콘스턴스는 노마를 따라 밖으로 나왔고, 자신을 부르러 내려온 경비를 손을 저어 물리쳤다. 노마가 너무 빨리 걷고 있어서 소리지르다시피 말해야 했다.

"노마!" 콘스턴스가 외쳤다. "너 무슨 짓을 한 거야?"

노마는 뒤로 돌더니 제왕 같은 분위기로 가볍게 손을 흔들었다. "그 문제를 벨 헤디슨에게 넘겼어."

41

노마와 벨 헤디슨이 작당을 하다니! 어떻게 그런 일이 있을 수 있지? 그 둘은, 콘스턴스가 아는 한, 서로 소개를 받은 적도 없었다. 하지만 콘스턴스가 집에서 미시즈 헤디슨에 대해 분명 무슨 얘기를 했을 것이다. 패터슨 최초의 여자 경찰관은 주목할 만한 화제니까. 그래도, 무슨 목적으로든 노마가 자청해서 누군가를 방문하다니, 더구나 완벽한 타인에게 집안 문제로 도움을 요청하다니, 너무나도 놀라웠다.

하지만 가만 생각해보니, 그 둘처럼 완벽한 짝꿍도 없을 거라는 사실을 인정할 수밖에 없었다. 노마는 고결한 여성들의 세상에 만연한 총체적 위협에 분개하는 미시즈 헤디슨의 도덕관념을 끌어내는 데 전혀 거리낌이 없을 테지만, 각각의 수상한 개인에 대한 경계와 의심 면에서는 미시즈 헤디슨이 도저히 노마를 따라가지 못할 것이다.

요컨대 노마에게는 도덕적 사명이 있는 게 아니었다. 본인 힘으로는 알 수 없는 저 개별 상대의 신원을 파악하고 그들에게 불리한 증거를 수집하려는 목적 말고는 다른 게 없었다. 특히 그들이 내 가족의 일에 끼어들었을 때는. 반면 미시즈 헤디슨은 성전을 수행했다. 그 둘을 합치면 위험하기 짝이 없는 조합이었다.

미시즈 헤디슨의 사고방식은 몹시 경직되고 융통성이 없었으며, 사실상 모든 여자애들에 대한 최고의 해법은 목덜미를 움켜잡아 집에 끌어다놓고 뜨개질과 세탁 일을 시키는 것이라 믿었다. 그 외에 다른 것을 추구하는 여자에 대한 공감력이 거의 없었다. 만약 에드나 휴스티스가 미시즈 헤디슨에게 맡겨졌다면, 분명 화약공장을 그만두고 집으로 돌아가게 됐을 것이다.

그리고 이젠 노마 덕분에 플러렛이 미시즈 헤디슨의 최신 목표가 되고 말았다. 그 어떤 여자아이도 그런 운명에 처해지지 않기를 바랐는데, 하필 우리 아이가 걸리다니.

그런 얘기를 하고 나서 다가오는 전차를 향해 진입로를 성큼성큼 걸어가버리다니, 콘스턴스가 일 때문에 자기를 쫓아가지 못할 거라는 사실을 알면서, 노마 재 진짜 음험한 애라고 콘스턴스는 생각했다. 경비가 콘스턴스를 부르러 내려온 이유는 사기 혐의로 체포된 여자가 방금 교도소에 들어왔기 때문이었다. 그 여자의 신상을 기록부에 적고, 목욕과 이 제거 의식을 치르고, 깨끗한 옷을 지급하는 일은 콘스턴스의 몫이었다.

마음 같아선 그대로 경비를 내치고 벨 헤디슨과 얘기하러 패터슨으로 달려갔겠지만, 수감자가 소란을 피우고 있는 듯했고 다른 교도관들은 그 여자 말을 주의깊게 들으려 하지 않았다. 콘스턴스로서는 집안일은 제쳐두고 자신의 임무를 다하는 수밖에 없었다. 사기꾼은 옷을 벗기고 치욕스러운 교도소 샤워를 시키려는 콘스턴스와 싸울 생각이었지만, 상대가 되지 않는다는 걸 금세 깨닫고 순순히 문질러 씻고 소다로 머리를 헹궜다. "이를 제거하면 모두에게 이롭겠지." 사기꾼이 중얼거렸고, 콘스턴스는 여자의 공동체의식을 칭찬했다.

재소자를 감방에 넣자마자 콘스턴스는 곧바로 미시즈 헤디슨을 찾아갔지만 사무실은 비어 있었다. 문 앞에 붙은 쪽지에는 오늘은 사무실로 돌아오지 않고 바로 퇴근한다고 적혀 있었다. 그때쯤 콘스턴스의 교도소 근무시간도 끝났고, 콘스턴스는 집으로 돌아가 노마를 마주하는 것 말고는 할일이 없었다.

노마는 헛간 옆에서 비둘기를 날리고 있었다. 노마의 친구 캐럴린 보러스가 길 건너편에 서서 비둘기들이 푸드덕거리며 하늘로 날아올라 맴돌다가 새장 지붕 위에 내려앉는 모습을 지켜보고 있었다.

미시즈 보러스는 말을 타고 왔다. 긴 부츠에 세련된 승마복 차림이었다. 타고 온 밤갈색 말은 헛간 뒤에서 건초 더미를 야금야금 씹어먹고 있었다.

"당신 동생이 엄청나게 멋진 아이디어를 갖고 있어요!" 캐럴린이 콘스턴스를 보고 외쳤다.

"네, 요즘 저도 새삼 깨닫고 있네요." 콘스턴스도 마주 소리쳤다.

미시즈 보러스는 길가의 작은 도랑에서 재빨리 기어올라와 이쪽으로 걸어왔다. "비둘기들이 날아오를 때 비행 패턴을 보고 가장 빠른 놈을 예측할 수 있다는 거예요. 그런 얘기 들어봤어요? 몇 주

동안 쭉 기록했으니 시험 비행을 해보면 확실해지겠지만, 어쨌든 노마가 큰일을 해낸 것 같아요."

노마는 비둘기장에 손을 넣어 두 마리를 더 꺼내 하늘 높이 던졌다. 이번엔 캐럴린도 노마도 굳이 새가 나는 모습을 지켜보지 않았다.

"저 둘은 느림보예요, 그래도 기회는 공평하게 줘야죠." 캐럴린이 설명했다.

"전에 그 체계적 방식대로 비둘기들이 잘하고 있나요, 미시즈 보러스?" 콘스턴스가 물었다.

"아, 그럼요. 다음 시험 비행 때는 콜럼버스로 가려고요. 그다음엔 시카고예요. 노마도 같이 가게 설득 좀 해주세요. 비둘기 열두 마리를 나 혼자 관리하기가 쉽지 않아요."

"내가 가면 새들이 돌아왔을 때 시간을 정확히 잴 사람이 없잖아요." 노마가 말했다. "콘스턴스는 도무지 집에 있지를 않고. 집에 있다고 해도 언니의 시간 기록은 믿을 수 없어요."

"맞아." 콘스턴스가 말했다. "비둘기 시계에 관해선 날 믿으면 안 되지." 콘스턴스는 비둘기 업무에서 벗어나는 방법은 시간 기록을 엉망으로 하는 것뿐임을 오래전에 깨달았다. 그 작전은 아주 훌륭하게 먹혔다. 노마는 다시는 콘스턴스에게 그 일을 맡기지 않았다.

미시즈 보러스가 뒤꼍에서 말을 끌고 나와 진입로로 데려갔다. "난 금요일에 출발할 거니까, 아직 마음을 바꿀 시간은 충분히 있어요."

캐럴린이 말을 타고 떠난 후, 콘스턴스는 동생을 따라 헛간으로 들어갔다. 노마는 갈퀴를 들고 닭똥을 치우기 시작했다.

"네가 무슨 생각으로 미시즈 헤디슨을 이 일에 끌어들였는지 모르겠다." 비둘기도 훈련도 더이상 화젯거리가 아니었으므로 콘스턴스가 말을 꺼냈다.

"아주 기꺼워하던데." 노마가 말했다.

"하지만 그 사람은 패터슨의 경찰이야. 플러렛이 정확히 어디 있는지 몰라도, 패터슨은 분명 아니잖아."

노마는 외바퀴 손수레에 깃털과 새장 바닥에 깔아놨던 묵은 솔잎을 실어 문밖으로 밀고 나간 다음 여름철 텃밭이 될 장소에 부었다. "플러렛이 어디 있든 그건 중요하지 않아. 미시즈 헤디슨은 각 도시에 친구들이 있으니까. 투어 체류지마다 여행지원협회에 전보를 쳐서 메이 워드의 극단을 잘 감시해달라고만 하면 돼. 다들 기쁘게 그 일을 맡았어. 그분들은 임무를 아주 좋아해."

전국 각 도시에 벨 헤디슨이 있다고 생각하니 등골이 오싹했다. "하지만 그 사람들이 플러렛을 쫓아다니며 일거수일투족을 감시하는 건 아니겠지? 대강 이런 생각일 거야, 극단이 시내에 있으니 정신을 바짝 차리고……" 콘스턴스는 일이 그런 식으로 돌아갈 리는 없겠다 싶어 말꼬리를 흐렸다.

"아, 아냐." 노마는 빈 손수레를 다시 헛간으로 밀고 들어가며 말했다. "그 사람들 엄청난 열정으로 임무에 임했어. 공연 때마다 가볼 거고, 무대 출입문을 지켜보고, 호텔도 감시할 거야."

"노마, 설마! 왜 이렇게 프리먼 번스타인한테 휘둘리는 거야? 내가 그런 인간을 옹호하거나 보드빌 극단을 따라 가출한 플러렛을 대변하는 입장이 될 거라곤 꿈에도 생각지 않았지만, 그렇게 되고 말았어, 안 그래? 네가 날 정반대편으로 몰아넣은 거라고. 너랑,

이젠 미시즈 헤디슨까지. 내일 당장 미시즈 헤디슨을 찾아가서 다 취소하라고 할 거야."

"맘대로 해봐." 노마가 말했다. "취소는 절대 없을 테니. 그 사람 원칙주의자거든."

노마는 헛간 난로 쪽으로 가서 연통을 탕탕 두들겼고, 거대한 재 먼지 구름이 그 주위로 피어올랐다. "이럴 줄 알았다니까." 노마는 중얼거리더니 연통을 청소하고 재를 쓸어내기 시작했다.

콘스턴스는 노마를, 진흙으로 얼룩지고 대팻밥이 묻은 노마의 무명 작업복을, 갈색 곱슬머리가 지저분하게 뻗친 노마의 뒤통수를, 손잡이가 짧은 빗자루를 들고 빗질을 하는 노마의 넓은 어깨를 내려다보며 서 있었다.

플러렛이 곧잘 부르던 노래가 있었는데, 남자 노래였고, 아내들 중에는 닻 같은 사람도 있고 풍선 같은 사람도 있다는 내용이었다. 자매들도 똑같다는 생각이 들었다.

노마가 풍선이라고는 단 한 번도 생각해보지 않았다.

그럼 닻인가? 그 순간에는 닻으로 느껴졌다. 심지어 닻으로 보이기까지 했다.

42

다음날 아침 콘스턴스는 플러렛이 노마가 한 짓을 알고 영원히 언니들에게 등을 돌릴 거라는 막연한 두려움과 분노에 휩싸여 곧장 미시즈 헤디슨의 사무실로 찾아갔다. 자매가 함께하는 시간이 끝나가는 걸 피할 수 없는 듯했다. 플러렛은 열여덟이었고, 제 힘으로 일을 찾거나 남편을 찾거나 아니면 하나씩 차례로 찾을 것이었고, 어느 경우든 언니들과 영원히 살고 싶어할 리는 만무했다.

콘스턴스는 그게 무슨 의미인지 이제야 겨우 깨닫기 시작했다. 그 말은 곧 자신과 노마 둘만 남게 된다는 뜻이었다. 콘스턴스에게 노마가 포함되지 않은 미래는 존재하지 않았다. 그런 생각이 들자 시무룩하고 의기소침해졌다.

그런 기분으로 패터슨 여행지원협회에 도착했고, 드디어 타자기를 두드리고 있는 벨 헤디슨을 발견했다. 헤디슨은 양쪽 귀와 눈꼬리가 올라갈 정도로 은발을 바싹 잡아당겨 스파르타식으로 틀어

올리고, 바퀴가 달린 작은 나무 스툴 끄트머리에 엉덩이를 걸친 채 자처럼 꼿꼿이 앉아 있었다.

미시즈 헤디슨은 콘스턴스를 보고 벌떡 일어났다. 태엽을 끝까지 감아놓아 언제라도 후다닥 달려나갈 것 같은 원기왕성한 여자였다. 너무 크게 말하고 너무 바싹 다가섰다. 콘스턴스는 항상 조금씩 물러났다.

"보안관보님!" 헤디슨이 달려나와 콘스턴스의 두 손을 덥석 잡았다. "저번엔 동생분을 뵙는 즐거움을 누렸는데, 오늘은 직접 방문해주셨네요. 식구들이 몇 명이나 더 계신가요, 그 엇나갔다는 아이 말고 또?"

"그애는 엇나간 게 아닙니다." 콘스턴스가 말했다. "호손에 결혼한 오빠가 한 명 있는데, 당신이 우리 오빠를 만날 일은 없을 것 같네요."

"콥 정보부의 남자 요원. 그런 것도 보고 싶네요. 아니면 어머님이 그런 건 몽땅 딸들한테 몰아주고 아들 것은 깜박하셨나? 그런 집안을 몇 군데 알아요."

"프랜시스 오빠는 잘살고 있습니다. 저는 동생 노마 때문에 사과드리려고 온 거예요. 노마가 하찮은 일로 동료분들을 귀찮게 해서 죄송합니다."

미시즈 헤디슨은 작게 숨을 헉 삼켰다. "하찮다고요? 절대 그렇지 않아요! 그애가 극단 사람들과 어울린다면 무슨 일이 일어날지 아무도 모르는 거예요. 이 나라 윤리적 타락의 일차 진원지가 극장과 댄스홀과 술집이라는 건 말 안 해도 아시겠죠. 그런 여자들이 천둥벌거숭이처럼 날뛰게 놔두면…… 뭐, 그들이 어떤 곤경에 빠지는지 잘 아시잖아요. 매일 저녁 공연이 끝나면 데이트 요청이 밀려들고, 그런 남자들의 출신 계급이 어떤지 아시죠. 그 상황에 처한 여자는 무대 뒤에서 지조를 지키기 힘들어진답니다. 무대 공기가 정조 관념을 느슨하게 만들거든요."

미시즈 헤디슨은 그렇게 일장 연설을 하고 나서 약간 숨을 헐떡였고, 콘스턴스도 그랬다. 자기 의견을 말할 틈이 없었다. 콘스턴스는 현명하게도 시도하지 않기로 했다.

"그런 일이 생길 수도 있다니 참 우울하네요." 콘스턴스가 말했다. "하지만 오늘 제가 온 이유는 특정한 여자애 한 명, 즉 플러렛 때문입니다. 노마가 그릇된 인상을 드린 게 아닌가 조심스럽습니다. 플러렛은 나쁜 무리와 어울리거나 나쁜 길로 빠져든 게 아닙니다. 저는 늘 플러렛에게 네 힘으로 밖에 나가 일자리를 찾아도 된다고 말해왔고, 그애는 바로 그렇게 한 거예요. 거기엔 아무 잘못이 없어요."

"제가 듣기로는 어둠을 틈타 몰래 빠져나갔다고 하던데요." 미시즈 헤디슨이 말했다.

"플러렛이 언제 어떻게 떠났는지는 중요하지 않습니다. 아이는 충실히 집에 편지를 보내고, 우린 아이가 안전하다고 믿을 만한 이유가 충분히 있어요. 저는 플러렛이 우리가 한 무리의 스파이를 보냈다고 생각하지 않기를 바라고, 안 그래도 바쁘실 텐데 저희 때문에 여행지원협회 분들이 괜한 수고를 하시는 것도 바라지 않습니다. 그분들께 메이 워드 극단에 대한 우려는 근거가 없으며, 별다른 의심을 할 만한 이유도 전혀 없다고 전해주세요."

미시즈 헤디슨은 약간 풀이 죽은 표정이었다. "별다른 게 하나도요?"

"네. 노마가 폐를 끼쳐서 대단히 죄송합니다. 그냥 전보만 보내주시면……"

그때 갑자기 미시즈 헤디슨은 새로운 기억이 떠오른 듯했다. "하지만 동생분은 어떤 공연 기획자가 작년에 세 자매가 휘말렸던 불행한 추문을 이용하고 싶어서 미스 플러렛을 무대에 올리려고 쫓아다닌다고 생각하시던데요. 전 제가 세 분 모두에게 좋은 일을 하고 있는 줄 알았죠."

콘스턴스는 그런 식으로 하는 얘기를 듣고 경악했다. 정말 노마가 처음 보는 사람한테 그런 얘길 다 했단 말이야? 얼굴이 화끈거렸고 목소리가 안 나와 침을 삼켜야 했다.

"그건 저희가 아니라 저희를 괴롭힌 남자의 추문이었고, 그 남자는 유죄를 받았습니다. 동생들과 저는 창피를 당할 일은 전혀 하지 않았습니다. 그건 노마가 혼자 지어낸 소설이에요. 노마와 저의 다른 점은, 저는 사람들이 언젠가 죄를 저지를 거라고 단정하고 추궁하며 다니지 않는다는 거죠. 미시즈 헤디슨도 본인의 직무에 대해 저처럼 생각하셨으면 좋겠군요."

"글쎄요, 나는……"

"좋습니다. 그럼 동료분들이 아무 가치도 없는 임무를 계속하지 않도록 하지요. 분명 더 막중한 업무가 있고, 그분들이 도울 수 있는 실제로 위험에 처한 여자들이 있으니까요."

미시즈 헤디슨은 그후로 콘스턴스와 시선을 마주치지 않으려 했지만, 고개를 끄덕이고 자기 책상으로 가서 뭔가를 적었다.

"감사합니다." 콘스턴스가 말했다. "자, 이제, 플러렛이 우리의 오해에 관해 알지 못했으면 하는……"

"오해요?" 벨 헤디슨은 기운 빠진 목소리였다.

"네, 오해일 뿐이었습니다. 우리가 자길 못 미더워한 줄 알면 그 애는 속상할 거예요, 우린 플러렛을 믿습니다."

미시즈 헤디슨은 여전히 시선을 책상에 둔 채 말했다. "아, 제가 못 미더워한 건 미스 플러렛이 아니라, 자칫 그 아이가 떨어질 수도 있는 손아귀예요. 당신이 맡고 있는 그 인신매매 사건을 보세요. 그 가엾은 여자애가 어떻게 됐죠?"

"네, 기자회견에 오신 걸 봤습니다."

"코터 씨가 청하셔서요. 거슬리지 않으셨으면 좋겠군요."

콘스턴스는 무척 거슬렸지만 내색하지 않으려 애썼다. "미니 데이비스는 본인의 의지로 집을 나왔다고 주장하고 있습니다. 그걸 인신매매 사건이라고 부른다면 악질적인 과장이겠지요."

미시즈 헤디슨은 측은하다는 듯 고개를 저었다. "나 같으면 그렇게 단정하지 않겠어요. 몇 달 전에 딱 그런 애가 있었죠. 자기 의지로 가출했고 나중에 결혼까지 할지 모른다는 남자를 만났다고 주장했어요, 다만 남자는 결코 결혼해주지 않았죠."

"그래서 어떻게 됐습니까?"

벨 헤디슨은 콘스턴스가 그런 당연한 걸 물어봐서 놀란 눈치였다. "뭐, 부랑죄로 주립 보호소로 보냈어요. 분명 당신도 미스 데이비스에 대해 같은 절차를 밟게 될걸요."

"나는 그와 비슷한 여자들을 좀더 나은 길로 보내고 싶습니다." 콘스턴스가 말했다. "그중에는 잘못을 저지를 의도가 전혀 없었던 사람들도 있어요. 그런 사람들은 구제할 수 있다고 생각하지 않으십니까?"

"뭘 위해서요?" 벨 헤디슨은 그 질문에 진심으로 어리둥절한 표정이었다. "그런 애들은 절대 결혼 못해요. 고용하려는 사람도 없고요. 우리 청년들을 전쟁터에 보내려는 이 시점에, 그들이 이 나라의 남자들에게 어떤 사회적 질병을 퍼뜨릴지 아무도 모르죠. 상상이나 돼요? 아뇨, 난 그들이 훨씬 나이가 들어 건강한 청년들에게 걸림돌이 되지 않을 때까지 사회에서 격리시키는 게 모두에게 가장 이롭다고 생각합니다. 게다가 윤리적으로 타락한 엄마에게서 태어난 아이는 바라지 않아요. 한 세대 전체가 퇴폐적이고 심신이 박약한 아이들로 채워질 겁니다. 나라면 가임기가 완전히 지날 때까지 미니 데이비스를 가둬놓을 겁니다. 당신은 안 그래요?"

43

콘스턴스는 해컨색 메인 스트리트까지만 전차를 타고 가고, 나머지 길은 머리를 식히기 위해 내려서 걷기로 했다. 겨울철 찬바람이 세게 불면 어김없이 등장하는 눈부시게 화창한 오후였다. 남자들은 두 손으로 모자를 움켜쥐고 걸었고, 여자들은 핀과 끈과 리본이 잘 붙어 있나 수시로 더듬어 살폈다. 가게마다 차양이 돛처럼 펄럭펄럭 흔들렸다. 오드 펠로우스 홀에 내걸린 느슨한 만국기가 깃대 밑단에 묶인 다 해진 매듭 하나로 버티며 2층 창문 위로 휘날렸다.

길 건너편 〈버건 이브닝 레코드〉 사무실에서 히스 보안관이 나왔다. 그는 터훈 씨의 가게 앞에서 잠시 발길을 멈추고 유리창 안을 들여다보았다. 안쪽에 있는 게 뭔지 몰라도 감탄하며 구경하는 남자들이 몇 명 더 있었다. 콘스턴스가 보안관 옆으로 걸어가서 봤더니 오토바이였다.

"되게 어설픈 자전거같이 생겼네." 콘스턴스가 말했다.

"어떻게 비교를 합니까, 그 이상이죠." 히스 보안관이 말했다.

"맞아요. 시끄럽기도 하겠어요."

"할리 씨에게 당신은 별 감흥이 없더라고 전해드리죠."

"미시즈 히스를 저기에 태워서 워싱턴으로 모셔갈 계획인가요?"

보안관은 콘스턴스를 향해 돌아서서 모자챙을 살짝 뒤로 넘겼다. 가끔 그는 작게 인쇄된 글씨를 읽으려는 듯 특유의 몸짓으로 고개를 내밀고 찡그린 눈으로 콘스턴스를 빤히 바라봤다. "어떻게 생각합니까? 히스 하원의원에 대해서?"

자신의 야망을 그렇게 대놓고 펼쳐 보이다니, 콘스턴스는 깜짝 놀라 숨이 멎을 뻔했다.

"히스 보안관으로도 충분히 멋지다고 생각했는데요."

보안관은 어깨를 으쓱하고 말했다. "나도 그랬습니다. 하지만 보안관은 연이어 중임할 수 없다는 게 법이라서요. 워싱턴이 날 받아주지 않으면 언젠가 재선에 나서볼 수도 있겠지만."

"아, 워싱턴에선 받아줄 거예요. 마다할 이유가 있겠어요?"

보안관이 돌아섰고 두 사람은 나란히 교도소로 발걸음을 옮겼다. "내가 맞설 후보는 벽돌 제조업자인데, 그 사람은 반감을 덜 사죠."

"뭐, 나라면 당신한테 투표하겠어요." 말은 그렇게 해도, 그에게 투표해서 이 도시 밖으로 보낸다는 생각이 기껍지는 않았다.

"그렇다면 당신에게 투표권이 생겼으면 좋겠군요."

"워싱턴에 가고 싶어하는 줄은 몰랐네요."

두 사람은 이발소와 약국과 철물점 앞을 지났다. 가게를 드나드는 사람들 모두 걸음을 멈추고 보안관과 악수를 나누고 싶어했다.

콘스턴스는 보안관이 정치인으로서 공약을 내걸고 연설을 하는 모습을 그려볼 수 있었다. 사기꾼들은 놓치겠지만, 수도에서 몇 명쯤 발견할 수도 있겠지.

간이 유세를 마친 후 보안관이 말했다. “지역 당에서는 각 선출직에 최선의 후보를 추천합니다. 그들이 나를 보안관 후보로 지명했었고, 나는 기쁘게 그 기회를 받아들였지요. 이젠 당에서 나를 하원의원 후보로 지명했습니다. 미시즈 히스는 이길 수 있다고 생각해요. 선거운동을 성공적으로 이끌 작정이죠. 하고 싶은 대로 마음껏 하라고 했어요. 관심과 흥미를 갖게 된 아내 모습이 보기 좋습니다.”

거기까지가 히스 보안관이 자신의 결혼생활에 대해 입을 여는 한계였고, 콘스턴스는 이해했다. 미시즈 히스가 그의 편이 될 수 있을 때, 함께 어울릴 명분이 있을 때 부부는 사이가 더 나았다. 미시즈 히스는 관사에서 불행한 삶을 살았는데, 누가 그녀를 탓할 수 있겠는가? 워싱턴에 있는 근사한 집을 선호하는 건 당연했다.

그때쯤 두 사람은 교도소에 도착했다. 콘스턴스는 히스 보안관을 따라 그의 사무실로 들어갔다.

“우리 교도관 중 한 명이 애틀랜타에 고모가 계시는데,” 보안관이 책상 앞에 앉으며 말했다. “당신이 그쪽 신문도 장식했더군요.”

콘스턴스는 끙 소리를 내고 맞은편 의자에 털썩 앉았다. “왜 그 먼 데서 굳이 나한테 관심을 갖는 걸까요?” 콘스턴스는 보안관에게서 신문을 받았다. 신문지는 여러 번 접혀 있었고, 그 교도관의 고모가 여기저기 두껍게 밑줄을 치고 느낌표를 그린 걸 보니 그 모든 게 오싹하다고 생각한 모양이었다.

첫 줄부터 콘스턴스는 그 고모의 의견에 동의했다.

형사 콘스턴스는 굳세고 대담한 진짜 경찰이다. 직무를 수행하면서 더 험악한 성별과 신체적으로 뒤엉키는 위험도 망설임 없이 감행한다. 또한 '목 조르기' 기술을 쓰는데, 가상의 남성 독자에게 약간 유혹적으로 들릴지 모르겠으나, 일반적인 레슬링의 목 죄기 기술과 마찬가지로 범인을 고통스럽게 하는 효과가 있는 것이 입증되었다. 콘스턴스의 두 팔은 유연하면서도 근육질이고, 그 끝의 두 손은 더 부드럽게 빚어졌음은 두말할 나위 없지만, 그럼에도 불구하고 직무적 소명에 의해 단단해지면 강철 케이블 같은 압축된 힘을 발휘한다.

콘스턴스는 더는 한 단어도 견딜 수 없어서 신문지를 도로 보안관에게 던졌다. "흥밋거리를 찾아 뉴저지까지 와야 하다니 애틀랜타도 참 안됐네요."

보안관은 책상 위에 기사를 펼쳤다. 기사는 일요판의 첫 페이지 전부를 차지했고, 안쪽에도 두 페이지가 더 있었다. "제법 센세이션을 일으켰는데요, 미스 콥. 애틀랜타 신문사 기자가 여기 해컨색에 와서 우릴 방문한 기억은 없지만."

"온 적이 없으니까요!" 콘스턴스는 신문지를 돌려 인쇄된 문장을 손가락으로 훑었다. "거의 다 다른 신문에서 베낀 거예요. 코프먼 사건에 대해서도 길게 써놨고, 폰마테지우스에 관한 내용도 상당히 많은데, 다 다른 기사에서 끌어다 썼어요. 인용은 전부 날조했고요." 콘스턴스는 기사 말미의 한 줄을 가리켰고, 작년에 브루클린 지하철역에서 콘스턴스가 탈주범을 체포하는 장면을 목격한,

기자의 주장에 따르면, 뉴욕 경찰의 발언이 실려 있었다. '와! 내가 왕년에 일류 레슬링 선수들을 꽤 봤지만, 저 계집애 경찰은 그 사람들 다 발라버리겠어!'

보안관은 품격과 냉정을 그 무엇보다 중시하는 남자였고, 즐거움을 숨기기 위해 그는 어느 정도 노력을 해야 했다. "기자가 그걸 지어냈다고 확신합니까?"

"어휴, 여자 경관들이 뒤에서 '계집애 경찰'이라고 불린다는 얘기는 하지 마시죠."

보안관은 항복하는 시늉으로 두 손을 들어올렸다. "그게 사실이라 해도, 나는 그 얘기를 당신에게 전하는 사람이 되진 않겠습니다. 캐츠킬에선 잘됐나요?"

"형편없었어요." 콘스턴스가 말했다. "당신이 여자를 고용한 유일한 이유가 여성 집단의 협조를 받아내기 위해서였다고 일깨우지는 말아주세요. 나한테 그 어떤 마력이 있다 해도 데이비스 부부에게는 안 먹혀요. 미니를 도울 다른 방법은 없을까요?"

"흠, 이게 미스 데이비스에게는 득이 될지 해가 될지 모르겠지만, 앤서니 리오 건은 깨지고 있어요. 미스 데이비스가 그에게 불리한 증언을 하지 않는다면, 그가 강제로 여자를 데리고 주 경계를 넘었다고 사건을 구성하는 것이 거의 불가능합니다. 그리고 당신의 노력 덕분에 집주인이 그 집에 몰래 드나든 남자들에 관해 법정에서 말할 만큼 쓸모 있는 얘기는 없다고 존 코터에게 말했어요. 집주인은 증언하지 않을 겁니다."

"그건 미니에게 좋은 소식이잖아요, 안 그래요? 앤서니 리오가 석방되면 분명 미니도 풀려나겠죠."

"일주일 정도 지나면 알게 되겠죠. 앤서니 리오가 판사 앞에 서게 되고, 그날 당신은 트렌턴에서 미스 데이비스를 데려와야 합니다. 동시에 미스 데이비스 건도 기각될지 모르죠." 보안관은 책상 위에 놓인 아침 우편물을 분류했다. 그는 손글씨로 적은 쪽지를 콘스턴스에게 내밀었다.

"캐리 하트가 준 겁니다. 조금 전에 당신을 찾아왔어요. 플러렛에 관한 거라더군요."

44

쪽지에는 콘스턴스가 한 시간 내로 돌아오면 도서관에서 만나자고 적혀 있었다. 콘스턴스는 캐리가 나간 방향을 따라 허겁지겁 시내로 되돌아갔다. 그러나 도서관의 쌍여닫이문을 밀고 들어서자 곧 그 자리에 우뚝 서버렸다.

캐리는 노마와 함께 테이블에 앉아 있었고, 두 사람은 머리를 맞대고 신문을 보고 있었다.

공공장소에 혼자 나와 있는 노마를 목격하고 받는 충격은 사그라들기 시작했지만, 일 때문에 알게 된 콘스턴스의 지인들 옆에 계속 노마가 나타나는 이 현상은 어찌된 일인지 짐작도 가지 않았다. 캐리와 노마를 서로 소개시켜준 적이 있었나? 분명 없었다. 콘스턴스는 영문을 모른 채 서둘러 두 사람에게 다가가 테이블 맞은편에 앉았다.

"플러렛과 관련된 일이란 게 뭐야?" 콘스턴스가 속삭였다. "그런 식으로 놀라게 하지 않았으면 좋겠어."

"여동생이 실종됐다고 왜 나한테 말 안 했어?" 캐리가 물었다.

"걘 실종된 게 아니니까." 콘스턴스는 정색을 하고 말했지만, 그들의 측은해하는 표정으로 보아 사건을 보는 자신의 시각에는 전혀 관심이 없음을 알 수 있었다. 콘스턴스는 노마를 향해 덧붙였다. "길을 가다 돌아보면 네가 맨날 황당무계한 계획을 갖고 나타나는 것 같아. 대체 왜 그러는 거야?"

노마는 잔인한 승리감을 만면에 띠며 말했다. "플러렛은 메이 워드와 같이 가지 않았어."

"헛소리하지 마." 콘스턴스가 말했다. "당연히 같이 갔어. 개한테 엽서도 왔잖아! 프리먼 번스타인도 플러렛이 극단에 합류했다고 했고."

"봐봐." 노마는 보던 신문을 테이블 너머로 밀었다.

"〈스크랜턴 타임스〉는 왜 들여다보고 있어?" 그때 콘스턴스는 메이 워드의 공연 공지를 보았다. 전체 캐스팅이 나와 있었다. 여덟 명의 드레스덴 인형들도 나왔는데, 그중에 플러렛은 없었다.

그걸 보고 동요했지만, 인정하고 싶지 않았다. "이게 우리에게 뭘 알려주는데?"

노마가 코웃음을 쳤다. "언니가 왜 그렇게 멍청한 척하는지 모르겠다. 애가 거기 없잖아. 설사 극단과 함께 있던 적이 있었다 해도, 지금은 거길 나왔어."

"아니면 납치됐든가." 캐리가 좀 지나치게 열성적이다 싶게 끼어들었다. "노마가 엽서에 숨겨진 메시지에 관해 말해줬어."

"플러렛은 납치되지 않았어." 콘스턴스는 화를 내며 말했다.

"노마, 네가 이런 헛짓거리에 캐리를 끌어들이다니 믿기지가 않는다. 엽서에 숨겨진 메시지 따위가 있을 리 없어."

"우리가 아직 못 찾은 것뿐이야." 노마가 말했다.

"아, 노마 잘못이 아니야." 캐리가 말했다. "내가 며칠 전에 기사를 쓰러 여기 왔다가 노마가 펜실베이니아 신문을 달라고 하는 걸 우연히 들었거든. 노마가 사서한테 자기 이름을 대길래, 내가 통성명을 하고 인사했지. 당신 말고 콥 집안 사람을 또 보다니!"

"대단히 유감이로군." 콘스턴스가 웅얼거렸다.

"음, 이 도서관은 소규모 지방지를 가져다놓지 않지만," 캐리가 말을 이었다. "우리 사무실에는 당연히 모든 신문이 다 있어. 오늘 아침에 내가 노마한테 여기서 만나자고 했지, 찾고 있던 걸 정확히 가져오겠다고. 자, 여기 이렇게 가져왔어! 그럼 자기는 플러렛이 어디로 갔다고 생각해?"

"해리스버그." 콘스턴스가 말했다. "여기 딱 나와 있네, 해리스버그가 다음 투어 장소라고. 그리고 난 플러렛이 극단 사람들과 같이 있다고 생각할 근거가 충분히 있어. 플러렛이 공연 명단에 오르지 않은 이유는 수없이 많아. 대역 배우일 수도 있고. 안무를 다 익힌 건 아니라고 걔가 말했잖아."

"플러렛은 우리한테 대역 배우라고 하지 않았어." 노마가 말했다.

"말하고 싶지 않았겠지. 아니면 신문에 예전 공지가 나온 걸 수도 있고. 플러렛이 합류하기 전에 인쇄됐다거나."

캐리와 노마는 공모자의 표정을 얄밉게 교환했다. "우리가 아는 건 그게 다가 아냐." 노마가 당당하게 말했다.

콘스턴스는 화가 부글부글 끓어오르기 시작했지만 참고 기다렸다. 속에서 동전의 양면 같은 감정이 전쟁을 벌였다. 노마에 대한 격노, 그리고 플러렛이 정말 실종됐으면 어쩌나 하는 공포.

캐리가 테이블 너머로 고개를 쭉 빼고 소식을 전했다. "그 프리먼 번스타인이란 작자 말인데, 노마 말이 맞았어. 노마가 신문에서 보고 기억하고 있었던 거야. 몇 년 전 110번가에서 놀이시설을 운영하던 자였어. 거기 본 적 있어? 피프스 애비뉴 바로 옆이었는데."

"난 놀이시설에 취미가 없지만," 노마는 누구한테 그 얘길 상기시켜줄 필요라도 있는 것처럼 강조했다. "그곳에 관한 기사는 분명히 읽었어. 캐리가 기록 보관소에서 그걸 찾아냈고."

"이름이 미드웨이 파크였지." 캐리가 말을 계속했다. "번스타인 씨는 시내 한가운데에 소규모 코니 아일랜드* 같은 걸 만들 생각이었어. 여자 공중그네 곡예사, 밤새도록 번쩍거리는 라임라이트, 회전목마와 브라스 밴드…… 동네 사람들의 불평이 상상이 되지. 그래도 그는 매일 저녁 수천 명씩 입장객을 받았어. 하여간 번스타인은 그 작은 건물들을 높이 쌓아올렸고, 그중 하나가 폭풍에 무너져서 몇 사람이 다쳤어. 폐쇄 명령을 받기엔 그걸로 충분했지. 몇 달 후 그는 새로운 이름으로 새로운 회사를 만들고 곧장 다음 사업에 뛰어들었어."

"그게 놈이 하는 일이야." 노마가 말했다. "몇 년마다 한 번씩 이름을 바꾸고 새 사업을 벌여. 버지니아에서 있었던 뷸라 빈퍼드 살인 스캔들 기억나지? 놈은 재판이 끝난 후 그 여자를 무대에 세

---

* 브루클린 남쪽 해변가의 놀이공원. 뉴요커라면 어릴 때 누구나 한 번쯤 가보는 대표적인 유원지.

우려 했어. 그런 지저분한 사건을 쇼로 만들다니 상상이 돼?"

노마는 신문기사 더미를 뒤지기 시작했다. 콘스턴스가 한 손으로 그 위를 탁 덮었다. "노마, 네가 무슨 짓을 했는지 알겠다. 넌 모든 불만을 프리먼 번스타인에게 덮어씌워 비난하고, 해야 할 더 중요한 업무가 있는 기자의 협조를 요청했어. 벨 헤디슨을 끌어들인 것만으로도 충분히 심했는데, 캐리한테까지 성가시게 굴다니 도저히 이해가 안 가. 너의 그 터무니없는 계획에 또다른 사람을 끌어들이는 걸 보지 않고는 이 동네를 한 발짝도 못 걸어다니겠다."

노마는 대꾸할 생각도 없다는 듯 다시 신문을 살펴보기 시작했다. 캐리가 빙그레 웃더니 말했다. "아, 이건 자기가 내게 들려준 그 어떤 얘기보다 훨씬 재밌네. 법원 출입은 지루한데, 이건, 이건 진짜 완벽해! '여자 보안관보, 여동생을 구해내다.'"

"우린 플러렛한테 구조가 필요한지 어떤지 몰라."

"당연히 필요하지." 노마가 말했다.

캐리는 다시 의자에 앉아 두 사람을 번갈아 쳐다보았고, 흥미진진하다는 표정이 확연했다.

노마는 신문을 뒤적거리며 말했다. "수상쩍어 보인다는 건 인정하잖아."

"플러렛이 집을 나간 게 마음에 안 드는 건 내가 더하면 더했지 덜하지 않아. 하지만 그걸 범죄 사건으로 몰아가진 말아야지."

"글쎄, 누가 플러렛을 감시해서 잘살고 있다고 보고하지 않는 이상 나는 마음이 놓이지 않아. 우린 정말 아무것도 모르잖아."

"누가 플러렛한테 칼끝을 들이대고 엽서를 써서 집에 보내라고 강요한 건 아니야. 네가 생각하는 게 그런 거라면."

"내가 무슨 생각을 하는지는 내가 잘 알아. 현실을 직시하지 않으려는 건 언니야."

노마는 콘스턴스를 제법 사납게 노려보며 모종의 대답을 기다렸지만, 그런 발언에는 대응할 도리가 없었으므로 대답이 돌아올 리 만무했다. 마침내 노마가 한쪽 눈썹을 치켜올리고 말했다. "기다릴 만큼 기다렸어. 캐리와 난 기차를 탈 거야, 막으려 해도 소용없어."

노마가 기차를 탄다고? 노마가, 해컨색에 갔다 오는 것조차 진귀한 일이었던 노마가?

콘스턴스는 캐리를 책망했다. 캐리는 납치와 비밀 음모에 대한 노마의 막연한 생각에 불을 질렀고, 그리하여 노마는 프리먼 번스타인에 대한 불신이 가족사에 끼어들려 하는 외부인에 대한 일반화된 경멸 외에 아무 근거가 없음을 알아차리지 못했다.

하지만 그래도 일말의 의혹이, 플러렛이 정말 잘못되었을지도 모른다는 불안한 가능성이 없지 않았다. 정말 실종된 거라면, 혹은 사악한 업체의 손아귀에 빠진 거라면? 정말로 어딘가에서 발이 묶여 애타게 구조를 요하는 상황이라면?

콘스턴스는 노마가 옳을 수도 있다고 시인할 생각은 없었다. "이 집안 사람들이 기차를 타는 걸 막을 능력이 나한텐 없는 것 같다. 하지만 네가 간다면 나도 같이 갈 거야. 네가 허튼짓을 해서 창피당하기 전에 막아야지."

"그럴 필요 없어. 내키지 않으면 그냥 집에 있어."

"내키지 않아, 그렇지만 집에 있지도 않을 거야."

그것이 노마에겐 타협안으로 통했다.

45

"일찍 일어났네요." 플러렛이 입안 가득 핀을 물고 말했다.

"안 잤어." 메이 워드는 쾌활하게 말하려 했지만 목소리가 갈라졌다. 아침 여섯시였고, 정오에 기차를 타야 했다. 메이 워드의 방에서는 시큼해진 와인과 퀴퀴한 담배 냄새가 났다. 드레스와 스타킹이 의자마다 널렸고 침대 주위 바닥에도 한 무더기 쌓였다. 옷 상태가 그토록 형편없는 것도 무리가 아니었다. 메이 워드는 툭하면 치마를 밟고 넘어졌고, 비즈 장식을 뭉개고, 후크와 단추를 잡아 뜯었다. 저런 최고급 드레스들이 그렇게 철저히 망가진 건 생전 처음 봤다.

"이 금속사를 대체할 만한 게 나한테 있을 리 없죠." 플러렛이 말했다. "어깨와 팔 안쪽에 몇 땀 넣을게요. 조심해주시면 뉴욕까지는 버틸 거예요. 뉴욕에 도착하면 맞는 실을 찾아볼게요."

"알아서 해. 금속사 같은 건 아무래도 상관없으니까."

"오, 이런 드레스를요? 반드시 제대로 해야죠. 정말이지 제대로 수선하려면 파리로 보내야 해요. 뜯어지지 않도록 아주 최소한만 손대고……" 어깨에 부착되어 뒤쪽으로 힘없이 늘어진 금빛 그물눈 레이스를 가까이서 본 순간 플러렛은 말을 잃었다. 어렸을 때 나비 날개를 가까이서 보고 그 눈부신 패턴이 자잘한 비늘로 이루어졌음을, 미니어처 깃털처럼, 눈에 보이지도 않는 가느다란 실로 하나하나 이어붙인 것임을 알아차렸던 때가 기억났다. 이 드레스가 바로 그렇게 만들어졌다. 그런 것에 12번 바늘—플러렛이 가진 가장 가는 바늘—을 대다니, 대형 망치로 공격하는 셈이었다.

"저렇게 늘어진 것이 요즘 유행하는 스타일 맞니? 그걸 입으면 똑바로 서 있다는 느낌이 안 들어. 그리고 허리가 어디야? 그냥 막…… 흘러내리잖아."

"칼로 쇠르*가 만든 거라면, 최첨단이죠." 플러렛이 중얼거렸다. 이런 드레스를 만질 거라고는 예상도 못했다. 황금을 자아 엮은 것 같았고, 아주 황홀하게 겹쳤다 풀리며 드리워졌다. 그 외엔 거의 아무런 장식이 없었다. 헐렁한 속치마와 허리께에 매달린 느슨한 벨트뿐이었다. 끝부분에 금색 술 두 개가 묶인 벨트는 플러렛이 (정확하게) 짐작하기로 마치 문득 생각이 나 덧붙인 것처럼 이쪽이나 저쪽 허리 뒤에 아무렇게나 매라는 것인 듯했다.

소매는 없었다. 코르셋은 불필요했다. 미시즈 워드를 설득하진 못했지만. "얘야, 난 온갖 무대 위에서 아름다운 드레스란 드레스는 다 입어봤어." 메이 워드가 말했다. "내가 하나 말해주지, 사물

* 1910년대와 1920년대 패션 디자인을 선도했던 파리의 여성복 브랜드.

은 원래 있어야 할 곳에 그대로 붙어 있는 법이 없단다. 저 조그만 것을 입고 훨훨 날아다니려면 코르셋 뼈대가 필요해. 그래야 아무것도 안 입은 것처럼 보이지."

플러렛은 임시방편으로 마지막 몇 땀을 꿰매고 뒤로 물러서서 자신의 작업을 확인했다. 이 드레스는 모든 면에서 메이 워드와 어울리지 않았다. 황금색 레이스와 진주빛 실크 색상은 메이의 피부색 및 머리색과 너무 비슷했다. 이런 경우 드레스가 그림이 되고 여자는 단순히 액자틀이 된다. 이 드레스는 짙은 머리색과 올리브색 피부를 간절히 원했다. 그리고 좀더 후리후리한 여자에게 맞춤하게 만들어졌다. 그래서 플러렛이 어깨를 잡아 줄여야 했고, 그래서 미시즈 워드가 코르셋을 고집했던 것이다.

"다 됐니?" 메이 워드가 물었다. "지쳐서 쓰러지겠어."

"옷 벗겨드릴게요, 그러고 나서 쓰러져요." 플러렛은 메이 워드의 등뒤로 돌아가 작은 구멍들에 꿰인 끈을 풀었다. "뉴욕 밖에서도 이런 드레스를 살 수 있는지 몰랐어요."

미시즈 워드가 힘없이 웃었다. "선물로 받은 거야. 먼젓번 주인은 목장주와 함께 서부로 도망갔을걸."

"목장주를 위해 이 드레스를 두고 가다니, 나라면 안 그럴 거예요." 플러렛이 말했다.

"넌 그러면 안 되지." 미시즈 워드는 바닥에 떨어진 드레스에서 빠져나오더니 뒤로 돌아 플러렛을 마주보고 섰다. 평범한 모슬린 속옷 차림의 메이 워드는 여느 여자들과 다를 바 없었다. "궁금한 게 있어, 플로라."

"네, 선생님." 플러렛은 미시즈 워드에게 올바른 이름을 가르쳐주길 포기했다. 꿈의 드레스를 품에 안고 서서, 어찌어찌 그것을 입을 권리를 획득한 창백하고 주근깨투성이인 몸을 바라보았다.

"도대체 어떤 여자애가 급료도 안 받고 재봉사 일을 하겠다고 애원하는 걸까? 어디서 도망친 건 아니겠지?"

"아니에요! 당연히 아니죠."

미시즈 워드는 한 손을 허리에 얹고 고개를 쳐들었다. "패터슨에 끔찍한 아버지가 있다거나 성미 고약한 어머니가 있는 건 아니고?"

"난 일을 하고 싶었을 뿐이에요. 우리 공연 보셨죠. 난 무대에 서고 싶어요, 선생님."

메이 워드는 어리둥절한 표정이었다. "뭐? 아, 그래, 네 공연. 그건 사랑스러웠지. 그런데, 난 번스타인한테 네 급료를 주라고 설득할 수 없어. 그 가증스러운 늙다리하고는 거의 절연 상태거든. 하지만 이번 공연은 끝까지 같이 있는 게 좋겠다. 극단에서 네 체류비용을 내도록 조치를 취할게, 그리고 여유가 생기면 내가 너한테 지폐 몇 장 찔러줄게. 그걸로 될까?"

플러렛은 돈이 거의 바닥난 상태였다. 이것이 플러렛의 체류에 대한 첫 언급이었다. 미시즈 워드는 감상적인 호들갑을 좋아하지 않았으므로, 플러렛은 안도감을 숨기려 애썼다. "네, 그럼요. 고맙습니다."

"프리먼한테 말하지만 마." 메이 워드는 코르셋 단추를 풀기 시작했다. 그것이 나가보라는 신호임은 알았지만, 미시즈 워드와 단둘이 있는 시간은 아주 짧았으므로 이 기회를 놓치고 싶지 않았다.

"저도 노래 다 알아요." 플러렛은 문고리에 손을 얹고 용감히 내뱉었다.

메이 워드는 침대로 기어들어가 하품을 하며 말했다. "그게 뭔데?"

"노래요. 공연에 나오는 노래를 다 알아요. 배우가 더 필요하시다면."

이불 속에서 웃음소리가 들렸다. "세상에서 나한테 제일 필요 없는 게 배우를 하겠다는 여자애야. 열한시에 메이드를 올려보내줘, 알았지?

46

히스 보안관은 콘스턴스가 플러렛을 뒤쫓아가기로 했다는 말을 듣고 전혀 반기지 않았다. 아니, 엄밀히 말해서 플러렛을 뒤쫓아간다는 노마를 뒤쫓아가는 거지만.

"진심으로 미스 플러렛이 곤란한 상황이라고 생각되면 경찰에 전화를 해요. 아무도 막을 사람은 없으니까. 흔히들 그러잖아요."

"하지만 확신이 안 서요. 메이 워드의 극단을 쫓으라고 경찰까지 동원해놓고 아무 일도 없다면…… 글쎄요, 플러렛은 나를 평생 용서하지 않을 거예요."

"아무 일도 없다면, 여기서 본인 일이나 해야죠."

"하지만 내가 안 가면, 노마와 캐리가 자기들끼리 플러렛을 뒤쫓을 거고, 그럼 상황은 더 나빠지기만 할 거예요."

보안관은 졌다는 표시로 두 손을 들었다. "이렇게 손도 못 쓰게 서로 엮인 세 자매는 본 적이 없어서. 이틀 이상 소요되면 안 됩니다. 앤서니 리오는 금요일에 법정에 나올 거고, 당신은 미니 데이비스를 데려와야 해요."

미니의 이름을 듣기만 해도 찔렸다. 미니를 위해 할 수 있는 일을 뭐 하나라도 찾아냈다면 해컨색에서 그 일을 했을 것이다.

"그때까진 돌아올게요." 콘스턴스가 말했다.

콘스턴스와 노마, 캐리는 해리스버그 기차역의 색색깔 줄무늬 차양 아래 서 있었다. 노마는 좀약냄새가 나는 구식 트위드 정장에 튼튼한 펠트 모자를 쓰고 여행에 나섰다. 패션에 맞게 단 한 가지 양보한 것은 짙은 자색 비둘기 깃털 세 개를 조그만 부채 모양으로 펼쳐 모자챙에 꽂은 것 정도였다. 콘스턴스도 그게 제법 세련돼 보인다는 점을 인정할 수밖에 없었다. 몸에 딱 맞는 푸른색 정장에 더블브레스티드 모직 코트 차림의 캐리에게서는 사회부 기자의 기운이 물씬 배어났다. 캐리는 우아하게 손가락을 튕겨 짐꾼을 불렀다.

콜럼버스호텔이 그들의 목적지였다. 기차에서 만난 어떤 여자에 따르면, 그 호텔은 여성 전용층을 운영했고 사십 센트에 괜찮은 점심을 제공했다. 겨우 몇 블록 떨어진 월넛 스트리트에 위치해 있었으므로, 짐꾼은 성가시게 택시를 부르느니 그냥 가방을 밀고 가는 편을 택했다.

가는 길에 콘스턴스는 노마에게 둘이 맺은 약속을 상기시켜주는 게 좋겠다는 생각이 들었다. "플러렛이 무사하다는 게 확인되면……"

"알아." 노마가 무뚝뚝하게 대꾸했다.

"그리고 상황이 이미 우리가 들은 내용과 같다면……"

"그 얘긴 다 끝냈잖아."

"그리고 우리 셋이 다 같이 관찰한 바 그 어떤 범법 행위의 징후도 없을 땐……"

"나도 알아!"

"그땐 내 귀에 두 번 다시 프리먼 번스타인의 이름이 들리는 일이 없도록 해. 그 문제는 영구히 내려놓는 거다."

노마는 콘스턴스의 시선을 거부했다.

"영구히." 콘스턴스는 거듭 말했다.

"알아, 내가 그렇게 말했잖아." 노마는 한 얘길 또 듣는 게 싫었다.

"그리고 내가 증인이야." 캐리가 명랑하게 말했다.

"그리고 당신은 기자가 아니야." 콘스턴스가 대꾸했다. "이번 여행에서는 아냐. 플러렛이 우리가 자길 염탐하러 왔다는 걸 알면 안 돼."

"문제가 있을 때만 기사화할 거야. 그렇다고 문제가 생기길 바라는 건 아니고."

"모든 기자의 소망은 문제가 터지는 거지." 노마가 말했다. 콘스턴스는 애초에 캐리를 끌어들인 사람이 노마였음을 굳이 지적하지 않았다.

호텔은 복잡한 사거리에 위치한 회갈색 벽돌 건물로, 한쪽 귀퉁이에 담뱃가게가 있었고 호텔 정문은 난리통에서 비켜나 멀찍이 떨어진 안쪽에 있었다. 노련한 짐꾼은 그들을 곧장 여성 전용 데스크로 안내했다. 데스크에서 자신을 미스 리디아라고만 소개한, 참견하는 걸 좋아할 듯한 표정의 여자가 세 사람의 이름을 받아 적었고, 커다란 침대 두 개와 벽난로가 있고 강이 내려다보이는 스위트룸을 권했다. 그러면 콘스턴스는 코를 고는 노마와 한 침대를 써야 했지만, 그들은 그 방을 쓰기로 했다.

노마가 형사 역을 맡아 열연하기로 결심한 건 그때였다. 별로 능숙한 연기도 아니어서 콘스턴스는 그 모습을 보는 게 민망했고, 특히 살짝 쓴웃음을 지으며 수첩을 손에 든 채 뒤에서 바라보고 있는 캐리가 신경쓰였다.

"친구들하고 내가 극장을 좋아하는데, 요즘 볼만한 공연이 있을까요." 노마가 뻣뻣한 목소리로 머뭇거리며 말문을 열었다. 노마는 전반적으로 예술에 대해 반감은 없지만 그렇다고 어느 특정한 것에 흥미가 있는 것도 아니었다.

미스 리디아는 고개를 끄덕이고 책상 위의 종이들을 뒤적이기 시작했다. 노마가 덧붙였다. "집에 돌아가서 얘기하기에 창피하지 않을 만한 것으로요."

노마가 살면서 창피함을 느낀 적이 있기나 할까? 콘스턴스는 동생이 그 단어를 쓰는 걸 난생처음 들어봤다.

미스 리디아는 압지 밑에서 자신이 찾고 있던 카드를 발견하고는 안경을 들어 눈에 대고 읽었다. "패너스톡 홀에서 열리는 합창단 공연을 좋아하실 것 같군요."

노마가 그보다 싫어할 만한 것은 없었으므로, 콘스턴스가 나섰다. "딱 제가 찾던 거예요."

노마는 자신의 구두굽을 콘스턴스의 신발 위에 가만히 올려놓고 말했다. "하지만 결정하기 전에 다른 것도 다 들어보고 싶은데요."

미스 리디아는 그들 두 사람을 올려다보며 듣기 좋은 억양으로 말했다. "그렇다면 하우 씨의 여행 페스티벌을 추천하지요. 인도와 스위스 알프스의 영화 연구도 있을 거예요. 그런 장소를 보면 견문이 상당히 넓어지겠지요, 평생 못 가볼…… 아, 〈결정화의 흥미진진한 사례〉 〈곤충 세계의 모험〉 〈이탈리아의 벌목〉도 있네요."

"더없이 완벽하군요!" 콘스턴스가 환성을 질렀다.

"다른 건 더 없나요?" 노마는 약간 근심어린 투였다.

미스 리디아는 페이지를 쭉 읽어내려갔다. "〈국가의 탄생〉*을 보고 싶어하실 것 같진 않고."

"그 영화는 좀 문제가 있다고 들었는데." 콘스턴스가 대신 나서서 좋다고 하기 전에 노마가 중얼거렸다.

"그렇죠…… 음, 더는 별게 없네요." 미스 리디아가 인쇄된 세로단을 손끝으로 주욱 훑어내렸다. "〈욕망의 열매〉에는 노동자와 자본가, 인도주의자와 사회주의자 그리고 사교계 여성과 사랑을 위해 모든 것을 포기한 여성이 나와요."

"그 사람들이 어떻게 되는지 모르는 편이 낫겠어요." 노마가 말했다.

미스 리디아가 말했다. "저도요. 아, 찾고 계시는 게 코미디라면, 오르페움극장에서 〈메이 워드와 여덟 명의 드레스덴 인형들〉 공연을 하네요."

"정확히 우리가 찾던 거예요, 메이 워드." 콘스턴스가 말했고 그 말은 노마에게서 옆구리 찌르기를 또 벌었다.

* 1915년 개봉한 데이비드 그리피스 감독의 무성영화로, KKK를 미화한 내용으로 구설수에 올랐다.

"언니가 메이 워드 팬이거든요." 노마가 말했다. "언니는 늘 무대에 서고 싶어했는데, 너무 커서 남자들이 무서워하잖아요. 멀리서 볼 때는 그게 유리할 수도 있겠다 싶었는데, 거기다 못생기기까지 해서, 그건 뭐 어떻게 할 수가 없죠."

미스 리디아는 어정쩡한 미소를 띤 채 노마의 말이 농담이길 바라며 그들을 올려다보았다. 그러나 노마는 한결같이 뚱한 표정으로 미스 리디아를 내려다보며 말했다. "메이 워드가 사인을 해줄지 모르겠네요. 저녁 내내 극장 뒷문에서 기다리다 허탕 치고 싶지 않은데."

바로 그때 미스 리디아가 노마가 바라던 정보를 알려주었다. "멀리까지 쫓아가실 것 없어요. 미시즈 워드와 극단 배우들은 늘 저희 콜럼버스호텔에 숙박하거든요. 여러분과 같은 층 객실에 묵을 거예요. 여덟시까지 극장에 갈 준비를 하시려면 지금 객실로 올라가시는 게 낫겠네요. 내려오시면 제 책상에 표 세 장을 마련해놓겠습니다. 모퉁이만 돌면 바로 로커스트 스트리트에 극장이 있어요, 택시를 부를 필요도 없죠."

그들은 열쇠를 받고 위층으로 올라갔다. 패럿튤립 문양의 카펫이 깔린 긴 복도 끝에 그들의 방이 있었다. 가방은 이미 올려져 있었고, 그들은 짐을 올려놓고 나가는 짐꾼과 마주쳤다. 노마가 콘스턴스에게 보이지 않게 얼마짜리인지 모를 동전을 짐꾼에게 건넸는데, 넉넉하지 않은 팁일 게 뻔했다.

"내가 왜 메이 워드의 팬이야? 그 사람을 보려고 이 먼 데까지 우릴 다 끌고 온 건 너잖아." 그들만 남게 되자 콘스턴스가 노마에게 씩씩거렸다.

"언니는 형사 일에 관해 도무지 아는 게 없는 것 같아. 언니가 하는 말마다 수상쩍어 보였어."

"형사 연기를 할 필요는 없잖아. 그냥 메이 워드가 여기 묵는지 아닌지 곧장 물어보면 되는데."

"그러면 얘기를 안 해줬을 거라고." 노마는 짐을 풀고 극장용으로 가져온 드레스를 흔들어 털면서도 계속 중얼거렸다. 두 사람의 드레스는 당연히 플러렛이 만든 것이었고, 그래서 콘스턴스는 더더욱 해리스버그까지 와서 하려는 짓에 죄책감이 들고 불안했다.

캐리는 거울 앞에서 머리를 매만졌다. "내가 공연 평론가인 척하지 않아도 정말 괜찮겠어? 메이 워드와 인형들 인터뷰를 하면 플러렛이 그들과 있는지 직접 알아낼 수 있어."

"기자를 대동하면 더 수상해 보이기만 해." 콘스턴스가 말했다. "난 우리 중 누구도 사람들 눈에 띄지 않았으면 좋겠어. 우린 플러렛이 무사한지 확인하러 온 거고, 그다음엔 쥐도 새도 모르게 바로 철수할 거야."

메이 워드가 객실을 몇 개나 잡을지, 그들 방이 얼마나 떨어져 있을지 전혀 알 수 없었다. 지나가는 발소리가 들릴 때마다 노마는 엿보는 구멍으로 달려가 밖을 내다보았다.

"그만 봐도 돼, 배우들은 이미 극장에서 의상을 갈아입고 있을 거야." 콘스턴스가 말했다. "극장에 가기 전에 저녁을 해결하는 게 낫겠다."

노마는 이제 지나가는 사람들을 내려다보며 창가에 서 있었다. 씨근덕거리는 숨결에 유리창에 김이 서려 작은 구름이 그려지는 중이었다. "식당에 들어가는 위험을 감수할 수는 없어. 발각될 거야, 만약 플러렛이 여기 있다면. 있을 것 같진 않지만."

"좋아, 그럼 찬 음식을 쟁반에 담아달라고 주문할게."

"쟁반 위의 찬 음식은 딱 질색인데." 캐리가 말했다.

콘스턴스는 잠시 생각해보더니 말했다. "아마 수프 같은 것도 좀 올려줄 거야."

호텔에서 갖다준 음식은 그것보다는 약간 나았지만 아주 훌륭하지도 않았다. 첫 코스인 담백하고 묽은 수프와 스펀지빵은 그들 중 아무도 만족시키지 못했다. 노마는 구운 토마토에 비판적이었고, 삶은 닭 요리를 께적거리면서 기차에 실어서 가져온 것 같은 맛이라고 평했다.

"왜 그렇게들 도시에 가려고 하는지 이해를 못하겠네." 노마가 잘라 말했다.

콘스턴스는 그 발언을 이해하려고도, 대답하려고도 하지 않았다. 캐리는 그 말을 받아 적었고, 콘스턴스는 거듭 기사화하지 말아달라고 간청했다.

그들은 극단 사람들이 하나도 빠짐없이 호텔을 나갔다는 확신이 들 때까지 가능한 한 오래 기다렸다가 아래층으로 내려가 가로등이 켜진 청회색 어둠 속으로 나갔다.

47

해리스버그는 재앙이었다. 플러렛은 제 앞으로 단돈 일 달러도 없었다. 메이 워드가 플러렛의 비용을 회사에서 지불하게끔 처리한 방식은 드레스덴 인형들을 다시 방 두 개에 몰아넣는 것이었고, 그 말은 곧 한 침대에 두 사람씩, 한방에 침대 두 개가 들어가고, 플러렛 자리는 바닥에 임시로 놓은 간이침대라는 뜻이었다.

그렇게 되자 플러렛에 대한 드레스덴 인형들의 호감이 확연히 줄어들었다. 미시즈 아이언사이즈가 잠든 사이에, 자정과 새벽 다섯 시 사이의 딱 꼬집어 얘기하기 어려운 시간에 몰래 같이 빠져나가자는 얘기를 들을 줄 알았는데, 플러렛은 이번에도 혼자 버려졌다.

"네가 일할 수 있게 자리를 비켜줄게"라고 버니스는 표현했다. 그들은 오후 내내 나가 있다가 극장에 가기 몇 분 전에야 호텔에 들렀다. 공연이 끝나면 옷을 갈아입으려고 잠깐 들렀다 또 곧장 달려나갔다.

"아이언사이즈가 오늘밤에 다들 침대에 있는지 확인하러 오면 네가 적당히 둘러대." 일라이저가 말했다.

"뭐라고 얘기해?" 플러렛이 물었다.

"샬럿이 전보를 받았다고 해. 할머니한테서."

"안 돼, 그거 우리 이미 써먹었어." 샬럿이 말했다.

"아, 그럼 큰이모한테서. 샬럿을 키워준 사람. 소중한 큰이모한테 가는 샬럿을 배웅하러 우리 모두 기차역에 갔다고 해."

"하지만 그건 너무 형편없는 핑계야." 코트를 챙기고 나갈 준비를 하는 그들에게 플러렛이 외쳤다. "금방 들통날걸. 게다가 샬럿이 기차를 타고 가지 않으면 어떻게 되는데?"

"로버타가 두통이 있어서 다들 가루약을 찾으러 나갔다고 해." 이제 샬럿의 목소리는 복도 밖에서 들려왔고, 그들의 자취를 따라 흘러갔다.

그들이 나가서 오히려 다행이었다. 간이침대를 침대 쪽으로 밀어붙이고 책상 위에 흩어진 빗과 솔과 분첩들을 그 위에 쌓지 않으면 재봉틀을 놓을 자리가 없었다.

메이 워드의 파리식 드레스가 시간을 너무 많이 잡아먹었다. 금속사를 발견하면 자신이 바느질했던 실을 다 풀고 대체할 것까지 감안하느라 더욱 오래 걸렸다. 그래도 작업에 유달리 신경을 쓰지 않을 수 없었고, 드레스를 최대한 세심하게 다루면서 바늘을 넣을 적절한 자리를 찾느라 직물을 한참 뚫어져라 들여다보았다. 바느질이 쉽게 풀어질 수 있도록, 수선한 흔적이 전혀 남지 않고 아마도 더욱 숙련된 손길에 의해 복원될 수 있도록 만전을 기하고 싶었다.

플러렛은 수선 작업을 마치고 메이 워드에게 갖다주었고("거기 아무데나 던져놔"라며 대배우는 엊저녁의 환락에서 아직 회복되지 못한 채 끙끙거렸고, 플러렛은 아무데나 던져놓을 수가 없어서 즉석에서 베개 커버로 푹신한 옷걸이를 만들고 거기에 드레스를 걸어놨다), 일단 그 일이 끝나자 산더미 같은 무대의상이 기다리고 있었다. 투어 마지막 공연까지 플러렛도 함께 간다는 결정에 드레스덴 인형들은 각자 자신의 트렁크를 또다시 급습했고, 가장 싫어하는 의상을 완전히 개조해달라며 꺼내놨다.

"이 드레스를 입으면 양치기 같아 보여." 로버타가 양치기 의상에 대해 불평했고, 다른 사람들도 동의를 표했다. "저 주름 장식을 몽땅 뜯어내고 좀더 도시 여성의 드레스처럼 만들어준다면 어린애로 보이지 않을 거야. 우리한테 보여주던 메이 선생님의 그 드레스처럼 만들어줘."

"선생님의 그 드레스는 파리의 최고급 의상실에서 만든 거라고." 플러렛이 말했다. "그런 걸 만들려면 적어도……"

"어떻게든 수를 써봐." 일라이저가 말허리를 잘랐다. 그리고 전 출연진이—그들 여덟 명 전부가—싸구려 엉터리 의상을 플러렛한테 맡겼고, 무슨 수를 쓸 수 있는지 알아보려면 그중 하나를 완전히 분해해보는 수밖에 없었다. 그 작업을 하는 데 하룻밤이 꼬박 걸렸다. 인형들은 의상 교체를 하루만 생략하게 해주면 그다음날 저녁 공연 때는 모두 한꺼번에 새 드레스를 입고 나설 수 있다고 미시즈 워드를 설득했다.

다섯시쯤, 플러렛은 드레스 한 벌을 조각조각 냈다가 다시 붙였다. 인형들은 극장으로 가기 전에 잠깐 얼굴을 들이밀었고, 새로운 디자인에 찬사를 퍼부었다. 대담한 치마 길이와 낮은 허리선, 살짝 플리츠를 넣어 춤을 출 때 치마가 들썩일 수 있게 한 완전히 현대적 감각의 디자인이었다.

"완벽해." 로버타가 단언했다. "나머지도 오늘밤 안에 다 할 수 있겠어? 선생님은 의상 교체를 생략하는 걸 싫어해. 하룻밤 안에 다 못하겠으면 그냥 하지 마."

플러렛은 도저히 무리일 것 같았지만 해보겠다고 약속했다. 수선을 시작하려면 드레스를 전부 뜯어내 한 줄로 쭉 늘어놓은 다음, 정확히 똑같은 방식으로 하나씩 이어붙여야 했다. 먼저 페티코트를 잘라내고, 낡은 페티코트 천에서 가져온 허리에 새 밴드를 꿰매고—허리선을 낮추는 아주 저렴하고 효과적인 방법인데 관객들은 알아차리지 못할 것이다—치마를 다시 붙인 후 플리츠 몇 개를 고르게 넣는다. 소매도 손을 봐야 했지만 그건 나중으로 미뤘다.

일단 방법을 알고 나니 지루한 작업이었다. 플러렛은 남은 저녁시간 내내 말없이 혼자서 일했다. 극단과 함께하는 고된 시간이 플러렛을 서서히 지치게 했다. 침침하고 답답한 방안에 오랜 시간 앉아 있으니 사람이 쪼그라드는 느낌이었다. 특히나 이 방은 플러렛이 해야 하는 종류의 작업에 전혀 적합하지 않았다. 작업대도 없고, 다리미도 없고, 조명은 어둡고, 재봉틀을 올려둘 적당한 받침대도 없었다.

드레스덴 인형들은 플러렛을 동료라기보다 하인처럼 대했다. 그들은 플러렛이 패터슨에서 펼친 공연도 보지 않았고, 플러렛의 무대 위 야망에 대해서도 전혀 알지 못했다. 플러렛은 누구에게든 자기 말을 할 기회가 거의 없었다. 플러렛이 기대하는 건 그들과 늘 함께 있는 것이었다. 낮에 함께 시내를 돌아다니고, 저녁마다 함께 극장에 있기를 원했다. 백스테이지에서 의상 교체를 돕는 자기 모습을 상상했고, 다 끝내기 힘든 일거리를 짊어진 채 혼자 호텔방에 남겨지는 게 아니라 그들과 나란히 새로운 댄스 스텝을 만들어내는 자신을 상상했다.

처음으로 플러렛은 자신이 처한 곤경에 약간 후회하는 마음이 든다는 걸 인정했고, 아주 조금이지만 향수병도 앓았다. 지금껏 몰랐었는데, 집에서 플러렛과 언니들은 다른 사람들은 이해하지 못하는 약칭과 암호를 써왔었다. 그래서 인형들에게 뭔가 신랄하고 기발한 얘기를 할 때마다 당황스러운 시선을 마주하곤 했다. 게다가 플러렛의 응석을 받아주거나, 돌봐주고 보호하거나, 어떤 식으로든 편히 지내도록 신경써주는 사람은 아무도 없었다. 간이침대는 삐걱거리고 조잡했다. 제공되는 음식—기차역에서 파는 샌드위치와 호텔에서 주는 차와 토스트—은 단조롭고 실망스러웠다.

플러렛은 자신의 고통에 굴복하고 그리운 것들을 하나하나 나열했다. 침대, 따뜻한 목욕, 바느질방, 핸슨 아카데미에서의 쾌적한 오후 작업, 헬렌과 다른 여자애들과 함께 지내던 시간, 심지어 언니들까지. 한때 그렇게 짐스럽고 억압적으로 느껴졌던 옛 생활이 이제는 풍요롭고 따스하고 친밀하게 느껴졌다. 기억이 꿈처럼 밀려들었고, 이미 지칠 대로 지치고 바느질을 하느라 눈이 충혈된 플러렛은 저도 모르게 눈을 깜박이며 눈물을 참았다.

그러나 그게 최악은 아니었다. 일이 절반쯤 남았을 때—드레스들은 다 뜯어놔서 죄다 치마가 없는 상태였다—어디서 펑 하는 소리가 들렸고, 냄새가 났고, 밑에서 주황색 불꽃이 반짝 튀는 게 보이는가 싶더니 재봉틀의 피복 전선이 사망했다.

48

극장은 만석을 넘어섰다. 워낙 금방 더워져서 여자들은 이미 프로그램북으로 부채질을 하고 있었고 남자들은 목깃 안에 손가락을 집어넣었다. 관객석에는 위스키 향과 유쾌하고 떠들썩한 분위기가 감돌았고, 기대 속에 흐르는 설렘과 흥분도 감지됐다.

조명이 꺼지고, 관객의 엄청난 박수갈채를 받으며 메이 워드가 커튼 앞으로 걸어나왔다. 구식 댄스 드레스 차림이었고, 겹겹이 쌓여 거품처럼 풍성한 페티코트가 띄워올린 치마는 마치 저 혼자 까불며 통통 튀는 것 같았다. 머리에는 실크로 만든 꽃과 깃털과 나비 모양 리본으로 공들여 장식한 포크 보닛을 썼다. 메이 워드는 완벽하게 똑바로 섰지만, 보닛은 불안정하게 흔들렸다.

피아노 반주자가 멜로디를 조금 연주하자, 미시즈 워드의 입에서 첫 소절이 나오기도 전에 사람들이 웃음을 터뜨리며 박수를 치기 시작했다. 콘스턴스는 다른 배우가, 짐작하기로는 드레스덴 인형들 중 하나 같은데, 지팡이에 붙인 거대한 박제 카나리아를 들고 무대를 경쾌하게 가로지르기 전까지는 그 노래가 무슨 곡인지 알아차리지 못했다. 새는 메이 워드의 보닛 정가운데에 안착했다.

노마는 의자에 몸을 파묻고 한 손으로 눈을 가렸다.

"해리스버그까지 와서 이걸 보자고 우긴 사람은 너야." 콘스턴스가 소곤거렸다.

"우린 플러렛을 찾으러 온 거야. 이 노래 다시는 듣고 싶지 않았는데." 노마가 말했다.

노마는 몇 년 전 한창 유행하던 시기에 이 노래를 집에서 퇴출시켰다. 플러렛이 하루종일 노래를 불러댔고, 언니 둘 중 한 명에게 새 역할을 맡아달라고 애걸했다. 그들은 가사를 다 외울 지경이었음에도 불구하고 거절했다.

그들이 원하든 원하지 않든, 올 것이 왔다. 피아노 연주자가 신호를 보내자 메이 워드가 노래하기 시작했다.

넬리의 작은 모자 위에, 작은 새가 있었어,
그 작은 새는 많은 걸 알았어, 정말 그랬어,
그리고 저 나름대로 은밀하게, 할말이 많았지.
연인들이 함께 거닐 때면,

메이 워드는 방울처럼 울리는 맑고 깨끗한 목소리의 소유자였다. 노래의 마디마디마다 과장된 트릴을 넣어 꾸몄다. 메이 워드는 남자와 함께 산책하는 여자를 무언극으로 표현하며 깡충깡충 뛰기 시작했고, 다른 배우도 그 뒤에서 함께 깡충거리며 모자 위의 새가 위아래로 신나게 흔들리게 만들었다. 메이 워드는 2절로 들어갔다.

넬리에게, 윌리가 애정어린 키스를 하며 속삭였어,
"분명 이런 키스는 받아본 적 없겠지!"

새 역할을 맡은 배우가 지팡이 위의 새를 흔들어 파닥거리게 하고, 지저귀는 소리를 그럴싸하게 흉내내어 노래했다.

"글쎄 넌 나만큼 넬리를 몰라!"
넬리의 모자 위 짓궂은 작은 새가 말했어.

캐리가 다른 관객들과 함께 손뼉을 치며 웃어댔다. 노마는 콘스턴스을 보며 절망스럽다는 표정을 지었다. 그 노래는 전염성이 아주 강했고, 어째서 패터슨의 모든 음반가게에서 그 노래가 줄창 흘러나왔는지 설명이 됐다. 메이 워드가 노랫말을 쓴 건 아니지만 그 노래를 히트시킨 장본인이었고, 그래서 그녀의 얼굴이 악보 표지를 장식했다.

메이 워드는 모든 소절을 똑같이 화려한 방식으로 노래했다. 노마는 두 손으로 머리를 감싸쥐고, 의심할 나위 없이, 모든 구절을 듣자마자 머리에서 지워버리려고 안간힘을 썼다.

"아, 열두시다." 윌리가 넬리를 집으로 데려다주며 말했어.
"분명 이렇게 늦은 시간까지 밖에 있던 적은 없겠지!"

배우는 새를 씰룩씰룩 돌리며 새의 노래를 불렀다.

"글쎄 넌 나만큼 넬리를 몰라!"
넬리의 모자 위 짓궂은 작은 새가 말했어.

영원히 끝나지 않을 것만 같던 노래도 결국 끝이 났다. 메이 워드는 박수갈채를 받아냈고, 새 역할을 한 배우와 새도 제 몫을 받아냈다.

그들은 무대 양쪽 끝으로 퇴장했다. 커튼이 잠시 흔들거리다 올라가면서 오래된 유럽식 목조 상점 앞처럼 꾸민 무대 세트를 드러냈다. 차양에는 인형과 냄비, 팬, 드럼, 마스크, 꼭두각시, 장난감 뿔 등 메인 스트리트의 백화점을 연상시킬 목적의 소품들이 죽 걸려 있었다.

일반적인 외출복 차림에 상점 앞치마를 두른 배우들이 잇달아 무대로 뛰어나왔다. 이 거리에서 보면 드레스덴 인형들은 누가 누구인지 거의 구분이 불가능했다. 새빨갛게 칠한 입술, 분홍색 뺨, 검게 그린 커다란 눈만 보였다. 콘스턴스는 플러렛이 있나 보려고 열심히 살폈지만 무대 위 인물 중 아무도 플러렛의 외모에 들어맞지 않았다.

"아직 안 보여?" 캐리가 속삭였다.

"다음 곡엔 나오겠지." 콘스턴스가 말했다.

"걘 여기 없어." 노마가 중얼거렸다.

'캐시 걸'이라는 제목의 다음 곡은, 남편이 필요한 백화점 금전출납계 직원(메이 워드가 연기하는)의 애정 전선에 관한 내용이었다. 직원은 백화점 경비의 관심과 애정에서 기쁨을 느끼지만, 장갑을 훔치는 척하고 나서야 겨우 그의 관심을 얻는다.

한 배우는 장난감 매장의 인형처럼 차려입고 〈낡은 헝겊 인형의 이야기〉를 불렀고, 또다른 배우는 첫번째 파티 드레스를 고르는 여자아이 역할을 맡아 〈거울 속 소녀〉를 불렀다. 마지막에 메이 워드 본인은 사랑하는 경비의 품에 안긴 채 엄청나게 큰 셀로판지 달 아래서 〈달의 노래〉를 불렀다.

나쁘지 않은 소규모 공연이었지만, 먼지가 쌓인 듯 진부한 감이 없지 않았다. 콘스턴스는 플러렛이 보이지 않는다는 사실에 점점 미칠 것 같았다.

다음 곡 〈사랑의 정원〉은 플러렛이 아주 좋아하는 어이없이 낭만적인 노래들로 채워져 있었다. 〈두 팔로 나를 안아줘〉는 메이 워드와 네 명의 드레스덴 인형들이 불렀는데, 그중에 플러렛은 없었다. 〈손 들어〉는 한꺼번에 여섯 명이 무대에 선 것 같았다. 거기에도 플러렛은 보이지 않았다.

콘스턴스는 자리에서 안절부절못하며 산더미 같은 설명과 핑계를 댔지만, 그 어느 것도 오래가지 못했다. 플러렛은 극단의 신입이고, 전체 합동 공연에서 아주 작은 배역 몇 개밖에 맡지 못했을 것이다. 핸슨 아카데미에서 종종 그랬던 것처럼 솔로로 발탁되어 다음 곡에서 혼자 나올 것이다. 어쩌면, 콘스턴스의 생각이지만, 대망의 피날레를 장식하기 위해 무대 맨 마지막에 나올 것이다.

그러나 마침내 진실이 자명하게 드러났다. 플러렛은 그곳에 없었다.

콘스턴스는 적어도 한 번 이상 무대에 함께 나온 여덟 명의 드레스덴 인형들을 세어보았다. 플러렛은 그중에 단 한 번도 껴 있지 않았다.

노마는 아까부터 무대는 보지 않고 콘스턴스를 노려보는 중이었다. 먼저 말해보라며 기다리고 있지만, 오로지 반박하기 위해 그러는 것뿐이었다.

"이유가 있을 거야." 콘스턴스가 소곤거렸다.

"이유야 항상 있지. 교도소는 이유 있는 사람들로 그득하잖아. 플러렛은 이유를 대는 것 이상이 필요할걸."

"음, 우선 사람부터 찾아야지." 캐리가 끼어들었다. "아직 단원들과 함께 있을지도 몰라. 사람들이 몰려가기 전에 무대 뒷문으로 가보자."

마지막 앙코르 곡이 끝날 무렵 캐리가 앞장서서 극장 밖으로 나왔다. 일단 밖으로 나온 다음엔 모퉁이를 돌아 골목으로 들어갔다. 골목 안쪽은 무대 뒷문에 달랑 램프 하나가 달려 있어 어두침침했다. 극장의 단골손님들이 골목으로 흘러들어오기 전에 줄줄이 놓인 쓰레기통 뒤에 몸을 숨길 시간은 넉넉했다. 얼마 안 있어 젊은이들이 어깨를 부딪치며 몰려들었고, 대부분 사인북을 흔들어댔다.

드디어 문이 열리고 짐꾼—플러렛이 엽서에서 말한 미스터 임페디먼트였다—이 밖으로 나오더니 못마땅한 표정으로 미간을 찡그리고 관객들을 쳐다보면서 다들 물러서라고 소리질렀다. 그다음에 사람들의 비명과 아우성에 맞춰 아름다운 흰색 모피를 두르고 그에 어울리는 모자를 쓴 메이 워드가 나왔다.

처음엔 혼자 서서 박수갈채와 휘파람을 한몸에 받았고, 그다음에 코러스걸들에게 나오라고 손짓했다. 배우들이 한 사람씩 무대 뒷문으로 뛰어나왔고, 저마다 무대의상 위에 겨울 코트를 걸치고 깃털과 꽃으로 장식된 모자를 썼다. 미스터 임페디먼트는 질서정연하게 사인을 받을 수 있도록 했고, 좀더 열렬한 남성 팬들은 뒤쪽으로 몰아내 배우들에게 몰래 쪽지를 건네지 못하게 막았다.

그러나 거기서도 플러렛의 모습은 보이지 않았다.

"오늘 저녁엔 플러렛의 몸 상태가 좋지 않은가봐." 콘스턴스는 캐리와 노마에게 속삭였다. "아마 플러렛은 지금 호텔에 있고, 저 배우들 중 한 명이 그애 대역일 거야."

노마는 코트 목깃을 세우고 아무 말도 하지 않았다.

"아니면 플러렛이 대역 배우고, 오늘은 대역이 필요하지 않았던 걸 수도." 캐리가 의견을 냈다.

노마는 고개를 흔들었다. "플러렛은 대역 배우 얘긴 한 적 없어."

"얘기하는 걸 까먹었나보지." 콘스턴스가 말했다. "엽서에 자리가 별로 없잖아." 말을 하는 콘스턴스조차 제 말이 믿기지 않았지만—플러렛이 고작 대역이나 하자고 가출했을 것 같진 않았다—설명을 찾으려 필사적이었다.

검은색 차량 두 대가 골목으로 들어와 무대 뒷문 앞에 섰다. 메이 워드와 인형들의 형체가 자동차 안으로 밀려들어갔다. 콘스턴스는 그들과 함께 차에 올라타는 다른 누군가를 본 것도 같았다. 아니면 그냥 혼자 상상한 것일까?

"플러렛은 여기 없어." 노마가 말했다.

"서두르면 호텔에서 또 한번 볼 수 있어." 캐리가 말했다. 그들은 허겁지겁 골목을 뛰어내려가 모퉁이를 돌았고, 자동차가 도착하기 바로 직전에 호텔에 돌아왔다.

그 무렵 콘스턴스는 패닉 상태였다. 플러렛이 정말 실종됐을 가능성이 있을까? 판단을 내리기 전에 다시 한번 단원들을 보고 싶었다.

"난 단원들을 따라 위층으로 올라가서 방안을 엿보도록 할게, 혹시 방에 있을지도 모르니까." 캐리가 말했다. "플러렛은 날 알아보지 못할 거야."

노마는 콘스턴스를 끌고 로비를 가로질러 반대쪽 구석으로 데려갔다. 벽난로 주위에 일종의 책 읽는 공간처럼 꾸며놓은 곳이 있었다. 노마는 거기 하나 남은 빈 의자에 앉으면서 콘스턴스에게 전화부스 안에 들어가 숨으라고 말했다.

"전화 부스에 몸이 다 들어가지 않는 거 알잖아!" 콘스턴스가 불평했다. 그러나 노마는 이미 안락의자에 떡하니 앉아서 은폐용으로 신문을 집어들었다.

"너 설마 신문을 들고 있다고 플러렛이 널 못 알아볼 거라고 생각하는 건 아니겠지, 평소 집에서 네가 어떤 모습인지 아무 생각이 없구나." 콘스턴스가 말했다.

"알아볼 일은 없을 거야, 왜냐면 난 걔가 여기 없다고 생각하거든." 노마가 대꾸했다.

"그런 건 너 혼자 속으로만 생각해." 플러렛이 다른 어딘가에 있을지도 모른다는 가정은 견딜 수가 없었다.

콘스턴스는 전화 부스 안의 작은 스툴에 어정쩡하게 엉덩이를 걸치고 모자챙이 눈까지 오도록 내려썼다. 물론 플러렛이 여기 있다면 언니의 얼굴만큼이나 쉽게 언니의 모자를 알아볼 것이다. 그때쯤 콘스턴스는 플러렛이 로비로 들어와 자신을 알아보든 말든 괘 넘치 않았다. 이 불확실성을 끝장낼 수만 있다면 아무래도 좋았다.

이제 막 전화 부스 안에 자리를 잡았는데—관보다 크지 않은, 유리와 나무로 된 상자에 자리를 잡는다는 게 말이 되는지 모르겠지만—메이 워드가 화려하게 입장했다. 그 정도 급의 유명 인사만이 일으킬 수 있는 종류의 소란을 일으키며 천장이 높은 로비로 휘몰아치듯 들어왔다. 로비에 있던 거의 모든 남자가 일제히 메이 워드에게 몰려들었다. 남자들은 배우의 팔을 잡으려 애썼고, 명함을 내밀었고, 메이 워드가 들고 있는 작은 손가방을 들어주겠다고 나섰다. 순식간에 로비가 그들의 농담과 웃음소리로 채워졌다. 콘스턴스는 여자 한 명이 엘리베이터까지 가는 길에 그런 엄청난 흥분의 도가니를 만들어내는 광경을 생전 처음 봤다.

미스터 임페디먼트는 최선을 다해 남자들이 미시즈 워드에게 다가오지 못하게 막았고, 여덟 명의 드레스덴 인형들도 신경써야 했다. 그들에게도 제각기 나름의 소규모 추종자들이 따라붙었다. 여전히 화사한 화장을 한 채 무대의상을 입고 있는 그들은 저마다 리본과 보석으로 치장해서 앙증맞은 섬나라 미인들 같았고, 자기만의 충성스러운 팬들을 몰고 다녔다.

평범한 갈색 코트를 입은 나이든 여자가 운전사 두 명과 함께 뒤에서 따라왔다. 운전사들은 가방과 모자 상자의 무게에 짓눌려 분투하고 있었다. 콘스턴스는 여자가 미시즈 아이언사이즈, 즉 샤프롱임을 알아보았다. 여자는 모든 배우를 날카로운 눈으로 주시하고 있었고, 배우들에게 건네려는 쪽지를 중간에서 낚아챘다.

인형들이 엘리베이터 주위로 모였다. 인파에 섞여 배우들을 따라 위층으로 올라가려는 의도가 빤히 보이는 가장 열성적인 팬들을 쫓아내는 것을 거들기 위해 호텔 포터 중 한 명이 소환됐다. 호텔 투숙객을 가려내는 와중에 엘리베이터 한 대가 내려왔고, 곧이어 또 한 대가 내려와서 드레스덴 인형들 모두 수행단과 함께 엘리베이터에 탔다. 용케 캐리가 그들과 함께 올라탔고, 호텔 열쇠를 보여주며 숙박객임을 증명했다.

오직 미시즈 워드만 남아서, 관심을 얻으려는 열광적인 청년들에 둘러싸여 있었다. 산더미 같은 짐을 맡은 포터가 엘리베이터 옆에서 뚱하게 기다리는 동안, 메이 워드는 계속 사인을 해주고 웃음을 터뜨리고 시시덕거렸다.

콘스턴스는 낙담한 채 주저앉았다. 황동 전화기에 비친 자신의 모습을 실눈을 뜨고 노려봤고, 이 말도 안 되는 사태가 도무지 믿기지 않았다. 미시즈 워드의 마지막 남은 팬들이 하나둘 사라지면서 로비는 점차 평온해졌다. 콘스턴스는 모자챙이 눈을 덮도록 모자를 푹 눌러썼다. 가서 앞으로 어떻게 해야 할지 노마와 대면하느니 차라리 이대로 그냥 사라졌으면 싶었다.

그래서, 유리창을 두드리는 날카로운 노크 소리에 콘스턴스는 완전히 무방비 상태였다. 깜짝 놀라 모자챙을 들어올리며 콘스턴스는 초조하게 기다리고 있는 노마를 보게 될 거라고 예상했다.

그러나 노마가 아니었다. 메이 워드였다.

49

아무도, 콘스턴스 본인의 동생을 제외하고, 그토록 흉포한 눈빛으로 콘스턴스를 노려본 사람은 없었다. 메이 워드는 눈빛만으로 콘스턴스가 식은땀을 흘리게 만들었다. 배우의 입술은 독성을 함유한 산딸기류 열매처럼 붉었고 두 뺨은 볼터치를 제외하면 저승사자처럼 창백했는데, 양볼 가장자리의 불타는 듯한 빨간 줄은 여자들의 볼연지라기보다 전사들의 물감칠 같았다.

콘스턴스는 영원처럼 느껴지는 시간 동안 배우를 쳐다보다가, 이대로 영원히 두 사람 사이에 유리문을 닫아놓을 수는 없음을 깨달았다.

문을 열자 메이 워드가 안으로 고개를 들이밀었고, 수입산 향수와 진, 그리고 이틀 전에는 빨았어야 할 의상 냄새가 훅 끼쳤다.

"당신 누가 보낸 거야?" 메이 워드가 다짜고짜 물었다.

콘스턴스의 첫 반응은 거짓말을 하는 것이었다. "죄송합니다만,

지금 전화를 기다리는 중이에요. 교환원에게 여기로 연결해달라고 해서. 위층에도 부스가 있을 텐데요."

그러나 메이 워드는 그 말에 관심이 없었다. "당신 여기 전화를 하러 온 거 아니잖아. 우릴 지켜보고 있는 거 다 봤고, 내가 우리를 따라다니는 사람을 본 게 처음도 아니야. 여자 탐정을 보내다니, 딱 그이답군."

콘스턴스는 너무 당황스러워 대답은 못하고, 대신 로비를 둘러보기로 했다. 미스터 임페디먼트가 가까운 곳에 서 있었고, 아마도 미시즈 워드가 지정해준 장소일 것이다. 노마의 안락의자는 등을 돌린 채였지만, 노마가 들고 있는 신문 위쪽 끄트머리가 귀를 쫑긋 세우고 있었다.

"나는 사립 탐정이 아닙니다." 콘스턴스가 미시즈 워드에게 말했다. "누가 당신을 쫓아다닌다고 생각되시면 호텔 매니저에게 말씀하세요." 콘스턴스는 미시즈 워드가 피해망상인 것처럼 말하려 애썼는데, 사실 심장이 두방망이질하고 목깃 속에서 목이 점점 뜨거워지는 건 콘스턴스였다.

"무슨 매니저건 볼 필요 없고," 메이 워드가 내뱉었다. "가서 프리먼한테 전해, 나를 감시할 남자를—아니면 여자든—고용하게 놔두지 않겠다고. 샤프롱과 짐꾼까지는 동의했지만, 도시마다 쫓아다니며 감시하는 스파이는 안 둘 거야. 트렌턴이든 어디든 프리먼이 당신을 주워온 곳으로 돌아가. 만약 피츠버그에서 또 보이면, 경찰을 불러 체포하게 할 거야."

메이 워드는 뒤로 휙 돌아서 콘스턴스가 뭐라 대꾸할 정신을 차리기도 전에 성큼성큼 걸어가버렸다. 미시즈 워드와 짐꾼은 대기하던 엘리베이터에 올라탔다. 콘스턴스는 몸을 비틀어 겨우 전화 부스를 빠져나와 뒤쫓아 달려갔다. "질문 하나만 할 수 있을……"

미스터 임페디먼트가 손을 들어 막았다. "그 이상 가까이 오면 경찰을 부르겠다."

"하지만 내가……"

엘리베이터 문이 닫히고 그들은 가버렸다.

노마가 신문을 던지고 달려왔다. "대체 무슨 짓을 했길래 들킨 거야?"

"아무 짓도 안 했어! 최대한 꼼짝 않고 앉아 있었고, 얼굴은 모자로 거의 가렸어. 주목을 끌었던 건 너지, 그렇게 깃발 신호처럼 신문을 쳐들고서."

"난 기둥 뒤에 있었다."

두 사람은 서로를 노려보며 서 있었고, 둘 다 뺨이 붉게 상기된 채 미칠 듯한 불안감에 사로잡혀 서로의 어깨 너머를 계속 곁눈질했다.

"이제 경찰한테 가야 할 시간이야." 노마가 말했다.

노마의 말투에서 뭔가가 콘스턴스의 흉골 바로 안쪽 보드라운 곳을 때렸다. 이것이 최종 결론이라는 실감이 명치를 강타한 것이다.

캐리가 엘리베이터에서 나타나 어깨를 으쓱하며 자매를 만났다. "그 사람들 방 번호를 알았어. 우리 방에서 코너를 돌면 나와. 방안을 들여다보진 못했지만, 안에 다른 사람 기척은 없었어."

노마는 캐리에게 방금 무슨 일이 있었는지 얘기했다. 둘 다 콘스턴스를 쳐다봤다. 암묵적 합의에 의해, 이 일을 어떻게 다룰지 결정하는 것은 콘스턴스였다. "방에 올라가 있어." 콘스턴스가 말했다. "아마 경찰서에 가야 할 테고, 미시즈 워드에게 몇 가지 질문을 해야겠지만, 그냥 잠깐 여기 앉아서 생각을 정리하고 싶어."

캐리가 말했다. "난 극장에 다시 가볼게. 혹시 좌석 안내원이 뭔가 아는 게 있을지도 모르니까."

콘스턴스는 캐리에게 감사를 표했다. 노마는 팔짱을 끼고 서서 잠시 턱을 앞뒤로 움직였지만 말은 하지 않았다.

"올라가." 콘스턴스가 말했다. "이번 한 번만, 그냥 가."

노마는 기적과도 같이 순순히 그 말에 따랐다.

콘스턴스는 낙담과 실의에 빠져 벽난로 옆 안락의자에 몸을 묻었다. 그러나 홀로 생각에 잠겨 있을 수가 없었는데, 잡지나 뜨개질 바구니 같은 소일거리 없이 로비에 혼자 앉아 있는 여성을 호텔 측이 잠시도 가만두지 않기 때문이었다. 어깨에 금색 술이 달린 빨간 제복을 입은 남자가 달려오더니 호텔 레스토랑에서 제공하는 별미를 드시겠느냐고 제안했다. 차를 드시겠습니까 아니면 터키 커피로 하시겠습니까. 와인 소스의 브레드 푸딩이나 보스턴 크림 파이는 어떠실까요. 비스킷 토르토니도 있는데, 그 뛰어난 맛은 뭐라 말로 설명할 수가 없군요, 하지만 달걀과 크림, 체리와 코코넛이 들어간다는 건 말씀드릴 수 있습니다. 일단 드시면 기운이 나실 겁니다.

콘스턴스는 너무 우울해서 아무것도 입에 넣을 수 없을 것 같아 잠시 망설였지만, 그의 전문적 식견을 존중하기로 했다.

콘스턴스 옆에 금세 진미 테이블이 차려졌고, 고급 커피 한 잔과 하나가 아니라 두 개의 디저트가 나왔는데 둘 다 양은 아주 적었다. 그가 설명하기를, 제과장이 둘 다 맛보셔야 한다고 주장했다고

했다.

바로 그때, 플러렛이 엘리베이터에서 내렸다. 시야를 반쯤 가리고 있는 웨이터가 없었다면, 커피에 손을 뻗은 다음 손목에서 걸쭉한 크림 얼룩을 닦아내는 콘스턴스를 알아봤을 것이다.

그러나 플러렛은 큰언니를 보지 못했다. 콘스턴스는 웨이터를 향해 손을 들어 보였고, 그는 그 자리에 그대로 있으라는 표시를 알아차렸다. 호텔에서 일하는 사람들이 그런 눈치는 빨랐다.

플러렛은 두 사람을 전혀 알아보지 못했다. 로비의 이쪽 구석에 있는 사람들한테는 신경도 쓰지 않으며 곧장 프런트로 향했다. 한쪽 옆구리에 크고 무거운 뭔가를 끼고 있었고, 카운터 위에 올려놓았을 때야 비로소 그게 뭔지 보였다.

휴대용 재봉틀이었다.

플러렛은 데스크 앞의 남자와 아주 짧게 얘기하고 보관증을 받아들더니 재봉틀을 그대로 두고 가버렸다. 그리고 순식간에 도로 엘리베이터를 타고 사라져버려서, 콘스턴스는 꿈이라도 꿨나 싶었다. 콘스턴스는 웨이터를 보내고 토르토니를 한입 먹었다.

플러렛은 무사했다. 콘스턴스가 보기에 플러렛은 아무 문제가 없었다. 납치된 것도 아니었고, 도망친 것도 아니었고, 부유한 극장 사람들과 엊저녁 늦게까지 밖에서 광란의 시간을 보내지도 않았다. 어느 모로 보나 평범하게 일하는 여자애로 보였다.

이제 콘스턴스는 플러렛이 왜 배역 명단에 오르지 않았는지 이해가 됐다. 그애는 한 번도 무대에 오르지 않았다.

콘스턴스는 디저트를 다 먹고—앞서 얘기한 상황을 고려해봤을 때, 먹지 말아야 할 이유가 하나도 없어 보였다—프런트 데스크

직원과 대화를 나누려고 로비를 가로질렀다. 얼굴형이 길고 좁은 남자는 엄청 작고 둥근 안경을 쓰고 있었다.

"조금 전에 여기에 재봉틀을 가지고 온 젊은 여자를 봤는데," 콘스턴스가 말을 꺼냈다. "이 호텔 재봉사인가요?"

"아뇨, 손님." 직원이 말했다. "메이 워드의 재봉사입니다. 아침이 오기 전에 기계를 고쳐야 한다고 해서 오늘밤에 그걸 살펴볼 사람을 불러오는 중입니다. 극장 사람들이 다 그렇죠. 전기선 하나 때문에 한밤중에 사람을 침대에서 불러내고."

그는 수선해야 할 것이 있으면 전화로 객실 매니저를 불러주겠다고 했지만, 콘스턴스는 손사래를 치며 거절했다.

"내가 알아서 할게요." 콘스턴스가 말했다.

50

"애가 삶이란 게 없어 보이잖아. 우리가 아는 한 플러렛은 엊저녁에 극장에 가지도 않았어. 애를 방에 가둬놓고 밤마다 바느질만 시키는 거야?"

노마는 항의의 표시를 내보이려 했지만 자기가 졌다는 것을 잘 알고 있었다. 다만 기차에 함께 처박혀 있는 몇 시간 동안 그 문제로 콘스턴스와 다투고 싶어서 그러는 것뿐이었다.

콘스턴스는 노마에 대한 동정심을 불러일으키려 애썼다. 도무지 자기 생각대로 굴러가주지 않는다는 점에서, 세상은 노마에게 매우 실망스러운 곳임이 틀림없었다. 콘스턴스는 좀더 부드럽게 말하려고 노력했다. "플러렛은 자기 의지로 갔어. 그게 그애가 선택한 인생이야. 그 문제는 일단락됐다고 생각해야 해."

노마가 말했다. "고작 재봉사로 고용된 걸 가지고 왜 무대에 서는 것처럼 우리를 호도했는지 모르겠네."

"고작이라고?" 콘스턴스가 말했다. "바로 그래서 그랬겠지. 우리가 자길 대단하다고 생각해주길 바랐을 거야. 뭐, 실제보다 제법 대단하게 꾸미긴 했네. 자기 딴에는 우리한테 자랑스러운 모습을 보이려고 노력했을지도. 넌 그런 생각 안 해봤어?"

"난 플러렛이 우리한테 거짓말을 했다는 게 마음에 안 들어."

"뭐, 우리도 플러렛한테 거짓말을 했잖아, 여기까지 몰래 따라와서 뒤를 캐고 다녔으니. 어느 쪽이 더 나쁜지 나도 모르겠다. 그리고 두 사람 다, 우리가 한 짓을 플러렛한테 절대 말하지 않기로 한 거 잊으면 안 돼. 우리가 자기를 따라다닌 걸 알면 불같이 화를 낼 거야."

"그럼 플러렛이 화려한 무대 생활에 대해 얘기할 때 가만 듣고 믿는 척하라는 거야?"

"소설 좀 쓰게 두자. 해로울 거 없잖아. 어차피 늘 상상의 세계에 반쯤 발을 걸치고 살던 애니까. 플러렛이 이야기 좀 지어냈다고 충격받은 척하지 마. 그리고, 캐리, 이건 신문에 싣지 않겠다고 나한테 약속해줬으면 좋겠어."

"아, 내가 그걸 기사화할 위험은 없어." 캐리가 시무룩하게 말했다. "제 할 일을 하는 착한 여자애들은 기삿거리가 되지 않아. 미니 데이비스 건도 얘기가 될 만한 건 별로 없겠지."

콘스턴스는 토니의 재판에 미니를 데리고 올 때 캐리가 법정에 들어오지 않기를 간절히 바랐다. "미니는 토니가 위조된 혼인 허가증을 보여줬다고 증언하겠지. 하지만 당신 말이 맞아. 별거 없어."

"저녁이면 즐기려고 끌어들였다는 남자 방문객들에 대해선 뭐 나온 거 없고?"

"그런 얘기를 한 사람은 집주인 한 명뿐인데, 다시 캐물으니 리오의 형밖에 기억을 못하더군."

"그러니까 그 주장에 대해서도 밝혀진 건 아무것도 없다? 그럴싸하게 들렸었는데."

"전혀." 콘스턴스는 그 이상은 얘기하지 말자고 다짐했다.

"그럼 기사화하고 자시고 할 게 없네."

노마는 신문을 흔들어 펼치고 큰 소리로 헛기침을 했다. "기차 안에서, 그것도 생판 남들과 매우 근접하게 앉은 상황에서 품위 있는 논의거리를 찾지 못하는 사람들이 참 신기하단 말이야."

캐리는 잡지를 집어들었고 콘스턴스는 창밖을 내다보았다. 적어도 플러렛이 무사하다는 사실은 확실히 알고 일터로 돌아갈 수 있었다. 플러렛이 메이 워드의 극단에서 자기가 맡은 역할이 정확히 무엇인지 거짓말을 한 건 기꺼이 용서해줄 마음이 들어서 다행이었다. 플러렛이 화장대에서 훔쳐간 돈도 신경쓰이지 않았다. 오히려, 집을 떠나 있는 동안 플러렛이 비상금을 가지고 있으면 했다.

반면 노마는 그 어느 때보다 플러렛에 대한 걱정이 컸다. 노마의 우려가 진심이 아니라고 의심할 이유는 없었다. 번스타인에 대한 노마의 불신이 워낙 그런 종류의 것이라, 노마가 노마인 이상, 콘스턴스로서는 어쩔 수 없었다. 그러나 엊저녁 늦게, 플러렛을 찾았다는 소식을 노마와 캐리에게 전하고 그들이 마침내 잠자리에 든 다음 콘스턴스는 문득 몹시 심란한 생각이 들었다. 노마가 과잉 반응을 한 걸까, 아니면 단순히 사는 게 너무 따분해서 새로운 할일을 만들어내려고 이 사태를 조작한 걸까?

작년까지 노마는 언제나 세 자매 중 가장 바쁜 사람이었다. 헛간과 가축들을 돌보고, 사다리를 타고 올라가 창틀을 단단히 붙이고 지붕널을 두드렸으며, 콘스턴스와 플러렛이 봄맞이 대청소와 여름철 통조림 만들기 말고는 아무것도 안 하는 것처럼 두 사람의 꽁무니를 쫓아다녔다. 노마는 집안 살림을 책임졌고, 솔직히 말해서, 자기 몫보다 훨씬 더 많은 일을 떠맡았다.

노마가 어떻게 비둘기 취미 생활('취미'라는 단어를 노마는 혐오했고, 비둘기에 관해 언급할 때 절대 그 어휘를 선택해서는 안 됐다)을 할 시간을 내는지 짐작도 가지 않지만, 그 새들을 훈련하는 일 또한 상근직에 가까운 비중으로 해냈다. 제대로 된 삶으로 보이지 않았으나, 그 삶을 살아야 하는 사람은 콘스턴스가 아니었다.

콘스턴스는 노마가 비둘기를 키우는 이유가 무언가를 통솔해야 직성이 풀리기 때문이라고 오래전부터 생각했다. 노마는 어릴 때부터 늘 그랬다. 프랜시스와 어머니와 콘스턴스를 따라다니면서, 이미 하고 있는데 그 일을 하라고 잔소리하곤 했다. "램프를 닦아." 콘스턴스가 자기 방을 살피다가 그을음을 닦으려고 유리갓을 벗기면 노마가 말했다. "걸레는 창밖에서 털어요." 어머니가 이미 먼지를 털려고 걸레를 흔들어대고 있을 때 노마는 그렇게 말했다. 마치 식구들에게 해야 할 일을 알려주는 것이 자신의 무거운 의무라도 되는 것처럼, 노마는 다섯 살답지 않게 섬뜩한 결의를 보이며 그런 지시들을 했다.

그런 이유 때문에, 노마가 비둘기에 빠지고 끝없는 명령과 반복 훈련의 대상이 비둘기가 되자 콘스턴스는 안도했다. 다른 식구들보다 새 무리를 거느리는 게 더 낫다고, 누구라도 이성적으로 그렇게 판단했다.

그러나 최근 들어 상황이 바뀌었다. 콘스턴스는 거의 매일의 낮과 대부분의 밤에 집에 없었다. 집에 있어도, 대단한 집안일을 하리라고는 믿을 수 없는 사람이었다. 플러렛도 대부분의 시간을 무대에서 보내면서 역시 기댈 수 없는 사람이 됐다. 콘스턴스가 미처 생각하지 못했지만, 이젠 노마 혼자서 집안일을 감당했고, 깨어 있는 시간을 거의 홀로 보냈으며, 벗삼을 거라고는 비둘기들의 지저귐밖에 없었다.

비둘기 협회가 지지부진해지자, 노마와 미시즈 보러스는 장거리 비둘기 경주를 위한 소모임을 결성했지만, 그것도 겨울에는 할일이 많지 않았다. 노마의 세계는 자꾸만 좁아졌다. 그 세계가 얼마나 좁은지 콘스턴스가 이해할 수나 있을까. 노마는 가장 사소한 근심과 불만에 경도되는 것 같았다. 점점 비논리적이고 얼토당토않은 위협에 매달렸고, 불분명한 요점을 입증하려고 쓸모없는 전투를 벌였다. 플러렛을 염탐하겠다고 해리스버그까지 무분별한 여행에 나서다니, 곰곰 생각해보면 터무니없는 일이었다.

기차에서 콘스턴스는 노마의 맞은편에 앉아 노마가 신문과 잡지 더미를 뒤적이며 부산스럽게 소리를 내는 모습을 지켜보았다. 노마는 신문을 보며 코웃음치고, 숨죽여 언쟁을 벌이고, 여백에 메모를 적고, 동의할 수 없는 얘기는 선을 그어 지우고, 한 번인가 두 번 신문을 퍽퍽 때리기까지 했다.

내가 평생 같이 묶여 지내야 하는 여자가 바로 저렇단 말이지, 콘스턴스는 노마를 응시하며 생각했다. 플러렛이 돌아오길 바라면 안 되는 또다른 이유가 여기 있다고 생각하면서도, 아이가 집으로 돌아왔으면 하는 바람이 더욱 간절해졌다.

51

미니 데이비스는 그동안 나태하게 지내지 않았다. 주방일과 바닥 닦기, 빨래 등의 감화원 프로그램은 미니의 두 손이 쉴 틈을 주지 않았지만(미스 피트먼은 나태와 험담과 소설 읽기를 용납하지 않았으므로 원생들의 낮 일과는 자질구레한 가사노동으로 채워졌다), 깨어 있는 머리는 미니 본인의 자유에 대한 훨씬 절박한 문제로 쉴 틈이 없었다. 앞으로 이렇게 오 년을 갇혀 지낼 수도 있다는 생각에 견딜 수가 없었다. 애초에 집안일과 공장 일에 대한 구속에서 벗어나려고 캐츠킬을 떠난 것 아니었나? 적어도 그 시절엔 강변을 산책할 수 있었다. 적어도 춤을 추고 시시덕거리고 게임을 할 수 있었다. 그러나 인생의 소소한 즐거움과 특권을 다 뺏기고 하나도 누릴 수 없다니, 그건 참을 수 없었다. 게다가 스물한 살에 감화원에서 나와 법원의 감독을 받는 여자는 과연 어떤 사람이 될까?

신세 망친 사람이 될 거다. 범죄자, 주 정부의 피보호자. 누구에게도 중요할 게 없는 사람이 되겠지.

처음엔 탈출할 궁리만 했다. 감화원 건물들은 드넓은 잔디밭 한가운데에 옹기종기 모여 있었고, 그 주위를 삼림지대가 둘러싸고 있었다. 에스터의 말에 따르면, 정면의 으스스한 철제 울타리가 전체를 동그랗게 에워싸고 있는 건 아니라고 했다. 뒤쪽으로 달려나가면 통나무를 쪼개서 세운 농장 울타리밖에 없을 거라고.

"하지만 농장 사람들을 상대로 운을 시험하지는 마." 에스터가 속삭였다. 그들은 무릎을 꿇고 엎드린 채 숙사 바닥을 닦는 중이었다. "그 사람들이 탈출 시도한 여자애를 잡아오면 감화원에서 보상금을 주거든. 그리고 농장에서는 다들 개를 키워. 숲에서 개 짖는 소리 들리지."

에스터의 말이 맞았다. 한밤중에 개들이 울부짖는 소리가 들렸고, 대부분 주머니쥐를 보고 그러는 것 같았다. 개들이 도망치는 여자애 냄새를 맡으면 무슨 짓을 할까?

에스터 말을 그대로 믿는다면, 탈출에 대한 벌은 더 혹독했다. "널 주립 교도소로 보내지. 그리고 스물한 살이 될 때까지 못 나와. 감화원에서 널 다시 받아주겠다는 마음을 가질 때까지 진짜 감옥에 있게 되는 거야."

그럼에도 미니는 뛰쳐나가고 싶은 충동에 시달렸다. 언제나 탈출 경로를 찾고, 직원들의 동선을 주시하고, 길이 보이지 않을까 싶어 앙상한 겨울 숲을 지그시 노려봤다. 수중에 동전 한푼 없었지만, 달아날 기회가 왔을 때 요긴할 법한 것들을 조금씩 모으기 시작했다. 무디지만 쓸 만한 버터나이프, 고기 통조림, 비누 한 장.

그 밖에 다른 것들도 차곡차곡 저장하고 있었다. 자유를 되찾은 여자애에 관해 들은 자세한 설명. 그런 이야기들이 지하경제 화폐처럼 통용됐다. 값나가는 무언가와 교환해야 했다. 미니는 토니와 함께한 도시의 광란의 밤(그런 적은 한 번도 없었다)에 관해 들려주거나, 자꾸 처제를 쳐다본다고 남편의 눈을 부젓가락으로 파버린 복수심 강한 아내를 해컨색 교도소에서 만난 이야기(완전히 지어냈지만 잘 먹혔다)를 해주곤 했고, 그 대가로 동네 사람한테 이모 노릇을 해달라고 뇌물을 주고 판사를 속인 여자아이 이야기나 일부러 선교 사업에 자원한 다음 감화원에서 나간 첫날밤에 탈출한 여자애 이야기를 들었다.

판사를 속일 능력은 안 될 것 같고 뇌물로 쓸 돈도 없었으므로, 선교 사업에 가장 관심이 쏠렸다.

"그건 어떻게 한 거래?" 미니는 알고 싶었다. "교회에서 그 여자애를 데려가겠다고 제안한 거야?"

그 이야기를 갖고 있던 여자애는 원래 이름 대신 레드라고 불렸다. 레드는 고개를 저었다. "널 데려왔던 그 사람처럼 여자 경찰관이었어. 서부에서 좋은 일을 하는 모임을 알고 있어서, 여자애들 몇 명을 거기로 보내려는 계획이었지. 하지만 애들이 전부 달아나는 바람에 그 계획은 끝이 났어."

미니는 선교사가 되라고 자신을 서부로 보내는 콥 보안관보를 상상할 수 없었지만, 그래도 그 얘기엔 소소하지만 쓸모 있는 정보가 들어 있었다. 그날 이후 미니는 냄비를 박박 씻을 때도 침대보를 탈수기에 돌릴 때도 수프 배급 줄에 서 있을 때도 늘 머릿속에서 어떤 가능성을 굴렸다. 손가락 사이로 돌멩이를 굴리듯 그 아이디어를 문질러 닦고 매끄럽게 광을 냈다.

52

에드나는 적십자 수업시간에 루비와 그 친구들을 통 보지 못했다. 그들 중 몇 명은 이미 프랑스어를 할 줄 알아서 숫자나 인체의 각 부위 이름을 배울 필요가 없었다. 욍 되 투아 카트르 생(하나 둘 셋 넷 다섯), 맹 장브 외유 에폴 폐(손 다리 눈 어깨 발). 누구나 레시피는 따라 할 줄 안다면서 요리 수업도 아주 드물게 들어왔다. 그러나 에드나에게 토스트 워터*와 양파귀리죽 수업은, 환자와 병사를 위한 요리에는 창의력과 연습이 필요하다는 것과 가정식 요리법은 거의 도움이 되지 않는다는 것을 새롭게 깨닫는 유용한 시간이었다. 어느 날 저녁엔 혈액이 부족한 병사를 따뜻하게 해줄 목적으로 포트와인과 클로브를 이용한 원기회복용 젤리를 끓였고, 또다른 날 저녁에는 최전방으로 운송하여 나중에 먹을 수 있도

* 따뜻한 물에 토스트 조각을 넣은 환자식.

록 휴대용 식기통 안에 소금에 절인 고기 파이를 넣고 구웠다. 도구 없이 요리하는 법과 깨끗한 나뭇잎으로 고기를 싸서 진흙 냄비에 굽는 법도 배웠다.

그런 요리들이 구체적으로 어떤 상황에서 배급될지, 그런 기초적인 프랑스어 단어들이 정확히 어떤 상황에서 사용될지 에드나는 상상하기 어려웠지만, 그래도 매일 저녁 수업에 전념하며 내용을 기억하기 위해 최선을 다했다. 교회 지하실은 에지워터에서 다녔던 학교 교실과 전혀 달랐지만 교실 특유의 긴장감이 느껴졌다. 에드나는 매일 새로운 것을 배우는 실습시간이 좋았다. 아직 어디로도 가지 않았음에도, 앞으로 나아간다는 느낌을 주었다.

대부분의 날들 동안 에드나는 자신이 과연 프랑스에 가게 될지 확신하지 못했다. 뱃삯을 낼 돈을 모으는 게 불가능하다는 사실을 결코 루비에게 털어놓지 않았지만, 루비는 충분히 짐작하고도 남았다. 기금 마련을 시도했던 부유한 집안의 젊은 여자들은 이미 필요한 것보다 더 많은 기부 약속을 확보했고, 몇몇 후원자들을 설득해 그들의 성금을 에드나에게 돌렸다. 에드나가 자선은 받고 싶지 않다고 거부하자, 그들은 자선이 에드나를 향한 게 아니라 전시 구제를 위한 것임을 재빨리 상기시켰다. 그런 이유로 에드나는 후원에 동의했지만, 그래도 턱없이 모자랐다. 매달 여기서 일 달러, 저기서 삼 달러, 이런 식이었다. 그저 다른 할일을 한 가지도 생각해낼 수 없었기에 에드나는 집요하게 적십자 수업에 매달렸다.

그러던 어느 날 저녁, 강물을 정화해서 보관하는 법에 관한 강의를 듣고 집에 오니 듀이 반스가 미시즈 턴불의 하숙집 포치에서 기다리고 있어서 에드나는 깜짝 놀랐다.

"밖에서 몇 시간씩 기다린 건 아니었으면 좋겠는데." 에드나는 열쇠를 더듬어 찾으며 듀이에게서 좀 떨어진 곳에 섰다. 듀이는 에드나 인생의 다른 시절에 속한 사람 같았다. 너무 가까이 서면 다시 그 시절로 끌려들어갈까봐 두려웠다.

"기차역에 갔더니 남자 손님한테 아주 조금 더 친절한 바가 있더군요." 듀이가 말했다. "하숙집 아주머니가 교회 모임에서 지금쯤 올 거라고 말해주셨어요. 기다리는 것쯤이야."

듀이는 어색하게 몸의 중심을 이 발 저 발 옮겨 실었다. 에드나는 듀이에게 안으로 들어오라고 할 수도 없었고, 앉으라고 해야 할지도 알 수 없었다. 앉을 곳이라고는 축축하고 더러운 벤치 하나뿐이었고, 둘이 함께 앉는다면 그릇된 신호를 주게 될 것 같았다.

듀이는 장갑 낀 손을 입에 대고 기침을 하고 말했다. "저기, 들어주십시오, 미스 에드나. 나는 밤 열시에 당신의 집 포치에 서 있으려고 이 먼길을 온 게 아닙니다. 어딘가 같이 나가서 오붓하게 저녁을 먹고 내밀히 얘기하길 바랐는데, 당신은 거의 매일 저녁 그 교회에 간다더군요. 외로운가봐요, 그런 건가요?"

만약 듀이에게 사실을 말하면, 듀이는 오빠들에게 말할 것이다. 에드나는 여전히 누군가가—부모, 여자 보안관보, 혹은 해컨색의 그 판사라도—자신이 프랑스에 가는 것을 막을 수 있다는 막연한 느낌이 들었다. 그래서 아무에게도 말하지 않았다.

"교회에서 전쟁에 나간 병사들을 위해 좋은 일을 하거든요. 뜨개질이나 붕대 감기 같은 거."

듀이는 열심히 고개를 끄덕였다. "좋은 일이죠. 훌륭하네요."

또다시 괴로운 침묵이 내려앉았다. 에드나는 하지 말아야 하는 일을 하다 들킨 것 같은 느낌을 떨쳐낼 수 없었다.

듀이가 꾸역꾸역 말을 이어나갔다. "맞아, 음, 에지워터의 식구들이 당신을 보고 싶어해요. 그래서 난 당신이 언제 집으로 돌아올 예정인지 생각해본 적이 있는지 물어보려고."

에드나는 고개를 들어 듀이를 쳐다봤고, 처음으로 그와 눈이 마주쳤다. 그의 평범하고 상냥한 얼굴, 크고 의심을 모르는 눈, 세상을 맞이하는 편안하고 자기만족적인 미소를 찬찬히 바라보았다. 듀이 반스입니다, 말씀만 하십시오. 그는 자신을 받아주는 여자에게 언제까지고 몸을 바쳐 봉사할 것이다.

질문은 대답을 얻지 못한 채 좀 길다 싶게 허공에 머물렀고, 듀이의 기대에 찬 눈빛이 시들해졌다. 그래도 에드나는 추측의 여지를 남기지 않고 확실히 못박아야 할 의무감을 느꼈다.

"난 집으로 돌아가지 않을 생각이에요, 듀이."

"하지만…… 여기서 영원히 살 수는 없잖아요! 폼프턴레이크스에는 공장과 공장 주변의 하숙집들 말고는 아무것도 없어요. 내가 알아요, 이 지역을 조사할 시간이 있었거든. 여기에는 당신의 미래가 없어요. 그런 게 아니라면, 분명 그럴 리 없겠지만, 그러니까 내 말은, 공장에 다니는 어느 청년하고 사귀는 게 아니라면?"

에드나는 고개를 돌려 미시즈 턴불 하숙집 포치의 난간 너머 좁은 길을 내다보았다. 길은 어둠 속으로 사라졌다. 듀이가 따스함과 선량한 응원과 변함없이 견고한 존재감을 제시하며 앞에 서 있으니, 에드나는 그 어느 때보다 외로웠다. 내가 지금 뭘 거절하고 있는 거지, 무엇 때문에? 프랑스로 간다는 생각 덕분에 세상이 아주 광대해 보였고, 에드나 자신의 삶도 아주 무한해 보였다. 하지만 이제 세상이 다시 줄어드는 게 보인다. 공장과 하숙집의 허드렛일과 답답하고 어두운 지하실의 전쟁 업무에 관한 수업밖에 없다. 그중 어느 것도 에드나를 실제로 어디론가 데려가줄 것 같지 않다.

그리고 지금, 정말 이대로 듀이를 떠나보낼 생각일까? 눈앞에서서 스스로를 선뜻 내던지는 듀이를 보며, 에드나도 그를 향한 마음이 약간 부드러워졌다. 듀이 반스는 에드나를 영화관에 데리고 갈 테고, 여름이면 나들이도 갈 테고, 그의 힘이 닿는 한 묵묵히 헌신적으로 에드나의 삶을 쾌적하게 만들어줄 것이다. 그것도 앞으로 나아가는 방법 아닌가?

그러나 에드나의 침묵이 너무 길었다. 듀이는 그것을 사실은 공장에 마음에 둔 누군가가 있다는 이야기로 받아들였다. 그는 고개를 푹 숙이고 모자를 쓰고 뒤로 돌아섰다.

"다른 남자가 있는 건 아니에요, 듀이." 에드나가 말했다. 그 말은 듀이의 걸음을 포치 계단에서 멈추게 하기에 충분했다. "다만…… 미안해요, 우리 사이엔 아무것도 없어요. 뭔가 있다고 오해하게 할 생각은 없었어요."

그 말을 하면서도 가슴이 아팠지만, 다른 방법을 생각할 수 없었다. 듀이를 기다리게 하거나 희망을 품게 하는 건 공정하지 않았다.

에드나의 말은 에드나가 의도한 효과를 가져왔다. 듀이는 마지막으로 에드나를 일별했다. 그의 눈에 담긴 슬픔의 깊이가 에드나에게 놀라움으로 다가왔다.

"알겠습니다, 미스 에드나. 내 착각이었군요."

듀이는 에드나에게 마음을 돌릴 시간도 주지 않고 훌쩍 가버렸다.

53

마침내 미니는 재판 진행을 위해 해컨색 교도소로 이송되어 재수감되었다. 감화원에 있는 것보다 쇠창살 안에 있는 게 더 자유롭게 느껴졌다. 미니에게 이곳은 기회였다.

콘스턴스는 최선을 다해 미니의 머리를 단정하게 빗겼다. 옷이 재소자들에게 지급되는 수수한 드레스밖에 없어서, 몰래 새 블라우스를 갖고 들어와 미니에게 입혀서 깔끔하고 건전하게 보이도록 했다.

"공손하게 굴어." 콘스턴스가 속삭였다. "무슨 질문을 받든 대답하기 전에 잠깐 생각할 시간을 가져. 토니에게 말을 걸려고 하지 말고. 토니 쪽은 보지도 마."

미니는 콘스턴스의 요구사항이 무엇이든 그에 따르겠다는 표정으로 고개를 주억거렸다.

"집주인은 너에게 불리한 증언을 하지 않을 거야. 내가 아는 한,

검찰은 그곳을 들락거린 남자들을 봤다고 주장할 수 있는 목격자를 한 명도 확보하지 못했어. 하지만, 미니, 네가 만약 거짓말을 한 거라면…… 그게 거짓말이라면, 나는 매우 안 좋은 상황에 놓이게 될 거야. 그건 너도 알지, 그렇지?"

미니는 기회가 왔음을 알고 움켜쥐었다. "이 모든 게 콥 보안관보님에겐 매우 안 좋은 상황이겠죠, 안 그래요?"

콘스턴스는 의자 등받이에 허리를 기대고 미니를 노려보았다. "그게 무슨 말이지?"

미니는 침을 삼켰다. 연습해온 대사를 써먹을 차례였다. "그냥…… 음, 분명 나 같은 여자애들을 감옥에 넣는 걸 보고만 있으려고 여자 보안관보가 된 건 아니시겠죠. 난 범죄자가 아니잖아요?"

콘스턴스는 고개를 내밀고 미니가 있는 감방의 창살 너머를 살피며 주위에 듣는 사람이 아무도 없음을 확인했다. "네가 이런 상황을 자초했다는 건 인정해야지." 콘스턴스가 소곤거렸다. "난 판사가 아니야. 하지만 할 수만 있다면 너를 더 많이 도와주려 했다는 건 너도 알걸."

미니는 콘스턴스의 손을 잡았다. "오, 콥 보안관보님은 할 수 있어요! 당신이 도와줬다는 다른 여자애들 중 한 명과 같이 있게 해주세요. 나보다 나은 상황에 있으면서 나를 보살필 만한 누군가와 같이 있도록 말이에요. 그러면 나도 언젠가 다른 불행한 여자애를 똑같이 보살필 수 있지 않겠어요? 모르시겠어요? 감화원에서 들었는데, 서부에서 어떤 여자 경찰이 그 비슷한 일을 했대요. 여기서도 그렇게 해볼 수 있지 않을까요?"

미니의 두 손이 너무 차가워서 콘스턴스는 본능적으로 미니의 손을 감싸쥐었다. "누가 너한테 그런 얘기를 했는지 모르겠지만 나라고 누군가를 보살피려고 기다리는 여자애들을 한 부대씩 거느리고 있는 건 아냐."

5층 문이 열리고 경비의 발소리가 가까워졌다. "한 부대씩이나 필요 없어요!" 미니가 소곤거렸다. "딱 한 명이면 돼요."

"보안관님이 재소자를 법원으로 데려오라 하십니다." 경비가 큰 소리로 외쳤다. 콘스턴스는 근심어린 눈으로 미니를 한번 더 쳐다본 다음, 감방 문을 열고 데리고 나왔다.

히스 보안관은 법정 앞에서 그들을 기다리고 있었다. 그는 얼굴에 속내가 드러나지 않도록 몹시 노력하는 남자였지만, 지금 뭔가가 잘못됐다는 걸 콘스턴스는 분명히 알 수 있었다.

보안관은 미니를 건너다보았다. 그는 재소자를 앞에 두고 말하는 것을 매우 싫어했지만, 달리 방법이 없었다. "리오 씨가 석방됐습니다."

"리오가 석방됐다고요!" 미니가 환성을 질렀다. "리오가 자유라면 나도 그렇겠죠."

"안타깝게도 그건 아닙니다." 보안관이 말했다. "검사가 증거부족으로 리오 씨를 무혐의 처분했어요. 빵집 주인은 증언을 거부했고요."

콘스턴스가 그것만은 한 건 제대로 해냈다. "혼인 허가증 위조는 어떻게 됐어요?"

"벌금만 나왔고, 그건 리오 씨 부모가 냈습니다." 히스 보안관은 약간 짜증이 난 듯했다. "코터 수사관은 리오 씨에 대해 충분한 의

구심을 품고 있었지만, 그 건은 불기소하고…… 미스 데이비스 건에 화력을 집중하는 것이 최선이라고 판단했어요."

미니는 이해가 안 된다는 표정으로 두 사람을 쳐다보았다. "하지만…… 증거가 없다면 나도 풀어주겠네요."

"미스 데이비스, 검찰은 당신이 스물한 살이 될 때까지 감화원에 가둘 것을 구형했습니다." 재소자에게 내려진 형에 대해 보안관이 직접 유감이라고 말하는 일은 결코 없겠지만, 그의 목소리에는 유감이 진하게 묻어났다.

"언제 그런 일이 일어났길래 우리도 모르는 거죠?" 콘스턴스가 따져 물었다.

"코터 수사관이 불기소 건으로 따로 판사를 만난 모양입니다."

법정 문이 열리더니 경위가 밖을 내다보았다. "우리 차례입니다." 히스 보안관이 말했다.

콘스턴스는 씩씩거리며 미니를 끌고 법정 안으로 들어가 거의 밀치다시피 의자에 앉혔다. 코터 수사관은 검찰이 파견한 또 한 명의 남자와 함께 이미 와 있었고, 판사도 착석한 상태였다.

콘스턴스는 마음이 너무 앞선 나머지 재판이 준비될 때까지 기다리지 못했다. "존경하는 재판장님, 제가 방금 알게 된 바로는……"

"콥 보안관보!" 판사는 콘스턴스를 만나 반가운 티가 역력했다. "내 책상 위에 미스 에드나 휴스티스에 관한 당신의 보고서가 있소이다. 당신이 장담한 대로 미스 휴스티스가 계속 올바른 삶을 살고 있다니 이보다 더 기쁜 일이 없어요. 그와 같은 사건을 더 많이 보고 싶습니다. 심지어 내가 그 보고서를 집에 갖고 가서 미시즈 수퍼트에게 보여줬더니, 아주 잘 쓴 글이고 교훈적인 이야기라고 하더군요. 자기 모임에서 친구들에게 읽어주겠다면서—물론 이름은 다 빼고, 우리가 조금만 노력을 기울이면 그런 사건들이 어떻게 처리될 수 있는지 보여줄 수 있지요—언제 한번 당신을 저녁식사에 초대하고 싶답니다. 미시즈 수퍼트가 오리구이로 할 수 있는 놀라운 요리에 대해 내가 말한 적 있는지 모르겠는데, 아무때나 편할 때 가급적 빨리 직접 알아내시구려."

콘스턴스의 분노는 미시즈 수퍼트의 오리구이를 맛볼 수 있다는 생각에 상당히 누그러졌다. 판사가 자신에게 이렇게까지 호감을 느낀다면, 기꺼이 미니 데이비스에게 유리한 판결을 내려줄 가능성도 높아질 것이다.

"감사합니다, 재판장님. 그렇다면 무척 기쁘겠습니다." 콘스턴스는 과감하게 코터 수사관을 흘깃 쳐다봤고, 그는 미시즈 수퍼트의 만찬에 한 번도 초대받지 못한 게 분명했다. "미스 휴스티스는 판사님이 만나보고 싶어하실 정도로 반듯하고 근면한 젊은이입니다. 우리는 에드나에게 공정한 판결을 내렸습니다."

"나는 그 젊은이에게 진심으로 탄복합니다." 판사는 애정어린 어조로, 마치 제일 아끼는 손녀딸에 대해 이야기하듯 말했다.

"당면한 일부터 처리하면 어떨까 합니다만." 코터 수사관이 말했다.

"그러지." 판사는 책상 위 서류들을 뒤적였다. 콘스턴스는 고개를 돌려 미니를 쳐다봤고, 미니는 핏기 없는 얼굴로 겁에 질린 채 소맷단의 레이스를 만지작거리고 있었다. 필사적인 생각들이 드는 순간이었고, 콘스턴스도 머리를 짜냈다.

"아니, 이 젊은이는 내가 이미 주립 시설로 보내지 않았나?" 판사가 물었다.

“재판 전까지 임시로 이송 구금했을 뿐입니다.” 코터 수사관이 말했다. “존경하는 재판장님, 미니 데이비스는 앤서니 리오와 함께 가구 딸린 원룸에서 적발됐고, 두 사람이 결혼할 의사가 전혀 없었음에도 불구하고 아내 행세를 했습니다. 그 집에 다른 남자들이 드나드는 것도 목격됐고요. 미스 데이비스는 겨우 열여섯 살인데도 이미 도덕적으로 타락했기 때문에 마땅히 여성 감화원에서 오 년을 보내야 할 것입니다.” 코터는 서류 한 장을 판사에게 건넸고, 마치 사건이 일단락되었다는 듯 파일을 겨드랑이 밑에 꼈다.

“자리에 앉게, 존.” 판사가 말했다. “나는 미스 콥이 무슨 말을 하는지 들어보고 싶군. 그리고 저 젊은이 본인이 하는 얘기도 듣고 싶고.”

“하지만 보안관 사무실은 이런 사건에서는 손을 떼는 게 관례……”

“고맙소, 코터 수사관.” 판사가 무뚝뚝하게 말했다. “미스 콥, 당신이 여기저기 알아보면서 이 건에 대해 나름의 의무를 다한 것으로 아는데, 맞습니까?”

콘스턴스가 일어나서 말했다. “네, 재판장님. 리오 씨가 위조된 혼인 허가증을 갖고 있었고, 그것은 곧 미니 데이비스가 결혼에 대한 기대를 어느 정도 품고 있었음을 시사한다는 건 이제 다들 아실 겁니다. 남자 방문객들에 대해서는, 그에 대한 증거가 단 하나도 없고, 유효한 증언을 할 목격자도 없습니다.”

“존경하는 재판장님,” 코터 수사관이 가소롭다는 듯 말했다. “앤서니 리오와 미니 데이비스는 경찰에 현행범으로 붙잡혔습니다.”

"그렇군……" 판사는 책상 위의 서류를 들여다봤다.

콘스턴스는 판사의 호의를 잃을까봐 겁이 났다. "미스 데이비스와 관련하여, 음행 혐의로 체포된 남자는 달리 없는 것으로 알고 있습니다." 콘스턴스가 말했다. "그리고 리오 씨는 방금 석방됐지요. 검찰에서 설명하는 그 행위를 저지르려면 두 사람이 필요할 텐데요. 달리 아무도 기소된 자가 없다면, 스물한 살이 될 때까지 미니 데이비스를 시설에 가두어둘 타당한 이유가 없다고 봅니다."

수퍼트 판사는 경탄하며 콘스턴스를 쳐다봤다. "그것 참 신선한 주장이군요. 자네는 어떻게 생각하나, 존? 한 쌍 중 나머지 한 명은 어디 있지?"

"음, 저는……"

콘스턴스는 기회를 놓치지 않으려고 끼어들었다. "법원에서 보호자 없이는 미스 데이비스를 석방하지 않을 거라는 건 잘 알고 있습니다. 미니 데이비스와 부모는 관계가 소원하고, 양측 다 같은 지붕 아래 살기를 원하지 않습니다. 그러나 그것은 범죄가 아니고, 범죄가 아닌 것 때문에 자유를 박탈당해서는 안 됩니다."

"당신이 내게 다른 선택의 여지를 주는지 모르겠소, 미스 콥." 판사가 말했다.

콘스턴스는 미니를 힐긋 쳐다봤고, 미니는 무릎만 내려다보고 있었다. "다른 길이 있습니다, 재판장님. 미스 데이비스는 미스 에드나 휴스티스와 같은 방을 쓰고 싶어합니다."

미니는 숨을 헉 삼키고 고개를 들어 콘스턴스를 쳐다봤다.

"미스 휴스티스가 미스 데이비스를 계속 살펴볼 것이고, 미스 데이비스에게 유익한 영향을 미칠 겁니다. 제가 직접 미니 데이비스를 화약공장으로 데려가 일자리를 얻는 것을 확인하겠습니다. 미스 데이비스는 이미 공장 일을 해본 경험이 있고 고된 노동에 익숙하기 때문에 구직에 아무 문제가 없을 것으로 예상합니다. 제가 대신 나서서 하숙집 주인과 얘기하고, 미스 데이비스가 어느 정도 급료를 모은 다음 방세를 지불할 수 있도록 허락을 얻어내겠습니다. 집주인은 하숙집을 매우 엄격하게 운영하고 있고, 미니가 규칙을 지키도록 도와주리라 믿어 의심치 않습니다."

코터 수사관은 항의의 목소리를 냈지만, 수퍼트 판사는 손을 저어 코터를 물리치고 미니를 내려다보았다. "미스 데이비스, 당신이 집에서 도망쳐나와 혼인의 테두리 밖에서 한 남자와 부부 행세를 하며 산 것을 부인하지 않겠지요?"

미니는 침착한 표정을 유지했다. "네, 존경하는 재판장님. 하지만 그것은 실수였고, 그후에 무슨 일이 벌어질지 미처 알지 못했습니다. 이제 알게 됐으니, 두 번 다시 그런 짓은 하지 않겠습니다."

"당신 어머니가 무슨 일이 벌어질지 당신에게 말해준 적이 없었습니까?"

콘스턴스가 미니를 위해 나서서 탄원해야 했다. "제가 미스 데이비스의 부모님을 두 번 찾아가 뵈었습니다. 어머니로서 조언을 해줄 시간이 거의 없는 궁핍한 가정이었지만, 옳고 그름은 구분할 줄 아시는 분들이었습니다."

"그게 사실입니까, 미스 데이비스? 당신은 옳고 그름을 구분할 줄 압니까?"

"네, 재판장님." 이제 미니는 자리에서 일어났고, 어깨를 펴고 기도하듯 두 손을 꽉 맞잡았다. "저는 제가 한 일을 뉘우치고 있고,

그 때문에 감옥에 들어가는 결과가 나오지 않기를 바랄 뿐입니다."

"누구나 감옥에 들어가지 않기를 바라지." 판사가 부드럽게 말했다. "착하고 바른 삶을 살며, 언젠가 번듯이 결혼도 하고, 법과 관련된 문제를 일으키지 않고 살 자신이 있습니까?"

미니는 불안정한 숨을 크게 들이마시고 고개를 끄덕였다. "네, 재판장님. 저는 콥 보안관보님이 말씀하신 그대로 따르겠습니다. 다시는 누구에게도 폐를 끼치지 않겠습니다."

판사는 한쪽 옆에 말없이 앉아 있는 히스 보안관을 돌아보았다. "밥, 할말 있나?"

보안관이 일어서서 말했다. "저는 여성 재소자들에게 관심을 가지고 그들을 더 나은 삶으로 인도할 방법을 찾아줄 사람이 필요해서 여자 보안관보를 고용했습니다. 이 젊은이가 다시 일할 수 있다면 주 정부의 피보호자가 될 필요도 없고, 납세자들의 세금을 축낼 필요도 없습니다. 미스 데이비스가 올바로 처신하도록 콥 보안관보가 잘 지도하리라는 건 우리 둘 다 잘 아는 바이고요."

수퍼트 판사는 잠시 생각에 잠겨 물끄러미 미니를 바라보았다. "미스 데이비스, 나는 다음과 같은 조건하에 당신을 석방하고자 합니다. 당신은 콥 보안관보가 지시하는 방식대로 최소 육 개월 동안 콥 보안관보에게 보고해야 하고, 그 기간은 보안관보의 재량에 따라 연장될 수 있습니다. 콥 보안관보는 그런 보고서를 훨씬 더 많이 쓰게 될 것이고, 당신은 내가 그 보고서들을 맨 처음 것만큼이나 즐겁게 보기를 바라는 게 좋을 겁니다. 만약 우리가 당신을 이 법원에서 다시 보게 된다면, 이렇게 친절한 대접은 받지 못할 거요."

미니는 고개를 끄덕이고 나직이 감사를 표했다. 콘스턴스는 판사가 마음을 바꾸기 전에 얼른 미니를 법정 밖으로 데리고 나왔다. 코터 수사관이 아직도 씩씩거리며 열불을 토하고 있었다. 법정을 나올 때 코터와 판사가 다투는 소리가 들렸다.

미니의 얼굴이 약간 핼쑥해 보였고, 문득 콘스턴스는 미니가 정말 책임을 다하며 살 각오가 되어 있는지 궁금했다.

"네게 주어진 기회에 감사하며 살기를 바란다. 에드나에게 너무 많은 걸 부탁하게 생겼네. 에드나에게 고마운 마음을 갖고, 에드나를 곤란하게 만들지 않도록 해. 할 수 있겠지?"

미니는 입을 열었다가 다 망칠까봐 감히 말은 못하고 고개만 끄덕였다.

콘스턴스가 법원 정문을 열었고, 두 사람은 계단 위에 섰다. 미니는 축축한 겨울 공기를 깊이 들이마셨다. 공기가 몸안을 휘돌자 부르르 떨렸다. 미니는 다리가 떨려서 콘스턴스의 팔꿈치를 잡고 몸을 가눴다.

"폼프턴레이크스로 가는 기차 안에서 수갑을 차고 있어야 해요?" 미니가 물었다.

"이번엔 아니야." 콘스턴스가 말했다.

54

먼지 쌓인 낡은 램프와 한 귀퉁이에 곧 부서질 듯한 모양새의 카드 테이블이 있는 미시즈 턴불의 칙칙한 응접실에 서서, 미니는 콘스턴스가 그들의 방문 목적을 설명하는 동안 가만히 손을 내리고 얌전하게 있으려고 애썼다.

"에드나가 룸메이트를 둘 의향이 있는지 물어보러 왔습니다."

미시즈 턴불은 손뼉을 치고 순전히 호기심어린 눈으로 미니를 쳐다보았다. "그것 참 좋은 생각이네!" 미시즈 턴불이 소리쳤다. "에드나가 저렇게 일하다간 제 명에 못 살지 싶더라고. 방세는 반씩 내고, 식대는 각자 내면 되겠네. 제일 작은 방이지만, 괜찮겠지? 간이침대를 밀어넣을 수 있을 거야. 그래도 전에 지내던 곳보다는 쾌적하겠지." 미시즈 턴불은 이 마지막 한마디를 읊으면서 콘스턴스에게 의미심장한 눈빛을 보냈다.

콘스턴스는 미니의 상황에 대해 많은 얘기를 하고 싶지 않아서 간단히 이렇게만 말해두었다. "미스 데이비스는 증인으로 수감되어 있었어요. 범죄 혐의로 기소된 건 아니었습니다. 하지만 시간이 너무 많이 흘러서 포트리의 삼베공장 일자리도 잃고 하숙방도 포기해야 했죠. 미스 데이비스에게 필요한 건 새 출발입니다. 화약공장에서 일자리를 구하면, 급료를 받을 때까지 방세를 좀 미뤄주시면 좋겠는데요."

그것에 대해선 미시즈 턴불도 이의가 없었다. 콘스턴스는 미니를 데리고 얼른 나와서, 일자리를 구할 수 있는지 확인하기 위해 공장으로 향했다.

"네가 훌륭한 일꾼이 될 수 있다는 걸 보여줘." 도화선 작업장이 있는 거대한 벽돌 건물 안으로 들어가며 콘스턴스가 속삭였다. 미니는 눈을 크게 뜨고 주위를 둘러보며 길게 늘어선 기계들과 하얀 모자를 쓰고 손을 재게 놀리며 묵묵히 일하는 여자들을 응시했다.

"캐츠킬에 있는 편직공장이 생각나네요. 기계가 거의 같아요." 미니가 말했다.

"잘됐네, 그럼. 경험이 있으니."

미시즈 새퍼는 작업장 저쪽 끝에서 한 여성 근로자와 얘기하는 중이었다. "저기 여직공 관리반장이 있군. 최선을 다해." 콘스턴스가 말했다.

미시즈 새퍼가 다가오자, 콘스턴스는 미니가 편직 기계를 다뤄봤고 삼베공장에서 일한 경험이 있는 훌륭한 일꾼이라고 소개했다. 미니가 기계들이 모두 무척 낯익다며 거들었다.

"우리야 늘 숙련된 젊은이를 찾고 있지요." 미시즈 새퍼가 말했다. "중간에 도망가는 애들이 얼마나 많은지 믿지 못하실 겁니다.

평생 단 하루도 일해본 적 없는 여자애들이 그저 부모 밑에서 빠져나와 자기 하고 싶은 것만 하려고 들죠. 우린 부모한테 반항하고 제멋대로 구는 여자애들을 도와주는 업체가 아닙니다. 남자들과의 교류는 절대 금지이고, 저녁에 집으로 퇴근하는 게 아니라면 점잖고 번듯한 하숙집에 있는 사람이면 좋겠어요."

콘스턴스가 말했다. "미스 데이비스는 전혀 문제 없을 겁니다. 열심히 일하고 잘해낼 만한 충분한 이유가 있는 사람이에요. 방은 에드나 휴스티스하고 같이 쓸 겁니다. 괜찮다면 에드나하고 잠깐 얘기를 하고 싶은데요."

미시즈 섀퍼는 그 얘기에 만족하는 것 같았다. "두 사람이 서로 도와가며 말썽 없이 지낸다면, 라인에 넣어주도록 하지요."

에드나는 콘스턴스가 보자고 하자 불안해하는 티가 역력했지만, 무슨 문제인지 설명을 듣자마자 그 자리에서 미니와 방을 같이 쓰는 데 동의했다. 두 젊은이는 진지하게 악수를 나눴고, 콘스턴스는 그들에게 자신이 나중에 다시 방문할 것임을 상기시켰다.

미시즈 섀퍼는 작업복을 갖춰 입히기 위해 미니를 다른 곳으로 데려갔다. 미니가 자리를 비운 틈을 타서 콘스턴스는 사람들 앞에선 하고 싶지 않았던 얘기를 꺼냈다.

"네 방이 지금 상태로도 무척 비좁다는 건 알지만, 같이 쓰면 너희 둘 다 돈이 좀 덜 들 거야. 그리고 솔직히 말하면, 네가 미니를 지켜봐줬으면 해."

에드나는 휘둥그레진 눈으로 고개를 끄덕였다. "저애가 뭔가 끔찍한 잘못을 저질렀나요?"

"아니, 그런 건 당연히 아니고. 좀 어려운 시기를 보냈는데, 네가 못 들어본 유의 일도 아니지. 내가 이번에 상당히 모험을 했고, 실은 이게 저애의 마지막 기회야. 에드나, 난 너에게 도움을 청하고 있는 거야. 최대한 저애한테 좋은 영향을 주고, 만약 저애가 아주 조금이라도 엇나간다 싶으면 즉시 나한테 알려주겠다고 약속해줘."

콘스턴스는 에드나가 미니 같은 여자애를 맡겼다고 화를 낼까 걱정했지만, 에드나는 자신을 믿고 일임해줬다는 데 기뻐하는 눈치였고, 할 수 있는 한 최선을 다하겠다고 말했다. "제가 그랬던 것처럼 저애도 여기 있는 걸 좋아하게 될 거예요."

에드나는 무척 자신감 있어 보였고, 이런 삶이 자신에게 주는 쥐꼬리만한 것도 흔쾌히 받아들였다. 콘스턴스가 정직했다면, 소도시의 공장 일과 사글세 원룸보다 훨씬 더 많은 것을 원하는 미니에게 자신이 공감한다는 것을 인정했을 것이다. 그러나 콘스턴스는 미니의 야심에 대해 해줄 수 있는 게 아무것도 없었다, 제한적으로나마 자유를 얻게 해주는 것밖에는.

"너희가 잘 있나 살펴보러 다시 올 거야." 콘스턴스가 약속했다. "너희 둘 다 내 책임이고, 난 너희들이 잘해내는 것을 보고 싶어." 콘스턴스는 에드나에게 작별인사를 건네며 미니와 함께 하숙집에 가서 자리잡는 것을 도와달라고 말했다.

콘스턴스가 막 공장을 나왔을 때 다섯시 종이 울렸다. 기차역으로 돌아가는데 여자애들 수십 명이 서로 소리쳐 부르는 소리가 들렸다. 그들의 목소리는 차가운 공기 속에서 맑고 자유로웠다.

에드나의 방에 간이침대를 들이는 것은 불가능했다. 그 대신,

엄청난 끙 소리와 앓는 소리와 밀기와 당기기 끝에 에드나의 황동 침대를 끌어내고 간이침대 두 개를 넣었다. "둘이 잘 지내길 바란다." 미시즈 턴불은 침대 배치를 끝낸 방을 보며 말했다. "몸을 돌릴 공간도 거의 없네."

미시즈 턴불이 나간 후, 에드나와 미니는 각자 자기 침대에 앉아 서로를 마주보았다. 미니의 포부는 바로 그날 저녁 혹은 그다음날에 슬그머니 나가 곧장 뉴욕으로 튀어 새 이름으로 새로운 삶을 사는 것이었다. 그러나 그때 에드나가 아주 놀라운 말을 했고, 미니는 즉시 뉴욕에 대한 생각을 그쳤다.

에드나는 이런 말을 했다. "이거 꼭 군대 같다."

미니는 어리둥절한 얼굴로 에드나를 보았다.

"그러니까, 간이침대가 있으니까 말이야. 파리 외곽에 주둔한 병영에 있다고 상상할 수도 있겠어."

미니는 침대에서 몸을 돌려 방안을 둘러보았다. 사방이 온통 에드나의 전쟁 문헌이었다. 벽에는 전단지가 붙었고, 선반에는 안내 책자들이 있고, 바닥에는 강의 자료와 도표가 흩어져 있는데, 전부 붕대 감기와 신호 깃발과 제복에 관한 것들이었다.

"이게 다 뭐야?" 미니가 물었다.

에드나는 미니가 책자 하나를 집어들고 페이지를 넘기는 모습을 지켜보았다. 미니는 겨우 열여섯 살이었지만, 에드나가 부러워하는 어떤 호방한 기운 같은 게 있었다. 미니는, 계모의 말마따나, 건방지고 자신만만했다. 훤칠한 키에 어깨가 넓고, 목소리가 크며, 극적인 효과를 위해 두 팔을 크게 휘둘렀다. 미니에겐 일상적 삶을 넘어서는 뭔가 크고 시원시원하다는 느낌이 있었다. 미니는 마치

제 것인 양 에드나의 물건을 마음대로 집어들었다. 자신이 해야 할 일을 잘 아는 여자로 보였다.

미니에게 비밀로 하는 것은 불가능할 것이다. 마침내 에드나는 입을 열었다. “그건…… 어…… 전쟁과 관련된 거야.”

미니는 입을 떡 벌린 채 에드나를 쳐다봤다. “전쟁?”

“응. 프랑스에서 벌어지고 있는.”

미니는 눈을 굴렸다. 그 정도는 누구라도 안다. “그게 뭐 어쨌는데?”

“난…… 음, 난 가려고 해. 복무하러. 프랑스에.”

미니가 갑자기 고개를 들었고, 책자를 떨어뜨렸다. 그러고는 팔꿈치로 무릎을 짚고 에드나 쪽으로 몸을 숙였다.

“네가? 너 혼자?”

55

"저기 스파이가 쫙 깔려서 안 나갈 거야." 메이 워드는 의상을 반만 걸친 상태였고, 성급하고 부주의한 몸놀림 때문에 솔기가 또 한 군데 뜯어졌다. 메이 워드는 커튼 뒤에서 미심쩍은 눈으로 관객을 흘끔거렸다.

"아무도 선생님을 감시하지 않아요." 플러렛이 속삭였다. 플러렛은 바늘로 미시즈 워드를 찌르지 않으려 애쓰며 이음매를 꿰매느라 정신이 없었다.

"넌 스파이를 본 적 없잖아. 도시마다 다 다른 사람이었어. 하지만 내 눈은 못 속여. 프리먼의 끄나풀은 딱 보면 알아. 하나같이 싸구려 댄스홀에서 어슬렁거리는 덩치 큰 여자 경비 같은 종자들이었다고. 네가 그런 걸 알 리가 없지, 안 그래, 플로린?"

"아, 상상이 가네요." 플러렛이 말했다. 그동안 집 생각은 하지 않으려고 엄청 노력했지만, 댄스홀의 덩치 큰 여자 경비라는 말에 목구멍에서 뭔가 뜨끈하고 축축한 덩어리가 치밀었고, 억지로 눌러 삼켜야 했다.

미시즈 워드는 그날 너무 일찍부터 술을 들이켰고, 그러면 늘 공연 직전에 나른해져서 구제불능이 됐다. 플러렛이 커피를 들고 쫓아다녔지만, 메이는 그냥 손을 저어 물리치고 젖가슴 사이에 숨겨둔 회복용 가루약 병을 더듬어 찾았다.

그러나 오늘 저녁은 가루약이 다 떨어졌고, 커피를 마신 워드의 상태가 지독히 나빠졌다. 표면상으로는 플러렛이 드레스를 수선하기 편하도록 무릎을 대고 앉아 있는 듯했지만, 실상 메이는 부축을 받지 않고는 일어설 수 없는 상태임이 곧 명백해졌다.

두 사람 주위로 세 쌍의 댄스화가 나타났고, 플러렛이 고개를 들자 버니스와 일라이저, 샬럿이 내려다보고 있었다.

"오늘 저녁엔 못 나가시겠는데." 버니스가 말했다.

"당연히 나갈 수 있어." 메이 워드가 내뱉었다.

"아직도 어딜 가나 자기를 따라다닌다는 남자들 타령이셔?" 일라이저가 물었다.

"남자들이 아냐. 아주 못생긴 여자들이지." 워드가 말했다.

샬럿이 허리를 숙이고 말했다. "선생님을 따라다니는 사람은 아무도 없어요. 이제 무대에 나갈 시간이에요."

메이 워드의 눈이 반쯤 감겼다. 고개가 한쪽으로 꺾였고, 앞뒤가 안 맞는 말을 중얼거렸다.

버니스가 말했다. "선생님을 소파로 옮기자. 공연이 끝날 때까지 플러렛이 선생님 옆에 앉아 있으면 돼."

메이 워드는 턱을 치켜들고 항의하려 했지만, 그녀의 입에서는 아무 말도 나오지 않았다.

"공연을 어떻게 하려고?" 플러렛이 물었다.

"내가 선생님 역을 맡을 거야." 버니스가 말했다. "전에도 해봤어."

"하지만 그러면 인형이 일곱밖에 없잖아."

"그건 상관없어, 짝수만 되면. 샬럿이 너랑 같이 있을 거야. 이미 공연 시간에 늦었어. 얼른 선생님 의상을 나한테 입혀줘."

드레스덴 인형들 전원이 모여서 간신히 미시즈 워드를 백스테이지의 조그만 소파로 옮긴 후 의상을 벗겼고, 버니스가 재빨리 그 옷으로 갈아입었다. 미시즈 워드에게는 사투 끝에 기모노를 입혔고, 워드는 헝겊 인형처럼 힘없이 팔다리를 늘어뜨린 채 그대로 곯아떨어졌다. 플러렛이 이게 다 무슨 일인지 알아차리기도 전에 공연이 시작됐고, 플러렛은 샬럿과 둘이 바닥에 주저앉아서 대배우가 자는 모습을 멀거니 바라봤다.

샬럿이 목덜미를 긁으며 말했다. "집에 가고 싶어 죽겠다." 〈넬리의 모자 위에 앉은 새〉의 첫 소절이 백스테이지로 흘러들어왔다.

"집에? 이거 다음에 또 투어가 있지 않아?"

"아, 없어. 선생님은 공연계를 떠나 영화에 출연하신대, 못 들었어? 이번이 마지막 투어야. 난 집으로 돌아가서 부잣집 꼬마 소녀들한테 노래 레슨을 할 거야."

"다른 극단에 들어가고 싶지는 않아?"

샬럿은 고개를 숙이고 커튼 사이로 살짝 보이는 무대를 응시했다. 플러렛도 고개를 돌려 그쪽을 바라봤다. 버니스는 메이 워드 역을 제법 훌륭하게 해내고 있었다.

"별로." 샬럿이 말했다. "버니스처럼 나이들어서까지 코러스걸을 하고 싶진 않아. 버니스는 이 짓을 십 년째 하고 있어. 상상이 되니?"

"하지만 너도 계속 코러스걸일 리는 없잖아." 플러렛이 떠보았다. "너만의 쇼를 해볼 수도 있고."

샬럿은 웃음을 터뜨렸다. "선생님처럼?" 샬럿은 메이 워드를 팔꿈치로 쿡 찔렀고, 워드는 이제 약하게 코를 골고 있었다.

"선생님은 내가 생각했던 것만큼 무대를 즐기지는 않는 것 같아." 플러렛이 말했다.

"선생님은 이 생활을 하기엔 신경이 너무 예민해. 영화계에서는 더 잘할지도 모르지. 이렇게 많은 도시를 전전할 필요도 없고, 어딜 가나 사람들이 잔뜩 몰려들지도 않을 테니까. 사람들 때문에 너무 긴장하고 사셔."

"난 저렇게 많은 사람들에게 둘러싸였으면 좋겠다고 늘 생각했는데." 플러렛이 말했다.

"그게 무슨 말이야?"

"음……" 플러렛은 다시 고개를 돌려 이쪽에서 잘 보이는 관객석 일부를 엿보았다. "저렇게 많은 대중 앞에 서는 거. 종종 꿈꾸곤 했어."

"저만한 관객들 앞에 나서본 적 있어?"

"전혀." 플러렛이 말했다. "패터슨에서 작은 공연을 해보긴 했는데, 이렇게 화려하고 큰 무대에는 전혀 미치지 못했지."

무릎을 끌어당겨 턱을 괴고 앉아 있던 샬럿은 잠시 플러렛을 물끄러미 쳐다보다 입을 열었다. "너 노래는 하나도 빠짐없이 다 외웠지?"

플러렛은 여전히 무대에 시선을 고정한 채 고개를 끄덕였다.

"그럼 우리 둘 다 나갈까?" 샬럿이 일어나서 손을 내밀었다. "선생님은 아무데도 안 갈 거야. 얼른 의상 걸치고 다음 곡부터 나가자."

56

미니는 폼프턴레이크스에서의 첫날밤에 달아나지 않았고, 둘째 날에도, 셋째 날에도 사라지지 않았다.

물론 나름의 이유는 있었다. 첫날밤에는 단순히 그날의 여러 사건과 인생 궤도의 갑작스러운 전환에 진이 다 빠져서였다. 먼저 하룻밤 푹 자고 난 후 기차 시간표를 검토한 다음 도망치는 게 낫겠다고 생각했다. 수중에 동전 한푼 없다는 것 또한 사실이었다. 원래는 에드나의 가방에서 일 달러를 훔칠 계획이었다, 도시를 벗어나기에 딱 필요한 만큼만. 하지만 막상 에드나를 만나고 보니 도저히 그럴 수가 없었다. 이렇게 비좁은 숙소에서 에드나의 가방을 뒤적거리는 게 쉽지 않아서일 뿐이라고 혼잣말을 했지만, 처음엔 스스로도 그게 뭔지 잘 몰랐다 해도, 분명 그 이상의 뭔가가 있었다.

둘째 날 밤에는 화약공장 근무로 녹초가 되어버렸다. 기계를 배우는 데는 아무 문제가 없었지만, 한동안 일을 안 한 탓에 따라가기만도 벅찼다. 저녁을 먹다 잠들 뻔했다. 밤이 이슥해져서야 일달러나 기차 시간표엔 손도 대지 못했다는 게 떠올랐고, 하룻밤만 더 있자고 생각했다.

셋째 날 밤에는 주급을 받을 때까지 기다리는 게 낫겠다는 생각이 들었다. 그러면 미니가 보기에도 살아나가기 위해 단돈 일 페니도 긴요한 다른 여자애의 돈에 손대지 않고도 자금 상황을 해결할 수 있을 것이다.

그러나 그 외에도 뭔가가 계속 미니를 폼프턴레이크스에 붙잡아두고 있었다. 에드나의 전쟁 얘기가 묘하게 중독적이었다. 배를 타고 프랑스로 간다는 건 기차를 타고 뉴욕에 가는 것과 비교도 할 수 없을 정도로 훨씬 흥미롭게 들렸다. 뉴욕에 가면 일이 어떻게 돌아갈지는 벌써 뻔했다. 인도에 발을 내딛는 그 순간부터 돈을 벌 방법을 찾거나, 나에게 돈을 쓰고 싶어하는 누군가를 찾고 있겠지. 그 '누군가'는 보나마나 실망스러울걸. 관계는 쓰라릴 거고. 일은—거기서 무슨 일을 하든—지루하고 보람도 없겠지. 미니는 부와 재물이 차고 넘치는 도시에 있게 될 것이다. 극장과 탱고장, 궁전 같은 레스토랑과 세련된 카페, 드레스 상점과 향수가게. 그러나 그 어느 것도 미니의 것이 될 리 없다. 미니는 영영 그 바깥에서 어떻게든 안으로 들어가보려고 용을 쓸 것이다.

하지만 프랑스는 어떤가? 그곳은 미지의 영역이다. 미니는 파리나 런던, 독일의 전선에 관해 아무것도 알지 못했다. 그게 무슨 상관이람? 그곳은 신세계였다. 남자들은 무기를 들고 독일군을 향해 진격하고, 전선을 따라 길게 판 구덩이 속 상상도 할 수 없는 환경에서 살아간다. 여자들 역시 일을 하는데—꼭 공장이 아니더라도, 공장에서 일하고 싶은 사람들을 위한 공장 일도 있기야 있겠지만—병원에서, 병영에서, 훈련소에서 일한다. 전화 교환기를 다루거나 앰뷸런스를 모는 여자들도 있다. 군사 작전에 연루되기도 하는데, 그 경우는 비합법적인 면도 있어서 미니는 겁이 나는 동시에 매혹됐다.

그리고 에드나가 거기에 참여하고 싶어한다! 미니는 에드나처럼 마음 씀씀이가 깊고 목적의식이 뚜렷한 사람은 생전 처음 봤다. 이렇게 가냘프고 소심하고 과묵한데, 강철 케이블 같은 단호함이 온몸에서 흘러넘쳤다. 의무와 복무와 조국 같은 개념이 에드나에겐 숨쉬는 것처럼 자연스러웠다. 에드나는 유럽은 독일 황제로부터 해방되어야 하고, 그것을 실현하는 사람은 미국인이라는 신념이 더없이 확고했다.

"맞아," 어느 날 밤 미니는 슬쩍 맞장구를 쳐봤다. "미국인이지, 당연히. 그런데…… 네가?"

"음, 나도 미국인이잖아, 안 그래?"

거기에 대해선 왈가왈부할 게 없었다.

어쩌다보니 미니도 에드나와 함께 여성준비위원회 모임에 참석하게 됐다. 곧이어 붕대 감기와 수프 만들기 수업에서도 에드나 옆에 앉아 있게 됐다. 밤늦은 시간에 두 사람은 프랑스어를 연습했다.

"내가 공부하는 걸 도와줄 필요는 없어." 에드나가 말했다.

"콥 보안관보님이 나더러 너를 본보기로 삼으라고 했어." 미니가 말했다. "게다가 난 계속 바쁘게 움직여야 해. 네가 하는 건 뭐든 같이 해야 해." 미니는 하숙집의 다른 여자애들을 피하고 있었다. 그들에게서 자신의 모습을 보았고, 그들과 어울리며 그 길로 빠져드는 게 얼마나 쉬운지도 알았다. 뉴욕으로 내뺀다는 생각을 완전히 포기한 건 아니었다. 다만 매일 한 차례씩 미루고 있을 뿐이었다. 그러나 폼프턴레이크스에서 어리석게 남자와 놀아나다가 감화원으로 끌려가는 위험을 무릅쓰고 싶지는 않았다.

대신 미니는 프랑스어로 '감사합니다'를 공부할 것이다. 그리고—또하나의 놀라운 사실인데—미니는 에드나를 공부할 것이다. 에드나는 미니에게 매혹의 원천이 되어가고 있었다. 에드나는 세계와 그 안에서 자기 위치에 대해 정말 놀라운 아이디어를 갖고 있었다. 10마일 멀리 그리고 십 년을 앞서 내다볼 줄 알았고, 앞으로 가야 할 길을 정확히 인지하며 자신의 신념이 이끄는 곳이라면 지옥 같은 전쟁터를 뚫고라도 흔들림 없이 나아갈 준비가 되어 있는 여자가 여기 있다. 미니는 에드나 같은 사람은 난생처음 봤다.

미니는 에드나가 떠날 거라는 사실을 생각하려고도, 에드나가 떠난 후 자신이 어떻게 될 것인지 궁금해하려고도 하지 않았다. 모임에서 에드나와 사교계 여자애들이 다가올 출발에 관해 얘기할 때, 미니는 고개를 돌리고 못 들은 척했다.

57

플러렛이 보낸 두 장의 엽서가 같은 날 도착했다. 첫번째 엽서는 필라델피아주립극장이 나와 있고, 뒷면에 이렇게 쓰여 있었다.

정말 거대한 도시야! 여기 사람들은 메이 워드를 사랑해. 그들은 나도 사랑해, 엊저녁에 내가 가장 큰 웃음을 선사했거든. 우리는 공연을 두 차례 늘려달라는 제안을 받았고, 그건 곧 약속된 휴식시간을 갖지 못할 거라는 얘기야. 상관없어, 어차피 미시즈 아이언사이즈가 우리를 미술관으로 끌고 다니며 자유시간을 망치니까.

F.

두번째 엽서는 볼티모어의 한 호텔에서 왔다.

코러스걸 중 하나가 발목을 삐었어. 또 한 아이는 고데기에 목을 심하게 뎄고. 미시즈 워드는 우리가 저주에 걸렸다고 확신하고 있어. 노마한테 여기 공원엔 비둘기가 잔뜩 있어서 굳이 부를 필요가 없다고 전해줘. 작은언니가 여기 와서 저것들을 관리해야 해.

F.

콘스턴스는 플러렛이 무대에서 성공을 거두고 있다는 주장을 어떻게 받아들여야 좋을지 알 수 없었다. 얘가 우리한테 이렇게까지 일부러 거짓말을 해야 할 필요가 정말 있는 걸까? 적어도 엽서는 계속 보내오고 있고, 자신이 감시당했다는 것을 알아차린 낌새는 없었다. 노마는 놀랍게도 프리먼 번스타인이나, 경솔하게 해리스버그로 갔던 일에 대해 일절 입에 올리지 않고 지난번에 합의한 대로 묵묵히 살았다. 내부적으로 어느 정도의 평온함이 콥 집안에 자리잡았다. 콘스턴스가 집에 오면 노마와 같이 평화롭게 지냈고, 포기인지 단념인지, 어쨌든 적어도 각자 사는 방식을 바꾸려 들지는 않았다.

미니 데이비스가 출소해서 언제나 믿음직스러운 에드나 휴스티스와 같이 방을 쓰게 되면서 교도소 상황도 잠잠해졌다. 콘스턴스는 그 두 사람을 한데 엮은 데 대해 뿌듯함 이상을 느꼈다. 미니가 그렇게 해달라고 제안했다는 건 이미 까맣게 잊고 자신 혼자 고안해낸 프로그램이라고 생각하기 시작했으며, 존 코터에 맞서 출마하는 민주당 보안관 후보—아직 지명되지 않았으므로 누가 될지 모르지만—에게 유용할 거라고 기대했다.

요컨대, 콘스턴스는 집과 교도소 양쪽 모두에서 아주 드문 평온한 순간을 즐기고 있었다. 그리고 그것이 오래갈 리 없었다. 삼월

중순의 어느 월요일 저녁, 보안관 사무실에 들어갔다가 고래고래 악을 쓰고 요란하게 마구 손을 휘저으며 울분을 토하는 프리먼 번스타인과 얼굴을 마주하게 된 것이다.

번스타인은 코트와 모자도 벗지 않고 한 손에 장갑을 든 채로 방 안을 빙글빙글 돌며 납세자들의 세금을 유용했다느니 권력 남용이라느니 멜리우스 인퀴렌둠* 문서가 어쩌느니 폭언을 쏟아부었는데, 보안관이 알아듣기를 포기하고 눈썹을 치켜뜨는 모양으로 보아 그에게도 낯선 단어인 듯했다.

콘스턴스가 문간에 서 있는 것을 보고 히스 보안관이 말했다. "번스타인 씨, 콥 보안관보와는 구면이시죠. 보안관보가 당신의 불만을 듣고 해결하고 싶어하리라는 건 알지만, 방금 그렇게 상세한 설명을 하시고 또 반복하긴 좀 그러니까, 내가……"

"헛소리 집어치우시오!" 번스타인이 말을 잘랐다. "보안관보는 내 말을 하나하나 똑똑히 들을 것이오. 아니, 그쪽이 원흉이니까, 그쪽에서 나한테 말해줄 수 있겠지. 당신과 당신의 그 논쟁하기 좋아하는 여동생 말이야."

잠깐 노마를 옹호할까 하는 생각도 들었지만, 그 점에 대해서는 번스타인과 의견을 같이하기로 했다. 대신 콘스턴스는 창가에 자리를 잡았다.

"제가 먼저 한말씀 드리죠." 콘스턴스는 번스타인에게 말했다. "무슨 일이 일어났든, 그건 히스 보안관님과 관련 없는 일입니다. 당신과 내가 한 번 만난 적이 있긴 하지만, 나는 근무중이 아니었

---

* 어떤 문제와 관련하여 심화 수사를 지시하는 법률 문서를 뜻하는 구식 영어.

고 그 어떤 공식 자격으로 갔던 것도 아닙니다. 제 개인적인 일로 보안관님의 시간을 뺏고 싶지 않군요."

"헛소리 집어치우시오!" 프리먼이 소리질렀다. 그는 장갑을 집어던졌다가 곧장 다시 주워들었고, 아마도 다시 집어던지려고 그러는 듯했다. "콥은 언제나 캅이지, 당신이 어디를 가고 무엇을 하든 간에. 안 그렇소, 보안관?"

히스 보안관은 침울하게 고개를 끄덕이고 다시 한번 말을 거들었다. "우리가 보안관보들에게 기대하는 것은, 그들이 근무중이든 아니든……"

이번에도 번스타인 씨는 그의 말을 끝까지 듣지 않았다. "그래, 맞아, 내 말이 바로 그거요. 그리고 당신네 여자 보안관보는 자신의 권력을 이용해 부당하게 내 아내를 조사하고, 직접 펜실베이니아까지 뒤쫓고, 미시즈 워드의 투어 일정에 맞춰 도시마다 여자들을 진짜 한 부대씩 고용해서 내 아내와 단원들을 호텔에서 극장으로, 레스토랑으로, 다시 호텔로 미행하고, 어딜 가든 내 아내가 혼이 빠지도록 겁을 주는 게 가장 좋은 방법이라고 생각했단 말이지. 그런 배우들이 얼마나 신경이 예민한지 당신이 압니까, 보안관? 알아요?"

히스 보안관이 대답하려 했지만, 번스타인 씨는 말을 멈추지 않고 계속 이어나갔다. "그리고 다시는 증거라느니 테스티모니아 폰데란다*라느니 그런 말도 안 되는 헛소리로 내게 강의하지 마시오. 내 아내는 미스 콥을 완벽히 묘사했고, 그건 어려운 일이 아니야.

* '증거는 경중을 재는 것이지 개수를 세는 것이 아니다'라는 뜻.

덩치가 아주 큰 여자가 아주 조그만 전화 부스에 몸을 구겨넣고 앉아서 유행 지난 모자챙 아래로 의심스럽게 자기를 보고 있었다고 하면 볼장 다 본 거지. 미스 콥을 본 적 있는 사람이라면 누구라도 그게 미스 콥을 묘사하는 것임을 알 거요."

콘스턴스는 내 모자가 어디가 어때서, 라고 항의하고픈 충동을 억누르고 말했다. "미시즈 워드는 유명한 배우입니다. 사람들이 미시즈 워드를 보고 싶어하고 가는 곳마다 따라다니고 싶어하는 건 자연스러운 일이죠. 그걸 금지하는 법조항은 없습니다."

"그 법 타령 좀 작작하라니까!" 번스타인이 벌컥 소리질렀다. "내 아내는 자기를 미행하는 사람이 나라고 오해하고 있다고. 화가 머리끝까지 나서 매니저인 나를 해고하고, 투어가 끝나도 집에 안 들어오겠답니다. 맨해튼에 아파트를 얻고 새 대리인을 구한다는 군. 그에 대해 즉각 조치를 취해주길 바라오."

번스타인은 장갑으로 의자 등받이를 다시 후려쳤으나, 이번에는 사나운 정도가 좀 덜했다. 그러고 나서 의자에 주저앉아 숨을 헐떡였다. 히스 보안관은 이 기회를 놓치지 않았다.

"번스타인 씨, 당신이 처한 상황의 어려움은 잘 알겠습니다. 하지만 우리 교도소에 실제로 범죄를 저지른 자들이 가득 있다는 점을 헤아려주십시오. 이 사무실의 자원을 결혼생활에 대한 불만 해결에 소모하는 건 말 그대로 불가능합니다. 미행당한 게 아니라는 것을 미시즈 워드에게 납득시킬 수 없다면, 의사나 변호사와 상의하시는 게 어떨까요? 패터슨에 부부간 불화를 잘 다룰 줄 아는 변호사를 한 명 아는데, 기꺼이 소개해드릴 테니 그쪽으로 가보시죠."

"변호사?" 프리먼 번스타인은 새로운 분노를 채워넣은 듯 벌떡 일어났다. "나한테 필요한 변호사는, 내가 납치 건으로 소를 제기했을 때 법원에서 나를 대리할 사람뿐이오."

"하지만 누가 납치됐는데요?" 번스타인이 문을 확 열고 극적인 퇴장을 준비하자 콘스턴스가 소리쳤다.

"내 아내지, 당연히. 당신들 말대로 내 아내가 미행을 당하지도 않았고, 아내가 내게 한 말이 모두 거짓이라면, 누가 아내에게 총을 들이대고 그런 악랄한 편지를 쓰라고 했기 때문에 집에 못 돌아오고 있는 거라고 추측할 수밖에 없어. 아내는 인신매매범이나 그보다 더 나쁜 놈들의 손아귀에 있는 게 틀림없소. 지금 당장 법원에 가서 신고해야겠군. 검찰에 있는 그 친구는 노상 인신매매에 대해 떠들었지. 이 건에 대해서도 듣고 싶어할 거요."

"번스타인 씨, 허위 신고는 범죄임을 잊지 마십시오." 콘스턴스가 말했다. "그게 당신에게 무슨 이득이 되는지 모르겠군요."

콘스턴스는 그때의 프리먼 번스타인처럼 생동감 넘치는 사람은 난생처음 봤다. 두 뺨은 벌겋고, 두 눈은 형형하고, 얼굴에 있는 모든 선과 주름이 분노를 표출하기 위해 일그러졌다. 심지어 키도 몇 인치 커진 느낌이었는데, 까치발을 하고 섰기 때문일지도 모르겠다.

"그러면 당신은 내 아내를 데려오라는 명령을 받겠지!" 번스타인은 콘스턴스 쪽으로 손가락을 찔러댔다. "여자 보안관보가 파견될 거야, 안 그렇소? 당연히 그렇겠지. 이제 미시즈 워드는 당신 책임이오, 콥 보안관보. 당신이 가서 그 사람을 데려와야 할 거고, 그 사람한테 정신 차리라고 얘기해야겠지. 그게 당신 같은 여자 간수들이 하는 일 아니오?"

콘스턴스는 이 남자한테 손가락질을 받는 게 못마땅했다. "당신은 어떤데요? 당신은 무대에 올려주겠다고 약속해서 젊은 여자들을 꾀어놓고 고된 일만 시키잖습니까."

번스타인은 입을 쩍 벌리고 콘스턴스를 노려보더니 이내 웃음을 터뜨렸다. "여자들을 꾀어? 내가 언제 여자들을 무대로 꾀어야 할 일이 있었다고? 걔들은 밤낮으로 날 따라다녀! 걔들이 나한테 애걸을 한다고!"

그는 눈물을 닦고 보안관에게 다 알지 않느냐는 식의 미소를 보내며 동의를 구했지만, 히스 보안관은 무덤덤하게 쳐다볼 뿐이었다.

"하지만…… 플러렛은 드레스덴 인형 오디션을 봤고, 당신은 결코 플러렛을 무대에 올리지 않았어요."

번스타인 씨는 허리에 손을 얹고 고개를 삐딱하게 콘스턴스 쪽으로 꼬았다. "플러렛. 우리 극단에 플러렛이란 사람이 있나?"

콘스턴스는 이제 소리지르다시피 목청을 돋웠다. "당신이 데려갔다고 했잖아! 그래서 우리가 쫓아가서 당신한테 캐물었던 거고! 그래, 나는 그앨 봤어. 그러니까……"

"아하! 당신은 플러렛을 따라다녔던 거군! 그럴 줄 알았어. 그래, 당신이 봤다고. 당신 여동생은 무대에서 어땠나?"

"걔는 무대에 오르지도 못했어. 당신네 극단 재봉사였지."

그도 이제야 알아차린 듯했다. 번스타인은 한 손가락으로 턱을 받치고 방안을 맴돌았다. "아, 그래. 플로러벨. 조그만 여자애. 패터슨에서 봤던 여자애."

"그래! 당신이 걔 머릿속에 걔가 얼마나 재능 있는지 헛바람을 채워넣고, 극단에 자리를 주겠다고 약속했잖아."

"난 그런 적 없어!" 번스타인은 보안관을 향해 몸을 돌리고 마치 맹세를 하듯 한 손을 들었다. "정직히 말해서, 보안관, 그런 적은 절대 없소이다. 그 여자애들이 제법 근사한 연극을 했다고 생각은 했지만, 그래봤자 아마추어요. 그런 아마추어를 우리 쇼에 넣을 리 없잖소. 그애는 보드빌 재원이 아냐. 그애한테도 그렇게 말했고. 그런데 그애가 날 쫓아와서 재봉사 일을 달라길래, 사람 하나 더 데리고 다닐 능력이 안 된다고 얘기했지. 그랬더니 극단 재봉사로 넣어주기만 하면, 공짜로 일을 하겠다는 거야. 방은 다른 사람들하고 같이 쓰고, 많이 먹지도 않겠다면서. 그애는 우리한테 자신의 능력을 보여주기만을 원했어요. 가여워서 기회를 한번 줘보기로 했지만 무대에 올려주겠다는 얘기는 한마디도 안 했소. 플로러벨은 충분히 일을 잘해낸 것 같더군. 그애에 관해 아무런 불평도 듣지 못했으니까."

히스 보안관은 콘스턴스의 얼굴에 떠오른 표정을 보고 조용히 입을 다물고 있었다.

"플러렛한테 메이 워드와 공연할 수 있다는 얘길 단 한 번도 한 적이 없다 이겁니까?"

"당연하지!" 번스타인이 말했다. "들어봐요, 여자 보안관보님, 당신 동생은 귀엽고 예쁘지만 훈련을 받지 않았소. 그애가 그 학원에 얼마나 오래 다녔지? 일 년?"

"육 개월 조금 넘었죠." 콘스턴스는 시인했다. "하지만 그애는 평생 집에서 항상 춤추고 노래했……"

번스타인은 한숨을 내쉬었다. "집에서 자기를 예뻐하는 엄마와 언니들 앞에서 노래하고 춤추길 좋아했다는 여자애들을 내가 매년 얼마나 많이 보는지 당신 압니까? 우리가 하는 일에는 훈련이 필요해요. 몇 년에 걸친 훈련 말입니다. 당신 여동생은 거울 앞에서 깡충거리길 좋아하지만, 그걸로는 부족해요. 그애가 솜씨 좋은 재봉사라는 건 분명하죠. 그 정도에 만족하라고 전하세요."

"당신은 그애에 대해 아무것도 몰라!"

히스 보안관이 자리에서 일어나 말했다. "와주셔서 감사합니다, 번스타인 씨. 아내분과의 일이 평화롭게 잘 해결될 수 있기를 바랍니다."

그러나 보안관은 경멸의 표정만 돌려받았다. "평화롭게? 당신은 내 아내에 대해 아무것도 모르는군."

"하지만 당신이 본인 입으로 인정하셨다시피, 납치의 증거가 없습니다."

번스타인은 다시 분노를 활활 태웠다.

"그렇소이까? 검사가 그에 대해 뭐라고 할지 두고 봅시다!"

번스타인은 연극에서 배우가 하듯 목도리를 휙 목에 휘감고는 성큼성큼 나가 문을 쾅 닫았다. 콘스턴스는 문을 빼꼼 열고 경비가 번스타인을 잡아서 밖으로 안내하는 것을 확인했다. 일단 그 점에 대해서는 안심이 되자, 콘스턴스는 히스 보안관 맞은편에 있는 의자에 털썩 주저앉았다.

"미스 노마는 확실히 적을 만드는 법을 잘 알고 있군요." 보안관이 말했다. "저런 상상력을 가진 사람을 보게 되다니 믿어지지가 않습니다. 번스타인은 미스 노마가 자기 사무실을 뒤져 메이 워드의 투어 스케줄을 알아냈다고 하더군요. 나는 아무리 콥 자매라도 그건 너무 심한 것 같다고 말했습니다."

"오, 노마가 정말로 그의 사무실을 뒤졌다고 말하게 되어 유감이네요." 콘스턴스는 자백했다. "하지만 배우의 투어 스케줄을 알아내는 게 불가능한 건 아니죠. 그걸로는 아무것도 입증할 수 없어요."

히스 보안관은 다시 의자에 앉았고, 노마가 비난받은 대로 죄가 있다는 사실을 깨닫고 약간 난감한 표정이었다. "가장 심한 위법 행위는 당신이 메이 워드를 호텔 로비에서 지켜봤다는 것인 줄 알았고, 그건 중대 범죄가 되기 힘들다고 생각했습니다. 특히나 최근에 메이 워드는 어딜 가나 자길 미행하는 여자들을 보는 것 같아서요. 분명 상상이 지나친 거겠지요."

"아, 그게 또 그렇지 않아서 유감입니다." 콘스턴스는 노마가 제멋대로 벨 헤디슨을 만나러 가서 여자들 한 부대를 움직였다고 보안관에게 털어놓았다. "막으려고 했지만, 미시즈 헤디슨은 내 말을 귓등으로도 안 듣더군요."

보안관은 끙 소리를 냈다. "그렇다면 미시즈 워드가 가는 도시마다 정말로 염탐꾼을 보냈단 말인가요?"

"내가 그런 건 아니에요. 노마가 그랬죠."

보안관은 대체로 천장 방향을 향해 눈을 굴리며 생각에 잠겼다. "내가 당신에게 가지 말라고 경고했지요. 그 어떤 가족 문제도 당신의 공적 임무에 방해가 되지 않기를 바란다는 점을 분명히 했습니다. 번스타인이 옆 건물의 검찰과 무슨 진전을 이뤄낼 것 같진 않으니 허위 신고에 대해선 걱정하지 않아도 될 겁니다. 변덕쟁이 아내들에 관해 내가 제대로 안다면, 미시즈 워드는 일주일 내로 귀가하겠죠. 위층으로 올라가세요, 그리고 프리먼 번스타인에 관한 얘기가 더이상 내 귀에 들리지 않게 해주십시오."

콘스턴스는 그렇게만 된다면야 더 좋을 수 없겠다고 생각하며 그러겠다고 대답했다. 위층에서 콘스턴스는 여성동을 한 바퀴 순찰했고, 쇠창살 안에서 형을 사는 재소자들과 마찬가지로 억압되고 시무룩한 기분으로 일찍들 소등하라고 말했다.

이튿날 아침, 콘스턴스가 세탁 일을 감독하러 내려가니 히스 보안관이 복도에서 이쪽으로 성큼성큼 걸어왔다. "오늘은 당신의 행운의 날이네요, 보안관보. 프리먼 번스타인은 과연 한번 내뱉은 말은 지키는 남자군요. 도저히 믿지 못하겠지만, 번스타인이 고발을 했어요. 이건 당신이 초래한 일로 보이니, 당신을 뉴욕으로 파견하겠습니다. 소위 메이 워드를 납치했다는 인신매매범들로부터 그녀를 구출하십시오."

58

프리먼 번스타인은 자기 아내가 있을 것으로 추정되는 주소와 아내를 억류한 사람들의 이름을 넘기면서 그렇게 행복해할 수가 없었다. 그는 아내가 협박을 받고 전화를 걸어 통화중에 그 정보를 자신에게 전해줬다고 검사에게 말했다. 콘스턴스는 미시즈 워드의 변호사인 아서 바시의 사무실로 갈 예정이었고, 만약 미시즈 워드가 그곳에 없다면, 새 매니저인 시그프리드 월리스가 사무실을 두고 있는 게이어티극장에 가면 찾을 수 있을 거라고 번스타인은 확신에 차서 말했다. 콘스턴스는 두 남자에 대해 영장을 받았다. 뉴욕 관할에서 활동하게 될 터였으므로, 히스 보안관은 뉴욕 경찰청의 쿡 형사에게 연락해 콘스턴스와 합류해서 영장 집행을 지원하도록 조치를 취했다.

"우리 둘 다 이게 말도 안 되는 짓이라는 걸 잘 알고," 히스 보안관이 콘스턴스에게 말했다. "쿡 형사의 시간을 낭비하고 싶지도 않습니다. 하지만 만에 하나 그들이 모종의 범죄 행위에 가담하고 있다는 사실이 밝혀지면 현장에서 전원 체포하세요."

쿡 형사는 브로드웨이의 에퀴터블 빌딩 앞에서 콘스턴스를 기다리고 있었다. 그는 캠벨이라는 이름의 경관을 데리고 왔다. 제복을 입은 두 남자는 구분이 거의 불가능했다. 둘 다 사각턱에 어깨가 떡 벌어졌고 잘 웃었으며 가루담배를 한 꼬집 집어 콘스턴스에게 열심히 권했다. 콘스턴스가 사양하자 웃음을 터뜨리며 서로 팔꿈치로 옆구리를 찔러댔다.

경관 두 명과 함께 가자니 입장이 좀 난처했다. 이 곤란한 상황을 타개하는 유일한 방법은 사실대로 얘기하는 것뿐인 듯했다. 미시즈 워드에게 자신이 플러렛의 언니이고, 플러렛이 말도 없이 집을 나갔고, 보드빌 극단과 함께 여행하는 여자애에게 일어날 수도 있는 일에 대한 모성적 두려움 때문에 일을 벌였다고 말이다. 자신이 염탐하고 있던 사람은 플러렛뿐이었다고 미시즈 워드를 안심시키고, 가족의 평화라는 이름으로 플러렛에게는 함구해달라고 설득할 수 있기를 바랐다.

콘스턴스는 그것을 어떻게 실행에 옮겨야 할지, 특히나 자신이 문제의 발단임을 알지 못하는 경찰 두 명을 대동한 채로는, 방법이 전혀 떠오르지 않았다. 콘스턴스는 저도 모르게, 그럴 가능성은 희박하다는 것을 알면서도, 미시즈 워드가 실제로 납치당했기를 빌고 있었다.

두 형사는 사건에 거의 관심을 보이지 않았고 영장도 보는 둥 마는 둥 했다.

"그 배우가 여기 위층에 변호사와 같이 있다고요?" 쿡 형사가 영장을 흘끔 보며 말했다. "여긴 온통 그런 사람들밖에 없어요. 변호사, 은행가, 보험 대리인." 그는 자기들을 굽어보는 정교한 석조 건물을 손짓으로 가리켰다. "원래 여기에 작고 근사한 건물이 있었는데. 화재로 소실됐죠. 그리고 이 흉물을 지어놨어요. 사람이 보이지도 않게 브로드웨이를 그늘로 덮었죠. 이 아래에선 이제 얼어 죽을 것 같다니까요. 도무지 해를 볼 수가 없는데, 그 이유를 아십니까? 저기 맨 꼭대기에 뭐가 있는 줄 아세요? 은행가 클럽이 있어요. 들어가는 데만 백오십 달러가 드는데, 그것도 꽃등심을 주문하기 전의 얘기죠."

"꽃등심이 얼마나 하는데?" 캠벨이 물었다.

"그건 메뉴판에 있지도 않아. 난 딱 한 번 가봤어, 그냥 보기만 하려고. 수사중이라고 둘러댔는데, 메뉴판 좀 한번 보려고 간 거였지. 가격도 안 적혀 있고, 그냥 스테이크와 콩과 저들이 포테이토 크로켓이라고 부르는 게 있었어. 감자튀김이라는 걸 인정하기엔 콧대가 너무 높으셔서들 말이지."

두 남자는 그 말에 신나게 웃었다. 콘스턴스도 그 분위기에 끼려고 했지만, 콘스턴스가 입만 열면 두 형사는 웃음기를 싹 거두고 엄숙하게 보안관보를 응시했다. 결국 콘스턴스는 가벼운 사교용 화제를 포기하고 이렇게 말했다. "제가 먼저 들어가겠습니다. 저들의 허를 찌르고 미시즈 워드의 신뢰를 얻으려면 그러는 편이 좋겠어요."

캠벨이 쿡의 옆구리를 찔렀다. "여자를 먼저 보낸다. 요즘은 그런 식으로 일하나보네. 우린 신경쓰지 마십시오. 저 사무실에서 빠져나가는 출구는 하나밖에 없어요. 먼저 들어가시면 우리가 도망

나오는 놈들을 잡겠습니다. 제 리볼버를 빌려드리면 좋겠지만, 저도 필요할지 몰라서요."

"나는 내 리볼버를 갖고 다닙니다." 그 얘기에 두 형사는 휘파람을 불었다.

"우린 여경들이 총을 가지고 돌아다니도록 하지 않는데, 그치?" 쿡 형사가 캠벨에게 말했다.

캠벨은 어깨를 으쓱했다. "뉴저지에서 오셨잖아. 그 동네에선 총이 필수일걸."

콘스턴스는 먹은 게 체한 느낌이 들었지만, 두 형사에게 담배를 뱉고 그만 일에 착수하자고 말했다. 두 남자는 콘스턴스를 따라 웅장한 문을 지나 화려한 대리석 로비로 들어갔고, 거기서 엘리베이터를 타고 곧장 바시 변호사의 사무실 앞 타일로 된 복도에 들어섰다. 모든 문에 키 큰 불투명 유리가 끼워져 있고 입주자의 이름이 금박으로 적혀 있었다. 두 형사는 문의 좌우를 지키고 섰다.

"미시즈 워드는 둘이서 조용히 얘기하고 싶어할 겁니다." 콘스턴스는 낮은 목소리로 두 형사에게 말했지만, 미시즈 워드와 단둘이 조용히 얘기하고 싶어하는 사람은 물론 콘스턴스였다. "다른 사람들은 여기 두 분 쪽으로 내보내겠습니다. 일을 해결할 때까지 너무 큰 소동은 일으키지 마요."

"네, 대장님." 캠벨 형사가 쿡 형사더러 들으라고 소곤거렸고, 쿡은 그 우스갯소리에 낄낄거렸다.

콘스턴스는 형사를 무시하고 노크도 없이 안으로 들어갔다. 바시 변호사의 사무실은 담배 연기와 유리잔에 부딪히는 각얼음 소리로 가득했다. 색을 입힌 리넨 벽과 푹신한 고급 카펫이 깔린 홀

룽한 사무실이었다. 미시즈 워드는 콘스턴스가 무대 밖에서 본 옷 중 가장 사치스러운 이브닝드레스를 입고 가죽 의자에 널브러져 있었다. 늘어진 허리선과 깊게 파인 목, 황금빛 레이스가 금속처럼 희미하게 반짝였다. 콘스턴스는 자신이 플러렛의 수공예품을 보고 있는 게 아닐까 궁금했다.

책상 앞에 바시 변호사로 보이는 남자가 앉아 있었다. 질 좋은 핀스트라이프 정장 차림에 완벽하게 갈라진 각진 턱 덕분에 극도로 잘생겼다는 느낌이 들었다. 또 한 남자가 변호사 맞은편에 앉아 있었다. 남자는 콘스턴스가 들어오자 벌떡 일어나 한 손을 내밀어 악수를 청했다.

"우리의 레이디 캅이 오신 것 같군요. 오실 거라는 말씀 들었습니다." 남자는 마른 몸집에 거의 대머리였고 과시적인 콧수염을 기르고 빨간 나비넥타이를 맸다. "시그프리드 윌리스입니다. 미시즈 워드의 새 공연 매니저죠."

그 말에 메이 워드가 잔을 들어 한 모금 마시며 나른하게 콘스턴스를 올려다보고는 다시 몸을 돌려 입을 열었다. "저 여잔 경찰이 아니야! 내 남편이 고용한 탐정이지. 대체 무슨 심보야?"

이제 다들 콘스턴스를 뚫어져라 쳐다보고 있었다. 복도에 있는 경찰들도 흥미진진하게 귀를 기울이고 있을 거라는 생각이 들었다.

"유감스럽지만 오해를 하신 것 같군요, 미시즈 워드." 콘스턴스는 또박또박 큰 소리로 권위를 담아 말했다. "나는 당신 남편에게 고용된 적이 없습니다. 나는 보안관 사무실 일로 이곳에 왔고, 당신과 단둘이 조용히 얘기하고 싶습니다."

"나는 미시즈 워드의 변호사입니다." 바시가 말했다. "시그프리드는 내보내지요, 하지만 나는 여기 있을 겁니다."

"매니저 일을 하려면 이게 무슨 상황인지 알아야죠." 윌리스가 말했다. "나도 여기 있겠습니다." 두 남자 모두 재미있다는 표정으로 벽에 등을 기대고 섰고, 메이 워드와 콘스턴스는 서로를 응시했다.

미시즈 워드는 반항적이었다. 주먹 쥔 양손을 허리에 얹고 입술을 부루퉁하게 내밀었다. "당신이 누군지는 모르지만, 내 남편이 내가 귀가하지 않으면 납치 신고를 해서 경찰을 보내겠다고 협박했다는 건 알지. 헛소리 좀 작작하라고 해. 난 서른다섯 살이고, 혼자 온 세계를 돌아다녔어. 당신만큼이나 납치될 가능성이 없다고. 돌아가서 그이에게 전해요, 내게는 새 매니저를 고용할 정당한 권리가 있고, 일을 하는 동안 언제든 내킬 때 매니저를 만날 권리가 있다고."

"스물아홉 살인 줄 알았는데." 윌리스가 보드빌 무대 위에서 방백하듯 말했다. 변호사는 웃음을 터뜨렸다. 콘스턴스는 두 남자의 치명적인 실수와 그것이 자신에게 가져다줄 기회에 더없이 감사했다.

"여기서 당장 나가, 당신들 둘 다!" 메이가 소리쳤다. "내 나이든 다른 어떤 것이든 농담거리로 삼는 건 가만두지 않겠어. 누가 당신들에게 돈을 주는지 명심해. 당신네 그 클럽에 올라가서 술이나 마셔. 내 일은 내가 알아서 해. 왜 성가시게 당신들을 데리고 있는지 모르겠군."

메이 워드는 요지부동이었다. 두 남자는 슬그머니 사무실을 나갔다. 두 남자가 밖에서 대기하는 형사들의 손아귀에 들어가며 놀라는 소리를 메이 워드가 듣기 전에, 콘스턴스는 문을 쾅 닫았다. 옥신각신하는 소리가 들릴 듯 말 듯 희미하게 났고, 두 형사가 깔끔한 솜씨로 포로를 붙잡아 고요하고 품위 있게 복도 저쪽으로 끌고 간 듯했다.

미시즈 워드는 도로 의자에 몸을 묻고 새 담배에 불을 붙였다. "당신한텐 한마디도 안 할 생각이었는데. 하지만 저 두 놈 다 꼴 보기 싫어서. 쓸모라곤 하나도 없어, 매니저란 것들은. 남편이란 것들보다 더 심해."

콘스턴스는 워드 옆에 있는 의자에 가만히 앉았다. "아무 말씀 안 하셔도 됩니다. 당신에게 얘기하러 온 사람은 나예요. 당신에게 고백할 일이 있고, 허락해주신다면 사과할 일도 있습니다."

메이는 한쪽 눈썹을 동그랗게 치켜뜨고 콘스턴스를 향해 담배 연기를 날려보냈다. "그 배지는 어디서 났어요, 장난감가게에서 산 건가? 남편이 왜 당신을 고용했을까?"

"그가 고용한 게 아닙니다. 괜찮으시다면 사실을 말씀드리죠. 당신 남편의 잘못이 아닙니다. 내 잘못이에요."

메이 워드는 웃음을 터뜨렸다. "아니, 그이는 항상 잘못을 저지르지. 그이 대신 변명하진 말자고."

"그는 나를 고용하지 않았습니다." 콘스턴스가 말했다. "내가 경찰 흉내를 내는 것도 아니고요. 나는 해컨색 보안국 소속 보안관보입니다. 당신 남편이 판사 앞에서 당신이 납치됐다고 항의했고, 나는 당신의 변호사와 매니저에 대한 영장을 가지고 왔습니다."

"잘됐네! 둘 다 잡아가요!" 워드는 어서 데려가라고 손을 내젓고 길게 한 모금 들이켰다.

"일이 그렇게까지 되지 않았으면 좋겠습니다." 미시즈 워드 때문에 콘스턴스는 사실대로 말하기가 점점 더 힘들어졌다. "나는,

이 모든 사달의 원인이 나라는 점을 말씀드리려고 찾아왔어요. 내가 해리스버그까지 당신을 따라가긴 했는데, 당신 남편 때문에 간 건 아니었습니다. 나는 내 여동생을 감시하는 중이었어요."

그 말에 메이 워드는 고개를 젖히고 괴성을 내질렀다. 콘스턴스는 바깥의 형사들이 그 소리를 듣고 달려들어오지 않기만을 바랐다. "당신 여동생? 그게 누군데?"

"플러렛 콥." 드디어. 콘스턴스는 침을 꿀꺽 삼키고 사태가 나아지길 기대했다.

처음에 미시즈 워드는 이름을 알아듣지 못하는가 싶더니, 이내 또다시 새된 비명을 내지르고 말했다. "플로라? 플로린? 그 재봉사? 우리의 그 조그만 재봉사? 걔를 걱정했다고?"

"나는…… 음…… 사실은 둘째 동생이 걱정했죠, 노마라고. 그 애는 사소한 걸 갖고 난리를 치는 경향이 있는데…… 어…… 어쨌든, 노마가 플러렛이 분명 말썽에 휘말릴 거라고 해서."

"그 꼬마가 어떻게 말썽에 휘말리겠어? 재봉틀에서 거의 고개를 들지도 않는데. 난 그애가 돈도 안 받고 들어오고 싶다길래 믿을 수가 없었지. 우리 옷장은 개판이었는데, 덕분에 그럭저럭 버텼어."

"플러렛은 당신에게 깊은 인상을 주고 싶어서 그랬을 겁니다, 미시즈 워드. 그애도 언젠가 무대에 서고 싶어하거든요."

그 말에 메이 워드는 키득거리며 콘스턴스의 팔뚝을 장난스럽게 쳤다. "걔 키가 얼마지, 백오십이나 되나? 코러스 라인에 서기엔 너무 작잖아, 하여간 춤은 못 추지. 하지만 우리 의상은 정말 기가 막히게 잘 손봤어. 이 말은 전해주면 좋겠네."

콘스턴스는 처음 보는 사람이 플러렛에 대해 그런 식으로 말하는 게 듣기 싫었다. "당신이 직접 말씀하시죠." 콘스턴스는 딱딱하게 말했다. "난 한동안 그애를 보지도 못했어요."

"뭐, 그앤 다음주쯤 집에 돌아갈 거예요. 이제 우린 뉴욕 계약밖에 남지 않았고, 그걸로 끝이니까. 그런데 그 전화 부스에서 뭘 하고 있었는지 아직 나한테 말 안 했네. 하여간 되게 웃겨 보였는데."

"둘째 동생 노마가, 플러렛이 무사한지 따라가서 확인해보자고 했습니다. 별일 없을 거라는 건 알고 있었지만 그래도……"

"그래도 당신은 따라갔고." 이제 미시즈 워드는 그 이야기를 즐기고 있었다. 워드는 허리를 세우더니 책상 위 술병을 들어 잔에 술을 따른 다음 콘스턴스에게 권했고, 콘스턴스는 사양했다.

"나는 노마를 감시하러 갔던 겁니다. 플러렛이 처음으로 혼자 집을 떠난 건데 노마가 애를 난처하게 만들까봐. 당신을 놀라게 할 의도는 전혀 없었어요, 정말로. 당연히 눈에 띄지 않으려고 노력했죠."

워드는 큰 소리로 껄껄 웃었다. "충고 하나 하죠, 보안관보님. 당신은 누가 봐도 눈에 띄어. 좋은 경찰이 될 수 있을진 몰라도, 스파이로선 형편없다고."

콘스턴스는 치마를 쓸어내렸다. 미시즈 워드의 희미하게 반짝거리는 실크 드레스 옆에 있으니 유난히 칙칙해 보였다. "그렇죠, 뭐. 두 분 사이에 불화를 일으키게 되어 사과드리고 싶습니다. 보시다시피 남편분은 이 일과 아무 관련이 없어요."

"판사한테 그렇게 말하지 그랬어요? 뭐하러 영장씩이나 받아서 여기까지 왔어요? 아…… 알겠군. 당신이 이 모든 분란의 원인이란 걸 판사한테 인정해야 하는 게 싫었던 거야." 미시즈 워드는 너무나도 흥겨워 보였다.

"판사가 문제가 아닙니다." 콘스턴스가 서둘러 말했다. "이 얘기가 신문에 나면 플러렛은 우리가 자신을 뒤쫓았다는 것을 알게 될 거예요. 그래서 오늘 내가 온 겁니다. 용서를 청하고, 좀 도와주십사 부탁드리려고요. 비록 당신이 그러고 싶어할 만한 이유는 하나도 제시하지 못했지만."

그러나 워드는 콘스턴스가 신문을 언급한 순간부터 얘기를 하나도 듣고 있지 않았다. "신문에 나는 말썽? 아니, 신문에 나는 말썽보다 더 좋은 건 없지. 내가 뭐 하나 말해주죠." 워드는 잔을 탁 내려놓고 흐린 눈으로 콘스턴스를 향해 상체를 내밀었다. "신문에 나는 말썽은 나의 드레스덴 인형들을 계속 굴러가게 하는 유일한 동력원이야, 애들이 굴러가는 한은 말이야. 물론 거기에 난 얘기는 토씨 하나 믿으면 안 되지만, 거기서 도망쳐서도 안 되지. 신문에 난 말썽이 표를 팔아주거든."

워드는 속사포처럼 말을 퍼부었고, 눈꺼풀이 불규칙하게 파르르 떨렸다. 콘스턴스는 워드가 이성을 따르기에 너무 맛이 간 게 아닐까 걱정되기 시작했다. 워드의 손에서 술잔을 뺏을 수 있을까 고민했다.

"고맙습니다, 미시즈 워드. 그런데 저는 언론의 관심에서 비껴나 있어야 월급이 나오거든요. 이런 부탁을 드려도 될지 모르겠는데 혹시…… 혹시……"

워드는 이제 콘스턴스를 빤히 쳐다보며 무슨 제안을 할지 흥미롭게 귀를 기울였다. 콘스턴스는 깊게 심호흡을 하고 말을 이었다. "딱 하룻저녁만 뉴저지로 와주십사 부탁드려도 될까요, 그래서 이 기소 건을 혐의 없음으로 종결시키고, 그다음에……"

"난 그 남자한테 돌아가지 않아, 그놈이 그런 짓을 했는데!" 워드가 말허리를 자르며 손을 내저었고, 그러다 손에 들고 있던 술잔이 바시 변호사의 책상 모서리로 날아가 술병을 쳤다. 병과 잔이 바닥에 떨어져 카펫 위에 나동그라졌지만 깨지지는 않았다. 진이 엎질러졌고, 콘스턴스는 문제 하나가 해결됐음에 감사했다.

"오, 젠장, 술이 떨어졌네." 메이 워드가 중얼거렸다.

콘스턴스는 몸을 숙여 메이 워드의 손목을 우아스럽게 잡았다. "미시즈 워드, 당신 남편은 아무 잘못도 하지 않았습니다. 지금까지 내가 한 얘기 이해하셨나요? 다 내가 한 짓이라고요. 그리고 난 그저 그 일을 플러렛이 모르게 해달라고 부탁하는 겁니다. 할 수 있겠어요? 플러렛한테 그 모든 사달을 일으킨 게 네 언니라고 얘기하지 않겠다고 약속할 수 있습니까?"

워드는 폭소를 터뜨렸고 의자에서 굴러떨어질 뻔했다. "지금 나더러 집에 가서 남편과 대충 사이를 봉합하고 내 재봉사한테 비밀을 지키라는 거예요? 당신이 본인의 나쁜 짓을 수치스러워하지 않아도 되게?"

"아, 수치스럽죠." 콘스턴스가 말했다. "부끄럽고 면목없을 따름입니다. 문제는 플러렛이 언니를 부끄러워하지 않았으면 좋겠고 내가 교도소의 내 일자리를 잃고 싶지 않다는 거죠. 당신은 무대 위에서 춤을 추고 노래하는 게 최고겠지만, 나 같은 여자가 바랄 수 있는 최선은 내 배지를 지키고 보안관에게 쓸모 있는 사람이 되는 겁니다."

이 허영심 많고 술에 전 여자 앞에서 스스로 격을 낮추다니 콘스턴스는 믿을 수가 없었지만, 메이 워드는 이제 점점 이성을 잃어가고 있었다. 어서 만족할 만한 마무리를 짓지 못하면, 두 형사가 밀어닥치거나 미시즈 워드가 술에 취해 곯아떨어질 것이다. 시간이 얼마 없었다.

그런데 메이가 갑자기 정신을 차렸다. "내가 왜 당신을 도와야 하지, 일은 당신이 다 저질러놓고?"

"바로 그겁니다! 당신이 그래야 할 이유는 없죠. 난 그저 부탁……"

"아니, 아니지." 메이는 벌떡 일어나 콘스턴스 주위를 휘청휘청 맴돌았다. "아니, 그건 안 되지, 여자 경찰 양반. 당신은 나한테 호의를 베풀어달라고 부탁하고 있고, 난 당신이 빈손이 아님을 보여달라는 거야. 나도 당신처럼 돈을 받고 일해. 그러니까 당신, 뭔가 내가 좋아할 만한 걸 갖고 있어?"

처음에 콘스턴스는 워드가 돈이나 보석을 달라는 줄 알았다. 콘스턴스는 자신의 몸을 가볍게 더듬어 가진 것을 확인했고, 메이는 깔깔거리며 춤을 추듯 변호사의 책상 앞으로 돌아가 유리창을 등지고 섰다. 콘스턴스는 배역을 맡아 연기하고 있는 기분이었다.

"당신의 품이 넓은 제복이나 못생긴 모자는 필요 없어."

"미시즈 워드, 만약 돈을 요구하시는 거라면……"

"아니야."

"나중에 혹시 법적으로 문제가 생기면 도움을 드린다든가……"

"그거 괜찮네, 하지만 그런 게 필요할 일은 없을 거야, 그래 봤자 나한테 좋을 일이 뭐 있다고?"

이 여자는 정말이지 수수께끼였다. 이 여자를 남편에게 돌려보내고 둘이 알아서 싸우라고 하고 싶은 마음이 굴뚝같았다. "달리 뭘 해드릴 수 있을지 모르겠군요." 하지만 그 순간, 퍼뜩, 할 수 있는 게 생각났다.

"실은, 잠시만요, 만약 신문에 나고 싶으시다면, 세상을 놀라게 하는 기사를 쓰고 싶어 늘 안달인 여자 기자 한 명을 알고 있어요. 그 기자가 당신과 드레스덴 인형들에 관해 근사한 기사를 쓸 수 있을 겁니다. 그건 마음에 드세요?"

메이 워드는 웃음을 터뜨리고 손뼉을 딱 치며 두 손을 맞잡았다. "완벽해! 그 기자를 불러와요. 어떤 기사가 되어야 할지 나한테 훨씬 더 좋은 아이디어가 있으니까."

콘스턴스는 안도하며 의자에 털썩 주저앉았다. "뭐든 원하시는 대로. 맘대로 하시죠."

59

여자 보안관 근무중 이상무

인신매매 의혹으로 영장을 집행했으나,

'피해자'가 남편의 신고를 비웃다

―단지 새 영화 매니저인 것으로 밝혀져

뉴욕―뉴저지 버건 카운티의 여자 보안관(엄밀히 말해 보안관 조수) 콘스턴스 A. 콥은 어제저녁 경찰청에 급히 뛰어들어와 인신매매범에 대한 영장을 가지고 있다며 뉴욕 당국에 협조를 요청했다.

임무는 쿡 형사에게 맡겨졌다. 그들은 아서 G. 바시 변호사의 사무실로 향했고, 파티가 그들을 기다리고 있었다. 안에는 공연 매니저 시그프리드 웰리스가 있었고, 여자 보안관은 신속히 영장을 집행했다. 그곳에는 미시즈 메리 번스타인도 있었는데, 영화계에는 주로 주인공 역을 연기하는 메이 워드로 알려져 있다.

메이 워드는 윌리스의 소위 피해자이고, 수십 년간 무대 위에서 활동해온 이 미모의 금발 여인은 자신이 납치됐다는 말에 활달한 웃음을 터뜨렸다. 미시즈 워드의 남편 프리먼 번스타인은 아내가 납치됐다고 말한다.

남편 '해고되다'

번스타인은 메이 워드가 납치됐으며 '백인 성노예'가 되었다고 신고했다. 다이아몬드로 뒤덮인 손으로 입을 가리고 웃으며 메이 워드는 다음과 같이 말했다.

"나는 세 달 전에 새 매니저를 얻을 생각이라고 남편에게 말했어요. 그동안 내 매니저는 남편이었죠. 요즘 우린 만나기만 하면 싸워요. 남편이 한 번 나를 떠난 적도 있어요, 사흘 동안. 나는 영화에서 큰돈을 벌고, 리어니아의 집과 세간이 다 내 명의예요.

아니, 그이는 내가 '코크'*와 기타 마약성 진통제를 쓴다고 고발했더군요. 고소장에서 나를 아주 정신병자로 몰고 부정적으로 왜곡했어요. 난 지금 당장 어떤 종류든 약물 검사를 받을 준비가 되어 있어요.

솔직히 인정하자면 나는 서른다섯이 넘은 여자이고, 동쪽 해안에서 서쪽 해안까지 전국 방방곡곡을 수없이 돌아다녔어요. 누구든 나를 납치하거나 성노예로 만들려면, 세상에서 가장 기운차고 투지 넘치며 굴할 줄 모르는 63킬로의 여자와 맞붙어야 할걸요.

나는 윌리스 씨를 매니저로 고용했고, 남편은 그에 대해 미친듯이 화를 내고 있죠. 그렇게 된 얘기예요."

---

* 코카인.

여자 보안관은 어제저녁 미시즈 번스타인이 뉴저지의 리어니아로 돌아와야 한다고 주장했고, 대배우도 어느 정도 동의한 뒤 어젯밤 늦게 귀가했다.

노마는 신문을 요란하게 탈탈 흔들고 내려놨다. "이러면 다 큰 성인 여자를 구하러 간 언니가 우습게 되잖아. 난 캐리가 우리 편인 줄 알았는데."

"전부 다 미시즈 워드의 아이디어였어." 콘스턴스는 인정했다. "사실상 그 여자가 캐리한테 불러준 대로 쓴 거야. 자기는 현명하고 세상물정 다 아는 사람으로 나오고, 나는 과묵한 노처녀로 나오는 기사를 싣게 할 생각이었지."

"뭐, 틀린 말은 아니네." 그렇게 웅얼거리고 나서 노마는 다시 신문을 집어들었다. "여기 마약성 진통제는 다 뭐래? 그런 얘기는 처음 듣는데."

"미시즈 워드가 지어냈어. 방종하고 타락한 행위로 비난받고 싶대, 그래야 언론을 통해 그걸 부인할 수 있으니까. 사람들이 아편중독일 수도 있고 아닐 수도 있는 배우를 보기 위해 돈을 낼 거라나."

"난 그딴 것에 땡전 한푼 내지 않을 거야."

"그래, 미시즈 워드도 너를 후원자로 끌어들일 생각은 추호도 없어."

"그 여자가 캐리 하트한테 다이아몬드 반지를 끼고 있다는 언급을 얻어내려고 얼마나 줬어?"

"그게 인터뷰를 하는 조건이었어. 수많은 조건 중 하나였지."

"하트 기자가 왜 이런 거짓말을 싣자는 데 찬성했는지 모르겠군."

"자기는 좋은 기삿감을 받아낼 권리가 있다던데. 최근에 내가 기사로 실을 만한 걸 아무것도 주지 않았다면서."

노마는 코웃음을 쳤다. "이야기를 만들고 싶으면 소설가가 될 일이지. 여긴 새로운 소식이랄 만한 게 전무하잖아."

"새로운 소식은 메이 워드가 플러렛에게 사실대로 말하지 않기로 했다는 거고, 그 말은 곧, 네가 우릴 곤경에 빠뜨렸지만 거기서 빠져나올 구멍을 내가 찾아냈다는 뜻이지."

콘스턴스는 노마가 그에 대해 고마워할 거라고는 꿈에도 기대하지 않았고, 과연 노마는 고마워하지 않았다. "난 언니를 곤경에 빠뜨린 적 없어."

"네가 우기지 않았더라면 메이 워드가 호텔 로비에서 나를 알아볼 일도 없었을 거고……"

"난 우리가 두 번 다시 프리먼 번스타인에 대해 언급하지 않기로 합의한 줄 알았는데." 노마가 말중동을 끊었다.

"신문을 읽은 건 너야."

콘스턴스는 플러렛한테 무슨 소식이 있는지 알아보려고 집에 왔다. 엽서가 하나 도착했는데 그들이 모르는 내용은 하나도 없었고, 며칠 후에 집으로 돌아온다고 적혀 있었다. 또한 콘스턴스는 플러렛이 돌아왔을 때 가급적 의심을 사지 않도록 노마와 말을 맞추고 싶었다.

"플러렛은 언니가 미시즈 워드를 찾아갔던 일에 관해 하나부터 열까지 알고 싶어할 거야." 노마가 말했다.

"운이 좋다면 그 일을 전혀 모르고 넘어갈 수도 있지." 콘스턴스가 말했다. "메이 워드 말로는 그쪽 단원들은 신문에 관심이 없고 잡지만 읽는대. 혹시나 플러렛이 신문을 보게 되면, 나는 전적으로 직업적인 테두리 안에서 움직였고 모든 오해는 프리먼 번스타인 탓이라고 말해준다고 미시즈 워드가 약속했어."

"플러렛에게 거짓말하는 법을 머릿속에 새긴 엄청나게 많은 사람들한테 기대야 하는 신세군."

"나는 플러렛이 자아도취에 빠져 자기와 직접 연관된 것이 아니라면 남들이 무슨 얘기를 하든 눈치채지 못한다는 데 걸고 있어."

"그렇다면 가능성 있네." 노마는 읽고 있던 편지 무더기를 마저 읽었다. "언니의 서신 답장을 너무 미뤄뒀어. 이 남자는 아칸소에서 아프리카 사자 목장을 운영한다는군. 사자 조련사로서는 여자가 더 낫다는데, 사자와 맞장뜰 배짱만 있다면."

"사자와 맞장을 뜬다고?"

"응. 사자가 공격하면 그대로 맞서서 버텨야 하나봐. 사자한테 대고 똑같이 으르렁거리면서 팔을 마구 휘두르는 거야. 소심한 사람은 도망치지만, 그럼 그걸로 끝장인 거지. 사자와 사람이 달리면 늘 사자가 이기니까."

"설마 그렇게 썼을까." 콘스턴스는 노마에게서 편지를 낚아챘는데, 진짜 그렇게 쓰여 있었다.

"딴 거 봐." 콘스턴스는 다른 편지를 집어줬다.

친애하는 콥 보안관 조수,

지금쯤이면 이미 다른 누군가와 약조했겠지만, 만약 그렇지 않다면, 나의 제안이 당신이 받게 될 제안들 중 최고일 테니 받아들이는 편이 좋을 겁니다. 이곳 네바다에서 보안관은 당신도 예상하시다시피 선취특권 횡령자와 말 도둑을 추적하며 지내지만, 좀더 평범한 종류의 범죄자들도 있고, 이 동네 남자들의 전반적인 건강을 위해서나 본인을 위해서나 반드시 가둬두어야 하는 여자들도 가끔 있습니다. 거기에 대해 길게 설명할 필요는 없겠지요. 여자 보안관이라면 죄와 음행의 자연적 결과인 파멸적인 질병과 성 위생에 관해 잘 알고 있을 테니까.

나는 우리 교도소를 전갈과 방울뱀이 침투할 수 없도록 만들었습니다. 달성하기 쉬운 업적은 아니었지만, 결혼생활 동안 내게 헌신하고 교도소에서 여성의 의무를 책임지게 할 여자를 설득하려면 완수해야 하는 일이었지요. 보안관의 아내로서 당신은 요리와 세탁과 약간의 밭일을 해야 하는데, 우리 교도소에는 한 번에 남자 25~30명 정도와 여자 한두 명밖에 없으니까, 그건 전혀 힘을 더 들여야 하는 일이 아닙니다. 우리 재소자들은 거의 먹지도 않고, 바지 다림질 같은 건 전혀 바라지도 않으니, 재소자들의 끼니를 책임지는 등의 기타 일들이 아내로서의 평소 의무보다 더 많지 않으리라는 얘깁니다.

그 모든 것을 관리하던 가사도우미가 있었는데 지금은 세상을 떠났고, 납세자들의 세금을 가사도우미를 고용하는 데 지출하는 것보다는 아내를 찾아야 한다는 생각이 들었습니다. 이곳 덕워터에서 여자를 많이 보지 못하지만 나는 신문에서 당신을 봤고, 이곳이 뉴저지의 교도소보다 당신에게 훨씬 잘 어울리는 곳임을 압니다.

아내를 맞이할 준비를 할 테니 즉시 회신하십시오.

희망에 부푼 당신의 예비 신랑,

Q. R. 그린빌 보안관

"그 편지들 좀 큰 소리로 읽지 말아줬으면 좋겠다." 콘스턴스가 말했다.

"친애하는 그린빌 씨," 노마는 편지를 쓰면서 말했다. "미스 콘스턴스 콥은 수십 명의 범죄자를 먹이는 건 고사하고 두 여동생을 위해 식탁에 토스트를 내는 것조차 망치는 최악의 요리사이며, 세탁은커녕 감자를 재배하거나 달걀 낳는 암탉 몇 마리를 관리하는 것도 믿고 맡기지 못할 사람임을 알려드리게 되어 대단히 유감입니다. 사실상 결혼에 대해 미스 콥을 추천할 만한 요소를 거의 찾아볼 수 없는 것이, 그 여자는 상냥하지도 않고 공감 능력도 없으며, 은행 통장 하나 제대로 관리하지 못하고, 외모도 거의 맛이 갔습니다. 안타깝게도 모든 면에서 그 여자는 실망을 안길 겁니다. 내가 당신의 편지를 제때 가로채 미스 콥과 연루될 경우 불가피하게 초래될 후회와 심적 고통에서 당신을 구했다는 사실에 안도하십시오."

"그거 딱 좋네." 콘스턴스가 말했다. "나머지 편지에도 그렇게 써서 답장해."

60

루비가 달려들어왔을 때 미니는 다과 테이블에서 쇼트브레드를 주머니에 쑤셔넣고 있었다. 루비는 창백하고 예쁜 아가씨여서 울면 대번에 표가 났다. 루비의 얼굴은 한줌의 구겨진 장미 꽃잎처럼 엄청난 충격을 받은 표정이었다. "에드나는 어디 있어? 얼른, 시간이 없어."

미니는 두리번거리다 방 저쪽에서 에드나를 발견했다. 루비는 그쪽으로 달려갔고 미니도 뒤따라갔다.

"에드나!" 루비가 숨을 헐떡였다. "내 말 좀 들어봐."

루비는 에드나의 팔을 잡고 다른 여자들 무리에서 끌고 나왔다. 미니는 얘기를 들어도 되는지 잘 몰랐지만 그냥 옆에 가만히 서 있었다.

"아빠가 날 보내주지 않으려고 해." 루비가 말했다. "절대 보내줄 수 없대. 우리가 진지하게 프랑스로 갈 생각인 줄 몰랐다면서,

만약 알았다면 이렇게 오래 모임에 나가게 허락하지 않았을 거래. 그리고 나뿐만이 아냐. 아버지가 다른 애들 아버지들한테 일일이 알리는 바람에, 애들은 다 외출 금지에 뜨개질을 하게 생겼어." 그렇게 말하는 루비의 목소리가 갈라졌고, 뜨개질은 루비가 상상할 수 있는 최악의 벌인 듯했다. 에드나가 너무 안됐다는 생각이 들지 않았다면 미니는 웃어버리고 말았을 것이다.

"전체 프로그램이 다 중지될 거야. 오늘 저녁에 그렇게 발표한대. 우리가 지금까지 모금한 돈은 모두 적십자에 기부하고. 그걸로 끝이야."

에드나의 얼굴은 무표정한 가면이었다. 에드나의 작은 입이 일자로 딱딱하게 굳었다. 미니는 다가가서 에드나를 안아주고 싶었지만 감히 실행에 옮기지는 못했다.

"어…… 모두의 앞에서 발표될 때 듣지 않아도 돼서 다행인 것 같아." 에드나는 무덤덤하게 말했다. "나한테 제일 먼저 얘기해줘서 고마워."

"하지만 그게 다가 아냐!" 루비가 말했다. "내 뱃삯은 이미 다 지불했다는 얘기를 하려고 온 거야. 아빠는 그것까진 모르셔. 그러니까 그 돈을 돌려받으려고 하진 않을 거고. 차라리 네가 그걸 갖는 게 나아. 넌 몇 주 후에 떠날 수 있어!"

"하지만…… 나 혼자 가서 뭘 하지? 일행도 없이 그냥 갈 수는 없어."

"아, 당연히 넌 할 수 있어. 거기엔 그룹이 아주 많아. 일단 파리에 가서 미시즈 워턴한테 매달리는 거야. 그 사람은 온갖 종류의 구호 프로그램을 운영하고 있어."

"미시즈 워턴?"

"응, 그 소설가 말이야! 신문에 그 사람 주소가 나와 있어. 미시즈 워턴은 미국인들이 찾아와주길 기대하고 있어. 우리한테 호소하고 있다고."

"그냥 파리에 가기만 하면…… 되는 거야? 하지만 막상 거기 가도 체류비가 없는데."

"미시즈 워턴이 돈을 마련해줄 거야. 아니면 그 비슷한 사람이. 그렇게 어렵지 않아."

미니는 슬쩍 가까이 다가섰다. 루비가 미니를 건너다보았다.

"나처럼 이미 뱃삯을 지불한 여자애들이 많아." 루비가 미니한테 말했다. "최소한 개네들 중 한 명은 자기네 아빠한테 들키지 않을 수 있을 거야."

그날 저녁, 에드나와 미니는 짙은 보라색 하늘과 지평선에 낮게 걸린 반달 아래서 집까지 걸어갔다. 두 사람은 대화에 푹 빠져 하숙집까지 가는 지름길 따위에 신경쓰지 않고 아무 길로 이리저리 걸었다.

"나도 돈이 좀 있어." 미니가 말했다. "아니 돈이라기보다는 감춰둔 패물이 좀 있어. 가서 챙겨올 참이었어. 얼마 되지 않지만 팔면 돼."

"넌 겨우 열여섯 살이야." 에드나가 말했다. "그리고 어쨌든, 콥 보안관보가 허락하지 않을 거고."

"일단 배만 타면 그 사람이 뭐라든 상관없잖아." 생각만 해도—뒤로 물러나는 뉴욕의 스카이라인을 난간 너머로 내다보며 배 갑판에 서 있는 미니라니—이전의 그 어떤 상상과도 비교할 수 없는 설렘과 짜릿함이 느껴졌다.

"하지만 지독히 힘든 일이 될 거야." 에드나가 말했다. "위험하기도 하고. 그냥 즐겁게 놀려고 파리에 가면 안 돼. 나는 미국인으로서 내 의무를 다하고 싶고, 그 말은 곧 최전방으로 갈 거라는 뜻이야."

"나도……" 미니는 말을 뚝 그쳤다. 미니가 하려던 말은 이랬다. 나도 네가 어딜 가든 같이 가고 싶어. 하지만 그런 말을 하면 에드나가 어떻게 생각할까?

에드나를 알고 지낸 그 짧은 시간 동안, 미니는 에드나를 비범한 사람으로 여기게 되었다. 에드나는 특이할 정도로 전쟁과 전쟁에 대한 자신의 의무에 집중했다. 에드나는 상처를 소독하고 군인들이 수술을 받으며 비명을 지를 때 그들의 손을 꼭 잡아줄 것이다. 에드나는 감자 껍질을 벗기고 어둠을 틈타 전장을 누비며 저녁을 나를 것이다. 에드나는 응급차 운전법을 배우고 수기 신호로 연락을 취하고, 미니가 지금까지 본 사람 중 그 누구보다 똑똑하게 복무의 소명을 들으며 필요한 일은 무엇이든 해낼 것이다.

그러나 누군가가 에드나 옆에 있어야 했다. 에드나는 끝없는 저수지에서 퍼올린 단호한 결의의 소유자이고 세상의 모든 드높은 이상을 가졌지만, 허풍을 칠 줄도, 요령을 부릴 줄도, 초대받지 않은 장소에 말재간으로 슬쩍 비집고 들어갈 줄도 몰랐다. 에드나는 체질적으로 거짓말과 속임수를 쓰지 못했고, 돈이든 보석이든 진실이든 하여간 그 무엇도 숨기지 못했다. 미니는 그 모든 것을 할 수 있었고, 전쟁에 대해 별로 아는 건 없지만 그런 유의 일이 필요할 때가 있음은 두말할 것 없었다.

미니는 에드나를 파리로 데려갈 것이다. 미니는 미시즈 워턴을 찾아낼 것이다. 미니는 에드나와 같이 기차를 타거나, 최전방으로 향하는 군인의 차를 얻어 탈 것이다. 미니는 두 사람이 먹고 잘 곳을 확실히 찾을 것이다. 두 사람은 함께 전장을 헤쳐나갈 것이다. 그들은 서로가 필요했다. 미니는 그 점을 확신했다.

미니는 팔을 뻗어 에드나의 걸음을 막았고, 두 사람은 고개를 돌려 서로 마주보았다.

미니는 지금까지는 자기 자신이 아닌 다른 목적을 위해 삶을 헌신한다는 게 어떤 의미인지 이해하지 못했다고 에드나에게 말할 용기를 내지 못했다.

미니는 지금까지는 내 삶에 늘 무언가 빠진 게 있었고 그게 누구인지 혹은 무엇인지 늘 궁금했다고 말할 수 없었다.

그리고 그 무언가가, 엉뚱하기 짝이 없지만, 에드나였다고.

누군가를 지켜주고 싶다는 마음은 생전 처음 들었지만, 미니는 에드나를 위해 분연히 맞서고, 에드나를 보호하고, 에드나를 위해 불침번을 설 준비가 되어 있었다. 그러나 그중 어느 한 구절도 입밖에 꺼낼 수 없었다.

마침내 미니가 한 말은 이랬다. "나도 미국인이야, 안 그래?"

61

아이는 일요일에 그들 곁으로 돌아왔다.

얼마 전 노마는 말에게 물을 먹이는 통이 온통 녹슨 것을 보고 금속판을 덧대 보수하려고 했지만 실패했다. 노마는 비용을 들여 새 통을 사는 게 싫었다. 콘스턴스는 작년 가계부를 노마에게 일일이 보여주며 지난봄에 수리비가 재정적 손실을 끼쳤고 현상황은 익히 예상된 결과라는 걸 짚어줘야 했다. 그것은 이미 수립된 감가상각 자금 계획의 부적합성에 대한 불평으로 이어졌고, 자금 보충을 위해 앞으로의 행보를 다듬어야 할 필요성이 제기됐다. 콘스턴스는 노마의 정확한 회계 능력을 믿어 의심치 않는다고 격려했지만, 노마는 그 말에서 기운을 얻지 못했다.

물통은 노마 본인이 발명한 다소 난해하게 생긴 목제 받침대 위에 얹혀져 있었다. 받침대에서 옛것을 들어내고 새것을 올려놓는데 두 사람이 달라붙어 악전고투했고, 새것은 크기가 조금 달랐지만 제대로 안착했다.

콘스턴스는 노마가 허드렛일 때문에 아침 여섯시에 자신을 침대에서 끌어냈다는 사실에 기분이 좋지 않았다. 집에 와서는 잠을 자고 욕조에서 책을 읽는 것 이외에 아무것도 하지 않을 생각이었다. 정오도 되기 전에, 마룻바닥에서 냉기가 스며나오고 지붕에 서리가 끼어 있는 오전 시간에, 헛간에서 어영부영하는 건 딱 질색이었다.

자매는 물통에 대해 최선을 다했다. 말은 충분히 만족한 듯 보였다. 노마가 또다른 무료한 집안일을 떠안기기 전에, 캐럴린 보러스가 차를 몰고 들어오는 모습을 보고 콘스턴스는 안도했다. 캐럴린은 차에서 내려 편지 한 장을 흔들어 보이며 달려왔다.

"우린 백악관에 메시지를 보낼 거예요!" 캐럴린이 외쳤다. "전서구를 이용해 윌슨 대통령에게 편지를 전하려는 노력이 전국적으로 진행중이에요. 워싱턴에 있는 비둘기 사육인 스무 명이 서명했어요. 우리가 편지를 쓰면 수도로 다시 날릴 비둘기를 기차로 우리에게 보내줄 거예요. 대통령에게 뭐라고 쓰면 좋을까요?"

노마가 장갑을 벗고 편지를 받았다. 콘스턴스는 노마의 어깨 너머로 편지를 읽었다.

"비둘기 협회들 중 새를 받을 수 있게 선정된 곳은 겨우 몇십 군데밖에 안 되고, 우리 협회도 그중 하나예요." 캐럴린이 말했다.

"내가 이해한 바로는, 백악관으로 전서구를 이용해 편지를 보내려면 워싱턴에서 사육된 비둘기여야 하고, 비둘기는 당연히 자기가 나고 자란 집으로만 날아가니까, 기차로 여기까지 데려와야 한다는 거죠. 맞아요?" 콘스턴스가 말했다.

노마는 고개를 들고 머리 나쁜 언니에 대해 양해를 구하는 표정으로 캐럴린을 보았다.

"당연하지." 노마가 신경질적으로 말했다. "달리 어떻게 할 거라고 생각해?"

"그리고 네가 편지를 새한테 붙이면, 새는 백안관 근처 비둘기장으로 돌아갈 거고."

"그렇지."

"그다음에 새한테서 편지를 떼어내 대통령에게 전달하고."

"간단하기 이를 데 없는 계획인데 언니가 왜 그렇게 이해가 안 되는 척하는지 모르겠네."

닭 한 마리가 굉장한 소란을 일으켰고, 콘스턴스는 때마침 시선을 돌렸다가 닭이 지푸라기에서 살짝 몸을 들고 달걀을 낳는 장면을 보았다. 레그혼종 닭은 늘 제일 유난스럽게 불만을 토했다. 닭이 다시 자리를 잡은 후 콘스턴스가 말했다. "이해는 잘했어. 다만 네가 메시지 전달의 효율성을 과시할 생각이라면, 안타깝게도 넌 이미 우체국한테 졌어."

"우린 효율성을 위해 전서구를 쓰는 게 아냐." 노마가 말했다.

"노마 말이 맞아요." 캐럴린이 끼어들었다. "일종의 볼거리를 연출해 대중의 눈에 띄려는 거예요. 대통령과 장군들이 전시에 새를 통해 공문서를 전달하는 일의 신속함과 보안성을 알아봐줬으면 해서요."

"우린 대단한 볼거리를 필요로 하고, 그 말은 곧 언니가 캐리한테 기사를 써달라고 부탁해야 한다는 거지." 노마가 말했다. "하지만 내 이름은 기사에 나오지 않아야 하고, 거짓말로 기사를 채워서도 안 돼."

"그건 문제없어. 캐리는 좋아할 거야. 그럼 두 분이 편지를 쓰시도록 저는 자리를 비켜드리죠."

콘스턴스는 집안으로 슬쩍 사라지려 했지만, 노마에게는 손 네 개가 필요한 잡무 목록이 있었다. 캐럴린과 좀더 상의를 한 뒤 노마는 잡무를 마저 마치기 위해 캐럴린을 배웅했다.

그로부터 몇 분 지나지 않았는데 자동차가 또 한 대 도착하더니 플러렛이 내렸다. 미스터 임페디먼트가 트렁크를 끌어내 현관 앞 포치에 내려놨고, 그 옆에 모자 박스와 가방과 포장 상자 등 플러렛이 나갈 때 가지고 갔던 것들보다 더 많은 짐을 부려놓았다. 그는 모자챙을 살짝 들어 세 자매에게 인사한 뒤 차를 몰고 떠났고, 남겨진 플러렛은 진입로에 그대로 서서 노마와 콘스턴스를 빤히 쳐다봤다.

이 얼마나 대단한 장관인지! 목 부분에 진주 단추가 달린 흰색과 파란색의 조그만 풀라드 평상복 드레스를 입고 그에 어울리는 모자띠가 둘러진 모자를 쓴 플러렛이 저기 있다. 그리고 진흙투성이의 낡은 치마바지와 프랜시스 오빠 것임이 틀림없는 스웨터를 입은 노마, 교도소에서 잠옷 대용으로 입는 코듀로이 드레스를 빨려고 집에 가져왔다가 결국 한 번 더 입고 잔 콘스턴스가 여기 있다. 둘 다 평생 빗과 분은 보지도 못한 듯한 모양새인 반면, 플러렛은 매만진 머리에 반짝반짝 윤기가 흘렀고 본인을 위해 만들어진 듯한 자홍 색조의 립스틱을 바르고 있었다.

더이상 어머니의 옷장을 뒤져 한껏 차려입은 꼬마 소녀로 보이지 않았다. 사실 그거야 그전부터 그랬지만, 예기치 못하게 난데없이 진입로에 나타나는 바람에 그 깨달음은 더욱 충격적이었다.

플러렛이 먼저 말문을 열었다. "방금 지나간 사람이 미시즈 보러스 맞아?"

"조금 전에 아주 중요한 소식을 갖고 왔었어." 콘스턴스가 말했다. "노마의 비둘기가 워싱턴으로 간대."

"내 비둘기가 아냐." 노마가 말했다. "다른 집 비둘기지. 언니는 아직도 이해를 못했네."

플러렛이 가까이 다가오자 콘스턴스는 겨우 아이에게 한 팔을 두를 수 있었다. "내가 엽서 보냈는데." 플러렛이 말했다.

"응, 아주 황홀하더라. 랍스터며 샴페인이며." 콘스턴스가 말했다.

"샴페인은 별로 없었어. 그리고 네 명이 한방을 썼어. 그건 내가 얘기 안 했지. 매일 아침 눈을 뜨면 샬럿 배브콕의 발이 내 베개에 있었다니까."

"밖에 나가서 좀 놀기도 했어?" 콘스턴스는 애써 공감어린 말투로 물었다. "미시즈 워드는 팬이 엄청 많았을 텐데. 너도 초대 좀 받았겠네."

"아, 우린 우리대로 신나게 놀았지. 남자들은 무대에 나오는 여자들이라면 사족을 못 써. 하지만 난 하룻저녁에 두 번씩 공연하느라 진이 다 빠져서. 핸슨 아카데미하고는 차원이 달라. 무대 위 삶에는 따로 적응을 해야 해."

플러렛은 콘스턴스의 품에서 꼼지락거리며 빠져나왔고, 처음 맡는 진한 향수 냄새를 풍겼다. 은방울꽃 아니면 재스민이었다. 어느 쪽이든 값나가는 물건이었고, 콘스턴스의 머릿속에서는 누가 그런 걸 플러렛에게 사줬는지 알고 싶은 마음과 모르는 채로 놔두는 게 낫다는 생각이 대전투를 벌였다.

콘스턴스는 플러렛을 따라 집안으로 들어갔다. 노마는 헛간의 수도 펌프에서 손을 씻고 뒤이어 들어왔다.

플러렛은 어두침침한 응접실을 둘러보고 한숨을 내쉬었다. "여긴 변한 게 하나도 없네. 아무것도 변하지 않았어. 나는 집을 떠나서 다섯 개 주를 누비고 다니며 가는 곳마다 새로운 사람들을 보고 새 노래를 여남은 곡 배우고 수천 명의 사람들 앞에서 공연을 했는데, 여기엔 새로운 게 뭐가 있어? 전혀 없지."

노마와 콘스턴스는 포치에 그대로 쌓여 있는 플러렛의 짐들을 가지고 들어오느라 바빴다. 플러렛은 확실히 누가 짐을 대신 들어주는 것에 익숙해진 모양이었다. 동생이 해야 할 일을 언니가 도맡아 해준다는 인상을 심어주는 게 썩 좋은 생각은 아닌 듯했지만, 그래도 어쨌든 콘스턴스는 짐을 들어다주었다. 노마는 콘스턴스를 향해 딱 한 번 한쪽 눈썹을 치켜올렸는데, 메이 워드의 이름이 적힌 태그가 붙은 빨간색과 금색 양각 무늬의 새 모자 상자를 봤을 때였다. 분명 선물일 것이다. 콘스턴스가 보기에 미시즈 워드는 비밀을 지켰다.

"언니는 내내 그 암울한 교도소에 있었겠네." 플러렛이 말했다. "내가 없는 사이에 체포한 사람 있어? 도둑이나 살인자를 잡았어?"

"여자애한테 화약공장 일자리를 얻어줬어." 노마가 말했다.

플러렛은 거만한 웃음을 밝게 터뜨렸다. "고작 여자들한테 공장 일자리나 얻어주라고 언니한테 월급을 준단 말이야?"

노마가 말했다. "어제 막 영화사 사람한테 편지를 받았는데, 인신매매범한테서 여자를 구해내는 여자 보안관보에 관한 영화를 만들자고 하더라."

"나라면 그런 영화는 보고 싶지 않을 거야." 플러렛이 말했다. "그 사람들한테 이렇게 답장을 해. 여자 보안관보한테 여동생이 있는데 너무 아름다워서 납치 협박을 받았었다고. 내가 행방불명되고 언니가 날 구하러 오면 되겠다."

콘스턴스는 노마 쪽을 쳐다보지 않으려 무던히 애를 썼다. "그건 엄청 따분하게 들리는걸."

"이 낡은 농가주택만큼 따분할라고." 플러렛은 모자핀을 빼고 모자를 벗어 마치 하인에게 건네듯 콘스턴스에게 내밀었다.

"우리한테 다시 총질을 하라고 사람을 구해볼 수도 있어. 네가 그쪽을 더 좋아한다면." 콘스턴스가 말했다. "그런데 곧장 다음 투어에 들어가는 거 아니야?"

플러렛은 바느질방을 한가롭게 거닐었다. 재봉틀을 쓸어보고, 원단 두루마리와 벽에 걸어놓은 각종 실패 꾸러미를 어루만졌다. "한동안은 내 방에서 자도 괜찮을 것 같아. 내 물건들도 다 있는 내 방에서." 플러렛은 약간 잠긴 목소리로 말했다.

콘스턴스는 플러렛의 마음이 바뀔세라 가방과 짐들을 얼른 위층으로 날랐다.

역사적 출처와 참고 문헌

이 시리즈의 첫 두 권 『여자는 총을 들고 기다린다』 『레이디 캅 소동을 일으키다』를 접한 독자들은 이미 알고 있겠지만, 콘스턴스, 노마, 플러렛 콥 세 자매는 실존 인물이며 본문에 나오는 사건은 가능한 한 그들 삶에 실제로 일어났던 사건들을 바탕으로 했다. 그 배경과 집안에 대해 좀더 알고 싶다면 각 권 말미의 역사적 출처를 읽어보기를 권한다.

이전의 두 책과 마찬가지로, 역사적 기록 사이의 간극을 메꾸기 위해 허구에 기댔다. 좀더 일관성 있는 이야기를 위해 몇몇 사건들은 날짜를 약간 옮기거나 소소한 디테일을 다음과 같이 수정했다.

1916년 초, 콘스턴스는 뉴저지의 첫번째 여성 보안관 조수로 일하고 있었고, 국가적으로도 첫 여성 보안관보들 중 한 명이었다. 당시 형사 사법기관에 종사하는 여성들에게 총과 배지 그리고 체포권을 주는 일은 대단히 드물었고, 하물며 남자들과 똑같은 봉급은

언감생심이었다. 그래서 콘스턴스의 경력이 유독 특이한 것이다. 콘스턴스가 언제 배지를 지급받았는지는 확실치 않으나, 1916년 2월 13일자 〈뉴욕 타임스〉에서 처음 기사화되었다. 콘스턴스는 그때 전국 주요 일간지의 관심사였고, (신문에 따르면) 덕분에 청혼과 그 밖의 편지들이 홍수처럼 밀려들었다.

에드나 휴스티스는 1916년 3월 9일 체포됐고 콘스턴스의 간략한 수사 후 3월 14일에 석방됐다. 수퍼트 판사는 실제로 그 사건을 담당한 판사였고, 콘스턴스가 판사에게 얘기한 내용 대부분은 하기 인용된 신문기사에서 가져왔다. 에드나는 실제로 폼프턴레이크스의 듀폰 화약공장에서 근무하기 위해 에지워터의 집을 나왔다. 공장에서 에드나가 한 작업에 대한 묘사는 당시 신문기사와 직물 및 군수품 공장의 근로 여건에 대한 여러 보도에 근거했다.

에드나의 어머니 이름 '몬빌라'가 별나긴 하지만, 에드나와 관련해 찾아낸 가계도 기록에 몇 가지 의구심이 들어서, 에드나의 가족에 관한 내용은 전부 지어냈다. (에드나의 실제 여권 사진을 발견했는데 인물 묘사와 제법 들어맞는다. 사진은 작가의 공식 웹사이트 www.amystewart.com에서 볼 수 있다.) 미시즈 턴불의 하숙집은 허구이지만, 당시 그와 유사한 주거에 대한 논픽션 자료에 기반했다.

체포 이후 에드나에게 일어난 모든 일은 전적으로 허구다. 프랑스행을 준비하는 젊은 여성에 대한 묘사는 메리 로버츠 라인하트의 훌륭한 소설 『놀라운 막간』에 엄청난 신세를 졌다. 해외로 가는 여성들을 후원하기 위해 소규모 시민 그룹이 한데 힘을 모으는 과정—그리고 그 노력들은 부유한 집안에서 딸들이 진짜로 복무하는 것을 꺼려해서 와해되기도 했다—을 묘사한 수많은 논픽션 기사와 라인하트의 소설 속 이야기는 상호 연계 가능했다.

이디스 워턴은 실제로, 다른 수많은 시민들과 자선단체들이 그랬듯, 일차대전 때 프랑스에서 전시 구호 프로그램을 운영했다. 열성적인 자원봉사자들이 돈이나 구체적 계획 없이 파리로 찾아왔고, 따라서 에드나와 미니 같은 경우가 드물지 않았다.

미니 데이비스는 1916년 1월 23일 포트리에서 체포됐고, 미니와 앤서니 리오는 메인 스트리트의 '판잣집'에서 부부 행세를 하며 살고 있었다. 토니는 실제로 허드슨강을 오가는 증기선에서 일했고, 미니는 도망치기 전까지 실제로 캐츠킬의 편직공장에서 일했다. 신문에서는 리오가 '백인 인신매매 조직'의 일원이라고 보도했지만 그 외에 자세한 정보는 없었다.

미니에 대해서는 보다 자세한 인적 사항을 알아낼 수 있었다. 미니의 부모와 자매의 이름은 실제 그대로다. 이디스는 정말로 재봉사로 일했다. 그리고 데이비스 부부는 재혼 가정을 이뤘다고 추측되는데, 가족 구성원들 연령대가 상당히 차이가 났기 때문이다. 그 외 데이비스 집안에 관한 모든 것은 허구이다.

미니 데이비스/앤서니 리오 사건이 어떻게 해결됐는지는 정확히 알지 못한다. 그래서 그 자세한 내용은 대부분 지어냈다. 소위 '백인 성노예' 사건들이 어떻게 기소되었는가에 관한 이야기를 쓰기 위해 당시의 수많은 논픽션 자료를 섭렵했다. 젊은 여자들은 공정한 재판을 받을 권리나 유능한 변호인을 접할 기회를 거의 보장받지 못한 채 도덕성 관련 범죄로 수년 동안 감화원에 보내졌다. (무료 국선 변호인을 선임할 권리는 1931년부터 1966년에 걸쳐

일련의 대법원 판결을 통해 확립됐다.) 더욱이 당시에는 범죄에 대한 증인(피해자를 포함하여)을 재판 때까지 유치장에 수감하는 것이 일반적이었다. 증인들에게는, 당시 버건 카운티 신문들에 보도된 대로, 재소자들보다 약간 더 나은 식사가 지급됐다.

히스 보안관은 실제로 하원의원 선거에 민주당 후보로 나왔고, 존 코터는 공화당 후보로 보안관 선거에 나왔다. 코딜리어 히스의 삶에 관해서는 아는 것이 거의 없으므로, 코딜리어에 관한 것은 대부분 허구이다. 존 코터의 정치적 입장은 대체로 작가의 추측이며, 당해 언론에서 찾을 수 있는 그의 사고방식에 관한 여러 자료와 통찰에 근거했다. 그러나 '도덕성 관련 범죄'에 대한 코터의 시각은 그 시절 정치인들의 전형이고, 맨 법에 관한 그의 대사 중 일부는 아래 인용한 당시의 여러 정치 연설에서 가져왔다. 코터는 히스 보안관과 콘스턴스 둘 다에게 정적政敵과 다름없었다.

당시 플러렛과 노마의 관심사에 대해서는 전혀 아는 바가 없다. 비둘기에 대한 노마의 관심과 흥미는 전적으로 허구이지만, 노마와 (가상 인물인) 캐럴린 보러스가 참여한 활동—군용 전서구의 가치를 입증하기 위한 장거리 비행과 전서구를 활용하여 백악관에 편지를 보내려는 노력—은 실제로 있었던 일이다.

몇 안 되는 신문기사에서, 플러렛이 노래 경연에 나가기 위해 오디션에 참가했음이 나타난다. 비록 플러렛과 메이 워드의 연관성은 완벽히 허구이지만, 마지막 장면, 즉 아내가 납치됐다는 번스타인의 주장에 따라 콘스턴스가 미시즈 워드를 구하기 위해 뉴욕에 파견된 것은 1916년 후반에 실제로 있었던 일이다. 작가는 단순히 그 순간에 이르기까지의 사건들을 꾸며냈을 따름이다. 미시즈 워드의 극단과 그 남편의 내력에 관한 자세한 사항은 대부분 사실이다. 메이 워드를 알코올중독자처럼 그리긴 했는데 그건 전적으로 허구다.

해컨색 교도소의 다른 여성 재소자들은 모두 묘사된 대로 범죄를 저지른 실제 여성들에 기반했으나, 시기적으로 꼭 그때이거나 장소가 꼭 해컨색인 건 아니다. 프로비덴차 모나포는 실제로 임차인을 총으로 쐈고, 조지핀 노블로크는 파업 기간에 체포되어 벌금 내기를 거부했다. 두 여성은 정말 그 시절 해컨색 교도소에 수감된 재소자였을 수도 있다.

30쪽: '현실 속 르코크 탐정, 여성 보안관'은 1916년 3월 5일자 〈이브닝 텔레그램〉을 비롯해 전국적으로 수많은 일간지에 실렸다. 34쪽의 교도소 개선에 관한 문단은 실제로 '버건 카운티, 뉴저지 유일의 여성 보안관 조수를 보유하다'라는 제하의 1916년 3월 19일자 〈퍼세이크 저널〉에 실린 제법 긴 분량의 콘스턴스에 관한 인물 소개 기사에 나온다.

126쪽: 에드나 휴스티스의 신병 모집 전단지의 문장은 헬렌 프레이저의 1918년 작 『여성과 전시 노동』에서 몇 줄을 가져와 각색했다. 247쪽 미시즈 로버츠의 연설은 상기 도서와 1916년부터 1918년에 걸쳐 여러 신문에 자세히 기술된 몇몇 유사한 연설에서 영감을 얻었다.

138쪽: 〈착하고 귀여운 여자들 누구나 속엔 조금씩 심술이 들었지〉는 그랜트 클라크와 프레드 피셔가 쓴 곡으로 1916년 빌리 머리의 음성으로 녹음됐다.

141쪽: 〈그녀가 나를 응접실로 밀었어〉는 1912년 앨프 엘러턴과 윌 메인이 작사 작곡한 곡이다.

194쪽: 에드윈 배거트 변호사의 청혼 편지는 1904년 8월 23일 〈갤버스턴 데일리 뉴스〉에 약간 다른 형식으로 실렸다(그리고 다른 여자에게 보냈다).

204쪽: 전차 내 일화는 실제로 로스앤젤레스의 선구적 여성 경찰 앨리스 스테빈스 웰스에게 일어났던 일로, 재니스 애피어의 『치안 유지 활동을 하는 여성들』에 묘사되었다.

206쪽: 존 코터의 연설은 당시 인기 있는 연설과 글에서 자주 보이던 문장을 포함하고 있다. 아이스크림가게에 관한 부분은 어니스트 앨버트 벨의 1910년 작 『젊은 여성들의 인신매매와 맞서다』에서 발견할 수 있고, 맨 법의 제정에 지대한 역할을 한 미합중국 변호사 에드윈 심스가 걸핏하면 들먹인 사건이었다. 코터의 연설 중 다른 문장들은 제인 애덤스의 『새로운 양심과 낡은 악폐』(1914)에서 가져왔다. 그 당시 여러 견해들은 트위터가 아니라 전단지와 도서, 신문에 의해 유포됐다. 연사들이 자신이 읽은 그런 자료들에서 문장을 가져와 재탕하는 일은 결코 드물지 않았다. 오늘날의 리트윗 정도로 이해하면 된다. 그것이 소위 '백인 성노예'라는 것에 대한 과잉 반응의 아주 많은 부분을 차지했다. 데이비드

J. 랭엄의 『선을 넘어: 맨 법의 제정과 도덕성 통제』와 제시카 R. 플라일리의 『성생활의 감시: 맨 법과 FBI 창설』을 읽어보길 추천한다.

218쪽: 트렌턴의 주립 여성 감화원에 대한 묘사는, 당시 언어를 사용하자면 '유색인 소녀들'이 주 정부로부터 의자를 충분히 할당받지 못해서 자기 의자를 들고 식당에 가야 했다는 사실을 포함하여, 많은 부분을 메리 B. 해리스의 1936년 작 『나는 그들을 교도소에서 알았다』에서 가져왔다. 미스 피트먼의 한기 돋는 대사 "유색인들은 받을 엄두도 내지 못했어요"는 정확히 당시의 차별 정책과 아프리카계 미국인 소녀들의 사회복지시설 이용 배제를 설명하는 데 사용된 언어였다. 모리스타운의 조지 워싱턴 사령부를 본떴다는 감화원 건물이나 징벌방의 다 뜯긴 회반죽 벽, 쥐가 들끓는 다락방 쇠창살 우리에 대한 묘사는 모두 해리스의 책에서 가져왔다.

231쪽: 포터 간호사가 미니에게 들려준 연설은 1917년 출간된 윌리엄 조지퍼스 로빈슨의 『여성과 소녀를 위한 성 지식: 모든 여성과 소녀가 알아야 할 것들』에 나온다.

284쪽: 여자애들이 어떻게 '심신박약자' '바보' '지적장애인' 또는 '정신이상자'로 규정되는가에 관한 에스터의 설명은 당시의 수많은 정신 건강 관련 출판물에서 찾아볼 수 있다. 여기서는 특히 1914년 텍사스대학교 회보에 실렸던 『텍사스 내 심신박약자와 정신병자에 대한 관리』를 참조했다.

288쪽: '여자 보안관의 황금 배지'는 1916년 2월 14일자 〈뉴욕 타임스〉에 실렸다. 다만 카운티 수사관 루이스 네스틀의 이름을 존 코터의 이름으로 대체했다.

296쪽과 348쪽: 스크랜턴의 저민호텔과 해리스버그의 콜럼버스호텔은 당대의 유명 호텔로, 세부사항을 충실히 묘사하려 노력했다.

325쪽: 여자들이 "무대 뒤에서" 지조를 지키는 것이 얼마나 어려운가에 대한 벨 헤디슨의 일장 연설은 메이블 매들린 사우더드의 1914년 작 『백인 인신매매 VS 미국의 가정』에서 일부 가져왔다.

330쪽: 터훈의 할리 데이비슨 전시장에 관한 부분에 대해 바버라 구딩의 『미국의 장면들: 해컨색』에 감사를 표한다.

339쪽: 프리먼 번스타인의 실패한 미드웨이 파크에 관한 내용은 〈뉴욕 타임스〉의 1908년 6월 25일자 기사 '건물 붕괴로 두 명이 잔해 밑에 깔려'와 1908년 6월 24일자 기사 '법원, 미드웨이 파크에 즉각 폐쇄 권고'에서 찾아볼 수 있다.

343쪽: 칼로 쇠르는 네 자매가 운영하는 파리의 디자인 브랜드였다. 메이 워드가 입은 황금색 드레스는 그들의 디자인 중 하나다(메이 워드가 그 드레스를 입었다는 내용은 허구지만).

351쪽: '하우 씨의 여행 페스티벌'과 논란의 영화 〈국가의 탄생〉 등 해리스버그에서 제공한 공연 목록은 모두 1916년 2월 〈해리스버그 텔레그래프〉 공연 목록에 나온 것이다.

361쪽: 〈넬리의 모자 위에 앉은 새〉는 아서 J. 램의 곡으로, 악보 표지에 메이 워드의 초상화를 넣어 1906년에 발표됐다. 이 노래의 공연 영상—특히 미스 피기가 부른 버전—을 온라인으로 찾아봐도 괜찮다.

426쪽: 메이 워드가 있던 건물은 실제로 브로드웨이 120에 위치한 에퀴터블 빌딩이며, 정말로 사람들이 불만을 터뜨릴 만큼 거대한 그늘을 드리웠다. 그 사태로 말미암아 새로운 구역 지정 요건에서는 도시 통행로에 채광을 좀더 확보하도록 했다.

438쪽: 메이 워드 납치 의혹과 관련하여 몇몇 신문에서 상충되는 기사를 보도했지만, 남편 프리먼 번스타인이 범죄 가능성을 주장했고 콘스턴스가 메이 워드를 구출하기 위해 파견되어 범인을 검거했다, 아니면 다른 식으로 사건을 해결했다는 점에 대해서는 모두 한목소리를 낸다. 이러한 사건들은 실제로 1916년 9월에 일어났다. '여자 보안관 근무중 이상무'는 1916년 9월 30일자 〈위치타 비컨〉을 비롯한 여러 신문에 실렸다. 프리먼 번스타인과 메이 워드의 실제 삶에 관한 좀더 자세한 사항은 프리먼의 증조카 월터 셔피로가 쓴 『허슬링 히틀러: 총통을 놀려먹은 유대인 보드빌 배우』를 읽어보기 바란다.

옮긴이 **엄일녀**

을묘년 화곡동에서 태어났다. 서울대학교 언론정보학과를 졸업하고 출판 기획과 잡지 편집을 겸하다 지금은 전업 번역가로 일하고 있다. 『여자는 총을 들고 기다린다』『레이디 캅 소동을 일으키다』『섬에 있는 서점』『비바, 제인』『비극 숙제』『샬럿 스트리트』『너를 다시 만나면』『나이트 워치』『이웃집 여자』『착한 도둑』『미스터 세바스찬과 검둥이 마술사』『안 그러면 아비규환』『거짓말 규칙』 등을 번역했다. 『리틀 스트레인저』로 제10회 유영번역상을 수상했다.

문학동네 세계문학

미스 콥 한밤중에 자백을 듣다

초판 인쇄 2021년 2월 25일 | 초판 발행 2021년 3월 8일

지은이 에이미 스튜어트 | 옮긴이 엄일녀

기획 이현자 | 책임편집 윤정민 | 편집 홍유진 이희연 이현자
디자인 윤종윤 이원경 | 저작권 한문숙 김지영 이영은
마케팅 정민호 정진아 김혜연 정유선
홍보 김희숙 김상만 함유지 김현지 이소정 이미희 박지원
제작 강신은 김동욱 임현식 | 제작처 영신사

펴낸곳 (주)문학동네 | 펴낸이 염현숙
출판등록 1993년 10월 22일 제406-2003-000045호
주소 10881 경기도 파주시 회동길 210
전자우편 editor@munhak.com | 대표전화 031) 955-8888 | 팩스 031) 955-8855
문의전화 031) 955-8896(마케팅) 031) 955-2634(편집)
문학동네카페 http://cafe.naver.com/mhdn | 트위터 @munhakdongne
북클럽문학동네 http://bookclubmunhak.com

ISBN 978-89-546-7755-4 03840

잘못된 책은 구입하신 서점에서 교환해드립니다.
기타 교환 문의 031) 955-2661, 3580

www.munhak.com